NINA OHLANDT

JAN F. WIELPÜTZ

Tiefer Sand

Weitere Titel der Reihe:

Küstenmorde
Möwenschrei
Nebeltod
Sturmläuten
Eisige Flut
Dünengeister
Schweigende See

Ist so kalt der Winter (Erzählung)
In der heißen Sonnenglut (Erzählung)
Schlaf in tödlicher Ruh (Erzählung)
Keine Seele weint um mich (Erzählung)
Nun schweigst auch du (Erzählung)

Titel auch als E-Book erhältlich

Über die Autoren:

Nina Ohlandt wurde in Wuppertal geboren, wuchs in Karlsruhe auf und machte in Paris eine Ausbildung zur Sprachlehrerin, daneben schrieb sie ihr erstes Kinderbuch. Später war sie als Übersetzerin, Sprachlehrerin und Marktforscherin tätig, bis sie zu ihrer wahren Berufung zurückfand: dem Krimischreiben im Land zwischen den Meeren, dem Land ihrer Vorfahren. Mit der Reihe um den Flensburger Hauptkommissar John Benthien wurde sie zur Bestsellerautorin. Nina Ohlandt starb im Dezember 2020.

Jan F. Wielpütz studierte Anglistik, Germanistik und Geschichte in Bonn und arbeitete als Journalist, bevor er als Verlagslektor viele Jahre Krimi- und Thrillerautoren betreute. Er leitete das E-Book-Lektorat und die Schreibschule eines großen Verlags, bis er sich dem Schreiben widmete. Unter Pseudonym hat er zahlreiche Sachbücher verfasst, die auf der SPIEGEL-Bestsellerliste standen, und mehrere Kriminalromane veröffentlicht.

NINA OHLANDT
JAN F. WIELPÜTZ

TIEFER SAND

NORDSEE-KRIMI

John Benthiens achter Fall

lübbe

Die Bastei Lübbe AG verfolgt eine nachhaltige Buchproduktion. Wir verwenden Papiere aus nachhaltiger Forstwirtschaft und verzichten darauf, Bücher einzeln in Folie zu verpacken. Wir stellen unsere Bücher in Deutschland und Europa (EU) her und arbeiten mit den Druckereien kontinuierlich an einer positiven Ökobilanz.

Dieser Titel ist auch als E-Book erschienen

MIX
Papier aus verantwortungsvollen Quellen
FSC® C014496
www.fsc.org

Originalausgabe

Textredaktion: Create writing, Claudia Wuttke
Umschlaggestaltung: Christin Wilhelm, www.grafic4u.de
unter Verwendung von Illustrationen von
© shutterstock: LittlePerfectStock | ohenze | Mimadeo | YesPhotographers
Satz: hanseatenSatz-bremen, Bremen
Gesetzt aus der Sabon LT Std
Druck und Verarbeitung: GGP Media GmbH, Pößneck
Printed in Germany
ISBN 978-3-404-18567-2

4 5 3

Sie finden uns im Internet unter
luebbe.de
Bitte beachten Sie auch: lesejury.de

Prolog

Das Mädchen lag in seinem Bett und wünschte, es würde endlich aufhören.

Sie hatte das Geräusch zum ersten Mal gehört, kurz nachdem Mama sie zu Bett gebracht hatte. Ein leises, metallisches Klopfen, kaum hörbar zunächst. Sie hatte sich anstrengen müssen, es überhaupt wahrzunehmen. Doch inzwischen dröhnte das Klopfen wie der Schlag einer Kirchturmglocke in ihren Ohren.

Es war dunkel im Zimmer. Durch das Fenster fiel lediglich das fahle Licht des Vollmonds herein. Zwischen den Vorhängen, die nicht ganz zugezogen waren, konnte das Mädchen die Eiche im Garten erkennen, deren knorrige Äste sich im Wind wiegten, als rudere der alte Baum verzweifelt mit den Armen, um nicht umgerissen zu werden.

Das Bett des Mädchens befand sich direkt unter der Dachschräge, und sie konnte hören, wie die Böen unter die Pfannen fuhren und sie zum Klappern brachten.

Sie hasste das alte Haus. Alles hier wirkte abweisend und unheimlich auf sie, und sie mochte den Gedanken nicht, dass sie bald mit Mama und Papa hierherziehen würde. Sicher, sie bekäme ein größeres Zimmer, und Papa hatte gesagt, dass sie vielleicht sogar einen Hund haben könnten. Außerdem würde sie Oma dann viel öfter sehen, ihr gehörte schließlich das Haus.

Trotzdem! Das Mädchen verstand nicht, wie Oma hier allein leben konnte, in diesem Haus mit seinen vielen Zimmern, in denen man sich ständig verlief. Außerdem gab es diesen riesigen Keller, wo man nie wusste, was auf einen lauert.

Ob Oma sich hier auch manchmal gruselte? Andererseits, dachte das Mädchen, konnte Oma manchmal selbst ziemlich gruselig sein. Besonders ihre Geschichten, die sie ihr immer vor dem Einschlafen erzählte.

Mama war gestern mit ihr hierhergekommen, um nach Oma zu sehen. Aus irgendeinem Grund machte sie sich große Sorgen, sie hatten extra den Urlaub bei den anderen Großeltern abgebrochen, die das Mädchen viel lieber mochte.

Oma war nicht hier gewesen. Mama machte sich jetzt noch mehr Gedanken. Sie hatte gemeint, dass Oma vielleicht bei einer Freundin sei und sie hier auf sie warten würden.

Das Mädchen fuhr zusammen, als erneut das Klopfen erklang.

Sie zog das Kissen über den Kopf, als könnte sie sich darunter verstecken, in eine andere, sichere Welt flüchten. Dabei war ihr vollkommen klar, dass das keinen Sinn hatte. Denn das Mädchen wusste ganz genau, woher das Klopfen kam und was es zu bedeuten hatte.

Das Geräusch kam über die Heizungsrohre. Ihr Bett stand direkt neben dem Heizkörper. Die Rohre verschwanden im Teppichboden und verliefen dann durch das Haus bis runter in den Keller, wo der große Brenner stand.

Und dort unten waren *sie*.

Oma hatte ihr von ihnen erzählt.

Es waren Wesen, die in der Erde lebten. Nachts kamen sie herausgekrochen und besuchten die schlafenden Kinder in ihren Betten. Den Artigen taten sie nichts, aber die Unartigen nahmen sie mit sich unter die Erde, wo sie für immer bleiben mussten.

Es waren kleine, verschrumpelte Kreaturen mit knorrigen Fingern, aus denen Krallen hervorwuchsen, und mit Fangzähnen, so scharf wie Rasiermesser.

Das Mädchen wusste, dass die Wesen hier waren, um sie zu holen, denn sie war sehr böse gewesen.

Sie war mit Mama und Papa bei ihren anderen Großeltern gewesen, denen, die auf dem Festland lebten, wo man mit der Fähre hinfuhr. Sie wohnten in einem kleinen Haus mit Strohdach und ganz vielen Tieren. Sie hatten Hunde, Katzen und Meerschweinchen, und das Mädchen hatte die ganze Zeit mit ihnen spielen dürfen.

Die andere Oma erzählte auch schönere Geschichten, was auch der Grund war, weshalb das Mädchen sie insgeheim ein bisschen lieber hatte. Das Besondere war allerdings die Schatztruhe. So nannte Oma das Fach ganz links in ihrem Wohnzimmerschrank. Darin befand sich eine Auswahl der besten Süßigkeiten, die man sich vorstellen konnte. Und wie durch Wunderhand schien sich das Fach immer wieder von selbst zu füllen, egal, wie viel man auch naschte.

Nur Omas Pralinen, die durfte das Mädchen nicht essen. Denn die, so hatte Oma gemahnt, seien nichts für Kinder.

Das hatte das Mädchen erst recht neugierig gemacht.

Deshalb war sie gestern zu dem Schrank geschlichen, als Mama und Papa mit Oma und Opa in der Küche gesessen und Kaffee getrunken hatten. Die Pralinen befanden sich in dem Fach ganz rechts oben.

Das Mädchen hatte eines der dunkelblauen Kistchen genommen, die Plastikfolie entfernt und den Deckel geöffnet. Sie hatte zunächst vorsichtig an einer der Pralinen gelutscht. Es schmeckte nach ganz normaler Schokolade. Also hatte das

Mädchen hineingebissen – und augenblicklich hatte eine bittere, scharfe Flüssigkeit seinen Mund geflutet.

Sie hatte das eklige Zeug instinktiv ausgespuckt, und es war auf dem Teppichboden gelandet.

Oma hatte recht gehabt, die Pralinen waren nichts für Kinder.

Natürlich hatte Oma geschimpft. Dem Mädchen waren vor allem zwei Worte in Erinnerung geblieben: *böses Kind.*

Das Mädchen wusste, was mit bösen Kindern geschah.

Wieder klopfte es in den Rohren, diesmal etwas schwächer. Das Mädchen drückte das Kissen fester auf seine Ohren. Ihr Magen zog sich zusammen, wie immer, wenn sie Angst hatte.

Es hatte zu regnen begonnen, und der Wind ließ die dicken Tropfen gegen das Fenster prasseln.

Sie musste daran denken, was ihr Vater gesagt hatte, als sie zum ersten Mal mit der Fähre zum Festland gefahren waren. Auch da hatte das Mädchen sich gefürchtet.

Wir alle haben mal Angst, Schätzchen, das ist nichts Schlimmes. Die Angst ist wie ein böser Zauberer, der unsere Gedanken verhext. Lass dich nicht von ihr beherrschen. Meistens ist es nicht so schlimm, wie wir es uns vorstellen.

Papa hatte recht gehabt. Die Fahrt mit der Fähre war schön gewesen, und seitdem konnte das Mädchen es kaum abwarten, wieder mit einem Schiff aufs Meer rauszufahren.

Lass dich nicht von der Angst beherrschen.

Das Mädchen überlegte, was sie noch über die Wesen aus den Erzählungen ihrer Großmutter wusste. Sie waren auf jeden Fall klein, klein wie Zwerge. Das Mädchen war in letzter Zeit schnell gewachsen. Über einen Meter war sie jetzt und damit vermutlich größer als die Wesen. Außerdem waren sie lichtscheu. Deshalb kamen sie nur in der Nacht. Oma hatte einmal gesagt, dass nur ganz grelles Licht sie vertreiben konnte.

Was würde Mama denken, wenn die Wesen kamen und sie mit sich nahmen? Dem Mädchen war nicht entgangen, wie sehr sich ihre Mutter um Oma sorgte. Wie würde es ihr erst gehen, wenn *sie* verschwand? Niemand würde wissen, was mit ihr geschehen war.

Das Mädchen schob das Kissen ein Stück zur Seite und lugte zum Nachttisch hinüber. Dort stand eine Taschenlampe. Mama hatte sie dort hingestellt, für den Fall, dass das Mädchen in der Nacht aufstand und das Licht nicht funktionierte, was in dem alten Haus schon mal vorkam.

Ob die Taschenlampe grell genug war?

Lass dich nicht von deiner Angst beherrschen.

Sie würde es vielleicht einfach drauf ankommen lassen müssen. Wenn die Wesen ohnehin hier waren, um sie zu holen, konnte sie sich auch wehren, was hatte sie schon zu verlieren?

Außerdem fand sie die Vorstellung, dass Mama und Papa nie erfahren würden, was mit ihr geschehen war, zu schrecklich.

Sie würde die Wesen vertreiben. Entschlossen schob das Mädchen das Kissen zur Seite und schlug die Bettdecke zurück.

Der Holzfußboden war kalt unter ihren nackten Füßen und knackte mit jedem Schritt. Leise öffnete das Mädchen die Zimmertür und trat auf den Flur hinaus. Hier oben unter dem Dach gab es noch zwei weitere Zimmer, die allerdings unbenutzt waren. Oma sammelte dort nur alten Krempel.

Im Flur brannte kein Licht, und das Mädchen hatte auch nicht vor, es einzuschalten. Niemand sollte sie bemerken. Kurz schaltete sie die Taschenlampe ein und richtete den Strahl auf den Boden. Er war hell – hell genug, wie das Mädchen hoffte. Sie schaltete die Lampe wieder aus und schlich zur Wendeltreppe, deren Stufen mit Teppich ausgelegt waren. Eine Hand am rauen Holzgeländer, wo man sich schnell einen Splitter ziehen konnte, ging sie in den ersten Stock hinunter. Dort blieb sie kurz stehen.

An dem Fenster am Ende des Flurs lief der Regen in kleinen Bächen hinunter, ein Blitz zuckte und ließ die alte Eiche im Garten kurz erstrahlen, gefolgt von einem Donner.

Der Blick des Mädchens wanderte zu den beiden Türen am Fuß der Treppe. Hinter der linken lag Omas Schlafzimmer, die rechte gehörte zu einem Kinderzimmer. Niemand durfte es betreten.

Oma hatte, lange bevor Mama geboren worden war, ein anderes Kind gehabt. Auch ein Mädchen. Es war verschwunden, und niemand hatte jemals erfahren, was mit ihm geschehen war.

Ob das Kind ebenfalls böse gewesen und von den Wesen geholt worden war? Vielleicht würde das Mädchen das bald herausfinden.

Sie ging nun auch die nächste Treppe hinunter ins Erdgeschoss. Der Fliesenboden war eisig, und es zog kalt an ihren Füßen.

Die Kellertür lag hinter der Küche, und davor musste sie am Wohnzimmer vorbei. Das Mädchen schob sich an der Wand entlang und spähte um die Ecke. Mama saß im Wohnzimmer auf dem Sofa und schaute Fernsehen, das Telefon in der Hand. Es lief eine der Sendungen, in denen sich die Erwachsenen nur unterhielten. Ein Mann mit Anzug und verstrubbelten Haaren war im Bild. Mama schien ihm gespannt zuzuhören.

Mama hatte das Klopfen offenbar nicht bemerkt. Was nur logisch war. Schließlich konnten Erwachsene die Wesen nicht sehen, und das bedeutete vermutlich, dass sie sie auch nicht hören konnten. Deshalb, das hatte Oma auch einmal gesagt, machte es auch überhaupt keinen Sinn, mit Erwachsenen über diese Wesen zu reden.

Das Mädchen huschte an der Wohnzimmertür vorbei, ohne dass Mama etwas bemerkte. Dann stand sie vor der Kellertür.

Es war eine alte Holztür, verschlossen mit einem einfachen Schieberiegel. Das Mädchen streckte die Hand aus, um das kalte Metall zu berühren, hielt aber inne, als es sah, wie sehr ihre Hand zitterte. Instinktiv wich sie ein paar Schritte zurück.

Nein, sie konnte nicht aufgeben, durfte es nicht. Sie musste an ihre Eltern denken, an das verlassene Kinderzimmer im ersten Stock, an ihr eigenes Zimmer zu Hause, das leer stehen und das Mama auch nie mehr betreten würde, wenn sie einfach verschwand.

Das Mädchen holte tief Luft, trat einen Schritt vor, schob den Riegel beiseite und öffnete die Tür.

Vor ihr lag die Kellertreppe, die in ein unendlich tiefes, schwarzes Loch zu führen schien. Ein fauler, modriger Geruch schlug ihr entgegen.

Das Mädchen schaltete die Taschenlampe ein. Der Schein reichte fast bis ans Ende der Treppe. Sie nahm all ihren Mut zusammen, umfasste das Handgeländer und stieg die Steintreppe hinab.

Unten angekommen, ließ sie den Strahl der Taschenlampe über die feuchten Bruchsteinwände laufen. Links lag hinter einer verschlossenen Tür der Waschkeller. Rechts führte ein Gang zu verschiedenen Verschlägen. Er endete an einer grauen Metalltüre, dem Heizungsraum.

Wieder hörte das Mädchen das Klopfen. Hier unten war es laut, schien den ganzen Keller zu erfüllen. Es kam von rechts, aus Richtung der Verschläge.

Das Mädchen nahm den Kopf der Taschenlampe in eine Hand und drehte ihn, sodass sich der kegelförmige Strahl zu einer geraden Linie verengte, die in einem hellen Punkt endete – hell genug hoffentlich, um alles zu verscheuchen, das von ihm getroffen wurde.

Vorsichtig einen Fuß nach dem anderen setzend, ging das Mädchen den Flur hinab. Es folgte dem Klopfen, bis es schließlich vor dem letzten Verschlag auf der rechten Seite stand.

Der faulige, erdige Geruch war hier am stärksten.

Das Mädchen richtete den Strahl der Taschenlampe auf die Tür des Verschlags. Sie bestand aus Holzbrettern, zwischen deren schmalen Schlitzen nur Dunkelheit zu sehen war. Ein Vorhängeschloss verriegelte die Tür.

Das Mädchen traute sich nicht zu atmen. Es hielt die Luft an und lauschte.

Hinter der Tür konnte sie ein leises Schnaufen hören. Und ein Schaben, es klang so … als würde etwas über den Boden kriechen.

Langsam ließ das Mädchen den Lichtstrahl an der Tür hinunterwandern. Die Holzbretter reichten nicht ganz bis auf den Boden, sondern endeten knapp darüber und gaben einen schmalen Spalt frei. Und aus diesem Spalt kam etwas herausgekrochen, wie das Mädchen nun zu seinem Schrecken sah.

Es waren dünne, knochige Finger mit langen Krallen, die Haut mit Rissen und Wunden übersät, aus denen Blut hervordrang.

Das Mädchen wollte wegrennen, doch noch bevor es sich bewegen konnte, schnellte die Hand nach vorn und packte sein Fußgelenk.

Teil 1

Kapitel 1

John Benthien hatte das sichere Gefühl, am falschen Platz zu sein, und er bereute bereits jetzt, sich überhaupt auf die ganze Sache eingelassen zu haben.

Die Moderatorin sah noch einmal auf ihre Notizen. Dann richtete sich ihr Blick auf ihn. Die beiden Fernsehkameras folgten ihr.

John spürte, wie er im Licht der Scheinwerfer zu schwitzen begann. Sein Gesicht schien unter dem Make-up, das die Visagistin aufgetragen hatte, förmlich zu glühen. Die Krawatte, die er ausnahmsweise angezogen hatte, schnürte ihm den Atem ab.

Er hatte bereits zahllosen Verbrechern in Verhörzimmern gegenübergesessen, hatte Mördern Geständnisse entlockt, hatte in den Lauf von Waffen geblickt, mit denen man ihn bedrohte. Doch hier, in diesem Moment, auf seinem abgeschabten Ledersofa in seinem Friesenhaus auf Sylt – was also eigentlich ein Heimspiel hätte sein sollen –, kam er sich wieder vor wie ein Schuljunge, der sich davor fürchtete, die nächste Frage der Lehrerin nicht beantworten zu können und sich vor der gesamten Klasse zum Gespött zu machen. Mit dem Unterschied, dass ihm jetzt nicht dreißig Klassenkameraden zusahen, sondern vermutlich ein nicht unbeträchtlicher Teil der deutschen Fernsehzuschauer.

Der Sender machte bereits seit Wochen Werbung und gab sich große Mühe, die neue True-Crime-Sendung, in der es um alte, ungelöste Fälle ging, als Konkurrenz zu *Aktenzeichen XY* aufzubauen – mit ihm, John Benthien, als Protagonisten. Im Radio und den Zeitungen war die Sendung vorab angekündigt worden, das Interesse der Zuschauer schien groß und noch größer die Erwartungen der Fernsehleute.

Letztlich war das alles kein Wunder, schließlich war John derzeit wohl der bekannteste Kriminalkommissar Deutschlands, eine Ehre, auf die er gerne verzichtet hätte.

Zu verdanken hatte er das seinem Vater Ben. Der hatte in den vergangenen Jahren still und heimlich Buch über Johns Ermittlungen geführt und sich detaillierte Notizen über die spektakulärsten Mordfälle gemacht. John hatte sich nichts dabei gedacht, auch nicht, als sein Vater mit der Suche nach einem Verlag begonnen und John um Erlaubnis gebeten hatte, die Texte veröffentlichen zu dürfen.

Wer hätte schon angenommen, dass Ben tatsächlich einen Verleger finden würde? Und dass sich dann auch noch so viele Menschen für die alten Fälle interessierten? So viele, dass das Buch binnen weniger Wochen zu einem Bestseller avancierte!

John hatte das unmöglich vorhersehen können. Dennoch war es genau so gekommen, und seitdem hatten die Telefone nicht mehr stillgestanden. Er hatte Interviews gegeben, der Presse, dem Radio, dem Fernsehen. Mitunter hatte er das Gefühl, gar nicht mehr genug Zeit für seinen eigentlichen Job zu haben – woran sich sein Vorgesetzter, Kriminalrat Gödecke, allerdings wenig störte, und als die Anfrage für die Talkshow gekommen war, hatte er gemeint, die Polizei könnte ein wenig gute Publicity durchaus gebrauchen und die Kollegen und er seien John für seinen Einsatz sehr dankbar. John hatte seine ganz privaten Gründe, weshalb er auf das Wohlwollen von

Kriminalrat Gödecke angewiesen war. Und so hatte er mitgespielt.

Das alles hatte ihn schließlich hierhergeführt. Auf das abgewetzte Ledersofa in seinem Friesenhaus auf Sylt, umringt von Fernsehkameras und einer Moderatorin, die über Kopfhörer eine Souffleuse im Ohr und ansonsten eine Meute Kollegen als Verstärkung im Rücken hatte.

Der Kommissar und das alte Reetdachhaus, das einsam auf einer Düne von List lag, hatten den Fernsehleuten direkt gefallen, und sie hatten entschieden, die erste Folge nicht im Studio, sondern hier zu drehen. Viel mehr Atmo, so hatte es geheißen.

Die Moderatorin lächelte John an, der Aufnahmeleiter gab ihr das Zeichen, dass die Sendung jetzt live ging. Nach einem Einspieler und einer kurzen Anmoderation richtete die Frau das Wort an John.

»John Benthien, erster Hauptkommissar bei der Kriminalpolizei Flensburg und der Mann mit der höchsten Aufklärungsquote in seinem Dezernat. Bislang haben Sie noch jeden Mörder geschnappt.« Sie machte eine Kunstpause. »Sagen Sie uns, wie schafft man das?«

John spürte, wie sein Mund trocken wurde.

Was sollte er darauf antworten? Gerne hätte er der jungen Dame erklärt, dass die Aufklärung von Mordfällen nun einmal zu seinem Tätigkeitsprofil gehörte und er seinen Beruf verfehlt hätte, würde ihm dies nicht regelmäßig gelingen.

John hatte allerdings keinen Zweifel, dass dies nicht die Antwort war, die die Moderatorin von ihm hören wollte.

Er musste an Lilly denken, die Kollegin, mit der er seit über einem Jahr eine Beziehung hatte. Sie hatten gemeinsam überlegt, ob er überhaupt an der Sendung teilnehmen sollte. Er hatte Lilly erst gestern Abend noch einmal gesagt, wie nervös er war, und sie hatte gemeint, er solle sich keinen Kopf machen und einfach die Wahrheit sagen, damit fahre man immer am besten.

John räusperte sich.

»Nun«, begann er, »vielleicht sollte ich erst einmal richtigstellen, dass es im Dezernat viele andere Kollegen gibt, die eine ähnlich hohe Aufklärungsquote haben. Ich meine, wo kämen wir hin, wenn ich der Einzige wäre, der seinen Job ordentlich macht.«

Er rang sich ein Lächeln ab, das von der Moderatorin allerdings nicht erwidert wurde. Hatte er etwas Falsches gesagt?

»Was Ihre Frage betrifft …«, schob er schnell hinterher. »Ich schätze, es hat viel mit Glück zu tun.«

Für einen Moment herrschte Stille. Die Moderatorin hob die Augenbrauen. »Glück?«

»Also … nennen wir es vielleicht besser das richtige Gespür«, versuchte es John. »Das Gespür für den blinden Fleck.«

»Aha.« Die Moderatorin nickte. »Der blinde Fleck. Vielleicht erzählen Sie uns mehr davon … Was genau meinen Sie?«

»Es ist wie in dem chinesischen Sprichwort: *Jedes Ding hat drei Seiten. Eine, die du siehst, eine, die ich sehe, und eine, die wir beide nicht sehen*«, erklärte John und beugte sich vor. »Das lässt sich auch auf die Ermittlungsarbeit übertragen. Jeder Fall hat eine Seite, die allen Beteiligten zunächst verborgen ist. Und der Schlüssel liegt immer darin, diesen blinden Fleck offenbar zu machen.«

»Das ist ja wirklich interessant«, sagte die Moderatorin, allerdings vermutete John anhand ihrer Stimmlage, dass sie kein Wort verstanden hatte. »Wenden wir uns nun unserem heutigen Gast und damit dem ersten Fall zu, mit dem wir uns beschäftigen wollen.«

Die Kameras fuhren herum und fingen den Mann, der neben John auf dem Sofa saß, in Großaufnahme ein. Das Licht der Scheinwerfer, die sich auf John richteten, wurde schwächer.

Eine Schweißperle lief an seiner Schläfe hinab. Er lehnte sich in der Gewissheit zurück, dass er es gerade gründlich vermasselt hatte.

Auf dem Boden hinter der Moderatorin stand ein Bildschirm, der die laufende Übertragung zeigte. Das Foto eines Mädchens wurde eingeblendet – blonde Haare, blaue Augen, viele Sommersprossen – und neben ihm das Bild eines Mannes, bei dem es sich aufgrund der frappierenden Ähnlichkeit wohl um den Vater handelte.

»Herr Thomsen«, sagte die Moderatorin. »Dieses Bild lässt Sie nicht mehr los.«

Jürgen Thomsen, der Mann neben John, nickte. Er hatte sein fast weißes Haar mit Pomade nach hinten gekämmt, und die vielen Furchen und Falten in seinem Gesicht verrieten John, dass er in seinen Dienstjahren allerhand erlebt haben musste.

»Ja«, sagte Thomsen. »Den Fall Ahlert werde ich nie vergessen.«

»Sie waren damals bei der Kripo Flensburg, John Benthiens Vorgänger, wenn man so will«, schob die Moderatorin ein.

»Hm«, machte Thomsen. »Das war damals im Herbst 1980, ich war noch nicht lange bei der Kripo, als ich den Fall übernahm.«

»Was war mit Emma Ahlert und ihrem Vater Mikkel geschehen?«

Thomsen presste die Lippen aufeinander. Sein Blick ruhte

auf den beiden Fotos. »Ich fürchte, das kann ich Ihnen auch nach all den Jahren nicht sagen. Wir wissen nur, dass Emma und ihr Vater damals spurlos verschwunden sind.«

»Das Ganze trug sich auf der Insel Föhr zu, richtig?«

»Ja. Mikkel Ahlert gehörte ein Café. Seine Frau Gunilla kümmerte sich üblicherweise um das Kind. Mikkel hatte sich frei genommen, um den Tag mit seiner Tochter zu verbringen. Seiner Frau sagte er, dass er mit Emma am Strand spielen und später zur Robbenstation gehen würde.«

»Doch das tat er nicht.«

»Nein. Stattdessen bestieg er an dem Morgen mit seiner Tochter die Fähre zum Festland.«

»Aus welchem Grund?«

»Das haben wir leider nie herausgefunden. Mikkel Ahlert hatte in Dagebüll einen Wagen gemietet. Das Auto stand später noch dort auf dem Parkplatz. Wir wissen nicht, ob es an dem Tag bewegt wurde. Und damit ... verlor sich die Spur von Emma und ihrem Vater.«

Die Moderatorin wandte sich herum, und auch die Kameras schwenkten wieder auf John.

Er hatte während des gesamten Gesprächs den Blick nicht von dem Foto der kleinen Emma genommen. Die Sommersprossen, das Lächeln mit dem fehlenden Schneidezahn, die leuchtend blauen Augen, in denen so viel Freude lag – die Freude auf all die Versprechen und Abenteuer, die das Leben noch bereithielt und die für das Mädchen vermutlich nie in Erfüllung gegangen waren. John hatte in seinen Dienstjahren schon zu viele solcher Fotos gesehen.

»Herr Benthien ...«, setzte die Moderatorin an, doch John gebot ihr mit erhobener Hand Einhalt.

Er lehnte sich zu Thomsen hinüber. »Eines verstehe ich noch nicht ganz. Sie müssen doch damals nachvollzogen haben, ob Mikkel Ahlert das Auto von der Mietwagenfirma übernommen hat – und damit auch, ob er und seine Tochter die Fähre überhaupt in Dagebüll verlassen haben?«

»Verzeihung, das war etwas unpräzise formuliert.« Thomsen schüttelte den Kopf. »Natürlich haben wir das überprüft. Mikkel und Emma verließen in Dagebüll die Fähre, und Mikkel übernahm das Auto von einem Mitarbeiter der Mietwagenfirma.«

»Dann konnten Sie doch anhand des Kilometerzählers feststellen, ob der Wagen bewegt wurde«, meinte John. »Und entsprechend der Kilometerzahl hätte sich ein Suchradius abstecken lassen ...«

»Grundsätzlich richtig. Unser Problem war nur, dass die Mietwagenfirma vergessen hatte, sich den Kilometerstand des Vormieters zu notieren. Und es gab lediglich eine Mitarbeiterin, die ihm den Schlüssel ausgehändigt, aber leider nicht gesehen hatte, ob er auch tatsächlich weggefahren war. Als wir am nächsten Tag in Dagebüll anrückten, stand der Wagen wie gesagt auf dem Parkplatz. Mit vollem Tank.«

John stutzte. »Das bedeutet ...«

»... dass es unmöglich ist zu sagen, ob Ahlert an dem Tag den Wagen überhaupt bewegte oder – falls er es tat – wie weit oder wohin er mit seiner Tochter fuhr.«

Thomsen machte eine Pause, und John spürte, dass er noch mehr zu sagen hatte. Doch dazu kam er nicht.

»Was schließen Sie daraus?«, schaltete sich die Moderatorin ein. »Halten Sie es für möglich, dass Mikkel Ahlert der kleinen Emma Gewalt antat und dann untertauchte?«

Thomsen machte eine sorgenvolle Miene und legte die Stirn in Falten. »Möglich ist das. Aber es sind auch unzählige andere Varianten denkbar. Der Fall ist und bleibt ein Rätsel.«

»Ein gutes Stichwort«, befand die Moderatorin. »Mit

moderner Kriminaltechnik lässt sich so manches Rätsel lösen. Wie würden Sie heute an einen solchen Fall herangehen, Kommissar Benthien?« Ihrem Blick sah John an, dass sie diesmal nicht wieder unterbrochen werden wollte und eine Antwort auf ihre Frage erwartete.

John überlegte kurz, ob er sich weiter an Lillys Ratschlag halten und einfach die Wahrheit erzählen sollte. Die aber, so fürchtete er, wollte in dieser Sendung niemand hören. Sie würde nämlich besagen, dass man auch heute noch vor einem Rätsel stehen würde und die Chancen, das Schicksal von Emma und Mikkel Ahlert zu ergründen, bei nahezu null lagen.

Also beschloss John, das Spiel mitzuspielen. Er erzählte von den modernen Methoden der Kriminaltechnik, von Blutspuren, die sich selbst Jahre später noch in Gewebe feststellen ließen, von DNA-Abgleichen, länderübergreifenden Fahndungsmaßnahmen und allem, was ihm zu dem Thema einfiel.

Nun schenkte die Moderatorin ihm ein überaus zufriedenes Lächeln. Das war offenbar genau nach ihrem Geschmack.

Es war beinahe Mitternacht, als das Fernsehteam endlich abgerückt war.

John stand auf der Terrasse seines Friesenhauses. Der Herbst kam in diesem Jahr mit schnellen Schritten heran, und entsprechend kalt war der Wind, der ihm durch die Haare strich. Es war wohl besser, sich für den kleinen Spaziergang, den er vorhatte, etwas überzuziehen. Er brauchte jetzt Bewegung, war noch zu aufgekratzt, um sofort ins Bett zu gehen.

John holte seine Lederjacke aus der Diele. Er trug jetzt wieder Jeans und einen Troyer, so wie es ihm am liebsten war. Anzug und Krawatte hatte er abgelegt, sobald er wieder allein gewesen war. Er hasste Anlässe, zu denen man sich in Schale werfen musste. Vielleicht hätte ihm das eine Warnung sein sollen, erst gar nicht an der Sendung teilzunehmen.

»Ich dachte zuerst, Sie patzen«, hatte die Moderatorin nach den Aufnahmen zu ihm gesagt, »aber dann haben Sie Ihre Sache doch ganz ordentlich gemacht.« John war daraufhin so perplex gewesen, dass er nicht gewusst hatte, was er erwidern sollte.

Thomsen war noch einen Moment geblieben und hatte die Szene offenbar mitbekommen. Er nahm John zur Seite, als das Filmteam seine Ausrüstung in die Autos lud.

»Nehmen Sie es nicht persönlich«, hatte er mit unbewegter Miene gemeint. »So ist das Fernsehen. Die Wahrheit interessiert hier niemanden. Keiner, weder diese Moderatorin noch die Zuschauer, wollen wissen, wie es in unserem Job wirklich zugeht.«

Damit hatte er vermutlich recht.

John schloss die Terrassentür hinter sich und schaltete seine Taschenlampe ein. Er folgte dem schmalen Pfad, der hinter dem Haus durch die Dünen verlief. Rechts und links tanzte der Strandhafer im Wind.

John erreichte eine Senke, wo sich seine Werkstatt befand – was natürlich ein wenig übertrieben war, schließlich handelte es sich um nicht mehr als einen kleinen, windschiefen Schuppen, den er hier errichtet hatte, um seinem Hobby nachzugehen, der Steinhauerei.

Hier, allein zwischen den Dünen, über ihm der endlose Himmel und die kreisenden Möwen, kam er zur Ruhe, konnte sich ganz darauf konzentrieren, ein Fantasiegebilde aus einem Stein zu schlagen und dabei die Geister für einen Moment abzuschütteln, die ihn verfolgten.

Sein Erstlingswerk, das er vor einigen Sommern angefertigt hatte, war ein Kopf gewesen, das Konterfei eines Fischers, knorrig, voller Kanten und Furchen. Kein Meisterstück, aber für den Anfang ganz ordentlich.

John blieb wenige Meter vor dem Schuppen stehen.

Er hatte den Fischerkopf auf einen Sockel gestellt. Doch nun lag er auf dem Boden, zerbrochen in mehrere Einzelstücke.

Das Kamerateam war vor Beginn der Sendung hier in den Dünen gewesen. Sie hatten noch einige Außenaufnahmen von dem Friesenhaus machen wollen. Offenbar waren sie dabei unachtsam gewesen.

John kniete sich hin, nahm eines der Bruchstücke in die Hand und betrachtete es von allen Seiten. Ob er den Kopf wieder zusammenfügen konnte?

Eigentlich hatte er das Stück mit in die neue Wohnung nehmen wollen. Lilly und er waren nun seit über einem Jahr zusammen und hatten beschlossen, zusammenzuziehen. Morgen früh würden sie eine Maisonette in Flensburg besichtigen. John hatte dem Steinkopf einen festen Platz in der neuen Bleibe zugedacht.

Unwillkürlich fragte er sich, ob das zerbrochene Kunstwerk vielleicht ein schlechtes Omen war.

Bisher waren seine Beziehungen eher glücklos verlaufen. Sie waren alle gescheitert, die einen früher, die anderen etwas später, dafür aber umso dramatischer. Oft hatte er sich gefragt, ob es an ihm lag, ob er einfach programmiert als hoffnungsloser Eigenbrötler auf die Welt gekommen war. Denn letztendlich lief immer alles auf denselben Punkt hinaus: Eine feste Bindung engte ihn ein. Er fühlte sich überwacht und fremdbestimmt.

Seine Hoffnung war gewesen, dass es mit Lilly anders sein würde. Und das war es anfangs auch tatsächlich gewesen. Sie beide hatten denselben Beruf. Lilly verstand, was er jeden Tag erlebte, es gab nichts zu verheimlichen oder zu beschönigen, mit ihr konnte er offen reden. Keine Geheimnisse.

Doch in letzter Zeit hatte sich der Alltag in ihre Beziehung geschlichen, und mit ihm waren die altbekannten Gefühle in John erwacht. Eingeengt, fremdbestimmt. Wie gestern bei der Sache mit dem Anzug. John hätte sich nichts dabei gedacht, in Jeans und Pullover in der Fernsehsendung zu sitzen, vor allem, wenn sie ohnehin bei ihm zu Hause filmten. Doch Lilly hatte auf Anzug und Krawatte bestanden, schließlich repräsentierte John doch auch seinen Beruf und das Corps.

Er fragte sich, ob er sich vielleicht von vornherein etwas wohler in seiner Haut gefühlt hätte, wenn er nicht auf Lilly gehört hätte.

Ob eine gemeinsame Wohnung also wirklich eine gute Idee war? Oder würde er einfach einen alten Fehler ein weiteres Mal wiederholen? Schließlich gab es noch einen anderen Aspekt. Lilly und er waren Kollegen, strenggenommen war Lilly sogar seine Untergebene. Den meisten auf dem Präsidium machte das nichts aus, doch John wusste, dass es auch die anderen gab. Und zu ihnen zählte Kriminalrat Gödecke. Er hatte John zu verstehen gegeben, dass er ihm die Liebschaft durchgehen ließ, weil er seine Fähigkeiten als Ermittler schätzte. Der leicht drohende Unterton war aber nicht zu überhören gewesen. Und auch das war ein Grund gewesen, warum John der Fernsehsendung zugestimmt hatte, um Gödecke einen Gefallen zu tun.

Wieder fremdbestimmt.

John legte das Bruchstück auf den Boden zurück und stand auf. Ihm war die Lust auf die Wanderung vergangen.

Er drehte sich um und folgte dem Dünenpfad zurück zum Haus.

Drinnen legte er neues Holz in den Bilegger, den traditionellen Friesenkamin im Wohnzimmer, und schaltete die Stereoanlage ein. Wenige Sekunden später kam die Stimme von Leonard Cohen aus den Lautsprechern: *Like a bird on the wire, like a drunk in a midnight choir, I have tried in my way to be free.*

John schenkte sich einen Rotwein ein und setzte sich auf das Ledersofa, auf dem er eben schon die ganze Zeit gesessen hatte. Dann blickte er zu der Stelle, wo vorhin der Fernsehmonitor gestanden hatte.

Das Foto von Emma Ahlert erschien wieder in seinen Gedanken. Er hätte zu gern gewusst, was mit dem Mädchen geschehen war.

Kapitel 2

Cheesecake, Apfeltarte, Paris Brest, weißes Schokoladen-Mangotörtchen, Petit Fours. Lilly Velasco, Oberkommissarin bei der Kriminalpolizei, stand vor dem Schaufenster der neuen Patisserie im Flensburger Stadtteil Jürgensby und wähnte sich im siebten Himmel. Sie stellte sich vor, wie die Kuchenstücke und Törtchen auf ihrer Zunge dahinschmolzen, und hätte gerne zwei oder drei … nein, am liebsten gleich alle vernascht.

Aber das war keine Option.

Lilly betrachtete ihr Spiegelbild in der Fensterscheibe. Das messingfarbene Haar fiel ihr lang auf die Schultern. Die Wangenknochen in ihrem Gesicht traten nun wieder deutlicher hervor, und sie meinte, in ihren braunen Augen einen neuen Glanz zu erkennen. Lilly zog den Mantel, den sie trug, eng zusammen, sodass er ihre Taille betonte, und drehte sich ein Stück zur Seite. Auch der Hüftspeck war weniger geworden. Keine Frage, ihr Körper dankte es ihr, dass sie ihre kulinarischen Gelüste im Zaum hielt, seit sie mit John zusammen war.

Doch nun, im Angesicht der Törtchen und Küchlein, drohte sie schwach zu werden. War das Leben nicht viel zu flüchtig, um auf solche Genüsse zu verzichten?

Lilly fragte sich unwillkürlich, weshalb sie sich eigentlich derart einschränkte. Natürlich, für John. Auch wenn er sich nie über ihre Figur beklagt hatte, stand doch außer Frage, dass sie ihm gefallen wollte.

Aber warum meinte sie als Frau überhaupt, einem Mann einen solchen Dienst erweisen zu müssen? Taten die Kerle für einen im Gegenzug dasselbe? Meistens nicht. Fast alle setzten Speck an, sobald sie in den sicheren Hafen einer langfristigen Beziehung eingelaufen waren. Und bei John war das nicht anders. Lilly war nicht entgangen, dass er sich in letzter Zeit hatte gehen lassen.

Sie blickte auf die Uhr an ihrem Handgelenk. Die Wohnungsbesichtigung war erst um elf Uhr, sie hatte also noch genug Zeit.

Kurzentschlossen öffnete sie die Ladentür und betrat die Patisserie, begleitet vom Klingeln eines Glöckchens.

Wenige Minuten später schlenderte sie mit einer Mangotarte in der Hand durch die Straßen. Die Sonne erschien ihr plötzlich heller, der Himmel blauer. Selbst die Stufen der Sank-Jürgen-Treppe meinte sie nach der kleinen Zuckerinfusion hinaufzuschweben.

John wohnte nur wenige Gehminuten von Lilly entfernt in einem Jugendstilbau am Sankt-Jürgen-Platz. Er teilte sich dort eine Wohnung mit seinem Vater.

Eigentlich hatte Lilly sich nie etwas dabei gedacht. Doch seit vergangenem Wochenende kam ihr Johns Wohnsituation plötzlich merkwürdig vor. Sie hatte ihrem Vater, der in der Lüneburger Heide lebte, einen der seiner Meinung nach viel zu seltenen Besuche abgestattet. Natürlich hatte sie ihm von ihrem Liebesglück berichtet, und natürlich hatte sich ihr alter Herr einen Kommentar nicht verkneifen können, ganz so, als sei sie immer noch ein unbedarftes Mädchen, das es zu beschützen gelte.

Sie hatte die Bedenken ihres Vaters unwirsch abgebürstet.

Dennoch waren ihr seine Worte im Gedächtnis geblieben: Ein erwachsener Mann, noch dazu ein Kriminalkommissar, der bei seinem neunundsiebzig Jahre alten Vater wohnt? Da könne doch wohl etwas nicht ganz richtig sein.

Inzwischen fragte sich Lilly, ob da vielleicht doch etwas dran war. John wohnte unter der Woche bei seinem Vater Ben und verbrachte die Wochenenden meistens in dem Kapitänshaus auf Sylt – doch auch das gehörte zur Hälfte seinem alten Herrn, der die Insel fast genauso häufig aufsuchte wie John. Bei Gott, Lilly hatte nichts gegen Ben einzuwenden, er war ein charmanter Kerl, und sie mochte ihn. Aber dennoch ... Warum wohnte ein Mann Ende vierzig noch bei seinem Vater, vor allem, wenn er genug Geld verdiente, um sich eine eigene Wohnung zu leisten?

Lilly biss nachdenklich in die Mangotarte und setzte ihren Weg fort.

Auch was die Liebe betraf, konnte man John – böse gesprochen – als beschädigte Ware bezeichnen. Seine Beziehungen waren samt und sonders gescheitert.

Natürlich machte Lilly sich nichts vor. Sie war im selben Alter wie John, und da konnte man nicht mehr allzu wählerisch sein. Trotzdem musste man der Realität ins Auge sehen – erneut ein Zitat ihres Vaters: Es gab einfach Menschen, die sich in einer festen Bindung nicht wohl fühlten, die lieber für sich allein waren.

Lilly kannte John inzwischen gut genug. Man konnte viel Spaß mit ihm haben, er war ehrlich, ein guter Kollege und ein noch besserer Freund. Doch sie wusste, dass er am glücklichsten war, wenn er allein in seinem Friesenhaus war, zwischen den Dünen an seinen Steinen meißelte, mutterseelenallein über den weiten Strand spazierte oder mit seinem Segelboot auf die Ostsee hinausschipperte. Tief in seinem Inneren hauste ein Eigenbrötler, den man ohne Weiteres auf einer einsamen Insel aussetzen konnte und der dort glücklich werden würde, weil er sich selbst genug war.

Feste Bindungen engten ihn ein, führten dazu, dass er sich unfrei, gegängelt und überwacht fühlte. Das hatte John ihr sogar wortwörtlich einmal gesagt und damit erklärt, warum seine bisherigen Beziehungen gescheitert waren.

Nur, aus irgendeinem wundersamen Grund hatte Lilly bislang angenommen, dass es bei ihr anders sein würde.

Hatte sie sich da etwas vorgemacht?

Ihre Schritte wurden langsamer, als sie den Sankt-Jürgen-Platz erreichte.

Im Grunde war es ihre Idee gewesen, eine gemeinsame Wohnung zu beziehen. Wenn man über ein Jahr zusammen war und sich schon vorher lange gekannt hatte, war es einfach an der Zeit, den nächsten Schritt zu tun – fand zumindest Lilly. Jetzt fragte sie sich mit einem Mal, ob sie John da in etwas reingedrängt hatte, das er in Wahrheit gar nicht wollte.

Bei Licht betrachtet hatte sich ihre Wohnungssuche bisher als reichlich mühsam erwiesen. Und das lag nicht am mangelnden Angebot, sondern vielmehr daran, dass John immer irgendetwas auszusetzen hatte. Mal war es die Lage, mal die Aussicht, mal das zu kleine Wohnzimmer, mal die Tapete im Treppenhaus.

Wollte er wirklich mit ihr zusammenleben?

Lilly blieb stehen, als sie den Sankt-Jürgen-Platz erreicht hatte. Sie blickte hinüber zu dem Altbau, in dem John und Ben wohnten. Sie musste an ihre eigene Wohnung mit dem malerischen Blick über die Flensburger Förde denken. Sie war dort glücklich, und es gab nichts, das sie zwang, dieses Glück aufzugeben.

Neben allem anderen musste sie auch ihre berufliche Situation bedenken. Ihr oberster Chef, Kriminalrat Gödecke, hatte sie erst neulich in der Kaffeeküche beiseitegenommen. In netten Worten hatte er ihr erklärt, dass es gerade in ihrem Beruf, in dem man es mit den Schattenseiten des Lebens zu tun hatte, wenig Erfreulicheres gab, als jeden Tag die frische Liebe zweier Menschen zu beobachten. Dennoch hatte er keinen Zweifel daran gelassen, dass er ihre Beziehung mit John kritisch sah, zumal John ihr direkter Vorgesetzter war. Zwischen den Zeilen hatte Lilly eine deutliche Mahnung herausgelesen: Wenn sie mit John zusammenbleiben wollte, müsste sie langfristig ihre berufliche Situation verändern.

Sie war nicht der Typ, der sich einschüchtern ließ, und sie würde die Liebe immer der Karriere vorziehen. Dennoch hatte sie John noch nichts von dem kleinen Zwischenfall erzählt. Denn, das wurde ihr erst jetzt bewusst, es nagten Zweifel an ihr. Sie fragte sich, ob sie im Begriff war, einen großen Fehler zu begehen.

Lilly stieg die Stufen zur Eingangstür des Altbaus hinauf und wollte gerade klingeln, als lautes Motorengeräusch ihre Aufmerksamkeit auf sich zog. Sie schaute zur Seite. Aus dem Durchgang, der zum Hinterhof und den Stellplätzen führte, kam ein Oldtimer-Cabrio gerollt.

John saß am Steuer des laut spratzelnden Gefährts. Neben ihm auf dem Beifahrersitz saß eine Frau mit Kopftuch und dunkler Sonnenbrille. Sie lächelte und winkte Lilly zu, während John den Wagen auf die Straße rangierte.

Wenig später half Lilly John dabei, den schweren Koffer auf die Haltevorrichtung zu hieven, die stilecht auf dem Kofferraum des Cabrios montiert war und offenbar nur dieses eine maßgefertigte und unhandliche Gepäckstück tragen konnte. Bei dem Wagen handelte es sich um einen originalen Morgan

Roadster. Johns Vater hatte ihn sich gekauft. Er beabsichtigte, mit seiner – ebenfalls neuen – Freundin, die auf den Namen Vivienne hörte, eine Spritztour durch die Emilia-Romagna zu machen. Ein alter Traum von ihm, den er nun endlich wahr machen wollte. Lilly wünschte ihm alles Gute bei dem Unterfangen. Seiner deutlich jüngeren Lebensgefährtin wünschte sie, dass das Wetter garstig und die Straßen holprig sein mochten, damit ihr verwöhnter Hintern ordentlich durchgeschüttelt wurde. Das arrogante Stück war die ganze Zeit im Wagen sitzen geblieben und hatte keinen Finger krumm gemacht, während John, Ben und Lilly Gepäck und Proviant verstaut hatten.

Wechselnde Bekanntschaften war Lilly von Johns Vater gewohnt. Nachdem er die meiste Zeit seines Lebens als Lehrer in einer Schule gefristet hatte, gab er nun den Lebemann und erfreute sich trotz seines Alters eines abwechslungsreichen Liebeslebens. Lilly musste zugeben, dass Ben mit seiner vollen grauen Mähne und dem Bart, den er sich neuerdings stehen ließ, überaus attraktiv war. Und das konnte man auch von seinen Bekanntschaften sagen. Bei den meisten Damen handelte es sich um Urlauberinnen, die Ben auf Wattwanderungen kennengelernt hatte. Und sie alle verband eines: Klasse. Bislang hatten sich Bens amouröse Abenteuer dadurch ausgezeichnet, dass die Damen einen gewissen Stil hatten – Ausnahmen bestätigten wie immer die Regel – und sich außerdem ungefähr in seinem Alter befanden. Dass Ben neuerdings auch Frauen datete, die wie Vivienne mindestens fünfzehn Jahre jünger waren als er, das war neu.

Ben trat an John heran und umarmte ihn zum Abschied. »Mach's gut, min Jung.«

»Du auch, Vater. Passt auf euch auf, und habt eine schöne Zeit.«

»Ich drücke euch die Daumen für die Wohnungsbesichtigung.« Ben wandte sich zum Gehen, hielt dann aber inne. »Sag mal, du bist doch noch da, wenn ich wiederkomme, oder? Ich meine …«

Lilly entging Johns Zögern nicht. Aus dem Augenwinkel wanderte sein Blick kurz zu ihr, bevor er antwortete. »Ich denke schon, ja.«

Ben lächelte. »Das ist gut. Ich meine, ich will euch doch schließlich beim Umzug helfen.«

»So schnell geht das schon nicht, Vater.«

»Bis bald, mein Junge.« Ben klopfte seinem Sohn nochmal auf die Schulter.

John und Lilly winkten zum Abschied und sahen dem Cabrio nach, wie es hinter der nächsten Straßenecke verschwand.

Lilly musterte John von der Seite. Mit den Jahren wurde er seinem Vater äußerlich immer ähnlicher. Sie hatten die gleichen blauen Augen, und Lilly brauchte sich wohl keine Sorgen zu machen, dass John vorschnell eine Glatze bekommen würde. Die grauen Stellen in seinem braunen Haar wurden zahlreicher, doch es war noch genauso voll wie das von Ben und ließ sich herrlich verstrubbeln, wenn man darin wühlte. Was beide ebenfalls unverkennbar miteinander teilten, war natürlich die markante Nase, die hakenförmig nach unten gebogen war wie die eines Habichts.

Lilly fragte sich, ob die Ähnlichkeiten sich auf das rein Äußerliche beschränkten oder ob John auch in anderen Dingen seinem Vater nachkam. Würde sie vielleicht eines Morgens aufwachen, wenn sie alt und runzelig war, und feststellen, dass John sie gegen ein jüngeres Exemplar ausgetauscht hatte?

John blickte auf seine Armbanduhr. »Das hat jetzt doch länger gedauert als gedacht«, meinte er. »Wird Zeit, dass wir uns auf den Weg machen. Ich hol noch schnell meine Jacke.«

Er stieg die Stufen zur Tür des Altbaus hinauf, da klingelte sein Handy.

John ging ran und hörte zu. Als er aufgelegt hatte, überlegte er kurz. Dann meinte er: »Tut mir leid, Lilly, aber ich fürchte, die Wohnungsbesichtigung muss heute ausfallen.«

»Warum?«

»Das war das Dezernat. Eine junge Frau wartet dort und möchte mit mir sprechen.«

»Ist es dringend?«

»Ich weiß nicht ...«

»Nun, dann soll sie Montag wiederkommen.«

»Sie ist extra von Föhr angereist und lässt sich nicht abwimmeln. Sie ... hat mich wohl gestern Abend in der Fernsehsendung gesehen.«

»Oh Gott«, rutschte es Lilly heraus, »du hast dein erstes Groupie!«

John blieb ernst. »Das glaub ich kaum.«

»Du weißt doch noch nicht mal, ob es wichtig ist!« Lilly stemmte die Hände in die Hüften. »Und wir beide haben einen Termin. Wie wäre es, wenn du einen Kollegen bittest, mit ihr zu sprechen?«

»Hör zu, es tut mir wirklich leid. Ich weiß, wie viel dir die Sache bedeutet, aber ...«

»Wie viel *mir* die Sache bedeutet? Dir also nicht?«

»Nein, so war das nicht gemeint.« John seufzte. »Die Frau auf dem Dezernat ... es könnte mit Emma zu tun haben.«

»Emma?« Lilly stutzte. Natürlich hatte sie am vorigen Abend Johns ersten Auftritt im Fernsehen verfolgt. »Du meinst das verschwundene Mädchen, um das es gestern in der Sendung ging?«

»Ja«, bestätigte er. »Die Frau auf dem Dezernat behauptet, ihre Schwester zu sein.«

Kapitel 3

Konnte er ihr trauen?

John musterte die junge Frau, die ihm am Tisch des Verhörraums im Präsidium gegenübersaß. Sie hatte halblanges, blondes Haar mit einem rötlichen Stich. Den Kopf hielt sie leicht gesenkt, sodass ihre grünen Augen zu ihm aufblickten, wenn sie sprach. Die Hände hielt sie im Schoß gefaltet, ihre Schultern hingen herab. Die Haltung, der fast zierliche Körperbau und der blasse Teint ließen sie zerbrechlich wirken.

Ihr Name war Nieke Dornieden. John schätzte sie auf Anfang bis Mitte dreißig.

Sein Blick wanderte unauffällig zu der Uhr an der Wand. Er saß nun eine Dreiviertelstunde hier, hatte ihre Geschichte bereits zweimal gehört. Sein Bauchgefühl sagte ihm, dass zumindest ihre Sorge aufrichtig zu sein schien. Trotzdem war er noch nicht sicher, ob er ihren Worten glauben konnte und ihre Mutter sich wirklich in Gefahr befinden könnte.

Nieke Dornieden behauptete jedenfalls, die Halbschwester der seit langem vermissten Emma Ahlert zu sein, um die es gestern Abend in der Fernsehsendung gegangen war. Dort hatte sie auch John gesehen.

»Sie möchten wirklich nichts trinken?«, fragte John und deutete auf die Tasse, die vor ihm auf dem Tisch stand.

Nieke schüttelte still den Kopf.

»Also gut«, meinte John und nahm selbst einen Schluck Kaffee. »Noch einmal von vorn, damit ich das auch alles richtig verstehe.«

Er stellte die Frage nicht nur, um zu sehen, ob sich Nieke bei ihrer Erzählung in Unstimmigkeiten verhedderte, sondern auch, weil er wissen wollte, wie ernst es ihr wirklich war.

Die erste Reaktion verriet wenig. Nieke nickte nur knapp und ließ sich zumindest äußerlich nicht anmerken, mit der Geduld am Ende zu sein.

»Sie leben mit Ihrem Ehemann und Ihrer gemeinsamen Tochter auf Föhr?«, fragte John nach einem kurzen Blick auf seine Notizen.

»Ja. Ich wohne mit Sönke und Ria in Wyk.«

Nieke hatte ihre Tochter, ein Mädchen von schätzungsweise sechs oder sieben Jahren, mit aufs Präsidium gebracht. Lilly kümmerte sich um sie.

»Sie sagten, Sie seien mit den beiden vor sechs Tagen zu einer Reise aufgebrochen?«

»Genau. Am vergangenen Samstag.«

»Was war nochmal der Grund für die Reise?«

»Wir haben Sönkes Eltern auf dem Festland besucht. Sie sind in Rente und leben in Bad Zwischenahn.«

John würde später überprüfen lassen, ob die Eltern diese Angabe bestätigten. »Hatten Sie die Reise geplant, oder war es ein spontaner Entschluss?«

»Das war geplant. Wir besuchen meine Schwiegereltern mindestens zweimal im Jahr.«

»Wann sind Sie wiedergekommen?«

»Gestern um die Mittagszeit.«

»Sie sagten, dass Sie den Besuch bei Ihren Schwiegereltern vorzeitig abgebrochen haben.«

»Das stimmt, wir wollten eigentlich eine ganze Woche bleiben, vielleicht auch noch das Wochenende.«

»Und warum sind Sie früher zurückgekommen?« Über diesen Punkt hatte Nieke sich bislang ausgeschwiegen.

Sie sah John einen Moment lang zögerlich an. »Ich … also, Sönke musste zurück auf die Insel. Es gab Probleme mit der Bahn.«

»Der Bahn. Ich fürchte, das müssen Sie mir erklären …«

»Mein Mann betreibt den Inselexpress. Er fährt die Touristen mit einer kleinen Bahn über die Insel. Sönke hat jemanden, der hin und wieder vertretungsweise einspringt. Er konnte das Problem jedoch allein nicht lösen. Wir mussten also zurück.«

»Verstehe.« John machte sich eine Notiz. »Demnach brachen Sie am vergangenen Samstag auf und kamen gestern, Mittwoch, zurück.«

»So ist es.«

»Was taten Sie, als Sie wieder zu Hause waren?«

»Sönke machte sich gleich auf den Weg ins Geschäft. Ich fuhr mit meiner Tochter zu meiner Mutter.«

»Gab es dafür einen bestimmten Grund?«

Nieke zuckte unmerklich mit dem Kopf und blickte ihn verwundert an. »Wie meinen Sie das?«

»Gab es einen Grund, dass Sie sofort zu Ihrer Mutter gefahren sind? Ich meine, nach so einer Reise hat man doch eigentlich erstmal andere Dinge zu erledigen …«

»Ich weiß nicht … Mama hat es ganz gern, wenn man sich bei ihr zurückmeldet. Und ich wollte nachsehen, ob es ihr gut geht.«

»Bestand für Sie denn Grund zur Sorge?«

»Nein. Natürlich nicht.«

John ließ einen Moment der Stille entstehen. »Sie fuhren also hin, um sich zurückzumelden, so wie es sich gehört.«

»Genau so war es.«

John warf erneut einen Blick auf seine Notizen. »Sie sagten, dass Ihre Mutter in *Haus Poppenspeler* wohnt.«

»Ja, das Haus befindet sich seit Generationen im Besitz der Familie meiner Mutter. Mama wohnt dort allein. Sönke und ich wollen aber bald bei ihr einziehen, weil wir dann mehr Platz haben und Ria einen Garten zum Spielen ...«

John hob die Hand. »Wissen Sie noch, wann Sie ungefähr beim Haus Ihrer Mutter eintrafen?«

»Das muss so gegen vierzehn Uhr gewesen sein.«

»Und Sie sagten, dass Ihre Mutter nicht vor Ort war.«

»Nein, Mama war nicht da. Auch auf dem Handy erreichte ich sie nicht. Und auch sonst wusste niemand, wo sie war.«

»Und da wurden Sie nervös.«

»Richtig.«

John beugte sich vor und legte die Arme auf den Tisch. »Frau Dornieden, wie alt ist Ihre Mutter?«

»Mama wird nächsten Monat sechsundsechzig.«

»Wie steht es um ihre Gesundheit?«

»Ich denke, es geht ihr gut ... für ihr Alter.«

»Gab es in letzter Zeit Anzeichen, dass Ihrer Mutter etwas Sorgen bereitete ... dass ihr etwas zu schaffen machte?«

»Nein, überhaupt nicht.«

»Das ist gut.« John machte eine Pause. »Sagen Sie, hatte Ihre Mutter Feinde?«

Nieke Dornieden schüttelte den Kopf. »Nein, warum denn das?«

»Ich muss das fragen. Erzählen Sie weiter. Was taten Sie als Nächstes?«

»Ich bin zur Polizei in Wyk gefahren. Ich wollte Mama als vermisst melden, wollte, dass man nach ihr sucht. Ihre Kollegin auf der Wache war leider nicht besonders hilfsbereit.«

Das konnte sich John gut vorstellen. Er hätte aufgrund dieser Informationen auch keine Suchaktion eingeleitet.

»Ich muss zugeben, dass es mir noch ein wenig schwerfällt, die Sorge um Ihre Mutter nachzuvollziehen«, sagte er. »Ihre Mutter ist ein erwachsener Mensch, der sich frei bewegen darf und niemandem Rechenschaft schuldig ist. Sie ist gesundheitlich in guter Verfassung, steht mitten im Leben, es gibt niemanden, der ihr Böses will ... Frau Dornieden, halten Sie es nicht für möglich, dass sich Ihre Mutter einfach mal ein paar Tage frei gegönnt hat? Vielleicht ist sie zu einer Freundin gefahren?«

Nieke schüttelte entschieden den Kopf. »Nein, das wäre überhaupt nicht Mamas Art. Sie sagt immer, wo sie ist – so, wie sie es auch von mir erwartet. Außerdem hat sie die Insel schon seit sehr langer Zeit nicht mehr verlassen. Mama fährt nicht einfach irgendwohin, ohne jemandem etwas davon zu sagen.«

John blickte demonstrativ auf die Wanduhr. »Es sind jetzt knapp vierundzwanzig Stunden vergangen, seit Sie das Haus Ihrer Mutter aufgesucht haben. Bei erwachsenen Personen warten wir üblicherweise deutlich länger, bevor wir davon ausgehen, dass jemand wirklich verschwunden ist. Halten Sie es nicht für möglich, dass Ihre Mutter wieder auftaucht?«

»Nein«, sagte sie fest und im Brustton der Überzeugung. »Ich habe die ganze Nacht in Haus Poppenspeler auf Mama gewartet, und sie ist nicht wiedergekommen. Ihr muss etwas zugestoßen sein.«

John lehnte sich zurück und spielte mit dem Kugelschreiber zwischen seinen Fingern. »Nur für das Protokoll und damit ich den Hintergrund richtig verstehe. Der Name Ihrer Mutter ist Gunilla Dornieden.«

»Ja.«

»Der Mädchenname Ihrer Mutter ist Ahlert.«

»Richtig.«

»Sie war in den Achtzigerjahren mit Mikkel Ahlert verheiratet?«

»Ja.«

»Und die beiden hatten ein Kind, ein Mädchen namens Emma.«

Nieke nickte. »Ja. Emma war meine Halbschwester.«

John musterte die Frau und suchte in ihrem Gesicht nach Ähnlichkeiten zu dem Bild des vermissten Mädchens, das gestern in der Fernsehsendung gezeigt wurde.

Wenn Nieke die Wahrheit sagte, dann wurde vierzig Jahre nach dem spurlosen Verschwinden von Mikkel und Emma Ahlert nun auch Mikkels Ehefrau und Emmas Mutter Gunilla vermisst.

Das mochte Zufall sein. Und vielleicht gönnte sich die alte Dame doch nur eine Auszeit von der Familie und erfreute sich bester Gesundheit.

Vielleicht aber auch nicht.

Er musste eine Entscheidung treffen.

Kapitel 4

Lilly wusste noch nicht genau, wie sie es am besten anstellen sollte. In Gedanken wog sie die verschiedenen Möglichkeiten gegeneinander ab und fragte sich, welche Methode ihr wohl die meiste Befriedigung verschaffen würde. Sie könnte John mit ihrer Dienstwaffe aus nächster Nähe ein Loch in den Kopf schießen und den letzten, überraschten Blick in seinen Augen genießen. Das ginge schnell, vielleicht ein bisschen zu schnell. Besser wäre ein Messer. Sie bräuchte ihn damit nicht sofort tödlich zu verletzen, sondern könnte sich erst einmal an ihm abreagieren. Erwürgen wäre auch nicht schlecht. Mit den eigenen Händen, ihn ihren Zorn spüren lassen, sehen, wie das Leben langsam aus ihm entwich. Auf diese Weise hätte er auch noch Zeit, seine Verfehlungen zu gestehen, bevor seine saphirblauen Augen brachen. Diese Augen, von denen Lilly immer den Eindruck hatte, sie würden bis auf den Grund ihrer Seele schauen … Bevor der letzte Atemzug über seine vollen Lippen kam, die Lilly immer wieder ein elektrisierendes Kribbeln über den Rücken jagten, wenn sie die ihren berührten …

Lilly riss sich aus ihren trüben Gedanken. Es änderte ja doch nichts. Sie konnte John noch nicht einmal richtig hassen, ohne dass ihr dabei bewusst wurde, wie gern sie ihn im Grunde hatte.

Trotzdem würde sie sich bei Gelegenheit bei ihm revanchieren. Eigentlich hätten sie jetzt die Wohnung besichtigen und einen weiteren Schritt in das neue gemeinsame Leben tun sollen. Stattdessen spielte sie Kindermädchen für John.

Lilly öffnete die Tür des Gemeinschaftsraums und trat ein. Sie kam von einem kurzen Abstecher in das Nebenzimmer des Vernehmungsraums. Dort stand ein Monitor. Lilly hatte das laufende Gespräch darauf beobachtet. Sie kannte jetzt die Geschichte von Nieke Dornieden in groben Zügen.

Die Frau hatte ihre Tochter im Schlepptau gehabt, ein Mädchen namens Ria. Lilly fragte sich, ob es unbedingt notwendig gewesen war, sie mit hierherzubringen. Es gab bessere Orte für ein Kind. Da Nieke nur mit John reden wollte, hatte er Lilly gebeten, sich um das Kind zu kümmern.

Sie hatte der Kleinen als Erstes eine Limonade aus dem Getränkeautomaten im Gemeinschaftsraum besorgt. Ria hatte zuerst gezögert. Lilly vermutete, dass man ihr zu Hause eingebläut hatte, nichts von Fremden anzunehmen, was ja auch vernünftig war. Erst als sie Ria erklärt hatte, dass sie Polizistin sei, hatte das Mädchen die Flasche schließlich genommen. Sie hatte sie fast in einem Zug leer getrunken. Jetzt saß sie mit ihrer Puppe unter dem Tisch und spielte.

Lilly setzte sich auf einen Stuhl. Sie wollte ihr Smartphone herausholen und auf eingegangene Nachrichten überprüfen, als die Tür des Gemeinschaftsraums geöffnet wurde. Mikke Jessen und Leon Kessler kamen mit Kaffeetassen in der Hand herein. Lilly hatte mit den beiden bereits oft zusammengearbeitet.

Mikke und Leon blieben stehen. Ihr Blick wanderte von Lilly zu dem Kind unter dem Tisch. Mikke hob die Augenbrauen und stieß einen leisen Pfiff aus. »Mein lieber Mann«, meinte er. »Du und John ... ihr legt ja ein rasantes Tempo vor.«

Leon konnte sich offenbar das Lachen nicht verkneifen und boxte seinem Kollegen gegen die Schulter.

Messer, dachte Lilly, sie würde für beide ein Messer verwenden. Schön langsam und dort, wo es bei Männern am meisten weh tat.

Ihr Blick sprach offenbar Bände.

»Oh-oh«, sagte Leon und schob Mikke in Richtung des Kaffeeautomaten. »Beeilen wir uns lieber.«

Die beiden füllten ihre Tassen am Automaten, während Lilly sie strafend im Auge behielt, dann verschwanden sie ohne ein weiteres Wort wieder.

Sie hoffte, dass die beiden ihre infantilen Späße für sich behielten. Ihr war bewusst, dass ihre Beziehung zu John im Dezernat schon für genügend Gesprächsstoff sorgte. Sie brauchte nicht noch mehr Aufmerksamkeit.

Lilly lehnte sich zurück. Unwillkürlich musste sie daran denken, wie es wohl wäre, wenn John und sie tatsächlich ein Kind bekämen. Bislang hatten sie nie darüber gesprochen.

Lilly hatte sich immer eine eigene Familie gewünscht, aber bis jetzt hatte es sich einfach nicht ergeben. Ihre besten Jahre hatte sie für Simon geopfert, einen Journalisten, der sich dann als Kriegsreporter verdingt hatte. Ihre Beziehung war darüber in die Brüche gegangen. Als er dann Jahre später verletzungsbedingt seinen Job an den Nagel hängen musste und nach Deutschland zurückkam, war es zu spät gewesen, um den Faden wieder aufzunehmen.

Inzwischen tickte ihre biologische Uhr immer lauter – ein Umstand, auf den ihr Vater sie gerne hinwies und außerdem betonte, dass er seine Nachfahren gerne noch kennenlernen wollte, bevor er das Zeitliche segnete.

Aber war John der Richtige für dieses Vorhaben – war er ein Familienmensch? Lilly fürchtete, dass sie in ihrem tiefsten Inneren die Antwort bereits kannte.

John war Simon sehr ähnlich. Er lebte für seinen Beruf. Wenn er an einem Fall arbeitete, verbiss er sich darin und ruhte nicht, bis er ihn gelöst hatte, selbst wenn er dafür Nächte und Wochenenden durcharbeiten musste. Es gab dann nur John, den Kommissar.

Und Lilly wusste, dass die Arbeit ihn selbst dann nicht losließ, wenn ein Fall abgeschlossen war. Zu viele Nächte hatte sie schon wach neben ihm gelegen, während er gestöhnt, sich gewälzt und im Schlaf gesprochen hatte.

Natürlich war da auch noch John, der Privatmann, der Mann, der Abstand zu alldem suchte. Lilly erinnerte sich noch zu gut an den Segeltörn, den sie im vergangenen Sommer in den Schärengarten unternommen hatten. Sie hatte John selten so gelöst erlebt. Wenn er auf dem Schiff war oder in seinem alten Haus auf Sylt, wo die Dünen und der endlose Strand nur einen Schritt entfernt lagen, dann genoss er seine Freiheit. Eine Freiheit, die er als Vater nicht mehr uneingeschränkt haben würde.

Nein, wenn sie ein Kind haben wollten, dann würde sie sich darum kümmern müssen, dessen war Lilly sich bewusst. Das mochte nicht den modernen Rollenbildern entsprechen und auch nicht ihrer Wunschvorstellung. Doch es ließ sich nicht wegdiskutieren. Ein Kind mit John wäre wohl das Ende ihrer Berufslaufbahn. Was vielleicht auch ganz gut war. Schließlich genügte es, wenn ein Elternteil regelmäßig sein Leben aufs Spiel setzte.

Lilly rückte den Stuhl ein Stück zurück und blickte unter den Tisch. Vor Schreck zuckte sie zusammen. Sie hatte angenommen, das Kind würde spielen. Stattdessen saß das

Mädchen nur still da, die Puppe im Arm, und blickte Lilly starr an.

Die Ähnlichkeit war frappierend. Die blonden Haare, die blauen Augen, die Sommersprossen. Lilly hatte das Bild, das in der Fernsehsendung gestern von der verschwundenen Emma Ahlert gezeigt worden war, noch gut vor Augen. Da ging es ihr wie John. Es ließ einen nicht mehr los.

John hatte ihr auf der Fahrt noch einmal alles über den alten Fall erzählt. Er hatte sich offenbar nach der Sendung noch länger mit dem ehemaligen Kommissar unterhalten, der in der Sache ermittelt hatte. Zumindest hatte Lilly ansatzweise nachvollziehen können, weshalb John sich mit Nieke Dorniden unterhalten wollte. Bei der Frau handelte es sich um die jüngere Halbschwester von Emma, und sie schien ihre Mutter zu vermissen. Sollte an der Sache etwas dran sein, dann war die Frau offenbar ausgerechnet an jenem Tag verschwunden, an dem das Fernsehen von ihrer Tochter und ihrem Mann berichtet hatte – einem ungelösten Fall von vor fast genau vierzig Jahren.

Das mochte Zufall sein, aber wenn, dann doch ein sehr merkwürdiger.

Lilly beugte sich zu dem Mädchen hinunter. Es saß reglos da und starrte sie an.

»Es dauert bestimmt nicht mehr lange. Mama kommt gleich wieder.«

Tatsächlich hoffte sie, dass John es kurz machte. Sie hatte mit dem Vermieter telefoniert, ihn vertröstet und versprochen, sich gleich noch einmal zu melden. Mit etwas Glück konnten sie sich die Wohnung heute Nachmittag doch noch ansehen.

»Möchtest du vielleicht noch eine Limo?«, fragte sie.

Das Mädchen schüttelte stumm den Kopf.

Das beharrliche Schweigen des Kindes irritierte Lilly. Hatte

Ria überhaupt schon einen Ton gesagt, seit sie hier war? Andererseits war das vielleicht auch nicht weiter verwunderlich. Das Polizeipräsidium musste einen recht einschüchternden Eindruck auf die Kleine machen.

Sie musterte das Kind. Es trug eine blaue Strickjacke, darunter ein Langarmshirt mit dem Aufdruck eines Einhorns. Ein weißer Rock bedeckte ihre Beine. Unter ihren Augen lagen dunkle Ringe.

Lilly wollte schon aufstehen und nachsehen, wie weit John mit der Befragung war, als sie bemerkte, wie das Mädchen mit einer Hand nach ihrem Knöchel griff und daran rieb. Da sie Socken trug, konnte Lilly es nicht genau erkennen, doch sie meinte, eine gerötete Stelle zu sehen.

»Was hast du denn da?«, fragte sie.

Das Mädchen schrak zusammen, drückte sofort die Puppe mit beiden Händen an sich und vergrub das Gesicht darin.

Sehr geschickt, Frau Velasco, dachte Lilly.

Sie ließ das Kind für den Moment in Ruhe, stand auf und ging hinüber zu dem Getränke- und Snackautomaten.

Als sie zurückkam, schob sie den Stuhl beiseite und hockte sich zu dem Mädchen unter den Tisch. Sie musste den Kopf einziehen, damit sie darunterpasste.

Sie entfernte das Papier von dem Schokoriegel und hielt ihn Ria hin. »Hier, für dich«, sagte sie abwartend.

Wieder zögerte das Kind.

»Es ist okay«, sagte Lilly. »Ich war auch mal klein, weißt du, und meine Mama hat immer gesagt, ich soll nicht so viel naschen. Aber soll ich dir etwas verraten?«

Sie machte eine Pause, und Ria hob wie erhofft den Blick.

»Du musst es aber für dich behalten, einverstanden? Ist nämlich ein Geheimnis.«

Ria nickte.

»Ich hatte auch eine Oma«, sagte Lilly. »Und die war toll. Immer wenn ich zu ihr kam, durfte ich so viel naschen, wie ich wollte. Oma hatte einen Vorrat an Süßigkeiten, der nur für mich bestimmt war. Sie meinte, die Erwachsenen wüssten einfach nicht, was gut ist. Kinder müssten noch wachsen, groß und stark werden, und außerdem sei doch das ganze Toben so furchtbar anstrengend. Deshalb wäre es völlig okay, Schokolade und Gummibärchen zu verputzen.«

Das entlockte Ria nun doch ein Lachen. Lilly musste kurz daran denken, dass sie ihrer Großmutter vermutlich ihre Gelüste auf alles Süße zu verdanken hatte.

Das Mädchen griff nach dem Marsriegel und biss genüsslich hinein. Ein Krümel Schokolade fiel auf ihre Puppe und verfing sich in den Haaren. Lilly angelte das Stück mit spitzen Fingern, bevor es einen Fleck hinterlassen konnte. Dabei fiel ihr auf, dass die Puppe einen Verband trug. Er war um das rechte Bein gewickelt, dasselbe Bein, an dem das Mädchen offenbar eine Verletzung hatte.

»Sag mal«, versuchte es Lilly, »wie heißt denn deine Puppe?«

Ria kaute den Mund leer. »Bärbel«, meinte sie dann mit dünner, kaum hörbarer Stimme.

»Ein schöner Name.« Lilly wartete einen Moment und ließ Ria weiteressen, bevor sie fragte: »Hat Bärbel sich weh getan?«

Das Mädchen nickte.

»Ist es schlimm?«

Ria hob die Schultern.

»Vielleicht magst du es mir mal zeigen.«

Ria zögerte, kaute die letzten Bissen des Schokoriegels herunter. Dann gab sie sich aber einen Ruck und begann, den Verband abzuwickeln. Darunter kam ein roter Strich zum Vorschein. Scheinbar hatte sie ihn mit Filzstift darauf gemalt.

»Oje, die Arme«, meinte Lilly. Vorsichtig nahm sie das Bein der Puppe und drehte es leicht hin und her. »Ich glaube allerdings … dass das schlimmer aussieht, als es ist. Bärbel geht es bestimmt bald wieder besser.«

Ein dünnes Lächeln erschien auf Rias Gesicht.

Lillys Blick wanderte zum rechten Knöchel des Mädchens herunter. »Soll ich mir das vielleicht auch mal ansehen?«

Das Lächeln verschwand. Aber Ria schien nachzudenken.

»Weißt du«, sagte Lilly, »ich kenne mich mit Verletzungen ein bisschen aus.« Sie krempelte den Ärmel ihres Pullovers hoch und zeigte dem Mädchen ihren linken Unterarm. Sie hatte dort eine lange Narbe. »Als ich in deinem Alter war, bin ich beim Spielen mal vom Baum gefallen. Mein Arm war gebrochen, und sie mussten ihn operieren. Ich habe damals gedacht, das verheilt nie. Aber dann ging es am Ende doch recht schnell. Vielleicht … ist es bei dir also auch gar nicht so schlimm.«

Das Mädchen zögerte noch einen Moment, schien dann aber überzeugt. Ria legte die Puppe neben sich auf den Boden. Dann krempelte sie mit beiden Händen die Socke an ihrem Bein hinunter.

»Darf ich?«, fragte Lilly, nahm den Fuß des Mädchens in die Hand und beugte sich hinunter, um die Wunde aus der Nähe zu betrachten. Zu beiden Seiten des Knöchels gab es einige tiefe Risse, die wie Kratzspuren aussahen. Sie hatten geblutet und waren deutlich gerötet.

Lilly nickte und machte einen erleichterten Gesichtsausdruck. »Das ist nichts Wildes. Wir sollten aber vielleicht besser ein Pflaster draufmachen.«

An der Wand des Gemeinschaftsraums hing ein Erste-Hilfe-Kasten. Lilly ging hinüber und holte ihn. Dann machte sie sich daran, die Verletzung des Mädchens zu versorgen.

»Hast du das schon deiner Mama gezeigt?«, fragte sie.

Ria schüttelte den Kopf.

»Wie ist es denn passiert?«

Das Mädchen presste die Lippen zu einem schmalen Strich zusammen. Ihr Gesicht wurde käseweiß. Tränen traten in ihre Augen.

»Du musst es nicht sagen«, meinte Lilly. »Aber wenn du es mir erzählst, bleibt es natürlich unter uns. Und du weißt ja, ich bin Polizistin … ich kann dir also helfen, egal, was es ist.«

Die Lippen des Mädchens bebten, als sie mit dünner Stimme zögerlich zu erzählen begann, was sie in der vergangenen Nacht erlebt hatte. Etwas hatte ihr Todesangst eingejagt, so viel stand fest. Lilly begriff allerdings auch schnell, dass das, was das Kind erlebt hatte, vielleicht eine ganz andere, noch schrecklichere Bedeutung hatte, als es sich in seiner kindlichen Fantasie ausmalte.

Ria hatte ihre Geschichte gerade beendet, und Lilly dachte noch darüber nach, ob die Schlüsse, die sie daraus zog, die richtigen waren, da wurde die Tür des Gemeinschaftsraums geöffnet. Es war John.

»Wir sind fertig«, sagte er. »Ich glaube, es ist besser, wenn wir Frau Dornieden nach Föhr begleiten. Wir müssen die Sache vielleicht ernst nehmen. Sie fährt mit ihrem Wagen vor. Wir können dann mit meinem Auto …«

Lilly befestigte einen letzten Klebestreifen an dem Verband, den sie um Rias Bein gewickelt hatte. Dann stand sie auf und drehte sich zu John herum.

»Nein«, sagte sie. »Besorg uns lieber einen Durchsuchungsbeschluss und einen Hubschrauber. Ich glaube, wir haben keine Zeit zu verlieren.«

Kapitel 5

Der Hubschrauber der Bundespolizei, ein blaufarbener Eurocopter EC 135, legte sich in die steile Kurve und verlor rasch an Höhe.

John griff instinktiv mit einer Hand nach dem Polster der Sitzfläche, um sich daran festzuklammern. Er mochte das Fliegen nicht sonderlich, was einer der Gründe war, weshalb es ihn im Urlaub selten in die Ferne zog. Lilly, die neben ihm saß und ebenfalls ein Headset trug, über das sie sich verständigen konnten, schien es nichts auszumachen. Sie blickte entspannt aus dem Fenster auf die Nordsee hinab.

Vor ihnen kam Föhr in Sicht. Die Flut war hoch aufgelaufen, und die Insel lag wie eine grüne Oase im dunklen Meer. Der Himmel war lediglich mit einigen Schäfchenwolken gesprenkelt. John hatte die Insel noch nie aus der Luft gesehen und musste feststellen, dass sie von hier oben betrachtet ihrem Beinamen »Friesische Karibik« alle Ehre machte.

Nieke Dornieden war mit ihrer Tochter im Präsidium geblieben. Johns Freund und Kollege Oberkommissar Tommy Fitzen kümmerte sich um sie. Die Geschichte des Mädchens und die Kratzspuren an ihrem Bein hatten einige neue Fragen aufgeworfen, und Tommy würde die Antworten, die Nieke Dornieden dazu gab, zu Protokoll nehmen. Um ihre Tochter Ria kümmerte sich derweil eine Kinderpsychologin. Sie würde herausfinden, was genau das Mädchen erlebt hatte, und ihr bei der Verarbeitung helfen. Sollte sich Lillys Vermutung als wahr erweisen, war das auch bitter nötig.

John hatte zunächst gezögert. Doch er kannte Lilly lange genug, nicht nur privat, sondern auch als Kollegin. Sie zog keine voreiligen Schlüsse, und sie neigte schon gar nicht zu vorschnellen Übersprungshandlungen. Die Kratzspuren am Bein des Mädchens und das nächtliche Erlebnis, von dem es Lilly erzählt hatte – man musste darin nicht zwangsläufig eine Verbindung zum mutmaßlichen Verschwinden ihrer Großmutter ziehen. Doch man konnte es. Und wenn man das tat, war es angemessen, dieser Spur zu folgen. Im besten Fall würde sich die Vermutung als falsch erweisen, und sie hätten Schlimmeres ausgeschlossen.

Kriminalrat Gödecke war zu derselben Schlussfolgerung gelangt. Er mochte ein strenges Regiment führen und ein harter Knochen sein, doch er war auch ein guter Polizist. Und als solcher hatte er erkannt, dass eventuell Gefahr im Verzug war. Auf dieser Basis hatte Gödecke Dr. Tyra Kortum von der Staatsanwaltschaft verständigt. Sie hatte der Durchsuchung von Haus Poppenspeler, dem Anwesen von Gunilla Dornieden, zugestimmt.

Der Hubschrauber flog eine weitere Kurve und ging dann in den direkten Anflug auf den Flugplatz von Wyk, der sich wenige Kilometer westlich des Ortes befand.

Neben der Rollbahn konnte John aus der Ferne einen silberblauen Streifenwagen erkennen, der auf der Wiese geparkt stand. Vermutlich erwartete Frede Junicke sie bereits. Die Polizeihauptkommissarin und Leiterin der Wache von Wyk auf Föhr hatte ihn ziemlich angeblafft, und John war klar, dass sie sicher nicht die Kooperativste sein würde.

John hatte sie auf dem Weg zum Hubschrauber angerufen. Er hatte ihr erklärt, dass es Grund gab, Nieke Dorniedens Sorge um ihre Mutter ernst zu nehmen, und sie gebeten, umgehend eine Hausdurchsuchung anzuordnen. Doch Frede Junicke hatte sich quergestellt.

»Ist Ihnen in Flensburg dermaßen langweilig, dass Sie auf Grund einer so dünnen Beweislage Himmel und Hölle in Bewegung setzen wollen?«, hatte sie ihn angegiftet. »Es gibt keinen einzigen plausiblen Grund, um das Leben von Gunilla zu fürchten. Wie wäre es also, wenn Sie sich einfach um Ihre Angelegenheiten kümmern?«

»Wir haben bereits einen Durchsuchungsbeschluss«, hatte John zurückgegeben.

»Den würde ich dann gerne sehen.«

»Er … wird gerade ausgestellt.«

»Nun, dann warten wir so lange.«

»Ich fürchte, dafür haben wir keine Zeit.«

»Ohne etwas Schriftliches rühre ich hier keinen Finger.«

»Also gut, ich sage der zuständigen Staatsanwältin, dass sie sich persönlich bei Ihnen meldet…«

John konnte nur hoffen, dass dies inzwischen geschehen war.

Der Hubschrauber schwebte nun direkt über dem Flugplatz.

Eine Frau in blauer Uniform stieg aus dem Streifenwagen und kam hinüber zum Landeplatz.

John machte sich keine Illusionen und hatte sogar ein Stück weit Verständnis für Junicke. Die Kollegen vor Ort waren selten erfreut, wenn man sich von höherer Stelle in ihre Belange einmischte, besonders, wenn es dafür keinen unmittelbar ersichtlichen Grund gab. Vermutlich arbeitete die Frau bereits seit Jahrzehnten hier auf der Insel und mochte es nicht, wenn der gemütliche Alltagstrott in ihrem Revier gestört wurde. Er konnte nur hoffen, dass sie durch ihren Starrsinn keine kostbare Zeit verloren hatten.

Der Hubschrauber setzte mit einem leichten Ruck auf. John öffnete die Tür und stieg aus. Der heftige Wind des Rotors wirbelte Staub und Gras auf. John lief, gefolgt von Lilly, geduckt über die Wiese zu dem Streifenwagen.

Wenn aber John in Frede Junicke eine altgediente Kollegin erwartet hatte, die auf der Insel nur darauf wartete, gemütlich in den Rentenhafen einzulaufen, sah er sich getäuscht. Mit entschlossenem Schritt kam ihnen eine durchtrainierte Frau entgegen, die John auf den ersten Blick kaum älter als Anfang dreißig schätzte. Sie hatte pechschwarzes Haar, das sie zu einem Zopf gebunden hatte, und trug eine Sonnenbrille.

»Hauptkommissar John Benthien«, stellte er sich vor und wies dann auf Lilly. »Das ist …«

Frede Junicke blieb einen Meter vor ihnen breitbeinig stehen und verschränkte die Arme vor der Brust. »Ich kann nur hoffen, dass Ihr ganzes Buhei einen guten Grund hat.«

»Da es hier um das Leben eines Menschen geht, wäre es mir ehrlich gesagt lieber, ich hätte mich getäuscht«, gab John zurück. »Die Staatsanwaltschaft hat sich bei Ihnen gemeldet?«

»Hat sie. Und ich habe alles vorbereitet. Je schneller wir das hinter uns bringen, desto besser. Wenn Sie also bitte einsteigen wollen.« Junicke deutete mit dem Daumen auf den Streifenwagen.

»Haben Sie einen Gemeindebeamten verständigt?«, fragte John, während er zur Beifahrertür ging. Wenn eine Durchsuchung nicht im Beisein eines Richters oder Staatsanwalts stattfinden konnte, sah die Strafprozessordnung vor, dass zumindest ein Gemeindebeamter oder zwei Mitglieder der Gemeinde der Maßnahme beiwohnten.

»Der Bürgermeister ist auf dem Weg«, sagte Junicke und stieg auf der Fahrerseite ein.

»Was ist mit dem Mann von Nieke Dornieden?«

»Sönke? Auch den haben wir aufgetrieben. Er war nicht sonderlich erfreut, dass wir ihn von der Arbeit wegholen mussten.«

Lilly setzte sich auf die Rückbank.

»Eines müssen Sie mir mal verraten«, sagte Frede Junicke, während sie den Streifenwagen zügig vom Flugplatzgelände auf die Straße steuerte. »Was hoffen Sie eigentlich in dem Haus zu finden?«

»Gunilla Dornieden«, sagte John.

Junicke schüttelte den Kopf. »Nieke erzählte mir, dass sie die Nacht mit ihrer Tochter in dem Haus verbracht und auf ihre Mutter gewartet hat. Sie hätte sie also sehen müssen. Wahrscheinlich ist sie auch längst wieder zu Hause und erfreut sich bester Gesundheit. Was ist also der Punkt der ganzen Aktion?«

»Wir vermuten«, schaltete sich Lilly vom Rücksitz ein, »dass sich Gunilla Dornieden im Keller ihres Hauses befindet.«

Kapitel 6

Lilly war selten einer dermaßen unsympathischen Person begegnet – die übliche Klientel einmal ausgenommen, mit der sie es als Polizistin regelmäßig zu tun hatte. Frede Junicke versuchte nicht einmal ansatzweise, in irgendeiner Form kooperativ zu wirken. Ihrem Äußeren nach zu urteilen, musste sie zehn bis fünfzehn Jahre jünger sein als Lilly. *Wie konnte man in so jungen Jahren dermaßen verbohrt sein?* Vermutlich hatte es einen Grund, dass sie in einem Alter, wo einem noch alle Türen offenstanden, auf dem Abstellgleis Nordseeinsel gelandet war. Zum Glück würde die Fahrt mit ihr nicht lange dauern. Das Haus von Gunilla Dornieden lag am Ortsrand von Wyk, vom Flugplatz aus ein Katzensprung.

»Und Ihre Vermutung basiert noch einmal worauf?« Junicke blickte Lilly im Rückspiegel an. »Auf der Geschichte … eines Kindes?«

Lilly verspürte nicht die geringste Lust, dieser ignoranten Ziege ihre Theorie darzulegen. Daher fasste sie sich kurz und umriss in knappen Sätzen, was Ria ihr erzählt hatte.

In der vergangenen Nacht hatte das Mädchen im Gästezimmer von Haus Poppenspeler im Bett gelegen. Ihre Mutter hatte entschieden, dort zu übernachten und auf ihre Mutter zu warten. Ria hatte seltsame Klopfgeräusche gehört, die über die Heizungsrohre kamen. Sie hatte Lilly etwas über Fabelwesen erzählt, die dort unten hausten, eine kindliche Fantasie, die sicherlich irgendeinem Märchen entsprang. Jedenfalls war Ria den Geräuschen nachgegangen, bis hinunter in den Keller, was für ein Kind verdammt mutig gewesen war. Dort unten gab es offenbar einige Verschläge. Und so unwahrscheinlich es klingen mochte: Unter der Tür eines dieser Verschläge war offenbar eine Hand hervorgekommen und hatte Ria am Knöchel gepackt. Das Kind hatte verständlicherweise Todesangst bekommen, war zurück in sein Zimmer gerannt, hatte sich die Bettdecke über den Kopf gezogen und in dieser Nacht kein Auge mehr zugetan.

Nieke Dornieden schien von alledem nichts mitbekommen zu haben. Wenn man ihrer Aussage glaubte, hatte sie zu dem Zeitpunkt im Fernsehen die Sendung mit John gesehen und zwischendurch mit einigen Freundinnen und Bekannten ihrer Mutter telefoniert, um zu hören, ob diese sich bei ihnen aufhielt.

Unter normalen Umständen hätte Lilly der Geschichte keine größere Beachtung geschenkt. Kinder glaubten eben an Gespenster, und bei Ria war das nicht anders. Sie dachte, dort unten im Keller habe sie ein Monster gepackt. Natürlich konnte sie sich die Geschichte ausgedacht oder alles nur geträumt haben. Ein verdammt realistischer Albtraum, was bei Kindern allerdings keine Seltenheit war.

Wären da nicht die Kratzspuren an Rias Knöchel gewesen. Auch für die mochte es andere Erklärungen geben. Doch sie passten leider allzu gut zu der Geschichte des Mädchens, was den Verdacht nahelegte, dass dort unten im Keller tatsächlich etwas, oder besser jemand, gewesen war.

Als sie ihren Bericht beendet hatte, sah Lilly von der Seite, wie Frede Junicke hinter dem Lenkrad die Backen aufblies.

»Bffft«, machte sie. »Das hat Ihnen Ria erzählt? Und deshalb sind Sie jetzt hier?«

»So ist es.«

Junicke schüttelte den Kopf und murmelte mehr zu sich selbst. »Das ist doch nicht zu fassen ...«

Sie bog von der Hauptstraße ab, folgte der Nebenstraße ein Stück und steuerte den Wagen schließlich über einen schmalen Schotterweg, der am Waldrand bei einem einsam gelegenen Haus endete. Ein weiterer Streifenwagen parkte bereits dort, außerdem ein Krankenwagen und das Fahrzeug des Schlüsseldienstes.

Junicke stoppte den Wagen, und sie stiegen aus.

Haus Poppenspeler war ein ziemlich altes Gemäuer. Lilly kannte sich nicht sonderlich gut mit Architektur aus, allerdings war das Gebäude mit seinen zahlreichen Außenverzierungen und den Reliefs an der Fassade eindeutig der Gründerzeit zuzuordnen. Die Fenster waren mit weißen Schlagläden versehen, und über der Haustür hatte sich ein Stuckateur mit einem Motiv aus der Seefahrt im Putz verewigt. Das Haus hatte neben dem Erdgeschoss noch zwei weitere Stockwerke und ein spitzes Giebeldach. Eine kleine Steintreppe mit Messinghandlauf führte zur überdachten Eingangstür. Neben ihr hing ein Emailleschild mit der Aufschrift: *Haus Poppenspeler, 1870.*

Ein älterer Mann in Jeans, Sakko und weißem Hemd kam auf John zu und reichte ihm die Hand. Er hatte kurzes graues Haar, das bereits weit zurückgewichen war.

»Hauke Martens, Bürgermeister von Wyk«, stellte er sich vor.

»Hauptkommissar John Benthien. Das ist meine Kollegin Oberkommissarin Lilly Velasco.«

Lilly schüttelte dem Bürgermeister ebenfalls die Hand.

»Frede versicherte mir, dass kein Grund zur Sorge besteht«, sagte Martens. »Da Sie aber einen Durchsuchungsbeschluss haben, unterstützen wir Sie gern. Ich schlage vor, wir schreiten gleich zur Tat …«, sagte er heiter, und Lilly fragte sich, ob er sich vor den Polizisten bewusst für dieses Wortspiel entschieden hatte.

»Vorher wüsste ich gerne, was das hier alles soll.«

Aus dem anderen Streifenwagen, der offenbar ebenfalls gerade erst eingetroffen war, stieg ein Mann in Arbeitshose und dickem Troyer. Lilly vermutete, dass es sich um Nieke Dorniedens Mann handelte.

»Sönke«, grüßte Bürgermeister Martens ihn. »Die Polizei muss leider das Haus deiner Schwiegermutter durchsuchen.«

»Warum?«

»Herr Dornieden«, sagte John, »fürs Erste genügt es, wenn Sie zur Kenntnis nehmen, dass Ihre Schwiegermutter in Gefahr sein könnte. Der Bürgermeister wird Ihnen bestätigen, dass alles seine Ordnung hat. Ich bespreche gerne hinterher alle Details mit Ihnen, möchte jetzt aber keine Zeit mit Erklärungen verschwenden.«

Ohne eine Reaktion abzuwarten, stieg John die Stufen zum Eingang hinauf. Lilly folgte ihm. Neben der Tür hatte sich bereits der Mann vom Schlüsseldienst postiert. Er trug eine rote Latzhose.

»Moin, Herr Kommissar. Soll ich dann mal?« Er wollte sich bereits an die Arbeit machen, doch Lilly hielt ihn zurück.

»Moment.« Sie wandte sich an Sönke Dornieden. »Sie haben nicht zufällig einen Schlüssel?«

»Natürlich habe ich den.« Er griff in seine Jackentasche, kam zu ihnen herauf und schloss die Tür auf. »Bitte sehr.«

Sie betraten die weite geflieste Eingangshalle, von der aus eine weiße Holztreppe ins Obergeschoss führte. Geradeaus lag hinter einer Flügeltür das Wohnzimmer, links und rechts ging jeweils ein Flur zu weiteren Zimmern ab.

Frede Junicke trat neben Lilly, ihr folgte einer ihrer Streifenkollegen. »Sollen wir uns oben umsehen?«, fragte sie.

Lilly sah kurz zu John, der ihr mit einem Nicken bedeutete, dass sie das weitere Vorgehen in die Hand nehmen sollte.

»Nein«, sagte Lilly. »Vermutlich können wir uns das sparen. Gehen wir lieber gleich in den Keller.« Wieder richtete sie sich an Sönke Dornieden: »Sie kennen sich hier aus?«

Er nickte, ging voraus und führte sie in den linken Flur, der bei einer massiven Holztür endete. Dornieden öffnete sie und schaltete das Licht an einem Drehschalter ein.

Eine lange Treppe führte hinunter in den Keller. Lilly ging als Erste, John blieb dicht hinter ihr.

Die Treppe was aus Beton gegossen, einen Handlauf gab es nicht, lediglich ein dünnes Seil an der Wand auf der rechten Seite bot ein wenig Halt.

Auf halber Höhe blieb Lilly stehen. Ein Geruch stieg ihr in die Nase, nur dezent, aber allzu vertraut. Sie blickte über die Schulter zu John hoch. Er nickte, auch er roch es.

Am Fuß der Treppe blieb Lilly stehen. Der Keller war aus dicken Bruchsteinen gemauert. Sie waren feucht, und an manchen Stellen hatten sich Salzkristalle gebildet. Überall hingen Spinnweben. Links führte eine Tür zu einem Raum, bei dem es sich offenbar um den Waschkeller handelte. Lilly konnte einige Wäscheleinen erkennen, die dort gespannt waren. Rechts befanden sich etliche Verschläge, alle mit Holztüren versehen.

»Sie warten lieber hier«, sagte Lilly zu Sönke Dornieden und dem Bürgermeister, die ihnen gefolgt waren.

Lilly schritt die Verschläge ab. Die Türen ließen sich öffnen, und die jeweiligen Kammern waren leer, abgesehen von dem üblichen Tand, den man im Keller aufbewahrte. Lediglich an der Tür des letzten Verschlags auf der rechten Seite hing ein Vorhängeschloss. Hier war der Geruch am stärksten.

Lilly winkte den Schlüsseldienst heran. »Öffnen Sie das Schloss. Und ziehen Sie die hier dabei an.« Sie reichte dem Mann ein Paar Einmalhandschuhe. »Anschließend treten Sie bitte sofort zur Seite und rühren nichts weiter an.«

Der Mann bedeutete ihr mit einem Nicken, dass er verstanden hatte. Dann machte er sich ans Werk und knackte das Schloss mit wenigen Handgriffen.

Lilly gab der Tür einen Stoß. Sie öffnete sich mit leisem Quietschen nach innen. Dann schaltete sie über ein dünnes Seil, das neben der Tür von der Decke hing, die Lampe ein. Das Licht war nur spärlich, doch es genügte.

Vor ihnen auf dem Steinboden lag der Körper einer toten Frau.

Kapitel 7

Einige Stunden später ertappte sich John bei der unter diesen Umständen doch recht eigentümlichen Überlegung, ob Lilly ihn wohl noch attraktiv finden würde, wenn sein Haupt im Alter genauso kahl sein würde wie das von Dr. Helmut Radke.

Der Rechtsmediziner beugte sich gerade über die Leiche und untersuchte eine Verletzung am Hinterkopf, was John einen guten Blick auf Radkes Glatze gewährte, die lediglich von einem schmalen silbernen Haarkranz umgeben war. Der Gedanke verflog zum Glück so schnell, wie er gekommen war, als Radke sich wieder aufrichtete und John nachdenklich ansah. Unter den Kripokollegen verkehrte Radke auch unter dem Spitznamen »Dr. No«, was an seiner einsilbigen, brummigen Art lag, die er immer wieder an den Tag legte, wenn er zu einem Leichenfund gerufen wurde – Radke verbrachte seine Zeit am liebsten im rechtsmedizinischen Institut in Kiel und lehnte Außeneinsätze ab, sooft es ging. Auch heute hatte er seinem Ruf wieder alle Ehre gemacht und seit seiner Ankunft kaum drei Sätze gesprochen, das knappe »Moin« zur Begrüßung bereits eingerechnet.

Radke blickte sich prüfend nach allen Seiten um, betrachtete noch einmal die Leiche, die entkleidet vor ihnen lag, und nahm dann seine silberne Stahlgestellbrille ab. »Nein«, sagte er in gewichtigem Tonfall. »Die alte Dame hatte wahrlich keinen angenehmen Tod.«

John hätte sich etwas mehr Information gewünscht. Schließlich konnte man sich denken, dass es nicht wünschenswert war, auf solche Weise in seinem eigenen Keller zu verenden.

Sönke Dornieden und Bürgermeister Martens hatten die Tote als Gunilla Dornieden identifiziert. Lilly war danach mit Sönke auf die Wache nach Wyk gefahren. Auch wenn der Fund seiner toten Schwiegermutter ihn sichtlich schockiert hatte, war seine Befragung zu diesem Zeitpunkt unumgänglich. Sönkes Frau Nieke hatte Gunilla als Letzte lebend gesehen, und Sönke selbst besaß einen Schlüssel von Haus Poppenspeler. Schon das allein warf Fragen auf.

John blickte zu der Frau, die neben ihm hockte und wie er und Radke einen weißen Schutzanzug trug. Oberstaatsanwältin Dr. Tyra Kortum hatte alle weiteren Ermittlungsschritte veranlasst und sich auf den Weg hierher gemacht, nachdem John ihr von dem Leichenfund berichtet hatte. Sie war es auch gewesen, die Radke in seinem Institut aufgescheucht hatte.

»Werter Kollege«, meinte Tyra. »Geht es vielleicht etwas genauer?«

Radke hob die Augenbrauen. »Ich dachte, es wäre ziemlich offensichtlich, was hier geschehen ist.«

John seufzte und bedeutete Radke mit einer auffordernden Geste, dass er sie doch bitte an seinem Wissen teilhaben lassen sollte.

»Also gut …«, sagte der Doktor.

Er setzte die Brille wieder auf. Dann deutete er auf die Verletzung am Hinterkopf. »Fangen wir hier an. Eine Platzwunde. Nach der guten alten Hutkrempenregel würde ich mal davon ausgehen, dass sie von einem Schlag herrührt.«

»Die Hutkrempenregel?«, fragte John.

Radke schüttelte leicht den Kopf und brummte ärgerlich. »Die Regel dient zur groben Differenzierung zwischen Sturz und Schlag. Die Hutkrempenlinie bezeichnet den bandförmigen Bereich des Kopfes, auf dem ein Hut aufliegt. Verletzungen oberhalb dieser Linie sind durch einen Sturz zu ebener Erde nicht erklärbar. Sie entstehen allenfalls, wenn jemand zum Beispiel eine Treppe hinunterfällt und dabei irgendwo anstößt – oder eben durch einen Schlag. Für Letzteres spricht in diesem Fall auch noch etwas anderes.«

Er bedeutete ihnen, sich mit ihm über die Leiche zu beugen und die Wunde näher zu betrachten. »Schaut euch die Haare genau an.«

Gunilla Dornieden hatte schulterlanges graues Haar, das jetzt struppig und verklebt um ihren Kopf lag. In dem Bereich, der mit Blut verkrustet war, waren die Haare teilweise gequetscht, teilweise standen sie rechtwinklig ab oder waren angelhakenförmig gekrümmt.

»Sie wurde mit einem kantigen Gegenstand geschlagen«, sagte John.

»Richtig«, bestätigte Radke. »Bei einem Sturz wären solche Haarbeschädigungen nicht zu erwarten.«

»Wie schwer ist die Verletzung?«, fragte Tyra Kortum. »Kann sie zum Tod geführt haben?«

»Das werde ich erst bei der Obduktion feststellen können. Für Details müsste ich die Blutkruste entfernen, was hier vor Ort allerdings zu Verunreinigung des Spurenbildes führen könnte. Ich kann auch nicht ausschließen, dass sich noch Fremdkörper in der Wunde befinden, die beim Transport ansonsten eventuell verloren gehen würden.« Er wiegte den Kopf hin und her. »Allerdings ist offensichtlich Blut aus Nase, Mund und den äußeren Gehörgängen ausgetreten. Daher halte ich es für sehr wahrscheinlich, dass das Opfer ein schweres Schädel-Hirn-Trauma erlitten hat. Das muss aber nicht zwangsläufig zum sofortigen Tod geführt haben. Wenn ihr mir mal helfen würdet …«

John und Tyra packten mit an und wendeten die Leiche vorsichtig auf den Rücken.

Für ihr Alter hatte Gunilla Dornieden ein noch recht junges Gesicht gehabt. Zwar entdeckte John hier und da ein paar Falten, doch wenn er es nicht anders gewusst hätte, hätte er die Frau eher auf Mitte fünfzig als Mitte sechzig geschätzt. Auch ihren übrigen Körper hatte sie gut in Schuss gehalten, so viel ließ sich nun sagen, nachdem Radke die Tote vollständig entkleidet hatte. Es schien, als hätte die Frau mitten im Leben gestanden, und vermutlich wären ihr noch viele Jahre vergönnt gewesen.

Radke hob eine Hand der Toten in die Höhe und deutete auf die Finger. »In beiden Händen habe ich Splitter entdeckt, die unter die Haut und unter die Nägel gedrungen sind.« Er nickte in Richtung der Holztür des Verschlags. »Sie stammen eindeutig von dieser Tür. Und das bedeutet, dass die Frau noch eine Weile gelebt und versucht haben muss, sich zu befreien.«

»Müsste sie dann nicht um Hilfe gerufen und jemand sie gehört haben?«, fragte Tyra.

John blickte sich in dem Keller um und schätzte die Deckenhöhe. »Die Mauern sind aus dicken Bruchsteinen«, sagte er. »Wir sind hier vielleicht drei oder vier Meter unter der Erde, und ich sehe keine Fenster oder Abluftschächte. Daher, nein, ich vermute, das würde draußen niemand gehört haben.«

»Was ist mit der Tochter? Du sagtest, sie hat die vergangene Nacht hier verbracht.«

»Ja. Sie war mit ihrem Kind hier. Angeblich hat sie am

Abend ferngesehen und auf der Suche nach ihrer Mutter telefoniert.«

»Das Mädchen hat doch angeblich Klopfgeräusche gehört, die von den Heizungsrohren kamen.«

»Das stimmt. Die Rohre kommen drüben aus dem Heizungsraum und verlaufen hier entlang, bevor sie nach oben in die Wohnräume gehen. Das Mädchen war mit ziemlicher Sicherheit hier unten.«

Tyra schwieg einen Moment und betrachtete die Leiche.

John fiel nicht zum ersten Mal am heutigen Tag auf, dass sie nachdenklicher wirkte als sonst. Schon vorhin, als er sie angerufen und mit ihr die weiteren Schritte besprochen hatte, war da ein kurzes Zögern gewesen, bevor sie alles Weitere veranlasst hatte, ganz so, als hätte sie überlegt, ob sie den Fall überhaupt an sich ziehen sollte. Und auch jetzt schien sie zwar ganz bei der Sache, doch John kannte sie schon zu lange, um nicht zu bemerken, dass irgendwo in ihrem Hinterkopf etwas an ihr nagte.

Tyra meinte schließlich: »Ich habe mit Gödecke gesprochen. Er stellt Tommy Fitzen und Juri Rabanus für die Ermittlungen ab. Die beiden sind schon auf dem Weg hierher. Ich habe sie gebeten, Nieke Dornieden und ihre Tochter mitzubringen. Nach dem Schock über den Tod ihrer Mutter kann sie selbst nicht fahren.«

Radke räusperte sich. Er hob einen Arm und deutete auf die Uhr an seinem Handgelenk, die allerdings unter dem Ärmel des Schutzanzugs verborgen lag. »Ich unterbreche euch ungern. Aber vielleicht könnt ihr das später besprechen. Ich würde gerne zurück.«

»Selbstverständlich«, sagte John.

»Der Vollständigkeit halber möchte ich erwähnen, dass wir uns nicht sicher sein können, dass Frau Dornieden überhaupt im Stande war, sich auf irgendeine Art bemerkbar zu machen ... zumindest nicht über einen längeren Zeitraum und vermutlich auch nicht besonders lautstark. Sollte sich der Verdacht auf ein Schädel-Hirn-Trauma bewahrheiten, könnten ihr Bewusstsein, ihr Wahrnehmungsvermögen sowie ihre kognitiven und motorischen Fähigkeiten sehr eingeschränkt gewesen sein. Und dazu kommt noch das hier ...«

Radke griff in seinen Arztkoffer und holte einen Kugelschreiber heraus. Dann deutete er auf einige fleckenförmig geschwollene, blau-rote Hautstellen im Bereich der Knie und Ellenbogen. »Das sind Kälteerytheme. Außerdem sind die Totenflecke hellrot gefärbt, was in diesem Fall ein deutlicher Hinweis ist, dass das Opfer niedrigen Temperaturen ausgesetzt war.«

»Sie ist erfroren?«

»Eine tödliche Unterkühlung kann im Zusammenwirken mit inneren und äußeren Verletzungen bereits bei Plusgraden von vier bis acht Grad Celsius eintreten.« Radke legte den Kugelschreiber wieder in den Koffer. »Also, ja. Selbst ohne lebensgefährliche Verletzung würde das ein Mensch nicht lange überleben. Zudem war die Dame ja nur leicht bekleidet.« Die Kriminaltechnik hatte die Kleidung der Toten bereits gesichert. Gunilla Dornieden hatte lediglich eine Stoffhose, einen Pullover mit Unterhemd sowie Socken und Hausschuhe getragen. »Habe ich das richtig verstanden, dass der Heizungsraum direkt hier nebenan liegt?«

John nickte.

»Er wird ein wenig Wärme abgestrahlt haben, dazu die Heizungsrohre hier drin ...«, überlegte Radke laut. »Das hat den Prozess eventuell hinausgezögert.«

»Wie lange könnte es denn ungefähr gedauert haben, bis der Tod eintrat?«, fragte John.

»Hm, schwer zu sagen. Wir hatten gestern zum ersten Mal Nachttemperaturen um die null Grad. Davor war es für die Jahreszeit ja noch ziemlich mild. Abhängig von der Schwere ihrer Verletzungen und ihrem Gesamtzustand würde ich sagen … es ist alles möglich. So etwas kann eine Frage von Stunden sein, wenn sie Pech hatte allerdings auch von ein paar Tagen.«

»Könnte sie denn in der vergangenen Nacht noch am Leben gewesen sein?«

Radke hob die Schultern. »Die Leichenflecken lassen sich noch leicht wegdrücken, die Totenstarre ist noch ausgeprägt, was natürlich auch an den niedrigen Temperaturen liegt … Ich würde schätzen, dass sie noch keine sechsunddreißig Stunden tot ist – plus minus.«

Hinter ihnen räusperte sich jemand.

John wandte sich um. Es war Claudia Matthis, die Leiterin der Kriminaltechnik. Sie streifte die Kapuze ihres Anzugs ab. Darunter kamen ihre kurzen braunen Haare zum Vorschein.

»Wir sind oben mit dem Wichtigsten fertig«, sagte sie.

»Und«, meinte John, »irgendwas Brauchbares gefunden?«

»Noch nicht wirklich. Allerdings ist das vielleicht auch schon eine Erkenntnis. Wir haben uns alle Fenster und Türen angesehen. Und es gibt keinerlei Einbruchsspuren.«

»Das bedeutet«, sagte John, »Gunilla Dornieden hat ihren Mörder selbst hereingelassen – oder er hatte Zugang zum Haus.«

»Danach sieht es aus«, bestätigte Matthis.

John blickte auf die Leiche. »Der Mörder schlug die Frau mit einem kantigen Gegenstand auf den Hinterkopf. Dann schaffte er sie hier runter in den Verschlag, den er mit einem Vorhängeschloss sicherte.«

Er blickte die Umstehenden an, die seine Hypothese mit einem Nicken bestätigten.

»Angesichts der Verletzung und der vorherrschenden Temperaturen müssen wir davon ausgehen, dass der Täter wusste, dass das Opfer das nicht lange überleben würde. Das bedeutet, er hat die alte Frau absichtlich zum Sterben hier unten eingeschlossen.«

Kapitel 8

Die Polizeistation von Wyk befand sich in einem roten Klinkerbau am Rand des Hafens. Die Sonnenstrahlen fielen fahl durch die Sprossenfenster im Erdgeschoss, kleine Staubpartikel tanzten darin. Lilly konnte den Zweimaster sehen, der praktisch direkt vor dem Haus im Hafen festgemacht hatte. Das Schiff gehörte einer Umweltorganisation, und an Bord war man gerade mit dem Auftuchen der Segel beschäftigt. Ein Mann mit einem Hund stand an der Kaimauer und beobachtete das Treiben, während er ein Krabbenbrötchen vertilgte. Möwen umkreisten ihn und lauerten nur auf die Gelegenheit, ihm den Leckerbissen abzuluchsen. Lilly musste zugeben, dass sie schon an weniger idyllischen Orten gearbeitet hatte, sie wünschte nur, es wären weniger grausame Umstände, die sie hierher verschlagen hatten.

Sie wandte den Blick ab und konzentrierte sich wieder auf Sönke Dornieden, der ihr am Schreibtisch gegenübersaß.

Der wachhabende Kollege, der sich an einem der beiden benachbarten Tische um Aktensachen kümmerte, hatte ihnen freundlicherweise Kaffee gemacht. Lilly trank einen Schluck und musterte dabei Sönke über den Rand der Tasse. Er trug noch immer seine Arbeitshose und den grauen Troyer. Mit seinem kantigen, breiten Kinn, das durch den Dreitagebart noch stärker konturiert wirkte, erinnerte der Mann Lilly unwillkürlich an den Steinbeißer aus der *Unendlichen Geschichte*. Sein wettergegerbtes Gesicht und die kräftigen Hände verrieten, dass er einen Großteil seiner Arbeit draußen verrichtete.

Lilly hätte ihm die Befragung gerne erspart. Unter normalen Umständen hätte sie auch davon abgesehen, jemanden, der soeben miterlebt hatte, wie seine Schwiegermutter tot im Keller ihres Hauses gefunden wurde, sofort auf die nächstgelegene Polizeiwache mitzunehmen. Doch weil es in Haus Poppenspeler vor Kriminaltechnikern wimmelte, war ihr die Wache als der beste Ort für ein Gespräch erschienen. Denn es gab einige Fragen, die Sönke ihr beantworten musste.

Zum Glück hatte er sich kommentarlos und ohne Murren gefügt. Und wie schon im Keller, als er sich über die Leiche gebeugt hatte, um sie zu identifizieren, wirkte er auch jetzt erstaunlich ruhig. Was nicht unbedingt etwas zu bedeuten hatte. Viele Menschen trugen ihre Gefühle ungern nach außen, und gerade in einem Todesfall konnte es dauern, bis die Trauer einsetzte.

Dennoch fragte sich Lilly, wie es ihr an Sönkes Stelle ginge. Sie hatte keine Schwiegermutter, aber einen Schwiegervater in spe: Johns Vater Ben. Sie mochte den alten Herrn sehr, und sie war sich ziemlich sicher, dass sie reichlich schockiert wäre, sollte man – was Gott behüte nie eintreffen mochte – ihn tot im Keller seines Hauses auffinden.

Sönke hingegen schien unbeeindruckt. Dafür konnte es viele Gründe geben, aber der Verdacht stand im Raum, das wusste Lilly, auch ohne dass John sie extra darauf hatte hinweisen müssen.

»Ich fasse noch einmal zusammen«, nahm sie den Faden wieder auf. »Sie sind am Samstag vergangener Woche in aller Frühe aufgebrochen und zu Ihren Eltern in Bad Zwischenahn gefahren. Sie wollten eigentlich eine Woche dortbleiben. Wegen Problemen mit Ihrer Touristenbahn, genauer gesagt einem Defekt am Triebwagen, kamen Sie aber bereits gestern, am Mittwoch, zurück.«

Bislang hatte Sönke die Angaben seiner Frau bestätigt, und auch jetzt nickte er. »Stimmt.«

»Wann haben Sie Ihre Schwiegermutter zuletzt gesehen?«

Sönke überlegte nicht lange. »Das war am Tag, bevor wir wegfuhren. Ich hab morgens Ria zu ihr gebracht. Nieke und ich mussten arbeiten. Der Kindergarten war an dem Tag dicht, weil die sich weiterbildeten.«

»Wo arbeitet Ihre Frau?«

»Drüben im Friesen-Museum.«

»Was macht sie dort?«

»Sie sitzt halbe Tage an der Kasse.«

»Also gut. Sie brachten Ihre Tochter zu Ihrer Schwiegermutter. Wann holten Sie sie wieder ab?«

»Das hat Nieke gemacht, mittags nach der Arbeit.«

»Um wie viel Uhr war das?«

»Sie macht immer gegen eins Feierabend.«

»Ihre Frau holte also gegen dreizehn Uhr Ihre Tochter bei Ihrer Schwiegermutter in Haus Poppenspeler ab.«

»Nein.«

»Aber das sagten Sie doch gerade, oder habe ich das missverstanden?«

»Ich meinte ... sie holte Ria nicht bei Schwiegermutter zu Hause ab, sondern in ihrem Büro.«

»Ihre Schwiegermutter hatte ein Büro. Wo?«

»Direkt hier im Ort. Für die Verwaltung der Ferienhäuser und -wohnungen. Sie hat eine Angestellte.«

Lilly stutzte. »Wie viele Ferienhäuser sind das denn?«

Sönke schürzte die Lippen. »Müssten hier in Wyk fünf oder sechs Häuser sein, dazu zwei Komplexe mit Wohnungen.

Dann zehn drüben bei Nieblum und noch die Wohnungen bei Utersum …«

»Ihre Schwiegermutter war offenbar eine geschäftstüchtige Frau.« Lilly staunte nicht schlecht.

»Na ja, wie man's nimmt«, sagte Sönke und lächelte verschmitzt. »Sie hat halt Glück gehabt.«

»Wie meinen Sie das?«

»Sie hat das alles vom alten Owe geerbt …«

»Gunillas Mann, der Vater Ihrer Frau?«

»Richtig, Owe Dornieden. Der hat wiederum von seinen Eltern geerbt und die von ihren Eltern. Owe hat die ganzen Grundstücke bebaut. War schlau von ihm.«

»Da muss ein ganz schönes Vermögen zusammengekommen sein.«

»De Düvel schitt jümmers op den gröttsten Hupen.« Sönke grinste.

Lilly lehnte sich zurück und trank noch einen Schluck Kaffee. Wenn auch nur ansatzweise stimmte, was Sönke sagte, erwartete Nieke und ihn ein beträchtliches Erbe. Menschen hatten schon für weniger gemordet.

»Nochmal zurück zu dem Tag vor Ihrer Abreise. Wissen Sie, was Ihre Frau tat, nachdem sie Ihre Tochter abgeholt hatte?«

»Ich glaube, sie ging am Nachmittag mit Ria an den Strand … ach … Fragen Sie doch Ihre Kollegin. Nieke meinte, sie hätte sie getroffen.«

»Sie meinen Frede Junicke?«

»Ja. Sie haben sich wohl unterhalten. Ria durfte sich sogar mal in den Streifenwagen setzen.«

Lilly würde das überprüfen. »Die beiden waren den ganzen Nachmittag am Strand?«

»Glaub schon. Als ich später heimkam, waren sie jedenfalls zu Hause.«

»Um wie viel Uhr war das?«

»Müsste so um halb acht gewesen sein.«

»Sie waren den ganzen Tag auf der Arbeit?«

»Ja, mehr oder weniger.«

»Was heißt, mehr oder weniger?«

»Ich hab um sechs Feierabend gemacht. Dann bin ich … dann bin ich noch mal rüber ins Haus Poppenspeler.«

Lilly setzte die Kaffeetasse ab und blickte ihn an. »Und was haben Sie da getan?«

»Noch schnell ein paar Dinge ausgemessen und vorbereitet.«

»Gab es dafür einen speziellen Grund?«

»Klar, den Umzug.«

»Welchen Umzug?«

»Wir wollen dort einziehen …«

»Ach, richtig«, erinnerte sich Lilly, »Ihre Frau erzählte meinem Kollegen davon.«

»Schwiegermutter sollte im Erdgeschoss wohnen, wir im ersten Stock und unter dem Dach.«

»Und wann wollen Sie einziehen?«

»Bald. Vorher müssen wir noch ein wenig renovieren.«

»Ist das auch der Grund, weshalb Sie einen Schlüssel für das Haus haben?«

»Ja.«

»Und wo wohnen Sie derzeit?«

»Wir haben hier in Wyk ein Reihenhaus.«

»Sie wohnen zur Miete?«

»Nein, es gehört mir … also, das heißt, ich muss es natürlich noch abbezahlen.«

Lilly runzelte die Stirn. »Weshalb wollen Sie denn dann umziehen?«

»Weil … na ja, es ist auf Dauer doch etwas klein.«

»Verstehe«, sagte Lilly, wobei seine Antwort nicht ganz überzeugend klang. »Als Sie in Haus Poppenspeler waren – war Ihre Schwiegermutter ebenfalls anwesend?«

»Nein. Ich glaube, sie war an dem Abend auf einer Gemeindesitzung.«

»Das bedeutet, Sie haben sie also an dem Tag nicht mehr gesehen?«

Diesmal zögerte er merklich. »Nein.«

»Also gut …«, setzte Lilly an, stockte aber, als von draußen Motorengeräusche hereindrangen. Durch das Fenster sah sie, dass die Fähre angekommen war. Auf dem Platz vor der Wache hielten zwei Autos. Das hintere, einen schwarzen BMW, erkannte Lilly als einen Dienstwagen der Flensburger Kripo.

»Oh, da sind sie ja«, meinte Sönke Dornieden und stand auf.

Lilly ging mit ihm vor die Tür.

Aus dem vorderen Wagen, einem silberfarbenen Dacia Logan Kombi, stiegen auf der Beifahrerseite Nieke Dornieden und ihre Tochter aus. Sönke ging zu seiner Frau hinüber und nahm sie in den Arm. Am Steuer des Wagens sah Lilly ihren Kollegen Tommy Fitzen, der es augenscheinlich übernommen hatte, den Wagen der Dorniedens zu fahren.

Lillys Blick wanderte zu dem schwarzen Ford. Die Fahrertür öffnete sich, und ein Mann in marineblauer Allwetterjacke stieg aus. Er hatte einen durchtrainierten Körperbau, trug die dunklen Haare seit Neuestem kurz geschnitten, mit Undercut an den Seiten.

Juri Rabanus.

Er schloss die Fahrertür und sah dann mit seinen braunen, unergründlichen Augen zu ihr herüber.

Lilly spürte ein Kribbeln im Bauch.

Sie wandte den Blick ab und beobachtete die Dorniedens. Es gab keinen Grund, die beiden hier festzuhalten. Dennoch würde Lilly beide bitten, sich zu ihrer Verfügung zu halten.

Sönke hielt Nieke noch immer im Arm. Die Frau weinte, und er streichelte ihr tröstend den Rücken. Ihre Trauer wirkte echt.

Bei Sönke war Lilly sich nicht ganz so sicher.

Kapitel 9

Die Abenddämmerung hatte bereits eingesetzt, als John mit Tyra Kortum und Frede Junicke am Fähranleger von Wyk stand. Die frühen Winterboten wehten allmählich die letzten Touristen von der Insel. Nur einige wenige Tagesbesucher und hartgesottene Naturliebhaber in Outdoorkleidung bestiegen das Schiff der W.D.R., der Wyker Dampfschiffs-Reederei.

John reichte der Staatsanwältin zum Abschied die Hand. Anders als Dr. Radke, der eilig den Helikopter bestiegen hatte, um möglichst rasch wieder in sein geliebtes Institut zu kommen, hatte Tyra sich für den gemütlicheren Heimweg mit der letzten Fähre entschieden.

»Haltet mich auf dem Laufenden«, sagte sie. »Der Bürgermeister möchte ebenfalls eingebunden sein, die Lokalpresse steht schon bei ihm auf der Matte.«

»Kein Problem«, antwortete John. »Ich werde Esther bitten, dir ein tägliches Update zukommen zu lassen.« Esther Talley war ihrem Team für diesen Fall zugeteilt worden. Bei ihr liefen auf dem Dezernat alle Informationen zusammen, sie schrieb Berichte und übernahm Datenbank-Recherchen.

»Gut. Wenn ihr etwas braucht, lasst es Gödecke oder mich wissen.«

»Sicher.«

Tyra reichte Frede Junicke ebenfalls die Hand, dann betrat sie als letzter Fahrgast über die Gangway die Fähre.

Während John zusah, wie die Leinen gelöst wurden und das Schiff ablegte, beobachtete er aus dem Augenwinkel Frede Junicke, die der Fähre mit nachdenklichem Gesicht hinterherblickte.

Tyra hatte sie vorhin zur Seite genommen und sich länger mit ihr unterhalten. John hatte nur einige Wortfetzen aufgeschnappt, doch offenbar hatte Tyra die Inselkollegin wegen ihrer mangelnden Kooperationsbereitschaft zusammengestaucht und sie dazu verpflichtet, die Ermittlungen von nun an bedingungslos zu unterstützen. Das konnte hilfreich sein, da er tatsächlich auf das Wissen von Frede angewiesen sein würde. Sie kannte sich hier vor Ort aus, was in einem Fall wie diesem entscheidend sein konnte. Andererseits konnte Tyras Standpauke auch das genaue Gegenteil ausgelöst haben, sodass Junicke die Ermittlungen zwar nicht aktiv boykottierte, aber aus Frust Dienst nach Fahrplan schob und ihnen nur die allernötigste Unterstützung zukommen ließ.

»Gehen wir ein Stück?« John deutete mit einem Nicken in Richtung der Strandpromenade.

»Ja, warum nicht.«

Schweigend gingen sie über die Hafenstraße in Richtung Sandwall, der beliebten Flaniermeile, die am Strand entlangführte. Die Restaurants hatten auf ihren Terrassen Heizpilze aufgestellt, doch John entdeckte nur hier und dort einige Gäste, die beim Abendessen saßen oder mit einem Wein anstießen, kein Vergleich jedenfalls zu den Zeiten vor der Viruspandemie, als die Leute selbst zu dieser Jahreszeit hier Schlange gestanden hatten, um einen Tisch zu ergattern.

Auf Höhe des Hafenamts kamen sie an Fiete Föhr vorüber, einem Maskottchen in Form eines aus Holz geschnitzten

Männchens, das mit Bart und Schiffermütze die Hand zum Gruß erhoben hielt und ankommende Inselgäste willkommen hieß. Heute schien es eher so, als würde der freundlich lächelnde Kerl der Fähre nachwinken, die auf dem Wasser inzwischen als winziger Lichtpunkt in Richtung Festland entschwand.

»Hören Sie«, ergriff John die Initiative, »ich glaube, wir haben auf dem falschen Fuß angefangen.«

»In der Tat«, meinte Junicke, die ihre Hände in die Taschen ihrer blauen Uniformjacke geschoben hatte. »Ich möchte mich für mein Verhalten entschuldigen. Das war nicht korrekt.«

Sie hatte ihre Sonnenbrille abgenommen, sodass John ihre Augen sehen konnte. Sie waren hellbraun, mit bernsteinfarbenen Tupfern in der Iris. Ihr Blick verriet, dass sie es aufrichtig meinte.

»Ich bin nicht nachtragend. Und die Indizien, auf die sich unsere Annahme stützte, waren ja auch …«

»… recht außergewöhnlich.«

»Ja, so könnte man sagen«, schmunzelte John. »Kommt wohl nicht alle Tage vor, dass hier jemand mit so einer Geschichte im Gepäck eingeflogen kommt.«

Junicke erwiderte sein Lächeln. »Nein, nicht wirklich. Trotzdem war das nicht professionell von mir.«

»Schwamm drüber.« Er setzte sich wieder in Bewegung. »Fangen wir von vorne an. Ich werde bei dieser Sache Ihre Unterstützung brauchen.«

»Das hat mir die Oberstaatsanwältin ziemlich deutlich gemacht.«

John konnte ihrer Stimme entnehmen, dass sie über Tyras Ansage tatsächlich nicht sonderlich erbaut war. »Ich weiß, dass Tyra manchmal ein wenig …«

Junicke hob beschwichtigend die Hand. »Keine Sorge, ich weiß das schon einzuordnen. Sie bekommen meine volle Unterstützung.«

»Das weiß ich zu schätzen.«

»Unter einer Bedingung.«

»Und die wäre?«

»Sie lassen mich an Ihren Ermittlungen teilhaben.«

John hob die Schultern. »Natürlich. Darum geht es doch ...«

»Nein. Sie wissen doch, wie so etwas üblicherweise läuft.«

Das tat John. Es kam nicht selten vor, dass übergeordnete Abteilungen die örtlichen Kollegen wie Wasserträger behandelten, ihnen lediglich unliebsame Aufgaben aufdrückten, sie ansonsten aber aus den laufenden Ermittlungen heraushielten.

»Meine Arbeit hier basiert darauf, dass die Leute der Polizei vertrauen.« Junicke deutete mit einem Nicken auf die Häuser und den Ortskern rechts von ihnen. »Und dieses Vertrauen musste ich mir hart erarbeiten. Salopp gesagt bekomme ich ein Problem, wenn Sie und Ihre Leute sich hier wie der Elefant im Porzellanladen benehmen.«

»Kann ich verstehen.«

»Ich möchte deshalb, dass Sie mich als vollwertiges Mitglied Ihres Ermittlungsteams betrachten. Sie bekommen von mir alle Infos, die Sie brauchen. Im Gegenzug halten Sie mich, was die Ermittlungen betrifft, auf dem Laufenden.«

»Einverstanden.« John streckte eine Hand aus. Junicke ergriff sie, und er musste feststellen, dass sie einen überraschend kräftigen Händedruck hatte.

Sie gingen weiter und erreichten die Mittelbrücke, ein Holzsteg, der vom Sandwall aus zu einer Plattform im Meer führte. Junicke betrat die Brücke, und John folgte ihr.

In langen Wellen schlug die nachtschwarze Nordsee unter ihren Füßen gegen die Stützpfeiler. Der salzige Wind brannte kalt in Johns Gesicht.

»Was können Sie mir über Gunilla Dornieden erzählen?«, fragte er.

Junicke hob die Schultern. »Nicht allzu viel, fürchte ich. Ich bin erst seit anderthalb Jahren auf der Insel.«

»Wo waren Sie vorher?«

»Hamburg.«

»Ich will Ihnen nicht zu nahe treten, aber ... was treibt jemanden in Ihrem Alter auf eine Insel wie Föhr?«

»Ich wollte nicht für den Rest meines Lebens Streife fahren. Außerdem hatte ich mich gerade von meinem Mann scheiden lassen ...«

John hob entschuldigend eine Hand. »Pardon, so genau wollte ich es gar nicht wissen.«

»Schon in Ordnung. Ich dachte, es könnte nicht schaden, wenn ich mir hier ein wenig den Wind um die Nase wehen lasse.«

»Es gibt zweifelsohne weniger pittoreske Dienststellen.«

»Die Leute hier auf der Insel sind ziemlich verschlossen. Es hat eine Weile gedauert, bis sie Vertrauen zu mir gefasst haben. Wirklich dazugehören werde ich aber vermutlich nie.«

Sie hatten das Ende der Brücke erreicht und blieben am Geländer stehen. Der Blick ging von hier aus raus aufs offene Meer, und man konnte in den letzten Strahlen der Abenddämmerung am Horizont die vorgelagerten Halligen erkennen.

»Was unsere Tote betrifft«, sagte Junicke. »Die Leute hier mögen Fremden gegenüber zwar verschwiegen sein, untereinander tratschen sie aber, was das Zeug hält. Und Gunilla Dornieden ist eines ihrer liebsten Themen.«

»Wie das?«

»Da wäre zum einen die Sache mit ihrem ersten Mann und ihrer Tochter. Die beiden verschwanden in den Achtzigerjahren spurlos.«

»Ja, ich kenne den Fall.«

»Im Laufe der Jahre haben sich diverse Legenden gebildet, was damals wohl geschehen sein mag. Die Leute unterhalten sich an kalten Winterabenden immer noch gern bei einem Grog darüber. Das andere große Thema ...« Junicke hatte ihren Zopf gelöst und hielt das Haarband zwischen den Zähnen. »... ist ihre Ehe mit Owe Dornieden.«

»Ihrem zweiten Mann?«

»Richtig. Ihm gehörten hier auf Föhr diverse Ländereien und Ferienhäuser. Ein reicher Kerl. Als er starb, erbte Gunilla alles und war eine gemachte Frau.«

»Vielleicht so etwas wie ausgleichende Gerechtigkeit, wenn man bedenkt, dass sie eine Tochter und zwei Ehemänner verloren hat.«

»Könnte man so sehen. Die Insulaner sagten Gunilla nach, dass sie den alten Dornieden seines Vermögens wegen geheiratet hätte. Der Altersunterschied zwischen den beiden betrug immerhin fast zwanzig Jahre.«

»Wie ist der Mann gestorben?«

»Herzinfarkt. Das Alter und die ungesunde Lebensweise waren angeblich schuld.« Sie nahm das Haarband aus dem Mund und band ihre Haare neu zusammen. »Gunilla hatte sicherlich viele Neider. Andererseits setzte sie sich für den Tourismus ein und spendete immer wieder Geld für Werbekampagnen. Das tat sie nicht uneigennützig, aber schlussendlich kam das allen auf der Insel zugute.«

Johns Blick schweifte hinaus auf das Meer. »Was denken Sie über Nieke und Sönke Dornieden? Wenn ich das recht verstehe, erben die beiden ein beträchtliches Vermögen.«

»Durchaus. Aber ob sie oder einer von ihnen deshalb so kaltblütig war, die alte Frau ins Jenseits zu befördern …«

»Das werden wir herausfinden.« John schob die Hände in die Jackentaschen. »Wir bräuchten hier für die nächste Zeit eine Unterkunft«, sagte John und hoffte, dass Frede die Frage dahinter nicht entging.

Er hatte mit Lilly bereits besprochen, dass es das Beste wäre, wenn sie für die Ermittlungen auf der Insel Quartier bezögen. Tommy und Juri hatten ebenfalls keine Einwände. Tommy hatte bereits vorsorglich die Notfall-Koffer für Lilly und ihn mitgebracht. Es war nicht das erste Mal, dass sie auf den Inseln in einem Mord ermittelten. Auf dem Präsidium standen deshalb immer zwei Reisetaschen mit den nötigsten Sachen bereit.

»Das dachte ich mir schon«, sagte Frede. »Also habe ich für Sie gleich mal ein nettes Ferienhaus hier im Ort aufgetrieben.«

»Das ist sehr nett von Ihnen, Frau Junicke.«

Sie legte den Kopf schief und lächelte John an. Dabei fiel ihm auf, dass sie auf der rechten Wange, knapp über dem Mundwinkel, ein kleines Muttermal hatte. »Wie wäre es, wenn wir uns der Einfachheit halber duzen? Frede.«

»John«, erwiderte er und reichte ihr die Hand.

»Komm. Ich zeige dir euer Quartier.«

John folgte Frede über die Brücke zum Sandwall hinauf. Er musste insgeheim zugeben, dass es ihr gelungen war, ihn für sich einzunehmen. Frede war nicht nur eine ziemlich gutaussehende Frau, sondern konnte zudem überaus charmant sein, wenn sie wollte.

Teil 2

Kapitel 10

»Und wir sind uns sicher, dass es sich um einen Mord handelt?«, fragte Juri Rabanus am nächsten Morgen.

Lilly musterte ihn von der Seite. Abgesehen von gelegentlichen Begegnungen auf dem Flur oder im Gemeinschaftsraum des Präsidiums hatten sie sich im zurückliegenden Jahr selten gesehen. Juri war Teil einer Sonderkommission gewesen, die im Clan-Milieu ermittelte. Die Arbeit hatte seine ganze Aufmerksamkeit verlangt.

Er hatte sich in dieser Zeit verändert, fand Lilly, und zwar zu seinem Vorteil. Es waren jetzt knapp vier Jahre vergangen, seit seine Frau und ihr ungeborenes Kind bei einem Verkehrsunfall ums Leben gekommen waren. Geblieben war Juri seine Tochter Amélie, sein Ein und Alles. Der Schicksalsschlag hatte ihn hart getroffen, und Lilly war es immer vorgekommen, als sei seine Seele an jenem tragischen Tag erstarrt. Der sonst so lebensfreudige, offene Juri hatte sich in einen grüblerischen, verschlossenen Mann verwandelt, dessen einzige Lichtblicke die gemeinsamen Erlebnisse mit seiner Tochter waren.

Gewiss sah man ihm die harte Arbeit der vergangenen Monate an. Dennoch hatte sein Gesicht wieder mehr Farbe, und in seinen Augen lag beinahe wieder der alte Glanz.

Irgendetwas hatte sich im Leben von Juri verändert, da

war sich Lilly sicher, und sie nahm sich vor, ihn bei passender Gelegenheit mal darauf anzusprechen.

Juri saß ihr an dem Eichenholztisch im offenen Wohnessbereich des Ferienhauses gegenüber. Neben ihm hatte Tommy Fitzen Platz genommen.

Der Fußboden des Zimmers bestand aus alten Holzdielen, und an den Wänden hingen Bleistiftzeichnungen von Strand, Meer und Segelschiffen, die von dem Besitzer des Hauses selbst stammen mochten. Auf der gegenüberliegenden Seite des Raums gab es einen offenen Kamin, um den eine Sitzgruppe mit einem breiten Ledersofa voller Kissen gruppiert stand. Lilly spürte für einen Moment die Versuchung, es sich dort mit einem Tee und einem guten Buch gemütlich zu machen. Doch leider hatte sie hier anderes zu tun.

»Also, für mich besteht kein Zweifel, dass wir es mit einem Mord zu tun haben«, antwortete John, der vor Kopf saß. »Gunilla Dornieden wird sich kaum selbst im Keller eingesperrt haben.«

Um erste Ermittlungsansätze zu finden, hatte John sie gebeten, alle Fragen und Gedanken offen auszusprechen, egal, wie unwichtig oder seltsam sie ihnen erscheinen mochten – oft führte der Gedanke eines Kollegen beim anderen zu einem Geistesblitz.

»Da stimme ich zu«, sagte Tommy. »Allerdings wundere ich mich, warum der Täter den Mord auf diese … etwas umständliche Art begangen hat. Es gibt doch genügend andere schnellere und wirksamere Methoden, bei denen man sich sicher sein kann, dass derjenige, den man umbringen will, am Ende auch wirklich tot ist. Und warum das Risiko eingehen, dass die Leiche im Keller entdeckt wird?«

Tommy – der eigentlich Thomas Fitzen hieß, von allen im Dezernat aber nur Tommy genannt wurde, weil er Johns

Freund aus Kindertagen war und dieser den Spitznamen unter den Kollegen eingeführt hatte – griff an seine Krawatte und lockerte sie ein wenig. Entgegen seiner Vorliebe für schmuddelige Sweatshirts und abgewetzte Jeans trug er eine graue Stoffhose, ein blauweiß kariertes Hemd, eine knallrote Krawatte und darüber einen gelben Pullunder, der Lilly unwillkürlich an Hans-Dietrich Genscher denken ließ. Eine gruselige Kombination, fand sie, hatte allerdings Besseres zu tun, als über Tommys neuerliche Mode-Legasthenie nachzugrübeln.

»Vielleicht wollte der Täter es absichtlich hinauszögern. Sie sollte leiden«, schlug Lilly als Erklärung vor. »Und vielleicht wollte er auch, dass die Leiche gefunden wird. Er wollte sie zur Schau stellen.«

Juri sah sie nachdenklich an und strich sich mit einer Hand über das kantige, mit langen Bartstoppeln übersäte Kinn. »Möglich. Vielleicht hatte er aber auch vor, die Leiche verschwinden zu lassen, und etwas kam ihm dazwischen.«

Lilly nickte. »Es spricht durchaus einiges für ein geplantes Vorgehen, zumindest sieht es nicht unbedingt so aus, als wäre die Tat im Affekt begangen worden.«

»Das würde bedeuten, dass der Täter sein Vorgehen mit Bedacht geplant hatte«, sagte Tommy. »Das lässt den Schluss zu, dass er davor zurückschreckte, persönlich körperliche Gewalt auszuüben … Ich meine, es setzt schon einige Kaltblütigkeit oder eine ordentliche Portion Zorn voraus, einen Menschen mit den eigenen Händen zu erwürgen oder mit einem Messer auf ihn einzustechen. Und selbst mit einer Schusswaffe muss man einen Widerstand überwinden, besonders, wenn das Opfer zum Beispiel zur …«

»… eigenen Familie gehört«, beendete Juri den Satz.

»Was uns zu Nieke und Sönke Dornieden bringt.« Lilly

nahm die Kaffeetasse, die vor ihr auf dem Tisch stand, und trank einen Schluck.

»Ein Motiv hatten sie vielleicht«, meinte John. Er hatte ihnen berichtet, dass die beiden ein reiches Erbe erwartete. »Fragt sich, ob sie auch die Gelegenheit und die Mittel zur Tat hatten.«

Er tippte auf das Touchpad seines Laptops. Jeder von ihnen hatte ein solches Gerät vor sich auf dem Tisch stehen. Juri und Tommy hatten diese »mobile Einsatzzentrale« gestern Abend aufgebaut, nachdem sie ihre persönlichen Sachen auf die Zimmer gebracht hatten.

Das Ferienhaus, das Frede für sie ausgesucht hatte – eine weißverputzte Kate mit tiefgezogenem Reetdach –, lag in der Mittelstraße, direkt im Zentrum von Wyk. Im Erdgeschoss gab es den offenen Wohnessbereich, ein Bad und ein Schlafzimmer, im Obergeschoss zwei weitere Zimmer, von denen Lilly und John sich eines teilten.

Während Juri und Tommy die Technik installiert hatten, hatte John auf seinem Laptop die bisherigen Erkenntnisse zusammengefasst und sie Esther Talley ins Präsidium geschickt. Lilly hatte noch einen Spaziergang durch die Gassen von Wyk unternommen. Dabei hatte sie auf dem Handy mit dem Vermieter der Wohnung telefoniert und den Besichtigungstermin endgültig abgesagt. Die Ermittlungen würden sie sicherlich einige Tage hier festhalten, und John hatte zu dem Thema ohnehin nichts mehr gesagt – was Lilly ziemlich ärgerte. Seine Gedanken waren nun ganz bei ihrem neuen Fall.

Aus dem Laptoplautsprecher drang der Ton eines eingehenden Videoanrufs. Tommy schaltete den Anruf mit ein paar Klicks auf den großen Monitor, den er mittig auf dem Tisch platziert hatte. Esther Talley erschien im Bild, zunächst pixelig, dann klar und scharf. Esther war Ende dreißig, hatte ein schmales Gesicht und raspelkurze braune Haare. Sie hob zur Begrüßung eine Teetasse.

»Tut mir leid, bin etwas spät dran.«

John schenkte ihr ein Lächeln. »Besser spät als nie. Willkommen in der Runde.« Er brachte Esther kurz auf den aktuellen Stand. »Wir waren gerade bei der Tochter und dem Schwiegersohn von Gunilla Dornieden.«

»Eine der wichtigsten Fragen ist wohl, wann Gunilla im Keller ihres Hauses eingeschlossen wurde«, sagte Lilly. »Nur so können wir die Tatzeit und damit die Personen, die vor Ort gewesen sein könnten, eingrenzen.«

»Wissen wir, wann die Frau zuletzt gesehen wurde?«, fragte Juri.

»Nieke und Sönke fuhren am frühen Samstagmorgen in Urlaub«, erklärte John. »Am Tag davor, also Freitag, brachte Sönke seine Tochter morgens zu seiner Schwiegermutter. Nieke holte das Kind mittags im Büro von Gunilla wieder ab. Sönke fuhr dann am frühen Abend zum Haus Poppenspeler. Seine Schwiegermutter war laut seiner Aussage nicht anwesend.«

»Er erwähnte gestern, dass Gunilla eine Assistentin hätte«, warf Lilly ein. »Was ist mit ihr?«

»Reden wir mit ihr. Sie kann uns sicherlich sagen, wie lange Gunilla an dem Tag im Büro war und was sie danach tat«, sagte John. »Und wir müssen in Erfahrung bringen, ob sie oder jemand anderes die Frau an den folgenden Tagen noch einmal zu Gesicht bekam. Tommy, du sprichst mit den Nachbarn, den Freunden von Gunilla … das ganze Programm.«

»Geht klar.«

»Wir sollten uns auch die finanzielle Situation der Frau genauer ansehen«, meinte Juri. »Ich übernehme das gerne.«

»Wenn Sönke am Tag vor der Abreise abends in Haus Poppenspeler war, hätte er zumindest die Gelegenheit zur Tat gehabt«, sagte John, »vorausgesetzt, seine Schwiegermutter war entgegen seiner Angabe doch dort.«

»Dann hätte er es tun können …« Lilly beugte sich vor. »Stellt sich allerdings die Frage, warum seine Frau uns dann verständigt hat. Er müsste in dem Fall allein gehandelt haben, ohne ihr Wissen.«

John klopfte mit der Hand auf den Tisch. »Also gut, folgendes Vorgehen: Ich rede mit der Assistentin von Gunilla und sehe mich in ihrem Büro um. Tommy, du begleitest mich. Esther, du setzt dich mit Tyra Kortum in Verbindung und besorgst mir einen Durchsuchungsbeschluss für das Büro.«

»So gut wie erledigt«, klang es aus dem Lautsprecher des Monitors.

»Ihr beiden«, John blickte Lilly und Juri an, »kümmert euch um Nieke und Sönke.«

Dann wandte er sich noch einmal an Esther: »Du besorgst uns auch für die Einsicht in Gunillas Finanzen bitte die entsprechenden Genehmigungen.«

Mit diesen Worten beendete John die Besprechung, und wenig später verließen er und Tommy das Haus.

Lilly saß allein mit Juri am Eichenholztisch und trank ihren Kaffee. Die frühe Morgensonne fiel durch die Fenster und strahlte Juri von der Seite an, sodass die eine Hälfte seines Gesichts im Licht, die andere im Schatten lag.

Er stützte die Ellbogen auf den Tisch und lächelte.

»Schön, dass wir wieder einmal zusammenarbeiten. Ist schon eine ganze Weile her.«

Lilly erwiderte sein Lächeln. Sie freute sich ebenfalls. Einerseits. Andererseits hatte ihr der Abstand zu ihm nicht geschadet. Denn jetzt, wo sie sich wieder nahe waren, kehrte das Kribbeln in ihrem Bauch zurück, das sie in seiner Anwesenheit oft verspürt hatte.

Kapitel 11

»Wirklich niedlich«, meinte Tommy, »fast wie dein Friesenhaus in Kleinformat.«

John stand mit seinem Kollegen und besten Freund vor einem winzigen Häuschen in der Mittelstraße. Es war weiß verputzt, das Dach mit Reet gedeckt, mit einem hohen Giebel vor der Eingangstür. Die Sprossenfenster waren hellblau umrahmt. Ein typisches Friesenhaus eben, mit der Besonderheit, dass es so niedrig gebaut war, dass man das Dach erreichen konnte, ohne sich auf die Zehenspitzen stellen zu müssen. Wohl nicht ohne Grund hatte der Eigentümer an der Hauswand ein Schild befestigt, auf dem stand: »Bitte keine Halme rausziehen. Wenn jeder einen Halm nehmen würde, hätte ich bald kein Dach mehr über dem Kopf.«

John hatte Frede gebeten, sie zum Büro von Gunilla Dornieden zu begleiten, und sie hatte vorgeschlagen, dass sie ihnen ein Stück entgegenkam und sie sich hier am *Lütte Hus* trafen. Die kleine Rarität sei nicht zu verfehlen, hatte sie gemeint, was zweifellos stimmte.

John und Tommy hatten sich auf dem Weg hierher in einer Bäckerei noch einen Kaffee geholt. John trank einen Schluck aus dem Pappbecher und musterte Tommy.

»Hat das eigentlich einen bestimmten Grund?« Mit einem Nicken bedeutete er seinem Freund, dass er seinen kunterbunten Aufzug meinte. Schon bei der morgendlichen Lagebesprechung war John nicht entgangen, dass sich Tommy entgegen seiner Gewohnheit sehr in Schale geschmissen hatte. John war Lillys Blick nicht entgangen, die die Kombination aus blauweiß kariertem Hemd, knallroter Krawatte und gelbem Pullunder offensichtlich für einen ziemlichen Mode-Unfall hielt. Dazu trug Tommy jetzt noch einen grau-schwarz gestreiften Wollschal um den Hals und einen schwarzen Mantel, dessen Stoff so grobmaschig war, dass der Wind durch jede Faser pfeifen musste, ganz davon abgesehen, dass das Kleidungsstück bei Regen kaum Schutz vor Nässe bieten würde und ohnehin eher für einen Opernbesuch geeignet war.

John kannte Tommy lange genug – sie hatten die Kindheit gemeinsam auf Sylt verbracht, danach hatte der Zufall sie beide in den Polizeidienst verschlagen –, daher wusste er, dass dieser Stil einfach nicht zu seinem Freund passte. Tommy liebte es gemütlich: Jeans, Sweatshirt, ausgebeulte Jacke.

Außerdem passte die seriöse Klamotte nicht zu Tommys jugendlichem Aussehen. Er war zwar im selben Alter wie John, dennoch zeigte sich in seinen braunen verwuschelten Haaren keine einzige graue Strähne. Und in seinem schmalen, ebenmäßigen Gesicht musste man die Falten schon mit der Lupe suchen. Tommy schien zu jenen Menschen zu gehören, die die ewige Jugend gepachtet hatten. John beneidete ihn ein wenig darum.

Aber wie auch immer, es musste einen Grund haben, weshalb sein Freund meinte, sein Äußeres verändern zu müssen.

»Gefällt es dir etwa nicht?«, meinte Tommy auf Johns Frage hin.

John wog den Kopf hin und her. »Doch, doch. Du siehst nur so … anders aus.«

»Ich will es diesmal nicht wieder versauen. Und dazu gehört wohl, dass ich .... endlich erwachsen werde.«

John wusste, worauf Tommy anspielte.

Vor etwas mehr als einem Jahr war Tommy wieder mit seiner Ex-Frau Katharina zusammengezogen. Die beiden hatten eine gemeinsame Tochter, Jenny. Ihr erster Eheversuch hatte vor vielen Jahren in einer Trennung geendet, was vor allem daran gelegen hatte, dass Tommy – vorsichtig formuliert – zu wechselnden Partnerschaften neigte und gerne die Beine in die Hand nahm, wenn es in einer Beziehung ernst wurde.

Deshalb hatte es John auch ein wenig gewundert, als Tommy sich entschied, mit Katharina einen neuen Anlauf zu wagen. Zu gut hatte er die Worte in Erinnerung, die sein Freund ihm irgendwann einmal zum Thema Ehe gesagt hatte: *Ich weiß gar nicht, warum die Leute ständig heiraten. Spätestens nach zehn Jahren kommt ohnehin bei den meisten die Scheidung.*

Offenbar hatte er seine Meinung geändert.

Vielleicht lag es daran, dass Katharina eine Zeit lang mit Jenny in der Schweiz gelebt hatte. Jenny war inzwischen acht Jahre alt, und Tommy hatte den größten Teil ihrer Kindheit nicht miterlebt.

Jedenfalls lebte er jetzt mit den beiden in einem Haus zwischen Flensburg und Glücksburg – und John musste ehrlicherweise feststellen, dass er seinen Freund schon lange nicht mehr so zufrieden erlebt hatte.

»Und du meinst, dass Erwachsene solche ... altfränkischen Klamotten tragen?«, fragte John.

»Wenigstens bist du ehrlich. Aber ja, ich glaube, man kann nicht sein ganzes Leben in T-Shirt und Jeans rumrennen. Das wirkt irgendwann albern. Außerdem hab ich beruflich einiges vor.«

»Tatsächlich?«

»Ich will eine Beförderung. Katharina hat in der Schweiz alles aufgegeben und muss hier neu anfangen. Sie soll sich auf mich verlassen können. Ihr und Jenny soll es an nichts fehlen.«

»Du meinst, die Beförderung gibt es in Hemd und Krawatte schneller?«

»Kleider machen Leute. Oder hast du Gödecke schon mal in Turnschuhen und Hoodie im Präsidium rumlaufen sehen?«

»Interessante Vorstellung …«

John sah über Tommys Schulter hinweg Frede herankommen. Sie trug ihre blaue Streifenuniform und hielt eine gerollte Zeitung in der Hand.

»Moin«, grüßte sie, als sie bei ihnen war. »Ich habe mit Ilke Dittrich gesprochen, der Assistentin von Gunilla Dornieden. Sie ist einverstanden, dass wir vorbeikommen.«

»Sie weiß Bescheid, was geschehen ist?«

»Ich schätze, die ganze Insel weiß Bescheid.«

Frede reichte John die Zeitung, die sie mitgebracht hatte. Es handelte sich um die aktuelle Ausgabe des Insel-Boten, der Lokalzeitung. Auf der Titelseite stand ein ausführlicher Bericht über Gunilla Dorniedens Tod.

John überflog rasch den Artikel, der knapp zusammenfasste, dass Frau Dornieden im Keller ihres Anwesens tot aufgefunden worden sei, Polizei und Angehörige nun vor einem Rätsel stünden und ein Mord nicht auszuschließen sei. Der Bericht endete mit einem Zitat von Frede Junicke, die sagte, dass eine Ermittlungsgruppe der Kriminalpolizei Flensburg auf der Insel sei und sich der Sache in Zusammenarbeit mit den örtlichen Kollegen annähme. Ein Knudt Backfisch hatte den Artikel verfasst.

»In Flensburg habt ihr für so etwas eine Presseabteilung«, sagte Frede. »Knudt hat mich gestern Abend angerufen und sich erkundigt. Ich hoffe, es ist okay, dass ich mit ihm gesprochen habe. Er würde auch gerne noch mit dir reden.«

John winkte ab. »Schon in Ordnung. Du hast ihm ohnehin nur bestätigt, worüber vermutlich schon die ganze Insel getuschelt hat. Und wenn es sein muss, spreche ich mit dem Herrn.«

»Gut. Wollen wir dann los? Das Büro von Gunilla ist gleich hier um die Ecke.«

Sie gingen ein Stück die Mittelstraße hinauf, in Richtung des Wyker Glockenturms. Das etwa zwanzig Meter hohe Wahrzeichen des Orts war aus rotbraunen Klinkersteinen gemauert und hatte ein schwarz geschindeltes Spitzdach. Kurz vorher bogen sie rechts in die Carl-Häberlin-Straße ab. Der beinahe schnurgerade Weg bestand aus einer Mischung aus Kopfstein- und grobem Bruchsteinpflaster und wurde zu beiden Seiten von niedrigen Häusern gesäumt, die dicht an dicht standen, als suchten sie gegenseitig Schutz vor den Stürmen, die im Winter über die Insel fegten. Hochgewachsene Rosenbüsche kletterten überall an den Fassaden hoch.

»Das Büro liegt am Ende der Straße«, sagte Frede.

John schnalzte mit der Zunge. »Hier käme ich auch gerne jeden Tag zur Arbeit her.«

»Da wärst du in guter Gesellschaft«, meinte Tommy. »Ich habe mal etwas über Dr. Carl Häberlin gelesen. Er war Arzt und Heimatforscher auf der Insel und wurde zum Ehrenbürger ernannt. Angeblich sah man ihn jeden Morgen, bevor er seine Praxis öffnete, hier mit seinem Hund entlangspazieren. Am Ende der Straße hatte er wohl einen Gemüsegarten.«

Obwohl Tommy ihn bereits einige Male mit Spezialwissen zu den abgelegensten Themen überrascht hatte, staunte John immer wieder über die Details, die sich sein Freund einprägen konnte.

»Stimmt«, meinte Frede, »er züchtete dort auch Blumen, die er manchem Patienten zum Trost mitbrachte.«

»Seine Zeitgenossen müssen ihn für etwas wunderlich gehalten haben, dass er jeden Tag denselben Weg ging.«

»Vermutlich«, sagte Frede. »Ihm wurde jedenfalls nachgesagt, dass er sich derart für seine Arbeit aufopferte, dass ihm im Privaten nur wenig Zeit für seine Mitmenschen blieb.«

»Ich schiebe es mal auf euer Kriminalistenhirn, dass ihr euch so etwas merken könnt.«

»Ich weiß nicht.« Frede hob die Schultern und blickte John von der Seite an. »Ich finde, der Gedanke lässt sich eigentlich ganz gut auf unsere Situation übertragen. Geht es uns in unserem Job nicht ähnlich?«

»Was mich betrifft nicht«, sagte Tommy. »Ich nehme mir jetzt Zeit für meine Frau und meine Tochter. Es kommt nur auf die richtige Work-Life-Balance an.«

John hob eine Augenbraue. »Und das bedeutet konkret?«

»Dass ich nicht mehr sinnlos Überstunden schieben werde. Die Abende und Wochenenden gehören jetzt meiner Familie.«

»Ich bin gespannt, wie du das mit deinen Karriereplänen übereinbringen willst. Mehr Geld gibt's normalerweise nicht für weniger Arbeit.«

Frede räusperte sich. »Vielleicht klärt ihr das später unter euch. Wir sind da.«

Sie waren an einem schmalen Haus aus weißen Klinkersteinen angelangt. Die Eingangstür war von Rosenranken umwachsen, die Fenster links und rechts schmückten hellblaue Schlagläden. Das Dach war so spitz und tiefgezogen, dass man im Obergeschoss wohl lediglich gebückt stehen konnte, falls es denn überhaupt genutzt wurde.

Neben der Eingangstür hing ein Schild mit der Aufschrift: *Dornieden – Ferienimmobilien.*

Frede drückte die Klinke hinunter und trat ein, John und Tommy folgten ihr. So putzig das Häuschen von außen auch wirken mochte, so modern und geschäftsmäßig war es im Inneren eingerichtet. Auf der linken Seite gab es einen offenen Bereich mit Empfangstheke, auf der einige Flyer und Broschüren auslagen, dahinter zwei Schreibtische. An der Wand hing neben einer Karte der Insel, auf der kleine Fähnchen steckten, ein großes Schlüsselbrett.

Rechts von der Eingangstür trennte eine Glasfront ein Einzelbüro ab, mit hoher Wahrscheinlichkeit hatte es Gunilla Dornieden gehört.

Eine Frau in weinrotem Kostüm erhob sich von einem der Schreibtische und kam um den Empfangstresen herum, um sie zu begrüßen. John schätzte sie auf Mitte bis Ende fünfzig. Sie hatte ihr schwarzgraues Haar zu einer Hochsteckfrisur gebunden und trug eine große Rundbrille mit kräftigem Stahlgestell, was sie nicht unbedingt jünger wirken ließ.

»Frede«, sagte sie und reichte der Inselpolizistin die Hand.

»Ilke. Das hier sind Hauptkommissar Benthien und sein Kollege Oberkommissar Fitzen von der Flensburger Kripo.«

John reichte der Dame ebenfalls die Hand. »Was geschehen ist, tut mir sehr leid. Das muss auch für Sie ein großer Verlust sein.«

»Ilke Dittrich«, sie senkte den Kopf und blickte zu Boden. »Ich ... ich kann das noch immer nicht wirklich begreifen. Eigentlich denke ich noch, Gunilla müsste jeden Moment zur Tür hereinkommen.«

»So etwas braucht Zeit ... Wir wissen zu schätzen, dass du dir trotzdem Zeit für uns nimmst«, sagte Frede.

Dittrich sah zum Fenster hinaus auf das gegenüberliegende Haus. »Die Jansens kamen gestern am späten Nachmittag herüber und erzählten es mir. Und heute Morgen der Bericht im

Boten … Stimmt es denn?« Sie blickte abwechselnd zu John und Frede. »Ich meine, war sie wirklich ganz allein dort unten eingesperrt?«

»Mit Details möchte ich mich gerne zurückhalten«, sagte John. »Aber das, was Sie in der Zeitung gelesen haben, entspricht im Groben den Tatsachen.«

Dittrich nahm die Hand vor den Mund und schüttelte den Kopf. »Die arme Gunilla … wer hat ihr denn so etwas angetan?«

»Wir sind hier, um das herauszufinden.«

»Natürlich.« Sie wies auf einen runden Besprechungstisch am Fenster hinter dem Empfangstresen. »Setzen Sie sich doch. Ich hole uns Kaffee und Tee.«

Sie nahmen Platz und warteten, bis die Frau mit einem Tablett zurückkam. Sie stellte jeweils eine Kanne Kaffee und Tee auf den Tisch, dazu Tassen, Milch und Zucker. Dann setzte sie sich ebenfalls.

»Ich möchte nicht unhöflich erscheinen«, sagte sie und spielte dabei mit der Perlenkette um ihren Hals, »aber ich hatte natürlich noch nie mit solch einer Sache zu tun. Daher frage ich mich … was ich Ihnen erzählen darf, ich meine, ich bin mir nicht sicher, ob es Frau Dornieden recht gewesen wäre, wenn Sie sich hier einfach umsehen.« Ihr Blick ging zu Frede, der sie offenbar vertraute.

»Keine Sorge. Das hier ist ein informelles Gespräch, keine Vernehmung«, erklärte Frede. »Und solltest du doch dabei sein, irgendetwas zu sagen, das dich in Schwierigkeiten bringen könnte, müssen wir dich ohnehin darauf hinweisen. Also keine Angst.«

Das entsprach nur annähernd dem üblichen Vorgehen, wie John wusste, doch die Erleichterung auf dem Gesicht der Frau rechtfertigte Fredes Entscheidung.

»Wir haben außerdem einen richterlichen Durchsuchungsbeschluss angefordert. Ohne den können wir uns hier sowieso nicht umsehen«, sagte er. »Das hat also alles seine Ordnung.«

Ilke Dittrich nickte. »Wie kann ich Ihnen denn helfen?«

»Wir versuchen zu rekonstruieren, was Frau Dornieden zugestoßen ist. Soweit wir wissen, war sie am vergangenen Freitag hier im Büro.«

»Das stimmt. Sie hatte Ria, ihre Enkelin, dabei.«

»Brachte sie die Kleine oft mit her?«

»Schon, ja. Die Eltern müssen ja beide arbeiten.«

»Nieke holte das Kind gegen Mittag ab, ist das korrekt?«

»Ja. Das muss so gegen dreizehn Uhr gewesen sein.«

»Was tat Frau Dornieden, nachdem ihre Tochter und ihre Enkelin gegangen waren?«

»Sie blieb den ganzen Nachmittag hier. Wir hatten viel zu tun.«

»Was ist Ihre Aufgabe hier?«

»Ich helfe Frau Dornieden bei der Vermietung ihrer Ferienimmobilien.« Sie deutete auf die Karte an der Wand. »Es sind mittlerweile fast vier Dutzend Häuser und Apartments hier auf der Insel. Da fällt also eine Menge an.«

»Seit wann waren Sie bei ihr angestellt?«

»Nun, tatsächlich habe ich schon für ihren Mann gearbeitet, Herrn Dornieden«, erzählte Ilke Dittrich, während sie sich eine Tasse Tee einschenkte und ein Stück Zucker dazugab. »Mein Schreibtisch stand damals noch in seinem Haus, aber als er dann Gunilla heiratete … wurde plötzlich alles sehr professionell.«

»Ist Ihnen an Frau Dornieden in letzter Zeit etwas Ungewöhnliches aufgefallen?« John trank einen Schluck Kaffee. »Bereitete ihr vielleicht irgendetwas Kummer?«

»Nicht, dass ich wüsste. Eher das Gegenteil war der Fall.«

»Wie meinen Sie das?«

»Nun, Freitag war doch der große Tag.«

Frede lehnte sich vor. »Ich glaube, das musst du uns etwas näher erklären, Ilke.«

»Natürlich.« Sie griff wieder aufgeregt nach ihrer Perlenkette. »Am Freitag ging Gunilla zur Gemeinderatssitzung. Dort wurde über das neue Projekt entschieden, den Ferienpark.«

John staunte nicht schlecht und wünschte sich insgeheim, dass er im fortgeschrittenen Alter noch über ebensolche Schaffenskraft verfügen würde, wie sie Gunilla Dornieden offenbar eigen gewesen war.

»Wissen Sie noch, wann sie das Büro verließ?«

»Die Sitzung begann um siebzehn Uhr. Das muss also kurz vorher gewesen sein.«

»Und was hatte es mit diesem Ferienparkprojekt auf sich?«

»Genau genommen war es eine Idee, die Gunilla noch mit Owe ausgeheckt hatte«, erzählte Ilke Dittrich. »Ihm gehörte ein alter Hof, drüben in der Nähe der Godelmündung. Ein hübsches Fleckchen, nicht weit vom Strand. Gunilla schlug vor, dort einen Park mit Ferienhäusern zu errichten, für Naturliebhaber.«

Frede lehnte sich in ihrem Stuhl zurück und blickte die Frau nachdenklich an. »Ich glaub, ich erinnere mich. Die ganze Sache lag doch ziemlich lange auf Eis.«

»Ja, das stimmt. Gunilla musste mehr als zehn Jahre warten. Doch sie blieb hartnäckig. Sie wollte das Projekt für Owe zu Ende führen, er ... konnte das ja leider nicht mehr miterleben. Vor etwa einem halben Jahr ist es Gunilla nach langem Ringen gelungen, bei der Gemeinde neue Fürsprecher für das Projekt zu finden.«

»Wissen Sie denn, wie der Gemeinderat am Freitag entschieden hat?«, fragte Tommy.

»Soweit ich weiß, wurde dem Vorhaben zugestimmt. Eine Freundin berichtete mir am Wochenende davon.«

»Moment mal«, sagte John. »Eine Freundin erzählte Ihnen davon? Hätte Frau Dornieden Sie nicht über einen solchen Erfolg verständigen müssen?«

»Nun ja … nachdem wir hier monatelang gemeinsam Anträge ausgefüllt, Akten gewälzt, Investoren gesucht und alle Hebel in Bewegung gesetzt hatten … Ja, es hat mich schon ein wenig gewundert, dass ich das hintenrum erfahre und nicht von Gunilla persönlich.«

»Und wie erklärten Sie sich das?«

»Ich wusste nicht, was ich davon halten sollte. Aber als ich das ganze Wochenende nichts von ihr hörte und sie am Montag nicht im Büro erschien … da fand ich das dann doch sehr seltsam.«

»Haben Sie versucht, sie zu erreichen?«

»Ich rief auf ihrem Handy an und fuhr bei Haus Poppenspeler vorbei. Nichts. Nun gut, dachte ich, ist sie vielleicht zu einer Freundin gefahren oder gönnt sich nach dem Erfolg eine kleine Auszeit. Aber … selbst dann hätte sie mir das eigentlich gesagt. Ich muss hier schließlich ihre Termine im Blick haben. Als sich dann Dienstag Nieke bei mir meldete und meinte, dass sie ihre Mutter ebenfalls nicht erreichte, da begann ich, mir echte Sorgen zu machen.«

»Haben Sie mit irgendjemandem darüber gesprochen?«

»Am Dienstag, ja. Ich habe rumgefragt, bei den Nachbarn, Freunden, Leuten, mit denen wir geschäftlich zu tun hatten. Aber niemand hatte Gunilla gesehen oder von ihr gehört.« Sie hielt inne und schluckte. »Tja … jetzt wissen wir ja, warum.«

John gönnte der Frau eine Verschnaufpause, in der sie einen Schluck Tee trank. »Frau Dittrich«, sagte er dann, »können Sie sich vorstellen, warum jemand Gunilla Böses gewollt haben könnte?«

Sie schüttelte den Kopf und stellte die Tasse ab. »Nein, absolut nicht. Sie genoss großes Ansehen, besonders unter den Frauen hier auf der Insel. Natürlich gab es allerhand Schnack wegen ihrer Ehe mit Owe. Aber Gunilla hat in ihrem Leben immer hart gearbeitet und sich dabei noch um ihre Familie gekümmert. Sie hat es nicht leicht gehabt, müssen Sie wissen. Nieke und auch die kleine Emma – Gott hab das arme Mädchen selig – waren als Kinder sehr oft krank. Gunilla musste häufig mit ihnen zum Arzt, wachte nachts an ihren Betten, versuchte aber trotzdem, immer pünktlich zur Arbeit zu kommen. Und dann natürlich die Sache mit Mikkel und Emma und später der Tod von Owe ... Das Schicksal hat es wirklich nicht gut mit ihr gemeint, trotzdem ließ sie sich nicht unterkriegen. Das hat ihr den Respekt der Leute eingebracht.«

Johns Handy klingelte. »Entschuldigung.«

Er hörte schweigend zu, nickte ab und an und wandte sich dann Frede und Tommy zu. »Das war Esther Talley. Der Durchsuchungsbeschluss ist da.«

»Gut, dann dürfen wir uns jetzt offiziell hier umsehen.«

»Wir können dir das Dokument auf dem Handy zeigen«, sagte Frede sanft zu Ilke Dittrich. »Wenn du es in Papierform haben willst, musst du dich noch etwas gedulden.«

Dittrich winkte ab. »Wenn alles seine Richtigkeit hat, soll mir das recht sein.«

»Eines wüsste ich gerne noch«, sagte John. »Ich nehme an, dass es Zeugen gibt, die uns sagen können, dass Gunilla auf der Gemeinderatssitzung war, und auch, wann sie die Sitzung verlassen hat?«

Ilke Dittrich nickte. »Am besten fragen Sie den Bürgermeister.«

»Hauke Martens?«

»Ja. Er hat Gunilla hier abgeholt und ist mit ihr zum Stadthaus gefahren.«

Kapitel 12

Der Wind hatte am späten Vormittag aufgefrischt und trieb vereinzelte Wolken über den ansonsten blauen Himmel. Lilly zog den Reißverschluss ihrer Jacke hoch und genoss die Brise, die ihr die Haare verwehte. Sie war vom Ferienhaus aus durch den Ort geschlendert und dem Promenadenweg am Strand entlang gefolgt. Auch wenn man für hiesige Verhältnisse noch nicht wirklich von Kälte sprechen konnte, tummelten sich am Saum des Meeres nur noch wetterfeste Urlauber, die spazieren gingen oder es sich mit einer Decke und einem Buch in einem Strandkorb gemütlich machten.

Lilly hatte den Leuchtturm Ölhorn erreicht, einen nur wenige Meter hohen, quadratischen Bau aus braunen Klinkersteinen mit einem Leuchtfeuer auf der Spitze, der zwar unscheinbar wirkte, aber bei Nacht für den Schiffsverkehr eine wichtige Rolle spielte. Auch jetzt herrschte dort draußen reger Verkehr. Lilly konnte auf dem Meer diverse Segler ausmachen, die auf ihren schnittigen Booten ihre Bahnen zogen.

Beim Leuchtturm Ölhorn begann der Planetenweg, wie Lilly einer Infotafel entnahm. Der Weg erstreckte sich über elf Kilometer an der Südwestküste entlang, ein Spaziergang durch das Sonnensystem im Maßstab von eins zu vierhundert Millionen. Die Sonne – der Startpunkt – befand sich hier am Leuchtturm Ölhorn.

Lilly folgte dem Weg in Richtung Südstrand und kam in rascher Folge an Merkur, Venus und Erde vorbei, über die an der entsprechenden Station eine Infotafel ausführlich informierte. Vor einem auf Stahlfüßen ruhenden Steinquader blieb sie schließlich stehen. Hier musste es sein.

Sie hatte vorhin mit Nieke Dornieden telefoniert und ihr erklärt, dass sie sich noch einmal mit ihrem Mann unterhalten wollte. Nieke hatte Lilly den Weg zur Station von Sönkes Inselbahn erklärt. Sie sollte bis zum »Durchblick« gehen, einem Aussichtspunkt kurz vor dem Strandlokal *Pitschi's*.

Lilly umrundete den Steinquader, der innen hohl war, bis sie schließlich so stand, dass sie durch ihn hindurch auf das Meer schauen konnte. Am Horizont erkannte sie die Umrisse der Hallig Oland. Schon bei ihrem Spaziergang entlang der Promenade hatte Lilly gesehen, dass die Halligen vor der Küste von Föhr wie eine Perlenkette aufgereiht in der Nordsee lagen. Sie drehte sich schließlich zur Landseite um und musste nicht lange suchen. Die knallrote Lokomotive mit angehängten Passagierwagons war nicht zu übersehen. Sie parkte vor einem Kassenhäuschen, hinter dem ein einfacher Holzschuppen stand.

Offenbar stand die nächste Abfahrt kurz bevor, denn Sönke Dornieden kontrollierte gerade die Tickets seiner Fahrgäste. Lilly schätzte, dass es allenfalls ein Dutzend Passagiere waren, die sich auf die drei Wagons verteilten und mit dem nötigen Abstand zueinander Platz nahmen. Als Sönke Lilly herankommen sah, bedeutete er ihr, sich einen Moment zu gedulden.

Sie nutzte die Zeit, um sich noch ein wenig umzusehen.

Das Kassenhäuschen war unbesetzt, Sönke schien an diesem Tag wohl den Ticketverkauf und das Fahren der Lok allein zu übernehmen. Über dem Verkaufsfenster des Häuschens hing ein Schild: *INSELEXPRESS DORNIEDEN – Mit der Bimmelbahn zu den schönsten Orten der Insel.* Darunter in kleineren Lettern: *Inh. Sönke Petersen.*

Lilly studierte die Preisliste. Die Fahrt dauerte knapp anderthalb Stunden und kostete für einen Erwachsenen sieben Euro. Die Preisangabe stand auf einem weißen Klebeetikett, das über dem vormals gültigen Preis angebracht worden war. Dennoch konnte man das Angebot noch als echtes Schnäppchen betrachten. Andere nahmen für dieselbe Fahrt mehr als das Doppelte. Auf dem Weg hierher war Lilly an der Station des Friesenexpresses vorbeigekommen, der ebenfalls Inselrundfahrten mit einer Bimmelbahn anbot – mit dem einzigen Unterschied, dass die Lok und die Wagons grün lackiert waren. Dort kostete die Fahrt für einen Erwachsenen allerdings fünfzehn Euro. Das mochte daran liegen, dass der Friesenexpress direkt vor dem Hallenbad Aquaföhr abfuhr und damit wesentlich zentraler gelegen war als der Inselexpress von Sönke. Dass er deutlich weniger für eine Fahrt verlangte, deutete dennoch darauf hin, dass die Konkurrenz hart war und er ansonsten wohl Schwierigkeiten gehabt hätte, seine Touren vollzubekommen.

Lilly ging an dem Kassenhäuschen vorbei zu dem Holzschuppen dahinter. Er stand leicht windschief, sodass Lilly sich unwillkürlich fragte, ob er wohl dem nächsten Wintersturm standhalten würde. Die Tür war nicht abgeschlossen und stand einen Spalt breit offen. Lilly spähte ins Innere. Sie erkannte eine Werkbank, Ersatzreifen und einige Benzinkanister. Mit einem Blick über die Schulter vergewisserte sie sich, dass Sönke noch beschäftigt war. Dann öffnete sie die Tür und betrat den Schuppen.

Sie tastete nach einem Lichtschalter, fand aber keinen. Das einzige Licht fiel durch die Ritzen zwischen den Brettern und ließ den Staub in der Luft tanzen.

Lilly wartete einen Moment, bis sich ihre Augen an das Halbdunkel gewöhnt hatten.

Auf der rechten Seite hingen über einer Werkbank allerhand Werkzeuge feinsäuberlich geordnet an der Wand. Lilly war keine Expertin, meinte aber, manche davon schon einmal in der Kfz-Werkstatt gesehen zu haben, zu der sie ihr Auto zur Inspektion gab. Demnach brauchte Sönke sie wohl zur Wartung seiner Bahn. Etwas weiter rechts entdeckte Lilly auch einen Hammer und ein Brecheisen. Sie ging hinüber und besah sich die Gegenstände genauer. Gunilla Dornieden war mit einem kantigen Gegenstand der Schädel eingeschlagen worden. Die Werkzeuge waren sauber, keine Blutspuren, was aber nicht unbedingt etwas heißen musste. Die Kriminaltechnik würde bei einer genaueren Analyse selbst kleinste Rückstände nachweisen können.

Lilly ließ den Blick weiter wandern. Neben einigen Ölfässern und Benzinkanistern gab es noch eine Sammlung von diversen Ersatzteilen und Reifen. In der Mitte des Raums stand abgedeckt unter einer blickdichten Plane ein großes Gebilde. Anhand der Konturen konnte Lilly erahnen, worum es sich handelte. Sie hob die Plane ein Stück an und sah ihre Vermutung bestätigt: Es gab noch eine zweite Lokomotive.

Sie ähnelte jener, die Lilly draußen gesehen hatte. Allerdings schien es sich um ein älteres und kleineres Vorgängermodell zu handeln. Der rote Lack war an vielen Stellen von Witterung und Steinschlägen abgeplatzt, hier und da waren Dellen im Blechkleid zu sehen.

An der Kesselattrappe, unter der sich wohl ein moderner Verbrennungsmotor verbarg, hing ein verwittertes Schild mit der Aufschrift INSELEXPRESS PETERSEN.

Lilly wollte die Lok gerade wieder abdecken, als sie spürte, wie sich eine Hand auf ihre Schulter legte.

Sie fuhr herum. Sönke stand hinter ihr.

»Dat spiet mi.« Er hob entschuldigend die Hände in die Höhe. »Ich wollte Sie nicht erschrecken.«

»Ist Ihnen trotzdem gelungen.«

»Was kann ich für Sie tun? Nieke meinte schon, dass Sie kommen.«

»Ja, ich habe vorhin kurz mit Ihrer Frau telefoniert. Sie klang ziemlich niedergeschlagen. Wie geht es ihr denn?«

Sönke hob die Schultern. »Nicht besonders.«

»Und Sie?« Lilly musterte ihn und deutete dann mit einem Nicken nach draußen. »Schon wieder bei der Arbeit?«

»Wat mutt, dat mutt. Das Geschäft läuft ja weiter.«

»Natürlich.«

Sönke blickte durch die Tür zu seiner Bahn hinüber. »Ich müsste gleich los, also …«

»Sicher. Es gibt nur ein paar Dinge, über die ich gerne mit Ihnen reden würde …«

»Wie wäre es, wenn Sie mitkommen? Die Tour dauert eine gute Stunde. Da haben wir genug Zeit zum Reden.«

Lilly überlegte kurz. Juri wartete noch auf Rückmeldung der Staatsanwaltschaft, damit er die Finanzauskünfte einholen konnte. John und Tommy waren im Büro von Gunilla beschäftigt. Und da dieser Ort so gut wie jeder andere war, um sich zu unterhalten, konnte sie das Angebot getrost annehmen.

»Also gut«, sagte sie und folgte Sönke zum Triebwagen.

Er stieg auf der Fahrerseite ein, und Lilly ging um die Lok herum zur Beifahrerseite. Dabei musterte sie das Gefährt aus der Nähe. Die Lok war deutlich größer als ihr älteres Pendant im Schuppen. Der Lack glänzte, das Blech wies keine Beulen auf, der Gummi der Reifen wirkte wenig abgenutzt.

Lilly griff nach der Haltestange neben dem Einstieg und wuchtete sich hoch auf den Sitz im Führerstand.

Sönke griff nach dem Funkgerät am Armaturenbrett, begrüßte über Lautsprecher die Passagiere und erklärte kurz die Route.

Lilly blickte sich nach den Gästen um, die sichtbar bei bester Laune waren. Jemand hatte ein Schifferklavier mitgebracht und stimmte bereits ein erstes Lied an.

Hinter dem Führerhaus erkannte sie einen stilisierten Kohlentender, der jetzt aber offenbar als Transportfläche für Gepäck genutzt wurde. Er war mit einer Plane abgedeckt.

Sönke drehte den Schlüssel im Zündschloss, und der Motor der Lok erwachte mit einem tiefen Brummen zum Leben.

Sie verließen Wyk in westliche Richtung, und die Bahn zuckelte in gemächlichem Tempo zwischen Feldern und Wiesen dahin. Sönke hatte die Fenster einen Spalt breit geöffnet. Salzige Seeluft wehte zu ihnen herein. Er steuerte den Zug mit einer Hand, in der anderen hielt er das Mikrophon, durch das er die Inselbesucher immer wieder auf Sehenswürdigkeiten aufmerksam machte. Dabei sorgte er mit dem ein oder anderen Scherz für gute Laune unter seinen Fahrgästen.

»Sie scheinen Freude an Ihrer Arbeit zu haben«, meinte Lilly.

»Klar. Während der Pandemie hat hier ziemliche Flaute geherrscht. Ist also schön, endlich mal wieder ein paar Leuten die Insel zu zeigen.« Er verzog den Mund zu einem Grinsen. »Außerdem kenne ich härtere Jobs.«

»Als da wären?«

»Ich war ein paar Jahre auf einem Krabbenkutter. Ich mag die See. Trotzdem. Das wollen Sie nicht Ihr Leben lang machen.«

»Und da ist Ihnen die Idee mit der Bahn hier gekommen?«

»Irgendwas muss man ja machen. Da gab's natürlich schon

den Friesenexpress im Ort. Die schienen ganz gutes Geld zu verdienen. Und ich dacht mir, es gibt bestimmt Schlimmeres, als die Leutchen hier über die Insel zu kutschen.«

»Wann haben Sie denn damit angefangen?«

Er zuckte die Schultern. »Muss jetzt fünf oder sechs Jahre her sein.«

»Und wie läuft es?«

»Tja ...« Sönke verlangsamte die Fahrt und schaltete einen Gang runter, als sie das Ortsschild von Nieblum erreichten. »Die ersten Jahre waren verdammt hart. Als es dann halbwegs lief, kam dieses beschissene Virus. Das hat mich ganz schön Körner gekostet.«

»Haben Sie Staatshilfen bekommen?«

»Ein wenig. Das hat aber hinten und vorne nicht gereicht. Ich musste an mein Erspartes ran. Und jetzt ... die vom Friesenexpress rühren für ihre Bahn ordentlich die Werbetrommel, da kann ich nur schwer mithalten.«

»Vermutlich haben die mitten im Ort auch den besseren Standort?«

»Schon, ja. ... Warten Sie mal gerade, ich muss meine Durchsage machen.«

Sie fuhren durch den Ortskern von Nieblum. Weiß verputzte Friesenhäuser mit Reetdächern und Sprossenfenstern säumten rechts und links die Straße. Obwohl solche historischen Kapitänshäuser hier oben im Norden keine Seltenheit waren, hatte Lilly noch nie so viele an einem Ort versammelt gesehen. Sie fühlte sich in der Zeit zurückversetzt.

Sönke griff zum Mikrophon und erzählte seinen Gästen, dass es sich bei Nieblum um ein altes Kapitänsdorf handelte, das es zu Zeiten des Walfangs zu großem Wohlstand gebracht hatte. Heute sei Nieblum einer der beliebtesten Urlaubsorte und ein Vorzeigedorf der Insel. In keinem anderen Ort in

Deutschland, erklärte Sönke, gab es mehr reetgedeckte Häuser als hier. Außerdem wies er auf die St.-Johannis-Kirche hin, den Friesendom, die größte Dorfkirche Schleswig-Holsteins. Dann verriet er noch seine Geheimtipps, was gute Restaurants und Cafés anging.

»Ist schon klar, dass die Restaurantbesitzer und Kneipiers sich bei mir für die Werbung erkenntlich zeigen«, meinte er mit verschmitztem Lächeln zu Lilly, kaum dass er das Mikrophon ausgeschaltet hatte.

»Natürlich.«

Sie verließen Nieblum in nördliche Richtung nach Alkersum.

»Sagen Sie«, meinte Lilly, »die Leute verbinden doch Ihren Namen mit dem Geschäft, oder nicht?«

Sönke nickte zustimmend. »Sicher. Der Inselexpress Petersen ist hier auf der Insel inzwischen ein Begriff, den kennt man.«

»Warum haben Sie den Namen dann geändert?«

Sönke nahm den Blick von der Straße und schaute zu Lilly hinüber. Seine Miene verfinsterte sich.

»Auf der alten Lok im Schuppen steht noch *Inselexpress Petersen.* Aber über Ihrem Kassenhäuschen und hier auf dieser Lok«, Lilly deutete nach vorne auf den Kessel, wo zu beiden Seiten ein Firmenschild angebracht war, »hängt der Schriftzug *Inselexpress Dornieden.*«

»Das ist richtig.«

»Wenn es so schwierig für Sie war, das Geschäft aufzubauen und sich einen Namen zu machen, wundere ich mich, warum Sie ihn geändert haben.«

Sönke blickte wieder auf die Straße und antwortete nicht. Sie hatten Alkersum erreicht, und er nutzte die Gelegenheit, um nach dem Mikrophon zu greifen und die Fahrgäste auf das Museum der Westküste aufmerksam zu machen, das sich mit seiner exquisiten Sammlung zum Thema Meer und Küste einen internationalen Ruf aufgebaut hatte. Die ausgestellten Werke stammten überwiegend aus Ländern der Westküste, also den Niederlanden, Deutschland, Dänemark und Norwegen, und es befanden sich darunter einige Hochkaräter von Edvard Munch, Emil Nolde, Max Beckmann oder Piet Mondrian.

Lilly wartete, bis Sönke seine Ansprache beendet und sie den Ort wieder verlassen hatten. Er steuerte die Bahn nun von der Hauptstraße weg über kleinere Nebenwege.

»Und?«, fragte sie schließlich.

»Was denn?«

»Die Namensänderung. Da waren wir stehengeblieben.«

»Hm.« Sönke kaute auf der Unterlippe, und Lilly sah, wie sich seine Hände fester um das Lenkrad schlossen. »Das war Gunillas Idee ... Sie meinte, dass der Name Dornieden bekannter ist, durch die vielen Ferienhäuser und -wohnungen, und dass sich dadurch ... wie sagte sie noch gleich ... Synergien ergeben.«

Er trat auf die Bremse und brachte die Bahn langsam zum Stehen. Dann griff er nach dem Mikrophon. »Wenn Sie jetzt alle mal nach rechts schauen möchten, sehen Sie die Lembecksburg.«

Sie waren an einem etwa zehn Meter hohen Erdwall angelangt, der ringsum mit Gras bewachsen war.

»Die Burg entstand vermutlich in der Wikingerzeit«, erzählte Sönke. »Die hier lebenden Menschen suchten in der Burg Schutz vor den Wikingern, deren Raubzüge damals in ganz Europa gefürchtet waren. Benannt wurde die Wallanlage nach dem dänischen Ritter Klaus Lembeck, der im vierzehnten Jahrhundert zeitweise Lehnsherr von Föhr, Amrum und Sylt war. Als die Archäologen hier in den Fünfzigerjahren mit den Grabungen begannen, stießen sie auf einen gruseligen Fund: menschliche Überreste, die noch gar nicht so alt zu sein schienen. Geklärt ist der Fall bis heute nicht.« Er schaltete das Mikrophon aus und setzte die Fahrt fort. »Wäre vielleicht was für Sie gewesen, Frau Kommissarin.«

»Ja, wer weiß.« Lilly wollte sich allerdings nicht so leicht vom Thema abbringen lassen. »Ihre Stiefmutter hatte also Ihr geschäftliches Wohl im Sinn. Ich nehme an, ein wenig mehr Umsatz käme Ihnen gut zupass, besonders nach einer so hohen Investition.«

»Wie meinen Sie das?«

»Die neue Lok. Im Schuppen steht eine alte, die augenscheinlich schon ein paar Jahre auf dem Buckel hat. Ich nehme an, dass Sie sie ausgemustert haben.« Lilly deutete mit einer Hand auf den Kessel der Lok, in der sie saßen. »Die hier ist brandneu. Das kostet eine Stange Geld. Und ich gehe vermutlich recht in der Annahme, dass Sie einen solchen Betrag nicht in der Portokasse hatten, besonders wenn Ihnen die Pandemie so zugesetzt hat. Sie haben also sicherlich einen größeren Kredit aufgenommen, den Sie jetzt abstottern müssen.«

Sönke nickte. »So ist es.«

»Gut. Warum haben Sie mich dann angelogen?«

Sönke hob die Augenbrauen. »Ich soll gelogen haben?«

»Allerdings. Sie erzählten mir, dass Sie den Besuch bei Ihren Eltern in Bad Zwischenahn vorzeitig abbrechen mussten, weil es einen Defekt am Triebwagen der Lok gab. Das Ding ist nagelneu. Das glauben Sie also doch wohl selbst nicht.«

Sönke schien erneut froh darüber, dass er sich eine Auszeit verschaffen konnte, als sie den Ort Süderende passierten und er die Touristen auf die St.-Laurentii-Kirche aufmerksam machen konnte. Sie war eine von drei Kirchen auf der Insel, deren Friedhöfe für ihre »sprechenden Grabsteine« bekannt waren, auf denen ausführliche Inschriften vom Leben der Verstorbenen erzählen. Der bekannteste Stein stand hier bei St. Laurentii und zierte das Grab des Kapitäns »Glücklicher Mathias«, des wohl berühmtesten Walfängers von Föhr.

Als sie weiterfuhren, hakte Lilly sofort nach. »Ich erwarte noch immer eine Erklärung von Ihnen.«

Sönke wand sich, meinte dann aber: »Ich habe Ihnen nur die Aussage meiner Frau bestätigt.«

»Dann hat Nieke nicht die Wahrheit gesagt?«

»Das habe ich nicht behauptet.«

»Lassen Sie den Blödsinn«, sagte Lilly bestimmt. »Was war der wirkliche Grund, warum Sie früher nach Hause kamen?«

Sönke hob die Hände und ließ sie mit einem Seufzer wieder auf das Lenkrad sinken. »Es … es war ein Gefühl.«

»Ein Gefühl?«

»Nieke hatte die ganze Zeit so eine Ahnung, dass etwas nicht stimmt. Sie hat so lange auf mich eingeredet, bis wir heimgefahren sind.«

»Klingt nicht so, als hätten Sie das gerne getan.«

»Nu ja. Ich war schon froh, mal ein paar Tage rauszukommen.«

»Und warum haben Sie beide das nicht gleich so erzählt?«

»Weil Nieke niemand geglaubt hat. Sie hat den Leuten die ganze Zeit gesagt, dass mit Gunilla etwas nicht stimmt. Ihre Kollegin von der Insel hat ihre Sorge ja auch in den Wind geschlagen. Ich schätze, deshalb dachte Nieke, dass sie lieber … eine handfeste Erklärung liefert.«

»Hm«, machte Lilly und lehnte sich in ihrem Sitz zurück. Diese Geschichte war alles andere als überzeugend, tatsächlich noch weniger überzeugend als die ursprüngliche.

Plausibler erschien ihr hingegen ein anderer Gedankengang.

Sönke hatte zweifelsfrei die Möglichkeit gehabt, seiner Schwiegermutter etwas anzutun. Er hatte Zugang zum Haus und war am Freitagabend auch dort gewesen. Sie wussten noch nicht, was Gunilla zu dem Zeitpunkt gemacht hatte, doch es bestand durchaus die Möglichkeit, dass sie irgendwann nach Hause gekommen war und Sönke angetroffen hatte. Er wäre zweifelsfrei kräftig genug gewesen, um die ältere Frau zu überwältigen – ihr womöglich mit einem Werkzeug aus seinem Schuppen den Schädel einzuschlagen – und sie im Keller einzuschließen.

Als möglicher Grund für die Tat zeichnete sich tatsächlich das potenzielle Erbe ab. Sönke schien finanziell nicht gerade auf Rosen gebettet. Sein Betrieb lief offenbar eher schlecht als recht, taugte vielleicht, um eine Person über Wasser zu halten, kaum aber eine Familie mit Kind. Dafür sprach auch der geplante Umzug von ihm und Nieke nach Haus Poppenspeler. Lilly hatte den Eindruck, dass Sönke ein Mann war, der durchaus stolz auf das sein wollte, was er erreicht hatte. Er würde also ein eigenes Haus nicht ohne triftigen Grund aufgeben, um bei der Schwiegermutter einzuziehen. Juris Nachforschungen würden diesbezüglich bald Klarheit schaffen, doch Lilly ging davon aus, dass auf dem Haus eine Hypothek lastete und Sönke augenscheinlich einen weiteren Kredit aufgenommen hatte, nachdem die alte Lok den Geist aufgegeben hatte und er einen neuen Triebwagen benötigte.

Meist kam bei einem Mord der Täter aus dem Familienkreis, und es wäre nicht das erste Mal, dass jemand des lieben Geldes wegen sein Leben lassen musste.

Stellte sich immer noch die Frage, ob er allein oder gemeinsam mit seiner Frau oder zumindest mit ihrem Wissen gehandelt hatte.

Zwei Varianten waren daher denkbar.

Wäre Sönke allein der Täter, dann war Nieke tatsächlich nur einem Instinkt gefolgt und hatte ihn zur Rückkehr nach Föhr überredet – was ihm vermutlich nicht geschmeckt hatte. Sie hätte sich dann auch ahnungslos an die Polizei gewandt.

Im anderen Fall, wenn beide gemeinsam gehandelt hatten, waren ihnen vielleicht Gewissensbisse gekommen – vielleicht Nieke mehr als Sönke. Sie hatten an die arme Schwiegermutter im Keller gedacht und es sich anders überlegt. Bei ihrer Rückkehr war Gunilla dann aber schon tot gewesen. In dem Fall hätten sie sich vielleicht an die Polizei gewandt, um möglichst unschuldig dazustehen.

Lilly ließ den Blick durch das kleine Fenster rechts von ihr über die Landschaft wandern. Sie fuhren nun auf einen Deich zu und passierten ein einsames Gehöft, das von einer Weide umgeben war.

Als sie den Deich erreichten, steuerte Sönke die Bahn auf einen kleinen Parkplatz. »So«, meinte er. »Zeit für eine Pause und einen Kaffee mit Ausblick.«

Er stieg aus, und Lilly folgte ihm.

Sönke führte seine Fahrgäste auf den Deich hinauf, wo er einen kleinen Klapptisch aufbaute und Tassen und jeweils eine Thermoskanne Tee und Kaffee bereitstellte. Lilly wartete, bis sich die Urlauber bedient hatten, und nahm sich dann selbst eine Tasse Kaffee. Als Sönke ansetzte, den Leuten etwas über den besonderen Ort zu erzählen, ging sie ein paar Schritte den Deich entlang und blieb ein Stück abseits stehen.

Der Blick von hier oben reichte über das weite Marschland vor dem Deich bis zum Horizont. Wiesen und Grünland mit vereinzelten Büschen und Bäumen, von denen Teile bei

Flut regelmäßig unter Wasser standen und Vögeln und Tieren als Brutplatz dienten. Einige hundert Meter entfernt sah sie einen Mann im Gras hocken. Mit einem Teleobjektiv schien er die Vögel zu fotografieren.

Lilly musste an die Geschichte der Lembecksburg denken und die Leiche, die man dort gefunden hatte. Eine Insel bot viele Möglichkeiten, einen Toten verschwinden zu lassen – das Meer und das Watt waren sicher das Erste, was einem in den Sinn kam.

Lilly überlegte, wie es abgelaufen sein konnte.

Sönkes finanzielle Probleme und das Erbe, das Nieke und ihn erwartete, hätten ihm durchaus als Motiv gereicht. Vielleicht hatte er Gunilla am fraglichen Abend aufgelauert und sie in den Keller gesperrt. Dann fuhr er über das Wochenende mit seiner Familie weg. So musste er sich nicht selbst die Finger schmutzig machen, sondern brauchte nur darauf zu warten, dass Gunilla starb.

Lilly sah zu der Lok und dem abgedeckten Kohlentender hinüber, der als Transportfläche diente. Sönke hätte die Leiche problemlos darauf transportieren können. Die Lok war ein gewohnter Anblick auf der Insel und hätte keinen Argwohn geweckt. Damit hätte er problemlos hierherfahren können, hierher, in die Midlumer Marsch, wo das Land weit und menschenleer war. Eine Einöde mit tiefem schlickigen Sand, in dem man seine Schwiegermutter in aller Ruhe vergraben könnte.

Kapitel 13

Das Haus Alt-Wyk war ein schnörkelloser Klinkerbau mit Spitzdach und weißen Sprossenfenstern. John stieg die Stufen zum Eingang hinauf, öffnete die Tür und ließ Frede den Vortritt. Sie hatte ihm erklärt, dass das Restaurant das Beste am Platz sei und der Bürgermeister sein Mittagessen hier einzunehmen beliebte. Sie fanden den Mann allein an einem Tisch am Fenster sitzend. Hinter ihm an der holzvertäfelten Wand hing das Bild eines Rahseglers im Sturm.

Bürgermeister Martens schien der einzige Gast zu sein. Als er John und Frede erkannte, deutete er auf die beiden leeren Stühle an seinem Tisch. »Setzen Sie sich doch.«

John rückte den Stuhl ab und nahm Platz.

In der Mitte des Tischs, der mit einem weißen Tischtuch bedeckt war, stand ein vergoldeter Kandelaber mit brennender Kerze. Bürgermeister Martens tat sich gerade an einer Platte friesischer Tapas gütlich, mit Matjestartar, marinierten Makrelen, Räucherlachs und Nordseegarnelen.

John kam sich in Jeans und Lederjacke reichlich fehl am Platz vor, und ihrem Gesichtsausdruck nach zu urteilen, schien Frede auch eher handfestere Gerichte zu bevorzugen.

»Was kann ich für Sie beide tun?«, fragte Martens. »Ich hoffe, die Ermittlungen gehen geschwind voran?«

Er tupfte sich den Mund mit der Stoffserviette ab, die er

etwas unelegant in den Ausschnitt seines Hemds gestopft hatte.

»Wir stehen gerade am Anfang«, antwortete John.

»Sicher, sicher. Aber ... Sie haben doch bestimmt schon eine Theorie, was geschehen sein könnte?«

»Wir ermitteln in alle Richtungen.«

»Sie gehen aber weiterhin davon aus, dass wir es mit einem Mord zu tun haben?«

»Das tun wir.«

»Ich meine ...«, Martens gestikulierte mit der Gabel in seiner rechten Hand, »... es könnte sich nicht vielleicht doch um einen ... Unfall handeln?«

»Nein. Das halte ich für ziemlich ausgeschlossen.«

»Aber es wäre doch möglich, dass Gunilla am späten Abend in den Keller ging ... womöglich hatte sie schon einen gezwitschert ... und als sie diesen Verschlag betritt – bumm, fällt die Tür hinter ihr zu, und sie ist eingeschlossen.«

John begriff, worauf der Bürgermeister hinauswollte, und wäre er an seiner Stelle gewesen, hätte er vielleicht dasselbe versucht. Gunillas Tod als Unfall zu werten wäre eindeutig die bequemere Variante.

»Wie gesagt, das halte ich für abwegig. Die Tür war von außen mit einem Vorhängeschloss gesichert. Frau Dornieden hätte sich also selbst einschließen müssen.«

»Hm.« Martens spießte ein paar Garnelen auf und schob sie sich in den Mund. »Möchten Sie auch etwas?«

John schüttelte den Kopf. »Nein, danke. Wir haben nur noch ein paar Fragen.«

»Dann schießen Sie los.«

»Wir haben erfahren, dass Gunilla Dornieden am späten Freitagnachmittag an der Gemeinderatssitzung im Rathaus teilgenommen hatte.«

»Das ist richtig.«

»Sie waren ebenfalls dort?«

»Selbstverständlich.«

»Wann begann die Sitzung, und wann endete sie?«

»Wir haben pünktlich um siebzehn Uhr losgelegt. Und durch waren wir dann … hm, ich schätze so gegen achtzehn Uhr dreißig.«

»Und Gunilla Dornieden war die ganze Zeit über anwesend?«, schaltete Frede sich ein.

»Ja, das war sie.«

»Wissen Sie, was sie nach dem Ende der Sitzung gemacht hat?«, fragte John.

Martens hob die Schultern. Mit dem Messer häufte er eine kleine Portion Matjestartar auf ein Stück Toast und biss hinein. Während er kaute, blickte er abwechselnd zu John und Frede. »Hm … schätze, sie ist nach Hause gegangen.«

»Das wissen Sie aber nicht sicher?«

»Ich bin hintenraus auf den Parkplatz. Da sah ich sie auf ihr Rad steigen und davonfahren. Und da Gunilla nicht der Typ war, der abends einen Abstecher in die Kneipe macht, nehme ich doch mal stark an, dass sie heimfuhr.«

»Was für ein Fahrrad hatte sie?«

Martens machte ein überraschtes Gesicht und schwenkte die Gabel in der Luft. »Ein … ein ganz normales Damenrad. Keine Ahnung, welche Marke.«

John musterte den Bürgermeister, während dieser sich schnell wieder an seiner Tapasplatte zu schaffen machte.

»Und was taten Sie dann?«

»Ich … warum wollen Sie das überhaupt wissen?«

»Ich wüsste es einfach gerne. Also beantworten Sie meine Frage.«

Der Bürgermeister tupfte sich den Mund ab.

»Ich fuhr noch kurz tanken und dann nach Hause. Meine … meine Frau wartete mit dem Abendessen.«

»Aha.« John sah dem Bürgermeister dabei zu, wie er sich über den Räucherlachs hermachte.

»Sag mal«, meinte Frede, »worum ging es in dieser Sitzung denn eigentlich?«

»Um den neuen Ferienpark von Gunilla«, sagte Martens zwischen zwei Bissen. »Sie hatte doch diesen alten Hof von ihrem Mann geerbt, unten an der Godel …«

Martens brach ab, als sich neben ihnen jemand räusperte.

John drehte sich um.

Ein hochgewachsener Mann in orangefarbener Outdoorjacke war an ihren Tisch getreten. Er hatte ein wettergegerbtes Gesicht und einen grauen Vollbart. Seine Glatze war von einem fast kreisrunden Haarkranz umwuchert. In seinem Mundwinkel steckte eine erloschene Pfeife, die er nun herausnahm.

»Verzeihung, wenn ich störe, aber der Herr Bürgermeister und ich hatten eine Verabredung.«

Martens blickte auf das Display seines Handys, das auf dem Tisch lag. »Oh, entschuldige. Wir haben uns hier wohl ein wenig verplappert. Kommissar Benthien hatte noch …«

»Herr Kommissar, gut, dass ich Sie treffe.« Der große Mann wechselte die Pfeife in die linke Hand und streckte die rechte John zum Gruß hin. »Backfisch mein Name. Knudt Backfisch. Herausgeber, Chefredakteur und Reporter des Inselboten.«

»Freut mich.« John hatte im Lauf seiner Dienstjahre gelernt, dass es im Zweifel besser war, mit der Presse zu sprechen und so zumindest die tatsächliche Faktenlage aus Sicht der Polizei darzustellen, bevor wilde Spekulationen ins Kraut schossen.

Backfisch setzte sich ungefragt auf den verbliebenen freien Stuhl. »Herr Kommissar, ich würde mit Ihnen sehr gerne über …«

John hob die Hand. »Wir können gerne sprechen. Aber bitte bei einer anderen Gelegenheit. Ich habe nur noch ein paar Fragen an Herrn Martens, dann gehört er Ihnen. Wir unterhielten uns gerade über die letzte Gemeinderatssitzung, wenn Sie also …«

Backfisch hob die Augenbrauen. »Die Gemeinderatssitzung. So ein Zufall. Darüber wollte ich auch mit dem Herrn Bürgermeister sprechen.«

»Ja, wir …«, Martens faltete die Stoffserviette zusammen und legte sie auf den Tisch, »… können das gleich in meinem Amtszimmer besprechen. Vielleicht magst du schon mal rübergehen, Knudt.«

Backfisch schob die Pfeife in den Mundwinkel. »Wie ich gehört habe, ging das mit Gunillas Ferienpark am Ende ja doch plötzlich ganz schnell …«

»Wie gerade gesagt …«, ging Martens mit erhobener Stimme dazwischen, doch die Unterhaltung wurde ohnehin vom Klingeln von Johns Handy unterbrochen.

Er entschuldigte sich, stand auf und ging nach draußen. Im Gehen nahm er den Anruf an. Es war Tommy.

»Ich bin mit der Durchsuchung von Gunillas Büro fertig«, sagte er. »Ihr solltet besser herkommen. Ich habe etwas gefunden.«

Keine zehn Minuten später standen John und Frede wieder im Büro von Gunilla Dornieden. Ilke Dittrich saß an ihrem Schreibtisch hinter dem Empfangstresen und telefonierte, wobei sie immer wieder neugierig zum Zimmer ihrer Chefin hinübersah.

John bedauerte, dass sie ihr Gespräch mit Bürgermeister Martens hatten abbrechen müssen, es hatte gerade angefangen, interessant zu werden. Bevor sie das Lokal verließen, hatte Knudt Backfisch ihm noch seine Visitenkarte zugesteckt. John hatte versprochen, sich später zu melden, wobei er davon ausging, dass der Mann von alleine schon bald wieder bei ihm auf der Matte stehen würde.

Tommy stand hinter dem Eichenholzschreibtisch von Gunilla Dornieden. »Das meiste hier sind die üblichen Geschäftsunterlagen – Abrechnungen, Mietverträge, aber auch Baupläne und Unterlagen zu diesem Ferienparkprojekt.«

»Was ist mit dem Laptop?«, fragte John und deutete auf das Gerät, das zusammengeklappt auf dem Schreibtisch stand.

»Der ist passwortgeschützt. Ich habe die Assistentin schon gefragt, aber sie kennt es nicht.«

»Dann sorg dafür, dass das Ding schnellstmöglich in die Kriminaltechnik kommt.«

»Mache ich.«

Tommy trug noch immer Schutzhandschuhe, mit denen er nun das Kuvert aufnahm, das vor ihm lag.

»Und das hier«, sagte er, während er um den Tisch herum zu John und Frede kam, »habe ich in der obersten Schreibtischschublade gefunden. Sie war verschlossen, aber ich habe ein wenig nachgeholfen.«

Er griff in den Umschlag und holte einen Packen Fotos heraus, die er dann einzeln nebeneinander auf den Tisch legte.

John beugte sich über die Bilder, die Hände auf dem Rücken verschränkt, damit er nicht aus Versehen etwas berührte.

Die Bilder waren schlecht belichtet und offenbar bei Nacht aus größerer Entfernung mit einem Teleobjektiv geschossen worden. In unterschiedlichen Zoomstufen war das

Erkerfenster eines Hauses zu sehen, hinter dem zwei Menschen zu tanzen schienen. Es waren ein Mann und eine Frau. Er hatte einen Arm um ihre Hüfte gelegt, sie eine Hand auf seine Schulter.

Tommy hatte die Bilder in zwei Reihen gelegt, die jeweils eine Szenenabfolge ergaben. Die obere Reihe zeigte, wie der Mann und die Frau sich im Kreis drehten und lachten. Auf der unteren Reihe tanzten sie nicht mehr und umarmten sich stattdessen. Bild für Bild kamen sie sich näher, bis sie sich schließlich küssten.

John richtete sich auf. Er blickte Frede an, die eine Augenbraue hob und auf der Unterlippe kaute.

»Hol mich der Teufel«, murmelte sie.

»Allerdings«, sagte John. »Da schuldet uns jemand eine Erklärung.«

Er streifte nun ebenfalls Schutzhandschuhe über und nahm eines der Bilder, die die beiden Menschen beim Küssen zeigten. John betrachtete es noch einmal von Nahem.

Nein, es bestand kein Zweifel.

Bei der Frau auf dem Foto handelte es sich um Gunilla Dornieden.

Und bei dem Mann um Bürgermeister Hauke Martens.

Kapitel 14

»Wie läuft es mit dir und John?«

»Gut ...«

»Das freut mich für dich. Willst du mal probieren?« Juri hielt Lilly seinen Erdbeermilchshake hin.

Sie betrachtete die Kalorienbombe zögerlich und dachte an ihre guten Vorsätze, die sie erst gestern sträflich vernachlässigt hatte. Juri lächelte sie auffordernd an, und schließlich griff Lilly zu.

»Hm. Sogar mit frischen Erdbeeren. Köstlich.«

»Amélie hat mich an ihrem Geburtstag wieder auf den Geschmack gebracht.«

»Oh verdammt«, meinte Lilly, »das habe ich ganz vergessen ... entschuldige.«

Juri winkte ab. »Nicht schlimm. Wir haben alle viel zu tun.«

»Wie alt ist sie geworden? Sie ist jetzt ... acht, oder?«

»Ja. Wahnsinn, wie schnell das geht. Ich weiß gar nicht, wo die letzten Jahre geblieben sind. Irgendwie kommt es mir vor, als hätte ich ihr Großwerden gar nicht mitbekommen.«

Lilly wusste, dass das nicht stimmte. Juris Tochter Amélie war sein Augapfel und der wohl wichtigste Grund, weshalb er es nach dem Unfalltod seiner Frau geschafft hatte, sein Leben einigermaßen zusammenzuhalten und weiterzumachen. Er verbrachte jede freie Minute mit ihr.

Lilly musterte Juri, während er auf das Meer hinausblickte. Sie hatten sich lange nicht gesehen, und doch hatte sich das Gefühl der Vertrautheit schnell wieder eingestellt. Der neue, kürzere Haarschnitt ließ ihn jünger aussehen, außerdem hatte er abgenommen, sah körperlich noch durchtrainierter aus, als er es ohnehin schon gewesen war.

Irgendetwas hatte sich im Leben von Juri Rabanus definitiv verändert.

Sie saßen im Café Milchbar auf dem Sandwall, von dessen Terrasse aus man nicht nur den Flaneuren und dem Treiben der Strandurlauber zusehen konnte, sondern auch einen weiten Blick über das Wattenmeer genoss.

Der Ausflug mit Sönke Dorniedens Inselexpress hatte länger gedauert als erwartet, und es war schon später Mittag. Juri hatte vorgeschlagen, dass sie sich hier trafen, um sich gegenseitig über ihre neuesten Erkenntnisse zu informieren.

»Wusstest du, dass wir hier an historischer Stätte sitzen?«, fragte Juri.

»Nein, wieso?«

Juri deutete mit einem Nicken über die Schulter ins Innere des Lokals. »Der Kellner hat mir eben einen Vortrag gehalten. Früher war das hier wohl mal ein Warmbadehaus, irgendwann im neunzehnten Jahrhundert. Im offenen Meer zu schwimmen war damals offenbar nicht so en vogue. Später kaufte ein Georg Weigelt den Laden und baute im Garten eine Wetterstation auf. Er hat seine Wettermeldungen hier vor dem Haus an einen Baum gehängt und soll den Leuten noch heute als Wyker Wetterfrosch in Erinnerung sein.«

»Hm.« Lilly presste die Lippen aufeinander. »Und was schließen wir daraus?«

Juri lachte. »Was weiß ich. Dieser Wettermann war angeblich einer der Ersten, der über die heilende Wirkung des

Nordseeklimas schrieb. Ohne Leute wie ihn hätten die Urlauber die Inseln vielleicht nie überrannt, und wir würden nicht hier sitzen und Milchshakes schlürfen.«

»Und Sönke Dornieden könnte keine Touristen mit seiner Bimmelbahn über die Insel kutschieren.«

»Womit wir wieder beim Thema wären.«

»Genau. Also, was hast du herausgefunden?«

Lilly hatte Juri bereits von ihrem Ausflug mit dem Inselexpress berichtet und auch, welche Überlegungen sich aus ihrem Gespräch mit Sönke ergaben. Juri hatte seinerseits den nötigen Beschluss der Staatsanwaltschaft erhalten und bei der Hausbank der Dorniedens Einsicht in deren finanzielle Verhältnisse genommen. In einem Mordfall ging das im Allgemeinen recht problemlos.

»Ich habe mit dem Bankdirektor gesprochen«, sagte Juri. »Er wird uns bei Bedarf die entsprechenden Unterlagen zukommen lassen, war aber auch so schon sehr auskunftsfreudig. Und nach allem, was er sagte, scheint mir, dass du auf der richtigen Fährte bist.«

»Spann mich nicht auf die Folter.«

»Gunilla Dornieden war eine vermögende Frau«, erzählte Juri. »Ihr gehörten drei Dutzend Ferienhäuser, dazu drei Komplexe mit Ferienwohnungen. Die jährlichen Einnahmen ... nun ja, mit unseren Gehältern können wir davon nur träumen. So weit der langweilige Teil ...«

»Und der interessante?«, fragte Lilly, während Juri in einem kleinen Büchlein blätterte, in das er sich Notizen gemacht hatte.

»Interessant ist einerseits, dass Gunilla nicht immer so vermögend gewesen war. Im Gegenteil. Während ihrer Ehejahre mit Mikkel Ahlert, dem Mann, der spurlos verschwand, muss das anders ausgesehen haben. Mikkel gehörte das Lokal hier drüben.« Juri wies auf das kleinere Café direkt neben der Milchbar. »Es lief wohl einigermaßen, aber reich wurden die beiden damit nicht. Der Bankdirektor hat mir Fotos von Haus Poppenspeler aus jener Zeit gezeigt. Gunilla und Mikkel hatten eine Schätzung vornehmen lassen, überlegten wohl ernsthaft, den alten Kasten zu verkaufen. Jedenfalls sieht das Haus auf den Bildern völlig heruntergekommen aus, kein Vergleich zu heute.«

»Arbeitete Gunilla damals?«

»Ja, sie half ihrem Mann im Café. Aber auf dem Haus und dem Betrieb lasteten Hypotheken. Es reichte wohl hinten und vorne nicht. Der Bankdirektor erzählte, dass ihr Konto wohl häufig in den Miesen war. Wenn er sie darauf ansprach, bekam er besonders von Gunilla immer eine Litanei zu hören, wie schwierig es doch wäre, das Lokal und die Familie unter einen Hut zu bringen. Ihre Tochter Emma war wohl häufig krank, Gunilla musste ständig mit ihr zum Arzt oder gar ins Krankenhaus und fehlte dann manchmal im Betrieb.« Juri machte eine kurze Pause. »Nun ja. Nachdem ihr Mann verschwunden war, veräußerte Gunilla das Lokal, um die Schulden zu begleichen. Muss keine schöne Zeit für sie gewesen sein. Ihr Leben wurde erst rosig, als sie Owe Dornieden kennenlernte.«

»Wie lange waren die beiden eigentlich verheiratet?«

»Hab ich den Bankdirektor auch gefragt, aber er wusste es nicht genau. Könnten sieben oder acht Jahre gewesen sein. Jedenfalls erbte Gunilla das gesamte Vermögen von Owe.«

»Angeblich war es ein natürlicher Tod. Aber vielleicht sollten wir das routinehalber überprüfen.«

»Ja, hab ich schon auf meiner Liste stehen. Ich werde mich außerdem mit ihrem Notar in Verbindung setzen. Sie hat ein Testament hinterlassen. Das sollten wir schnellstmöglich einsehen, damit wir wissen, an wen ihr Vermögen tatsächlich geht.«

»Was ist mit Nieke und Sönke, hast du auch etwas über sie erfahren?«

»Ja.« Juri sog am Strohhalm seines Shakes und verzog den Mundwinkel zu einem Grinsen. »Den Teil hab ich extra bis zum Schluss aufgehoben.«

Lilly lächelte schief. »Wie lieb von dir.«

»Du liegst mit deiner Annahme ganz richtig, dass bei Sönke gerade Ebbe in der Kasse ist. Das Haus, in dem er mit Nieke und Ria wohnt, gehörte wohl seinen Eltern. Er hat es geerbt und vor einigen Jahren saniert. Es lasten derzeit noch rund hundertfünfzigtausend Euro darauf. Auch für seinen Betrieb gibt es Kreditlinien, alle bis zum Anschlag ausgereizt. Die Pandemie hat ihm ganz schön zugesetzt, und vor drei Monaten hat der Blitz dann so richtig eingeschlagen. Die Lok seiner Bimmelbahn gab den Geist auf, und er brauchte eine neue.«

»Ja«, sagte Lilly, »die alte Lok steht in einem Werkstattschuppen. Sieht ziemlich runtergekommen aus.«

»Und das ist nun der eigentliche Punkt.« Juri tippte mit dem Bleistift auf sein Notizheft. »Die Bank hat ihm keinen Kredit für die neue Lok eingeräumt. Das Geschäft lief wohl nicht so wie erwartet, und man traute ihm nicht zu, einen noch größeren Schuldenberg zu stemmen. Er ist auch bei allen anderen Banken hier auf der Insel abgeblitzt, wie mir der Direktor versicherte.«

Lilly setzte sich auf. »Aber trotzdem hat er eine neue Lok. Wir sind ja heute damit gefahren.«

»Richtig. Irgendjemand hat ihm das Geld gegeben. Fragt sich nur, wer?«

»Hatte der Bankdirektor eine Idee?«

»Nein, er meinte, da müsse er raten, und das wollte er ungern tun, um keine falschen Vermutungen in die Welt zu setzen.«

»Hm«, machte Lilly. »Wäre es möglich, dass seine Schwiegermutter ihm das Geld gegeben hat?«

»Denkbar. Das sollten wir herausfinden.«

»Vielleicht erfahre ich das von Nieke, ich wollte mich ohnehin nochmal mit ihr über Sönke unterhalten, ich … habe ein ungutes Gefühl, was ihn und seine Schwiegermutter angeht.«

»Wie meinst du das?«

»Er macht auf mich den Eindruck eines Mannes, der sehr stolz auf das ist, was er geschaffen hat«, erklärte Lilly. »Auch wenn vielleicht nicht alles überragend läuft, aber er hat sein Geschäft von null aufgebaut, hat ein Haus, eine Familie, und dann … ist da seine Schwiegermutter. Er benennt seinen Betrieb um, der Name Dornieden steht nun darauf. Er beschließt, mit Nieke und Ria ins Haus Poppenspeler zu ziehen …«

»Und da siehst du einen Zusammenhang? Du meinst, Gunilla hat ihn eventuell unter Druck gesetzt – wenn sie ihm denn das Geld für eine neue Lok gegeben hat?«

»Wäre doch möglich.«

»Schon, aber Dornieden ist auch der Name seiner Frau. Vielleicht hat er es für sie getan oder weil er hofft, dass ihm der Name mehr Kundschaft bringt – überleg mal, wie viele Leute in den Häusern und Wohnungen der Dorniedens jedes Jahr absteigen. Und was das Haus angeht: Für eine Familie mit Kind ist Poppenspeler ein Paradies. Vielleicht wollen die beiden ja noch mehr Nachwuchs …«

»Ja, schon … Aber ich meine, Sönke hat doch alles so gemacht, wie man es herkömmlich erwartet – sein Haus, sein

Betrieb, seine Familie – so stellt man sich das als Mann doch eigentlich vor, und dann gibt man das doch nicht so einfach von heute auf morgen auf.«

Juri leerte sein Glas. »Du hast recht. So stellen wir Männer uns das gerne vor. Aber wir können uns auch ändern. Irgendwann erkennt man, wenn man Glück hat, dass der Beruf eben nicht alles ist. Man versteht, dass man seine Energie lieber in seine Familie stecken sollte, weil sie dort besser aufgehoben ist.«

Lilly lehnte sich vor und musterte Juri herausfordernd. »Möchtest du mir gerade irgendetwas sagen?«

Juri winkte ab und blickte wieder auf das Meer hinaus. »Nein, es ist nur …«

»Was?«

»Ach.« Er seufzte. »Weißt du, ich war die letzten Monate in der Soko Clankriminalität. Das waren wieder viele Überstunden und Wochenenden. Und dann neulich an Amélies Geburtstag … Wir waren mit ihr auf dem Spielplatz, saßen auf der Bank, sahen zu, wie sie schaukelte und Spaß hatte. Da ist mir wieder bewusst geworden, wie wenig ich für sie in letzter Zeit da sein konnte. Ich habe meine ganze Energie damit verbraten, Verbrecher zur Strecke zu bringen. Dabei braucht meine Tochter mich genauso oder sogar noch viel mehr. Ich habe mich in dem Moment zum ersten Mal gefragt, ob das nicht auch anders geht.«

Lilly legte den Kopf zur Seite. »Was … bedeutet denn *wir*?«

Juri machte einen erschrockenen Gesichtsausdruck, als er realisierte, dass ihm da gerade wohl etwas rausgerutscht war. »Oh, ich … habe jemanden kennengelernt.«

»Eine Frau?« Kaum, dass sie die Frage ausgesprochen hatte, bereute Lilly sie auch schon. *Wie dämlich konnte man sein!*

»Ehm, ja.«

In dem Moment summten ihre Handys fast gleichzeitig. Es war eine Textnachricht von John. Er bat Lilly und Juri, auf die Wache zu kommen. Tommy und er waren bei der Durchsuchung von Gunillas Büro offenbar auf etwas gestoßen.

Juri winkte den Kellner herbei und bezahlte. »Grüß John von mir. Ihr könnt mir nachher alles erzählen. Ich muss jetzt zu Gunillas Notar. Ich stoße dann später dazu.«

Lilly beobachtete ihn dabei, wie er aufstand und seine Jacke überstreifte.

Eine andere.

Sie empfand etwas, das sie schon sehr lange nicht mehr gespürt hatte: die heiße Nadel der Eifersucht, die sich brennend in ihr Herz bohrte.

Kapitel 15

Eine Füllung aus Marzipan, obendrauf eine Glasur aus Haselnüssen und Zuckerguss. Lilly hätte ihre wahre Freude gehabt, dachte John, als er in das Plundergebäck biss, das er von Frede Junickes Schreibtisch genommen hatte.

Es war früher Nachmittag, und John hatte schon das Frühstück ausgelassen – von einer Tasse Kaffee abgesehen –, deshalb kam ihm die süße Verführung, die die Kollegin ihm auf der Wache präsentierte, gerade recht. Frede, die ihm gegenübersaß, hatte sich ebenfalls ein Stück genommen und kaute nachdenklich darauf herum.

Außer ihnen waren nur Tommy und einer von Fredes Kollegen zugegen. Der Mann hatte Tommy geholfen, den Laptop von Gunilla Dornieden mit einem Rechner der Wache zu koppeln. Claudia Mathis, die Leiterin der Kriminaltechnik, hatte gemeint, dass es wohl einen Versuch wert wäre, ob einer ihrer IT-Spezialisten Tommy aus der Ferne anleiten könnte, das Passwort zu knacken – das ginge wesentlich schneller, als den Computer nach Flensburg zu schaffen oder jemanden von der KT herüberzuschicken. Tommy machte sich nun schon eine ganze Weile an dem Gerät zu schaffen, über ein Headset kommunizierte er mit dem digitalen Forensiker im Präsidium.

Frede war wie John in den vorläufigen Bericht der Kriminaltechnik vertieft, den Claudia Mathis ihnen bei dieser Gelegenheit rübergeschickt hatte. Die Kollegen waren mit ihren Auswertungen noch nicht fertig, anhand der Auflistung der Spuren und Gegenstände, auf die sie gestoßen oder eben nicht gestoßen waren, ließ sich allerdings bereits absehen, dass auf dieser Seite kaum etwas zu erwarten war, das die Ermittlungen entscheidend weiterbrachte.

Im Grunde gab es nur zwei Erkenntnisse, die von Belang waren, und eines davon war ihnen bereits bekannt: Der Täter war nicht in Haus Poppenspeler eingebrochen, sondern musste vom Opfer hereingebeten worden sein oder einen Schlüssel zum Haus besessen haben. Der einzig andere wichtige Fakt war, dass bei der Spurensicherung kein Gegenstand gefunden worden war, der als Tatwaffe in Frage kam, oder, genauer gesagt, kein Gegenstand, an dem Blutreste festgestellt worden waren.

Frede ließ den Bericht sinken und legte ihn auf dem Schreibtisch ab. Ihr Gesichtsausdruck ließ erkennen, dass sie dasselbe dachte wie John: Hier kamen sie nicht weiter.

Sie biss noch ein Stück vom Plunder ab und meinte dann: »Was denkst du über die Geschichte, die uns Bürgermeister Martens aufgetischt hat?«

»Ich bin mir nicht sicher«, sagte John. »Es … kam irgendwie nicht ganz geschmeidig rüber. Er musste doch sehr nachdenken.«

»Den Eindruck hatte ich auch.«

»Glaubst du, er lügt? Du kennst den Mann länger als ich.«

»Ich denke, dass er uns zumindest etwas verschweigt.« Frede schürzte die Lippen. »Der Mann ist Politiker. Sagen die jemals die Wahrheit?«

»Wir müssen es ohnehin überprüfen. Sollten seine Angaben stimmen, sieht es für Sönke nicht gut aus.«

»Nein, da hast du recht.«

»Wie lange braucht man vom Rathaus zum Haus Poppenspeler?«

»Wenn Gunilla tatsächlich mit dem Fahrrad unterwegs war, dann sicher nicht mehr als zehn Minuten, selbst bei dem Wetter.«

»Warum, was war denn mit dem Wetter?«

»Es hat vergangenen Freitagabend geschüttet wie aus Kübeln. Ich erinnere mich noch daran, weil ich vergessen hatte, die Luken dichtzumachen. Das halbe Schiff stand unter Wasser.«

»Du hast ein Schiff?«

»Ja, liegt drüben im Hafen. Ich wollte erstmal abwarten, bis ich hier Fuß gefasst habe ... und jetzt habe ich es noch immer nicht geschafft, mir eine Wohnung zu suchen.« Frede zuckte mit den Achseln. »Liegt vielleicht auch daran, dass ich einfach gern auf dem Schiff bin. Ich mag die Ruhe.«

»Geht mir genauso«, erwiderte John. Auch er liebte das Gefühl der Freiheit und Ungebundenheit, wenn er auf seinem Schiff war.

»Du segelst auch?«

»Ich habe in Flensburg ein kleines Schiff.«

»Dann sollten wir mal gemeinsam rausfahren.«

»Vielleicht ...« John nahm sich ein zweites Plunderteilchen. »Also ist Gunilla am Freitagabend mit ihrem Fahrrad in den Regen gekommen. Die Sitzung des Gemeinderats war gegen achtzehn Uhr dreißig zu Ende. Selbst wenn sie noch den ein oder anderen Plausch gehalten hat, muss sie wohl spätestens gegen neunzehn Uhr zu Hause gewesen sein.«

»Wenn sie unterwegs nicht aufgehalten wurde, dann müsste das hinkommen.«

»Sönke hat angegeben, dass er gegen achtzehn Uhr Feierabend machte und dann ins Haus Poppenspeler fuhr. Gegen neunzehn dreißig war er dann zu Hause bei seiner Frau. Nieke hat uns das inzwischen bestätigt. Das bedeutet …«

»… dass er Gunilla eigentlich noch begegnet sein müsste.«

»Richtig.«

»Und dann hätte er definitiv die Gelegenheit gehabt, seiner Schwiegermutter etwas anzutun.«

»Wenn es sich so verhalten hat, ja.«

Ihre Überlegungen wurden von einem lauten Jubelschrei unterbrochen. Tommy war von seinem Stuhl aufgesprungen und hielt eine Faust in die Luft gereckt.

»Yeah«, rief er. »Wir sind drin!«

»Das ging ja fix«, sagte John.

Tommy zuckte lässig die Schultern. »Der Kollege meinte, es sei ein schwaches Passwort gewesen, selbst seine Tochter hätte das knacken können.«

»Wohlan. Dann schaut mal, was ihr auf der Festplatte findet. Mich würde vor allem interessieren, ob es noch weitere Bilder aus dieser Fotoreihe hier gibt.«

John tippte mit dem Finger auf die Fotos, die er zwischen sich und Frede auf dem Schreibtisch ausgebreitet hatte.

»Wird gemacht«, sagte Tommy.

John wandte sich wieder Frede zu.

»Was machen wir mit den Fotos?«, fragte sie.

»Tja«, John kratzte sich an der Schläfe, »gar nicht so einfach. Wie ist das mit Bürgermeister Martens – er ist verheiratet?«

»Ja, schon ziemlich lange. Seine Frau heißt Ava. Ich könnte bei ihr mal vorsichtig vorfühlen, wie es um ihre Ehe steht. Wir müssen uns ohnehin noch von ihr bestätigen lassen, wann ihr Mann am Freitag nach Hause kam.«

John nahm eines der Fotos in die Hand. »Dass ältere Männer, besonders verheiratete, sich jüngere Frauen suchen, ist ja nichts Neues …« Er musste unwillkürlich an seinen Vater denken. »Gunilla war allerdings eher in Martens Alter.«

»Wo die Liebe hinfällt«, meinte Frede. »Für ihre fünfundsechzig Jahre machte sie immerhin noch eine gute Figur. Und wie du schon sagst … verheiratete Männer, denen ist alles zuzutrauen.«

»Ich gehe mal davon aus, dass es für beide nicht vorteilhaft gewesen wäre, wenn das rausgekommen wäre.«

»Für den Bürgermeister auf jeden Fall. Gunillas Ansehen hätte ebenfalls gelitten. Die Insel ist klein, man kennt sich. Und wenn man hier sein Ein- und Auskommen haben will, sollte man es sich mit der Dorfgemeinschaft nicht verscherzen.« Frede beugte sich vor. »Also, was willst du machen. Sollen wir den Bürgermeister damit konfrontieren?«

»Ich bin mir nicht sicher, ob das zum jetzigen Zeitpunkt etwas bringt. Er wird versuchen, sich rauszureden. Vielleicht ist es besser, wenn wir uns erst noch ein wenig umhören.«

John hörte, wie sich Tommy in seinem Rücken räusperte, und drehte auf dem Bürostuhl eine halbe Runde in seine Richtung.

»Hier ist nichts«, sagte Tommy. »Keine weiteren Bilddaten. Lediglich geschäftliche Dateien und Dokumente.«

»Hast du den Kollegen noch in der Leitung?« John deutete auf Tommys Headset.

»Ja. Er hat sich remote auf dem Laptop eingeloggt.«

»Frag ihn, ob er sich auch die E-Mails angesehen hat.«

Tommy verdrehte die Augen. »Natürlich hat er das. Wir haben alle Laufwerke und Ordner durchgesehen. Inklusive Messengerdienste.«

»In Ordnung, danke. Dann schau dir die vorhandenen Dateien nochmal genauer an. Vielleicht findet sich noch etwas anderes, das uns hilft.«

Frede war während des kurzen Gesprächs zwischen John und Tommy aufgestanden und zur Kaffeemaschine hinübergegangen. Sie kam zurück, setzte sich wieder hinter den Schreibtisch und trank einen Schluck. »Und was schließt du jetzt daraus?«

»Da es keine digitalen Kopien der Bilder gibt, würde ich davon ausgehen, dass sie ihr zugeschoben oder per Post übermittelt wurden.« Er deutete auf den Umschlag, in dem die Fotos gesteckt hatten. »Sie lagen vermutlich eines Tages in ihrem Briefkasten oder auf der Türschwelle.«

»Glaubst du, jemand wollte Gunilla erpressen?«

»Auszuschließen ist das nicht. Bei ihr gab es schließlich etwas zu holen.«

»Wie wäre es damit«, schlug Frede vor. »Gunilla hat sich geweigert. Der Erpresser zog härtere Bandagen an, überwältigte sie und sperrte sie im Keller ein – vielleicht in der Hoffnung, dass sie sich freikaufen würde.«

»Möglich …« John betrachtete die Bilder noch einmal der Reihe nach. »Die sind aus größerer Entfernung in unterschiedlichen Zoomstufen geschossen worden. Trotzdem sind alle scharf. Das ist also keine Amateurarbeit. Für so etwas brauchst du ein ziemlich gutes Teleobjektiv. Außerdem musst du wissen, wo du findest, wonach du suchst.«

»Du meinst, jemand könnte von der Affäre von Martens und Gunilla gewusst haben?«

»Wäre denkbar. Gibt es Leute auf der Insel, die man mit so etwas beauftragen könnte?«

Frede überlegte. »Privatdetektive sind hier eigentlich überflüssig. Das erledigen üblicherweise die neugierigen Nachbarn und der Dorfklatsch.« Sie schnappte sich das letzte Plunderteilchen, biss ab und kaute genüsslich. »Wenn es jemanden gibt, der eine solche Aufgabe übernimmt … und falls es Gerüchte über die Affäre gab … dann hat einer das unter Garantie gewusst.«

»Und wer wäre das?«

»Dein neuer Freund Knudt Backfisch.«

Kapitel 16

»Warum haben Sie mich angelogen?«

Lilly stand Nieke Dornieden in der Küche von Haus Poppenspeler gegenüber und beobachtete jede ihrer Regungen. Sie setzte Wasser auf und holte eine Teekanne aus dem Schrank. Durch das hohe Sprossenfenster über der Anrichte ging der Blick auf die Wiese hinter dem Haus, wo Ria mit einem Drachen spielte.

Nieke sah verlegen auf das Teesieb hinab und füllte es mit Ostfriesentee. Ihre Hände zitterten leicht, sodass sie etwas danebenschüttete.

»Wie ... meinen Sie das?«

»Ich habe mit Ihrem Mann gesprochen«, sagte Lilly. »Sie haben den Besuch bei seinen Eltern nicht abgebrochen, weil er dringend zurück auf die Insel musste – es gab keinen Defekt an seinem Triebwagen.«

Nieke erwiderte nichts, machte sich weiter an dem Tee zu schaffen.

»Ich verstehe nicht, warum Sie uns diese Ausrede aufgetischt haben«, meinte Lilly weiter. »Warum sind Sie nicht einfach bei der Wahrheit geblieben?«

»Ich ... dachte, dass ich vielleicht völlig unglaubwürdig klinge«, sagte Nieke zaghaft. »Ich meine ... selbst Sönke hat ja nicht verstanden, weshalb ich unbedingt zurückwollte.«

»Was genau hat Sie denn so getrieben?«

Lilly kannte die Antwort im Grunde bereits, und es war gar nicht mal unüblich, dass sich Menschen, die ansonsten nie etwas mit der Polizei zu schaffen hatten, bei ihrer ersten Aussage gegenüber einem Ermittlungsbeamten – noch dazu in einer solchen Ausnahmesituation – in Widersprüche verhedderten. Das musste nicht unbedingt etwas bedeuten. Dennoch konnten sie nicht ausschließen, dass Nieke und Sönke sich vielleicht gemeinsam gegen Gunilla verschworen hatten – und zumindest Nieke im Nachhinein Gewissensbisse bekommen und zurückgewollt hatte.

»Weil ich so ein Gefühl hatte.«

»Was für ein Gefühl?«

»Dass mit meiner Mutter etwas nicht stimmte ... dass ihr etwas zugestoßen war.«

»Hatten Sie einen bestimmten Grund, das anzunehmen?«

»Ja, und das habe ich Ihrem Kollegen doch auch schon gesagt. Weil ich meine Mutter nicht erreichen konnte.«

»Was an sich nichts Ungewöhnliches ist. Manche Menschen sind nicht permanent zu erreichen.«

»Meine Mutter schon. Wenn ich mich nicht meldete, rief sie mich an. Wenn ich sie nicht besuchte, kam sie bei uns vorbei. Mutter wollte immer in Kontakt bleiben.«

»Deshalb hatten Sie also so ein Gefühl«, sagte Lilly. »Und Sie sind sich sicher, dass es keinen anderen, keinen konkreteren Grund gab, warum Sie so plötzlich dringend nach Hause wollten?«

Nieke füllte eine Kanne mit heißem Wasser und tauchte das Teesieb hinein. Ihr Blick ging wieder zum Fenster hinaus, wo Ria neuen Anlauf nahm, um ihren Drachen steigen zu lassen. Das Tageslicht schwand bereits, dennoch wirkte Niekes Gesicht bleich. Sie sah zu Lilly, vermied es aber, den Augenkontakt zu halten. »Mutter ging nicht ans Telefon. Und auch sonst wusste niemand, wo sie steckte.«

»Also entschieden Sie, Hals über Kopf aufzubrechen.«

Nieke bestätigte das mit einem knappen Nicken. Dann ging sie zu dem Küchenkabinett hinüber, öffnete eine Tür und holte zwei Tassen heraus.

»Und es war nicht zufällig so«, fuhr Lilly fort, »dass Sie das starke Gefühl hatten, dass Ihre Mutter hier unten sterbend im Keller lag?«

Die Tasse, die Nieke in der Hand gehalten hatte, landete mit einem Knall auf dem Fliesenboden und zersprang in mehrere Teile. Nieke stützte sich mit beiden Händen an dem Küchenkabinett ab. Lilly sah, wie ihr Rücken unter Schluchzern zu beben begann. Schließlich wandte Nieke sich zu ihr um. Ihr Gesicht war gerötet, Tränen standen ihr in den Augen, in denen Wut und Verzweiflung funkelten.

»Sie sind ein böser Mensch! Warum ... unterstellen Sie mir so etwas?«

Lilly antwortete nicht.

Nieke ging zum Küchentisch hinüber, setzte sich auf einen Stuhl und verbarg dann das Gesicht in den Händen. »Ich hätte Mama nie etwas antun können.«

Lilly wartete noch einen Moment. Dann bückte sie sich und sammelte die Scherben auf. Sie legte sie auf den Küchentisch und kniete sich neben Nieke.

»Ich unterstelle Ihnen gar nichts«, sagte sie sanft. »Aber eines müssen Sie begreifen, Nieke.« Lilly wartete, bis die Frau den Blick hob und sie ansah. »Wenn Sie lügen, lässt Sie das nicht gut dastehen. Verstehen Sie das?«

Nieke nickte und wischte sich mit einer Hand die Tränen aus dem Gesicht.

»Gut. Dann schlage ich vor, dass Sie von nun an bei der

Wahrheit bleiben. Egal, worum oder um wen es geht. Einverstanden?«

»Ja«, sagte Nieke mit erstickter Stimme.

»Also.« Lilly zog einen der anderen Küchenstühle heran und setzte sich. »Ich muss etwas über Ihren Mann wissen.«

Nieke blickte auf. »Was ist mit Sönke?«

»Nur ein paar Eckdaten, die ich prüfen muss.« Lilly hob beschwichtigend die Hand. »Es geht um den vergangenen Freitag, den Tag, bevor Sie zu Ihrer Reise aufbrachen. Erinnern Sie sich noch, was Sie an dem Tag taten?«

»Ich ... brachte morgens Ria zu meiner Mutter, weil die Kita geschlossen hatte. Dann ging ich zur Arbeit. Ich holte Ria gegen Mittag wieder ab, dann waren wir eine Weile am Strand. Wir haben uns auch kurz mit Frede ... Ihrer Kollegin unterhalten. Sie ist ganz nett. Ria durfte sich sogar in den Streifenwagen setzen.«

Soweit stimmten ihre Angaben mit dem überein, was Sönke ihr erzählt hatte, dachte Lilly. »Und was hat Ihr Mann an diesem Tag gemacht?«

»Sönke ging ganz normal zur Arbeit. Er macht um diese Jahreszeit allerdings nicht mehr viele Touren, es sind ja kaum noch Touristen da. Er machte deshalb etwas früher Schluss und kam noch hierher ins Haus Poppenspeler.«

»Wegen des Umzugs?«

»Ja, er musste oben den Raum ausmessen, in den die Küche soll.« Nieke deutete mit dem Zeigefinger zur Decke. »Unser Plan ist ... war ...« Sie schüttelte den Kopf. »Mein Gott, nach allem, was geschehen ist, weiß ich gar nicht, ob ich hier überhaupt noch wohnen will ... Na ja, jedenfalls sollte Mutter hier unten und wir oben wohnen. Im ersten Geschoss wollten wir die Küche und das Wohnzimmer haben, unter dem Dach die Schlafzimmer.«

»Ich nehme an, dass Ihr Mann alleine hier war?«

»Ja.«

»Wann kam er an dem Abend nach Hause?«

»Das muss gegen halb acht gewesen sein.« Niekes Augen weiteten sich. »Sie … Sie glauben doch nicht etwa, dass er in der Zeit, als er hier war …?«

»Es geht bei meiner Arbeit nicht um Glauben«, sagte Lilly. »Wir sammeln Fakten. Dann sehen wir, wohin sie uns führen.«

»Aber … welchen Grund sollte Sönke denn in Gottes Namen gehabt haben, Mama etwas anzutun?«

»Wie gesagt, wir sehen uns die Fakten an und versuchen die Fragen zu beantworten, die sich uns stellen. Und eine davon ist, woher Sönke das Geld für den neuen Triebwagen hatte, nachdem die Bank ihm den Kredit verweigert hatte.«

Nieke sah Lilly ungläubig an. »Sie haben in unseren Finanzen rumgeschnüffelt? Das können Sie doch nicht so einfach …«

»Doch das können wir. Und zwar einfacher, als Sie denken. Vor allem, wenn es um ein Kapitalverbrechen geht. Also?«

Nieke atmete tief ein und lehnte sich zurück. »Mama hat die neue Lok bezahlt.«

»Von welcher Summe reden wir hier?«

»Das müssen … so um die hunderttausend Euro gewesen sein.«

»Sie hat ihm das Geld einfach so gegeben?«

»Nein, sie wollte es zurück. Es sei denn …«

»Was?«

»Mama … stellte Bedingungen.«

Nieke stand auf und ging zur Teekanne hinüber. Sie hob das Teesieb heraus und leerte es in den Mülleimer. Dann ging sie zum Küchenkabinett, holte eine neue Tasse heraus und stellte sie auf den Tisch.

»Wollen Sie mir verraten, um welche Bedingungen es sich handelte?«, fragte Lilly, während Nieke ihr Tee eingoss.

Nieke seufzte, stellte die Teekanne auf einen Untersetzer und setzte sich wieder hin. Bevor sie antwortete, nahm sie ihre Tasse und trank einen Schluck. »Mama wollte, dass Sönke den Namen des Inselexpresses änderte. Von Petersen in Dornieden. Ich glaube, sie wollte ihm damit helfen, den Laden wieder flottzubekommen. Mama meinte, dass mehr Menschen den Namen Dornieden kennen, und sie wollte überall in den Ferienhäusern und -wohnungen Flyer auslegen. Außerdem ...« Nieke presste die Lippen aufeinander. »Sie drang darauf, dass wir hierher umziehen.«

Lilly setzte ihre Teetasse ab. »Das bedeutet, der Umzug war überhaupt nicht Ihre Idee?«

»Nein ... oder schon irgendwie. Ich meine, es ist schön hier. Wir haben hier mehr Platz, einen großen Garten, in dem Ria toben kann ... Wir haben sie ohnehin oft hierhergebracht, damit Mama auf sie aufpasst. Mama liebte Ria, sie freute sich darauf, noch mehr Zeit mit ihr zu verbringen, sie jeden Tag zu sehen. Und ... na ja, auf unserem Haus lastet ein Kredit, den wir abstottern müssen. Mama schlug vor, dass wir es vermieten. Wir hätten ihr hier dann nichts bezahlen müssen, und Sönke hätte ihr auch das Geld für die Lok nicht zurückgeben müssen. Also wäre das wohl irgendwie ... für alle von Vorteil gewesen.«

»Und Ihr Mann war ebenfalls dieser Meinung?«

Lilly wusste, dass sie sich ab nun auf dünnem Eis bewegte. Dies war keine ordentliche Befragung, und sie müsste Nieke eigentlich darauf hinweisen, dass sie eventuell im Begriff war, mit ihren Angaben sich selbst oder einen Angehörigen zu belasten.

»Natürlich …«, antwortete Nieke, wich Lillys Blick aber aus.

Lilly ließ die unangenehme Stille, die entstand, einen Moment im Raum schweben, trank noch einen Schluck Tee und beugte sich dann vor. »Nieke, Sie erinnern sich, was ich eben über die Wahrheit gesagt habe?«

Nieke nickte.

»Nun, ich glaube, dann wäre es gut, wenn Sie jetzt aufrichtig zu mir sind«, sagte Lilly. »Ich habe mich mit Ihrem Mann unterhalten. Er machte den Eindruck, als sei er jemand, der stolz auf das ist, was er sich aufgebaut hat. Ich glaube kaum, dass es ihm Freude bereitete, sich Geld von seiner Schwiegermutter zu leihen. Und noch weniger, sich von ihr unter Druck setzen zu lassen und bei ihr einziehen zu müssen. Könnte ich da vielleicht recht haben?«

Nieke blickte nicht auf, als sie antwortete. »Könnte sein.«

Lilly stützte die Ellbogen auf den Tisch und faltete die Hände. Was sich ihr da offenbarte, wäre für so manchen Menschen bereits ein Grund gewesen, einem anderen Böses zu wollen. In diesem Fall kam allerdings noch ein weiterer Umstand hinzu, der einen Mord noch attraktiver gemacht hätte.

»Wir wissen, dass Ihre Mutter ein Testament hinterlassen hat. Wir haben bereits Einsicht beantragt, und bevor Sie fragen«, Lilly hob eine Hand, »ja, auch das können wir. Allerdings vermute ich, dass Sie mir vielleicht schon sagen können, was uns erwartet.«

»Mama sprach einmal davon. Es ist schon etwas länger her, aber …« Nieke machte eine kurze Pause. »Sie meinte, sie würde mir alles vererben.«

Lilly erwiderte darauf nichts. Es bedurfte keiner weiteren Worte. Egal, was Nieke Dornieden mit ihrem Erbe anstellen würde – ob sie die Geschäfte ihrer Mutter weiterführte oder alles verkaufte –, sie würde in jedem Fall eine gemachte Frau sein. Und Sönke dürfte sich ebenfalls darüber freuen, dass sich all seine Probleme in Luft auflösten und er wieder Herr über seine Geschicke war.

»Hören Sie«, meinte Nieke, »vielleicht können wir uns ein andermal weiterunterhalten. Ich bin eigentlich hergekommen, weil ich noch einige Unterlagen von meiner Mutter brauche … für den Bestatter, und ich muss die Trauerfeier organisieren.«

»Natürlich. Ich will Sie nicht länger aufhalten.«

»Wissen Sie schon … wann wir Mama … also, wann wir ihren Körper …«

Lilly nickte. »Wir müssen leider noch warten, bis die Leiche von der Rechtsmedizin freigegeben wird. Ich hoffe, das dauert nicht mehr allzu lange.«

»Ja … in Ordnung«, stammelte Nieke. Erst da wurde Lilly bewusst, wie ihre Worte auf sie gewirkt haben mussten. Für sie war es reine Routine, für Nieke jedoch musste die Vorstellung, dass jemand gerade ihre tote Mutter in der Rechtsmedizin zerschnippelte, grauenhaft sein.

»Entschuldigen Sie«, sagte Lilly, »es ist … der Job. Man härtet ab. Ich verstehe schon, wie schockierend das für Sie sein muss, und … ich wollte Ihre Gefühle nicht verletzen.«

»Ich möchte das nur alles hinter mich bringen.«

»Ja.« Lilly erhob sich. »Sagen Sie, würde es Ihnen etwas ausmachen, wenn ich mich noch ein wenig im Haus umsehe, während Sie die Unterlagen suchen?«

Die Kriminaltechnik hatte das Haus zwar schon auf den Kopf gestellt, doch Lilly verschaffte sich immer gern selbst einen Eindruck. Man stieß manchmal auf Dinge, die einem interessante Details über die Menschen verrieten, mit denen man es zu tun hatte.

»Das können Sie gerne tun«, sagte Nieke und machte sich daran, die Teetassen wegzuräumen.

Lilly stieg die breite Wendeltreppe hinauf ins Obergeschoss. Den Keller kannte sie bereits von ihrem ersten Besuch hier, und im Erdgeschoss hatte sie sich schnell umgesehen, außer der Küche gab es dort nur ein großes Wohnzimmer, eine kleine Bibliothek und die ausladende Eingangshalle.

Sie umklammerte das Holzgeländer der Treppe beim Hochgehen vielleicht etwas fester, als es notwendig gewesen wäre, aber Lilly war noch immer sauer auf John, und sie hatte bislang keine Gelegenheit gefunden, sich abzureagieren.

Er hatte sie auf die Wache bestellt, um das weitere Vorgehen zu besprechen. Als sie nach ihrem Treffen mit Juri vorhin dort angekommen war, hatte John sich allerdings schon wieder auf den Weg gemacht, offenbar mit Frede Junicke. Nur Tommy war noch da gewesen. Er hatte sie auf den aktuellen Stand gebracht, hatte von den Fotos berichtet, die Gunilla und den Bürgermeister zeigten. Und er hatte ihr Johns Auftrag für sie weitergegeben. Während John und Frede irgendeinen Journalisten befragten, sollte Lilly ... sie sollte ein Fahrrad suchen.

Ein gottverdammtes Fahrrad.

Lilly kam sich vor, als wäre sie wieder ein Frischling auf der Wache, der mit unsinnigen Hilfsarbeiten beschäftigt wurde.

Darum hatte sie es auch vorgezogen, zunächst mit Nieke zu sprechen. Nach allem, was sie bislang über sie und Sönke in Erfahrung gebracht hatten, erschien ihr dies als die wesentlich interessantere Fährte, die es zu verfolgen galt. Dass sie nun in Haus Poppenspeler gelandet war, war eher ein Zufall. Sie hatte Nieke nicht zu Hause angetroffen und war lediglich auf gut Glück hierhergefahren. Nun, wo sie schon einmal hier war, würde sie John auch noch den Gefallen tun und sich, bevor sie wieder ging, in der Garage nach dem Fahrrad von Gunilla umsehen.

Im ersten Stock angekommen, warf sie links von sich einen kurzen Blick durch das Fenster, das hinaus zum Garten ging. Draußen kletterte Ria nun auf einen umgestürzten Baum im hinteren Teil des Grundstücks herum.

Sie wandte sich wieder ab und ging den Flur hinunter. Es gab drei Zimmer in diesem Stockwerk. Zwei lagen der Treppe gegenüber, das andere befand sich am Ende des Gangs. Die Tür stand offen. Lilly ging hinein und sah sich um. Das Zimmer war leergeräumt. Lediglich ein paar Umzugskartons standen in einer Ecke auf dem Parkettboden gestapelt. Daneben führte eine Flügeltür zu einer Terrasse hinaus. In der Wand entdeckte Lilly Anschlüsse für Kabelfernsehen und eine LAN-Buchse für Internet. Vielleicht hatten die Dorniedens geplant, hier das Wohnzimmer einzurichten.

Lilly verließ das Zimmer und betrat das kleinere, das vom Absatz der Treppe aus gesehen rechts lag. Ein Doppelbett stand darin, mit jeweils einem Nachttisch auf jeder Seite. Der eine davon war leergeräumt, lediglich eine Lampe stand darauf. Der andere Nachttisch war noch in Gebrauch. Auf ihm stapelten sich Medikamentenpackungen und mehrere Bücher. Außerdem stand dort ein Foto, das Gunilla mit ihrem verstorbenen Mann Owe zeigte.

An der Wand gegenüber dem Bett waren offensichtlich zwei Bilder abgenommen worden. Die Nägel steckten noch an den entsprechenden Stellen, die Bilder – beides Strandszenen – standen auf dem Boden. Die Wand hatte jemand ausgemessen, Lilly sah mit Bleistift gezogene Linien, Markierungen für Bohrungen und Anschlüsse, die offenbar noch verlegt werden mussten. Aus dem, was sie sah, schloss Lilly, dass hier eine Küche entstehen sollte. Vielleicht hatte sich Sönke hier am vergangenen Freitag zu schaffen gemacht.

Lilly ging wieder auf den Flur hinaus und wandte sich dem letzten Zimmer auf der Etage zu. Die Tür war verschlossen. Lilly drückte die Klinke hinunter und trat ein.

Es dauerte einen Moment, bis sie begriff, worin sie sich plötzlich befand. Sie kam sich vor wie in einer Zeitkapsel.

Das Zimmer war mit einem weichen rosafarbenen Teppichboden ausgelegt. Die Tapete zeigte Fabelfiguren wie Einhörner und Feen. Es gab auf der einen Seite ein Himmelbett mit Baldachin, daneben ein kleines Tischchen, auf dem Kinderbücher lagen. Grimms Märchen. Andersens Märchen. Bechsteins Märchen und Sagen. Auf der gegenüberliegenden Seite stand ein Regal, in dem allerhand Spielzeug untergebracht war, vor allem Playmobil und Lego. In der Mitte des Raums stand ein Schloss aus Legosteinen. Neben dem Fenster saß in einer Ecke ein großer Teddybär auf einem Schemel und lächelte Lilly an.

Ein Kinderzimmer. Es befand sich augenscheinlich noch in genau demselben Zustand, wie seine kleine Bewohnerin es einst verlassen hatte – und die Fotos an der Wand verrieten Lilly auch, um wen es sich dabei gehandelt hatte.

Sie zeigten Emma Ahlert als Baby und als Kleinkind, mal zusammen mit Gunilla, mal mit ihrem ebenfalls verschwundenen Vater Mikkel.

Lilly betrachtete die Fotos. Eine bunt durcheinandergewürfelte Collage, die sich fast über die ganze Breite der Wand verteilte.

Lediglich in der Mitte gab es eine kleine Lücke.

Lilly trat näher heran.

Dort war offenbar ein Bild entfernt worden. Es gab an der

Stelle einen ovalen Kreis auf der Tapete, der heller war als der umliegende Bereich.

Hinter ihr räusperte sich jemand.

Lilly drehte sich um. Es war Nieke.

»Hier geht eigentlich nie jemand rein«, sagte sie.

»Entschuldigen Sie. Ich wollte nicht …«

»Ist schon gut.« Nieke kam zu ihr herein. »Das Zimmer hat meiner Halbschwester gehört. Emma. Mama hat es nach ihrem Verschwinden so belassen, wie es war. Mein Zimmer war unter dem Dach. Ich durfte nie hierein … auch, wenn ich immer neugierig war und mit den Sachen spielen wollte.«

»Ich kann mir vorstellen, dass das nicht einfach war.«

»Nein. Als ich größer wurde und langsam verstand, was geschehen war, wollte ich immer wissen, was Emma zugestoßen war, aber …«, sie stockte kurz, »… na ja, Mama wollte nie darüber sprechen.«

Nieke hob die Schultern, drehte sich um und ging auf den Flur hinaus. Lilly folgte ihr.

»Ich bin jetzt hier fertig«, sagte Nieke. »Ich gebe Ria kurz Bescheid, dass wir gehen.« Sie ging zum Fenster an der Stirnseite des Flurs.

Lilly trat neben sie und blickte in den Garten. Ria war nicht mehr allein. Ein Mann hatte sich zu ihr gesellt und half ihr dabei, den Drachen in die Luft zu bringen. Er hatte graues Haar, das er zu einem Pferdeschwanz gebunden trug.

»Wer ist das?«, fragte Lilly.

»Mein Onkel Klaas.«

»Der Bruder Ihres verstorbenen Vaters?«

»Ja. Klaas kümmert sich um die Außenanlagen der Ferienhäuser, und er macht auch hier den Garten. Er wohnt unten an der Godel auf dem Hof, der Mama und Papa gehört.«

Nieke klopfte an die Scheibe und gab ihrer Tochter ein Zeichen, dass sie bald aufbrechen würden.

»Ich hätte noch eine Bitte«, sagte Lilly. »Sie könnten mir dabei helfen, etwas zu finden.«

»Wonach suchen Sie denn?«

»Nach dem Fahrrad Ihrer Mutter.«

Kapitel 17

Die Sonne stand tief am Horizont und tauchte den beinahe wolkenlosen Himmel in ein dunkles Orangerot, als John die Polizeiwache verließ und um das Hafenbecken herumging. Es war Abendbrotzeit, deshalb hatte Knudt Backfisch vorgeschlagen, dass sie während ihrer Verabredung einen Happen zu sich nehmen könnten.

Der Inselreporter hatte Johns Gesprächsangebot mit Freuden angenommen. Frede, die in der Zwischenzeit der Frau von Bürgermeister Martens einen Besuch abstattete, hatte John den Treffpunkt beschrieben, der tatsächlich nicht zu verfehlen war. Er sah den Mann bereits von Weitem. Mit Schiffermütze und hochgeschlagenem Jackenkragen stand er vor Mini Denkers Fischposten, einem weißen Verkaufswagen direkt neben der Statue von Fiete Föhr. Er hielt zwei Papiertüten in der Hand, und im Näherkommen erkannte John, dass sie mit frischen Nordseekrabben gefüllt waren. Backfisch drückte John zur Begrüßung eine davon in die Hand.

»Hier, für Sie, Herr Kommissar«, sagte er. »Da drüben ist eine Bank. Kommen Sie.«

Sie gingen ein Stück an der Hafenkante entlang, bis sie die Bank erreichten. Von hier aus konnten sie die Krabbenkutter auf der gegenüberliegenden Seite beobachten, die sich für ihre nächtliche Fahrt bereitmachten.

Sie setzten sich.

Backfisch nahm eine Krabbe aus seiner Tüte und begann sie zu pulen. »Es freut mich sehr, dass Sie bereit sind, mit mir zu reden. Das Schicksal von Frau Dornieden bewegt die Leute hier sehr. Sie war eine einflussreiche …«

John unterbrach ihn mit erhobener Hand. »Überspringen wir doch das Vorspiel. Ich möchte Ihnen ein Angebot machen.«

Backfisch hob eine Augenbraue. »Bin ganz Ohr.«

»Sie wissen genauso gut wie ich, dass ich Ihnen über die Details einer laufenden Ermittlung keine Auskunft geben darf. Da Sie die grundlegenden Informationen, die wir zu diesem Zeitpunkt üblicherweise herausgeben würden, bereits kennen, würde das hier unter normalen Umständen also ein ziemlich kurzes Gespräch werden.«

Backfisch pulte die nächste Krabbe. »Ja. Das wäre vermutlich so.«

»Andererseits ist mir an einem gedeihlichen Miteinander mit Medienvertretern wie Ihnen gelegen. Ich mag es nämlich nicht, wenn Gerüchte und falsche Theorien die Runde machen und unsere Ermittlungen erschweren.« John schob sich eine Krabbe in den Mund und wusste sofort wieder, warum die frischen vom Kutter einfach besser schmeckten als Supermarkt-Krabben, die vor dem Verzehr bereits die halbe Welt umrundet hatten. Es war der salzige Geschmack des Meers, der noch in ihnen steckte. »Ich möchte Ihnen etwas Besseres anbieten als die übliche Presseerklärung.«

»Und das wäre?« Backfisch scheuchte mit einer Hand eine gierige Möwe davon.

»Sie sehen bis auf Weiteres von Berichten in dieser Sache ab«, erklärte John. »Im Gegenzug lasse ich Sie so nahe wie möglich an die Ermittlungen heran. Sie erfahren alle Details.

Und wenn wir den Fall abgeschlossen haben, können Sie einen ausführlichen Insiderbericht schreiben – und zwar einen, den Ihnen die Hamburger Morgenpost abnimmt.«

»Das könnte ich mir unter gewissen Bedingungen vorstellen …« Backfisch blickte für einen Moment schweigend einem der Krabbenkutter nach, der mit eingeschalteten Positionslichtern auf die See hinausfuhr.

»Und die wären?«

»Ich habe mich über Sie informiert, Herr Benthien. Sie sind derzeit ein vielgefragter Mann in den Medien. Und das Buch, das Ihr Vater geschrieben hat, ist in aller Munde.«

»Stimmt.«

»Je nachdem, wie der Fall sich entwickelt … möchte ich daher die Möglichkeit haben, ein Buch darüber zu schreiben. Aus Ihrer Perspektive, mit Ihrer Genehmigung, mit Ihrem und meinem Namen vornedrauf. John Benthiens neuester Fall.« Backfisch malte den Buchtitel mit beiden Händen breit in die Luft.

John widmete sich einer weiteren Krabbe, fixierte den Kopf zwischen Daumen und Zeigefinger, drehte das Hinterteil, bis der Panzer aufbrach und er ihn abziehen konnte. Dann löste er das Fleisch aus dem Kopf und schob es sich in den Mund. »Vieles ist möglich«, meinte er. »Warten wir ab, wie sich der Fall entwickelt und wie sehr Ihre Mitarbeit zum Erfolg der Ermittlungen beiträgt.«

Backfisch sah auf. »Meine Mitarbeit? Was genau meinen Sie damit?«

»Ich brauche Informationen. Und ich denke, dass ich sie von Ihnen bekommen werde, weil Sie sich hier auskennen.«

»Das kommt drauf an, was Sie wissen wollen. Aber ich will gerne sehen, wie ich helfen kann.«

»Gut. Dann möchte ich, dass Sie von jetzt an alles, worüber wir reden, streng vertraulich behandeln, sonst …«, John hielt den aufgeplatzten Krabbenschwanz in die Höhe, »… werde ich mit Ihrem Hinterteil dasselbe machen.«

Backfisch grinste, nickte aber zustimmend. »Also gut, legen wir los. Was haben Sie auf dem Herzen, Herr Kommissar?«

John knüllte die Papiertüte mit den Krabbenresten zusammen und beförderte sie in den Mülleimer neben der Bank.

»Wir haben Fotos gefunden, die das Opfer und ein hochrangiges Gemeindemitglied zeigen. Sagen wir einfach, dass das, was auf den Bildern zu sehen ist, für beide äußerst kompromittierend gewesen wäre, hätten die Bilder den Weg an die Öffentlichkeit gefunden.«

Ein weiterer Krabbenkutter verließ den Hafen, umkreist von einem Schwarm Möwen. Backfisch sah ihm nach und zündete sich eine Pfeife an. »Lassen Sie mich raten. Wir reden über Gunilla und den Bürgermeister?«

John nickte. »Volltreffer. Da Sie vermutlich weder hellsichtig noch telepathisch veranlagt sind, nehme ich an, es gab Gerüchte.«

»Ja, die gab es. Nicht so überbordend, wie man es sonst aus dem Nest hier kennt. Aber hinter vorgehaltener Hand habe ich hier und dort vernommen, dass sich der Bürgermeister als Witwentröster betätigte.«

»Und wollen Sie mir vielleicht verraten, wer von diesen Gerüchten wusste?«

»Ich fürchte, da sind wir an einem Punkt angelangt, an dem ich nicht ganz freimütig sein kann. Sie wissen schon, Quellenschutz und so weiter. Kommt also ganz darauf an, was Sie im Hinterkopf haben …«

»Jemand scheint dem Gerücht jedenfalls nachgegangen zu sein. Die Fotos zeigen, wie Gunilla und Martens sich küssen. Es sind professionelle Bilder, nichts, was jemand mit dem Handy oder einer Digicam aus dem Elektromarkt gemacht hat. Wer könnte für so etwas hier auf der Insel infrage kommen?«

»Oh …«, Backfisch schürzte die Lippen, »… das ist schwierig. Kann ich nicht sagen.«

»Tja.« John lehnte sich vor und stützte die Ellbogen auf die Knie. »Es ist jedenfalls so: Wir haben die Bilder im Büro des Opfers gefunden. Es liegt also nahe, dass derjenige, der sie gemacht hat, sie Gunilla hatte zukommen lassen. Vermutlich aus einem bestimmten Grund, den Sie sich vielleicht denken können. Es wäre jedenfalls nicht im Interesse von Gunilla oder in dem des Bürgermeisters gewesen, dass die Bilder publik werden. Vielleicht erschien dem Fotografen Gunilla als das leichtere Ziel. Aber sie spielte nicht mit, also … entschloss derjenige sich vielleicht, den Druck etwas zu erhöhen …«

Backfisch sog an seiner Pfeife und ließ den Rauch durch Mund und Nase entweichen. »Sie wollen sagen …«

John hob die Hände. »Alles blanke Hypothese. Sollte es sich nicht so verhalten, wäre es für denjenigen, der die Fotos gemacht hat, jedenfalls förderlich, wenn er sich bei uns meldet, damit wir ihn von der Liste der Verdächtigen streichen können. Das würde uns die Arbeit sehr erleichtern.«

»Verstehe.« Backfisch nickte. »Ich werde mich mal umhören.«

Er erhob sich, nahm mit der linken Hand die Pfeife aus dem Mund und reichte John die andere Hand. »Sie hören von mir, Herr Kommissar.« Dann klappte er den Kragen seiner Jacke hoch und ging.

John blieb noch einen Moment bei der Bank stehen und beobachtete, wie Backfisch an Mini Denkers Fischposten vorbeischlenderte und in die Hafenstraße einbog.

Dann setzte John sich in Bewegung und folgte dem Mann.

Backfisch ging geradeaus in die Königsstraße und bog dann rechts auf die Große Straße ab.

John hielt immer genügend Abstand zu Backfisch, damit dieser ihn nicht bemerkte, wenn er stehenblieb und sich herumdrehte, was er einige Mal tat. Doch da es nun beinahe dunkel war und sich noch genügend Menschen auf der Straße aufhielten, war es nicht schwer, unentdeckt zu bleiben.

Beim Wyker Glockenturm betrat Backfisch die Mittelstraße vom oberen Ende aus. Er beschleunigte den Schritt.

John eilte ihm nach und stieß beinahe mit einer Radfahrerin zusammen, die ebenfalls etwas zu rasant um die Ecke bog. Die Frau kam gerade noch rechtzeitig zum Stehen und entschuldigte sich bei John.

Das genügte.

Er hatte Backfisch für einen Moment aus den Augen verloren, und schon war der Mann verschwunden.

John blickte sich auf der Straße nach allen Seiten um, konnte den Reporter aber nirgends entdecken.

Er ging ein Stück weiter, bis ihm ein vertrauter Geruch in die Nase stieg. Pfeifentabak mit Vanillearoma. Den rauchte Backfisch.

John folgte der Duftspur.

Neben dem Weinlokal in der alten Druckerei ging eine schmale dunkle Gasse ab.

Hier war der Pfeifengeruch am stärksten.

John betrat den schmalen Weg, der vorbei an üppig wachsenden Vorgärten und kleinen Reetdachhäusern führte. Am entfernten Ende sah er eine Gestalt zwischen einer Hecke und einem Baum verschwinden. John konnte nur eine Silhouette ausmachen, doch die Schiffermütze verriet ihm, dass es sich um Backfisch handelte.

Als John an der Stelle ankam, presste er sich mit dem Rücken gegen die Hauswand und spähte um die Ecke. Gerade noch rechtzeitig, um zu sehen, wie die Tür eines schmalen Friesenhauses hinter Backfisch zufiel.

Nach vorne heraus brannte kein Licht, und die Gasse war an dieser Stelle wenig beleuchtet.

John wartete einen Moment. Als sich nichts tat, schlich er näher heran. Er schaute auf das Namensschild neben der Tür.

In dem Moment klingelte Johns Handy.

Er verfluchte sich im Stillen, dass er das Ding nicht ausgeschaltet hatte, und verschwand schnell wieder hinter der nächsten Ecke. Er hörte noch, wie hinter ihm die Tür geöffnet wurde.

Mit eiligem Schritt ging John zum unteren Ende der Gasse, das näher lag und auf die Süderstraße mündete, wo wieder mehr Menschen unterwegs waren.

John blickte auf sein Handy. Lilly hatte versucht, ihn zu erreichen. Er zückte sein Notizheft, notierte noch schnell den Namen, der auf dem Klingelschild gestanden hatte. Dann rief er Lilly zurück.

»John«, hörte er ihre Stimme, »ich bin mit Nieke Dornieden auf dem Weg zum Rathaus. Du kommst am besten auch dorthin.«

Kapitel 18

Was zunächst nach einer Routineüberprüfung ausgesehen hatte, entwickelte sich zu einer interessanten Fährte.

Lilly folgte Nike Dornieden, die ihre Tochter Ria im Schlepptau hatte, um das rot verklinkerte Gebäude der Stadtverwaltung herum auf den Vorplatz. Dort befanden sich die Fahrradstellplätze, und Lilly war äußerst gespannt, ob sie dort fündig werden würden.

Nieke war ihrer Bitte nachgekommen und war mit Lilly zur Garage von Haus Poppenspeler gegangen, hatte das elektrische Rolltor hochgefahren und das Licht eingeschaltet. Lillys Blick fiel auf einen silberfarbenen Smart älteren Baujahrs. Ihre Mutter habe den Wagen nur noch selten verwendet, hatte Nieke erklärt, hier im Dorf habe sie alles mit dem Fahrrad erledigt.

Üblicherweise parkte Gunillas Fahrrad – ein E-Bike – in der hinteren rechten Ecke, wo es eine Steckdose gab. Dort lagen ein Ladekabel und ein Reserveakku.

Von dem Fahrrad selbst allerdings fehlte jede Spur.

Sie hatten sich daraufhin rund um das Haus umgesehen, vielleicht hatte Gunilla ihr Rad draußen irgendwo abgestellt, nachdem sie am Freitag vom Rathaus heimgekehrt war. Aber nichts, Fehlanzeige.

Lilly hatte John bereits von unterwegs angerufen. Als sie

nun zu den Fahrradständern am Rathaus gingen, sah sie ihn die Hafenstraße herunterkommen. Er machte einen etwas ungehaltenen Eindruck.

»Was gibt es denn?«, fragte er. »Dein Anruf kam in einem ziemlich unpassenden Moment …«

Mit einem dezenten Nicken deutete Lilly auf Nieke und Ria, die John im ersten Moment wohl nicht bemerkt hatte. Er bemühte sich sofort um einen freundlicheren Gesichtsausdruck. Lilly erklärte ihm den Sachverhalt.

»Verstehe«, meinte John. »Dann schauen wir uns mal um.«

Der Fahrradstellplatz befand sich auf der rechten Seite des Rathausplatzes, unweit des Hafendeichs. Zahlreiche Räder waren an den Ständern angekettet, neben einigen verrosteten Exemplaren auch neuere Räder und ein halbes Dutzend E-Bikes.

»Jetzt sind Sie am Zug«, sagte Lilly zu Nieke. »Ist es dabei?«

Nieke legte die Stirn in Falten. »Um ehrlich zu sein, habe ich es mir nie so genau angesehen. Ich glaube, es ist silbern.«

Diese Beschreibung traf auf mindestens die Hälfte der Elektrofahrräder zu. Es blieb ihnen wohl nichts anderes übrig, als die Schlösser durchzuprobieren – Nieke hatte im Haus ihrer Mutter am Schlüsselbrett neben der Eingangstür den Schlüsselbund ihrer Mutter entdeckt.

»Das ist es«, rief Ria. »Das hier ist Omas Fahrrad.«

Das Mädchen steuerte zielstrebig auf ein silbernes Rad zu, das mitten unter den anderen Fahrrädern geparkt stand.

»Du bist dir ganz sicher?«, fragte Lilly.

»Oma hat mich damit von der Kita abgeholt.« Ria zeigte auf den Gepäckträger des Fahrrads. »Und dann bin ich da runtergefallen.«

»Oje«, meinte Nieke und legte kurz die Hand an die Stirn. »Das werde ich nie vergessen …«

»Warum, was ist denn passiert?«

»Das ist schon ein bisschen her. Ich hatte Mama gebeten, Ria von der Kita abzuholen. Es war das erste Mal. Ich hatte ihr gesagt, dass sie das Kind nicht auf dem Gepäckträger mitnehmen soll, so, wie man das früher gemacht hat. Aber sie hat nicht auf mich gehört. Ria ist während der Fahrt runtergefallen und hat sich den Arm gebrochen. Mama und ich verbrachten den ganzen Nachmittag mit ihr im Krankenhaus.«

»Du Ärmste«, meinte Lilly zu dem Kind. »War es schlimm?«

»Nö.« Ria gab sich sichtlich Mühe, besonders gelassen zu klingen. »Das Gute war, dass ich so viel Süßes essen durfte, wie ich wollte.«

»Meine Mutter hatte ein schlechtes Gewissen«, erklärte Nieke. »Sie überschüttete Ria mit Süßkram. Sie ließ sogar auf der Arbeit alles stehen und liegen, um mittags für sie zu kochen, wenn sie aus der Schule kam. Die Leute hier im Dorf fanden das ganz herzerwärmend. Und ich …«, Nieke lächelte, »… na ja, irgendwann habe ich ihr dann auch vergeben.«

Lilly streichelte Ria über den Kopf und bedeutete dann Nieke, den Schlüssel auszuprobieren. Sie ging zu dem Fahrrad hinüber, öffnete zuerst das festverbaute Bügelschloss am Hinterrad, dann das Kettenschloss, mit dem der Vorderreifen am Ständer gesichert war. Sie zog das Rad heraus.

Lilly betrachtete das Fahrrad. Es wirkte noch recht neu. Auf dem Unterrohr des Rahmens war der Akku befestigt, am Lenker steckte die digitale Steuereinheit mit Display – beides Zubehör, das man für gewöhnlich abnahm, wenn man vorhatte, sein Rad länger stehen zu lassen.

»Nicht unbedingt ein Rad, das man irgendwo abstellt und dann vergisst.« John legte den Kopf schief und betrachtete den Schlüsselbund in Niekes Hand. »Dürfte ich den mal sehen?«

Nieke gab ihm die Schlüssel. Ein kleiner Leuchtturm war als Anhänger daran befestigt.

Lilly beobachtete, wie John die Schlüssel einzeln durchging.

»Der hier ist für den Wagen Ihrer Mutter?«, fragte John und hielt einen schwarzen Funkschlüssel hoch.

Nieke nickte. »Ein Smart. Steht in der Garage.«

»Wofür sind die anderen?« Es gab noch drei weitere Schlüssel, die jeweils in einer farbigen Gummikappe steckten.

»Der Rote ist für die Haustür, der Blaue für die Garage und der Grüne für die Terrassentür hinten.«

»Dann ist das also der normale Schlüsselbund Ihrer Mutter, den sie immer benutzt hat?«

»Ja, natürlich.«

»Er hing hinter der Haustür am Schlüsselbrett«, ergänzte Lilly.

»Hängte Ihre Mutter ihn immer dort hin, wenn sie heimkam?«, fragte John.

»Ja.«

»In Ordnung. Ich denke, das hilft uns weiter.«

John nahm Lilly ein Stück beiseite. »Wie es aussieht, hat uns Bürgermeister Martens entweder angelogen, oder er hat eine ernste Sehstörung. Gunilla ist am Freitag nach der Ratssitzung nicht mit dem Fahrrad weggefahren …«

»… und trotzdem kam sie zu Hause an und hängte wie gewohnt ihren Schlüsselbund hinter die Eingangstür.«

»Danach sieht es aus.«

»Fragt sich also, weshalb uns der Bürgermeister Märchen erzählt.«

Kapitel 19

Der Herbst zeigte sich am Abend von seiner sanften Seite. Obwohl die Temperaturen in den vergangenen Tagen stetig gesunken waren, kam es John beinahe mild vor, besonders für hiesige Verhältnisse und wenn man bedachte, dass die Sonne schon längst hinter dem Horizont verschwunden war. Lilly hatte sich bei ihm eingehakt, und sie gingen den Strand parallel zum Promenadenweg entlang. Die Wellen schwappten träge an Land, und es wehte eine leichte Brise, die den Geschmack von Salz und Meer mit sich trug. Rechts von ihnen leuchteten auf dem Sandwall die Lichter der Geschäfte und Cafés, wo die Gäste unter Heizstrahlern auf den Terrassen saßen.

John mochte die Atmosphäre, die zu dieser Jahreszeit langsam einkehrte. Eine letzte, verblassende Erinnerung an den Sommer lag in der Luft, ein Rest Wärme, der sich in den Häusern und Straßen gehalten hatte, während der Trubel der Saison langsam verklang und das Leben zur Ruhe kam. Zu Johns Freude fanden jetzt nur noch wenige Urlauber den Weg auf die Insel – für sein Dafürhalten allerdings immer noch zu viele. Es war schön, zu dieser Stunde mit Lilly am Strand zu spazieren, noch lieber wäre er aber allein mit ihr gewesen, ohne von Familien mit spielenden Kindern, Menschen mit Hunden oder schwitzenden und schnaufenden Joggern umgeben zu sein. Er mochte es am liebsten, wenn keine Menschenseele am Strand war, über einem nur der endlose Himmel und dazu die Weite der See.

Unwillkürlich kam John eine Zeile aus einem Song von Leonard Cohen in den Sinn: *But I'm always alone, and my heart is like ice, and it's crowded and cold, in my secret life.*

Früher hatte er die Gegenwart anderer Menschen mehr genossen. John fragte sich, ob es an seinem Beruf lag. Er lebte in den Schatten. Jeden Tag wurde er mit Dingen konfrontiert, von denen die meisten Menschen nicht einmal ahnten, dass sie existierten. Mit jeder Leiche, über die er sich knien und die er begutachten musste, schien sein Herz ein Stück schwärzer zu werden und der Glaube an das Böse in den Menschen sich zu verfestigen. Und es waren Fälle wie der von Gunilla Dornieden, die ihm besonders zu schaffen machten.

Wer tat so etwas? Wer sperrte eine alte Frau im Keller ihres eigenen Hauses ein und ließ sie elendig und langsam verrecken?

John wusste, dass es unzählige Erklärungsversuche für solche Taten gab. Irgendein Psychologe fand sich immer, der in der Vergangenheit oder dem Unterbewussten der Täter herumkramte und schließlich etwas fand, das dessen Verhalten nachvollziehbar machen sollte. John hatte viele dieser Erklärungen gehört, überzeugt hatten ihn die wenigsten. Mit der Zeit war in ihm die Erkenntnis gewachsen, dass es – wenn ein Mord nicht im Affekt geschah – eigentlich nur einen einzigen wirklich überzeugenden Grund gab, warum Menschen ihresgleichen kaltblütig töten. Das Böse. Es existierte wirklich, davon war John überzeugt. In manchen Menschen tobte es seit ihrer Geburt, in anderen schlummerte es und wartete nur auf den rechten Moment, um zu erwachen.

Bei wem war das Böse in diesem Fall erwacht: Sönke? Nieke? Oder bei Bürgermeister Martens?

John schob die Hände in die Jackentaschen und blickte im Gehen nachdenklich auf seine Schuhe, die tief im Sand einsanken.

»Ich frage mich, ob Martens wusste, dass jemand Gunilla und ihn in flagranti ertappt hat. Denn falls er von den Fotos …«

»Oh nein, John. Bitte nicht. Heute Abend kein Wort mehr von der Arbeit.«

John sah auf. Lilly hatte die Schuhe abgestreift und wanderte barfuß durch die Brandung.

»Ist das nicht etwas kalt?«

Lilly legte den Kopf schief. »Du weißt doch … Solange die Pfützen nicht zufrieren, ist im Norden Sommer.«

»Schon klar. Ich fragte mich nur gerade …«

Lilly kam zu ihm herüber, legte die Arme um seinen Nacken und sah ihn streng an. »Es ist mir ernst, mein Lieber. Mir schwirrt der Kopf. Und ich möchte den Abend für uns haben. Die Freiheit nehmen sich die anderen auch.«

Da hatte sie nicht Unrecht. Nachdem sie auf der Wache mit Tommy und Juri die neuesten Entwicklungen besprochen hatten, hatte sich das Team rasch aufgelöst.

Juri hatte die letzte Fähre aufs Festland genommen, weil er niemanden gefunden hatte, der heute Abend auf seine Tochter aufpasste. Üblicherweise übernahm seine Schwiegermutter solche Pflichten gerne, doch sie hatte Karten für einen Theaterbesuch, den ersten seit langer Zeit. Juri hatte versprochen, morgen früh zeitig wieder hier zu sein.

Tommy hatte sich seinerseits mit dem Laptop in sein Zimmer zurückgezogen, um mit Jenny und Katharina zu skypen. Und Frede hatte sich ohnehin ausgeklinkt. Sie wollte noch mit der Frau von Bürgermeister Martens sprechen und musste dann dringend auf ihr Boot. Irgendein Teil am Motor musste wohl ausgetauscht werden, und sie erwartete einen Monteur.

Es war also nur fair, wenn sie beide sich auch ein wenig Freizeit gönnten – zumal John noch etwas gutzumachen hatte. Wegen der verpassten Wohnungsbesichtigung schuldete er Lilly mindestens einen schönen Abend.

»Einverstanden, keine Arbeit mehr«, versprach er. »Und ... es tut mir leid. Wirklich.«

»Was tut dir leid?«

»Das mit der Wohnung. Ich weiß, wie sehr du dich auf die Besichtigung gefreut hast und wieviel dir daran liegt. Wir holen das nach, einverstanden?«

»Nun ja ...« Lilly kniff die Lippen zusammen. »Ich fürchte, die ist schon weg. Ich habe vorgestern abgesagt. Bei der Nachfrage im Moment wartet niemand auf uns. Daher wäre es schon schön gewesen, ich meine ... wer weiß, wann wir die nächste finden.«

»Ja. Ist wirklich nicht so einfach.« John hätte nie gedacht, dass es einmal ein solches Problem werden würde, eine Bleibe zu finden. Früher hatte man zu jeder Zeit die Wohnung wechseln können, vor allem, wenn man wie sie zwei Gehälter mitbrachte. Und wen verschlug es schon nach Flensburg? Doch seit die Spekulanten den Immobilienmarkt entdeckt hatten, war die Wohnungssuche zum reinen Vabanquespiel geworden.

»Ich mach dir einen Vorschlag«, sagte er. »Wenn wir mit der Sache hier durch sind, nehmen wir uns eine ... oder besser zwei Wochen frei. Nur du und ich. Und dann werden wir schon etwas finden.«

»Na ja, eigentlich hatte ich mir die Urlaubstage für etwas anderes vorbehalten. Aber ... ja, vielleicht geht es nicht anders.«

Schweigend gingen sie ein Stück weiter, vorbei an der Mittelbrücke, bis sie an einen Pavillon mit bodentiefer Fensterfront und Reetdach kamen. Leise Musik und die Stimme einer Frau wehten von dort zu ihnen herüber.

»Das ist der Musikpavillon. Ich bin heute Morgen daran vorbeigekommen«, meinte Lilly. »Komm, das sehen wir uns mal an.«

Sie packte Johns Hand und zog ihn mit sich.

Vor dem Pavillon waren ringsum Heizpilze aufgebaut, und man hatte die Türen der Eingangsfront geöffnet. Eine ältere Frau saß mit einer Gitarre auf einem Schemel, vor ihr Dutzende Kinder mit großen Augen, die ihr gespannt zuhörten. Ein Aufsteller mit einem Plakat verriet, worum es bei der Veranstaltung ging.

»Gute-Nacht-Geschichten für Kinder«, stellte Lilly fest. »Wie wäre es, willst du auch eine hören?« Sie lächelte John neckisch an.

»Sicher. Kann mir nichts Spannenderes vorstellen.«

»Hab dich nicht so. Schließlich wirst du unseren Kindern auch irgendwann ...« Lilly brach mitten im Satz ab.

Überrascht sah John sie an. Er wollte etwas erwidern, suchte nach Worten und öffnete den Mund, brachte aber keinen Ton heraus.

Was sollte er sagen? Über das Thema Kinder hatten sie noch nie gesprochen.

Letztlich war es natürlich folgerichtig. Das war nun einmal der Gang der Dinge. Man lernt sich kennen, man verliebt sich, geht miteinander aus, zieht zusammen und ... man bekommt Kinder. War es nicht so?

John überlegte noch immer, was er sagen sollte, aber jetzt hatte er so lange gezögert, da war es eh zu spät.

Verdammte Scheiße. Was zum Teufel hatte sie denn da gerade geritten?

Es war ihr einfach herausgerutscht. Sie hatte nicht nachgedacht, warum auch, wenn man sich liebte, war es doch ganz normal, dass man über Kinder sprach.

Oder doch nicht?

Sie hatten das Thema bislang vermieden, und Johns Gesichtsausdruck verriet Lilly, dass sie es auch jetzt besser nicht angeschnitten hätte. Ihm schienen tatsächlich die Worte zu fehlen. Dabei wäre ihr fast jede Reaktion lieber gewesen als der völlig perplexe Blick, mit dem er sie angesehen hatte.

Lilly beschloss, den peinlichen Moment einfach zu übergehen, indem sie sich der Erzählerin zuwandte. Aus dem Augenwinkel bemerkte sie, wie John es ihr gleichtat, vermutlich dankbar darüber, dass sie das Thema nicht vertiefte.

Die Frau hatte ein kurzes Lied auf der Gitarre gespielt und holte nun eine kleine Figur hervor, die scheinbar einen Zwerg mit Zipfelmütze darstellen sollte. »Habt ihr so einen schon mal hier auf der Insel gesehen?«

Es dauerte einen Moment, bis sich ein Mädchen meldete. »Wir haben einen Ausflug gemacht. Da waren ganz viele davon.«

»Weißt du noch, wo das war?«

Das Mädchen schüttelte den Kopf.

»Wir waren in Utersum«, assistierte eine Frau, die unter den Erwachsenen hinter den Kindern stand.

»Genau«, sagte die Erzählerin. »In Utersum begegnen uns die kleinen lustigen Zwerge überall. Wir nennen sie die Oterbaankins. Und … nun ja.« Sie senkte die Stimme. »Wir hier auf der Insel sind uns seit jeher nicht sicher, ob sie wirklich so kleine niedliche Gesellen sind, wie es den Anschein hat …«

Während sie ein paar dunkle Akkorde auf der Gitarre zupfte, erzählte die Frau, dass die Oterbaankins der Sage nach tief unter der Erde in den Hügeln von Triibergem lebten, ganz in der Nähe von Utersum. Die Menschen rätselten seit Generationen, ob die Zwerge ihnen wohlgesonnen waren oder nicht doch ein böses Spiel mit ihnen trieben. So erzählte man sich, dass die Oterbaankins einem Fährmann einmal sehr viel Gold geschenkt hatten, nachdem er ihnen in stürmischer See zu Hilfe gekommen war. Einem Bauern hingegen zerstörten sie Jahr für Jahr die Ernte.

Lilly beobachtete die Gesichter der Kinder, die der Frau wie gebannt an den Lippen klebten. Manche gruselten sich sichtlich, andere schmunzelten und schienen ihren Spaß an der Spukgeschichte zu haben. Lilly kam es selbst vor, als wäre es plötzlich deutlich kälter geworden. Der Wind hatte ein wenig aufgefrischt und ließ die Flammen in den Gasbrennern der Heizstrahler flackern.

»Manche besonders Abergläubigen fürchteten sich regelrecht vor den Oterbaankins«, berichtete die Erzählerin. »Sie dachten, dass die Zwerge zu bösen Menschen kamen und ihnen ihre Neugeborenen aus den Betten stahlen.«

Ein Raunen ging durch die Kindermenge. Die Erzählerin breitete beruhigend die Hände aus. »Ihr braucht keine Angst zu haben. Einem Bauernsohn gelang es eines Tages, die Oterbaankins zu überlisten und sie zu vertreiben. Seitdem herrscht in den Hügeln von Triibergem wieder Ruhe.« Sie machte eine Pause und setzte dann ein ernstes Gesicht auf. »Aber wer weiß ... Noch heute kennt hier auf der Insel jedes Kind den Satz: *Kem'am föör't jonken tüs, ölers kem a oterbaankin beeft jam uun.* Seid vor der Dunkelheit zu Haus, sonst kommen schnell die Unterirdischen raus.«

Damit beendete sie ihre Geschichte. Applaus und Jubel

brandeten unter den Kindern auf, in den die Eltern mit einstimmten.

Lilly und John warteten, sahen zu, wie die Versammlung sich langsam auflöste, dann setzten auch sie ihren Weg fort und gingen nun über die Süderstraße in den Ort hinein.

»Sag mal«, meinte Lilly schließlich, um das Schweigen zu brechen und das Gespräch wieder auf ein Thema zu bringen, das John vermutlich weniger sprachlos machen würde. »Kam dir diese Geschichte nicht auch bekannt vor?«

»Die Oterbaankins?«

»Ja.«

»Wo du es sagst … Hat nicht das Mädchen von den Dorniedens etwas Ähnliches erzählt?«

»Ria hat nicht nur so etwas Ähnliches erzählt, sondern ziemlich exakt dieselbe Geschichte. Sie hatte Angst vor Wesen, die unter der Erde leben und sie holen kämen.«

John hob die Schultern. »Wenn die Leute hier auf der Insel ihren Kindern solche Spukgeschichten erzählen, braucht man sich nicht zu wundern, wenn sie Albträume haben.«

»Schon, ja. Aber irgendwie kam mir ihre Angst etwas sehr drastisch vor. Fast, als hätte jemand sie mit dieser Geschichte …«

»Zum Teufel …« John blieb stehen und legte Lilly eine Hand auf die Schulter. »Was treiben die da oben?«

Sie waren beim Wyker Glockenturm angekommen. Lilly folgte Johns Blick zur Spitze des Kirchturms hinauf.

Aus den Bögen der Klangarkaden unter der Spitze des Turms waren mehrere Lamellen herausgenommen worden. Zwei Männer seilten sich von dort ab, fachmännisch mit Klettergeschirr gesichert. Sie befestigten ein Banner am Kirchturm.

Lilly las, was darauf in großen Lettern geschrieben stand.

BUNT UND LAUT
GEGEN DEN GODEL PARK
UND DIE ZERSTÖRUNG UNSERER NATUR

Darunter Ort und das Datum und die Uhrzeit, zu der die Protestkundgebung stattfinden sollte.

»Der Godel-Park ... Ist damit etwa der Park gemeint, den Gunilla bauen wollte?«, fragte John.

»Könnte sein. Der soll doch an der Godel entstehen.« Lilly stutzte. »Da laust mich doch der Affe. Den Typ da oben kenne ich doch.«

»Wen meinst du?«

Lilly deutete auf den rechten der beiden Kletterer. »Den Mann hab ich erst vorhin im Garten von Haus Poppenspeler gesehen. Das ist Klaas Dornieden, der Schwager von Gunilla.«

»Sie bekommen uns hier nicht runter! Selbst wenn es Hunde und Katzen regnet, wir bleiben hier. Das ist unser gutes Recht!«

Klaas Dornieden hing noch immer mit seiner Begleiterin im Klettergeschirr am Kirchturm und gab sich alle Mühe, weiterhin entschlossen zu wirken.

Frede lehnte neben John an einem der mannshohen Bögen in der Glockenkammer. Er hatte sie verständigt, kaum dass er und Lilly die beiden Kletterer gesichtet hatten. Frede hatte zur Verstärkung ihre beiden Streifenkollegen von der Wache mitgebracht.

»Nein, das ist nicht Ihr gutes Recht.« Sie zog an ihrer Zigarette und blickte auf Dornieden hinab.

»Das ist ein freies Land ...«, keifte seine Begleiterin, bei der es sich um Anne-Marie Schwarz handelte. Sie gehörte zu der Umweltschutzorganisation, deren Schiff vor der Polizeiwache im Hafen lag.

»Sie haben diese Aktion nicht angemeldet«, erklärte Frede

seelenruhig, »und ich glaube auch kaum, dass die Kirche Ihnen das erlaubt hätte. Also begehen Sie mindestens Hausfriedensbruch …«

»Das können Sie alles unserem Anwalt erzählen!«

»Ich fordere Sie nochmals auf, diese Aktion umgehend zu beenden und das Banner abzuhängen.«

»Pfft! Kommen Sie doch runter, wenn Sie uns verhaften wollen!«

Frede schüttelte den Kopf und wandte sich ab. John tat es ihr gleich.

Hinter ihnen stand Lilly mit den beiden Streifenkollegen. »Und was machen wir jetzt?«, fragte sie.

Frede hob die Schultern. »Die beiden wollen aus Protest da draußen hängenbleiben. Da wir sie ja schlecht abschneiden können, tun wir ihnen für den Moment den Gefallen.«

»Ist Dornieden schon früher mit solchen Aktionen aufgefallen?«, fragte John.

»Nein. Er setzt sich zwar schon lange für den Umweltschutz ein, aber solche wilden Dinger …«

John sah hinüber zu den Kletterseilen. Dornieden und seine Helferin hatten sie an einem schweren Dachbalken befestigt und zusätzliche Sicherungen angebracht. Die Seile verliefen stramm gespannt durch den Fensterboden einer Klangarkade. Die Lamellen, die entfernt worden waren, lagen auf dem Boden.

»Zumindest haben die beiden sich ordentlich gesichert«, stellte er fest.

»Trotzdem ziemlich ungemütlich.« Lilly war an einen Fensterbogen getreten und spähte hinaus. Der Wind hatte merklich aufgefrischt und wehte hier recht kräftig. »Da hinten scheint auch etwas anzukommen.« Sie deutete zum Horizont, wo sich der klare Nachthimmel verfinsterte.

Frede bückte sich und nahm eine der abmontierten Lamellen in die Hand. »Ich glaube, du hast mich auf eine Idee gebracht.«

Sie stand wieder auf und schob die Lamelle zurück in die vorgesehenen Schlitze. Dann griff sie mit beiden Händen von unten darum. Selbst nach mehrmaligem kräftigem Rütteln und Ziehen bewegte sich die Lamelle nur leicht aus ihrer Position.

John bückte sich nach einer der anderen. Er konnte nicht genau sagen, wie viel sie wog, doch es mussten einige Kilo sein. Was auch immer Frede vorhatte, eines war sicher: Selbst zu zweit hätten die Kletterer aus ihrer Position, außen am Kirchturm hängend, keine Chance, die Lamelle zu lösen. Das ging nur von hier oben aus dem Glockenturm.

Frede stand auf, mit einem zufriedenen Lächeln im Gesicht. »Baut die anderen ein«, wies sie ihre beiden Kollegen an.

Die beiden taten wie ihnen geheißen. Nach wenigen Minuten saßen die Lamellen alle wieder an ihrem Platz, sodass der Fensterbogen vollständig geschlossen war. Lediglich die Sicherungsseile, die durch die Schlitze nach außen liefen, deuteten darauf hin, dass dort noch zwei Menschen hingen.

»Und jetzt?«, fragte Lilly.

»Warten wir ab.« Frede zog eine Zigarettenpackung aus der Jackentasche und hielt sie in die Runde. »Möchte jemand eine?«

Niemand nahm ihr Angebot an.

»Ist das nicht etwas drastisch?« Lilly blickte Frede skeptisch an.

»Warum? Wer nicht hören will, muss fühlen.«

Sie mussten nicht lange warten. John sah zwar nicht auf die Uhr, doch er vermutete, dass höchstens zwanzig Minuten vergangen waren, als leichter Regen einsetzte, der rasch stärker wurde. In der Ferne grollte der Donner.

Hinter den Lamellen war ein leises Hallo zu vernehmen, gefolgt von dem lauteren Ruf: »Hallo, ist da noch jemand?«

Frede legte den Zeigefinger an die Lippen und bedeutete damit allen, ruhig zu bleiben.

Lilly stemmte die Hände in die Hüften. »Ich finde, es reicht jetzt langsam.«

Frede schüttelte den Kopf und lächelte. »Noch nicht ganz. Sie müssen noch ein wenig abhängen, bis sie reif sind …«

»Holen Sie uns hier runter!«, rief Klaas Dornieden.

Sie warteten weitere fünf Minuten. Die Regentropfen prasselten nun wie kleine Geschosse auf das Dach der Kirche. Als der erste Blitz die Nacht erhellte, gab Frede ihren Kollegen schließlich das Signal, die beiden Kletterer hochzuziehen.

Falls sie gehofft hatte, einen butterweichen Klaas Dornieden am Angelhaken zu haben, der allem nachgab, sah sie sich wohl getäuscht. Von außen war der Mann zwar klatschnass wie ein begossener Pudel, doch in seinem Inneren schien er zu kochen. Er hatte einen hochroten Kopf, als er schließlich zu ihnen in den Glockenturm hochkroch. Seine Kletterpartnerin folgte ihm, doch anders als er schien sie von der Konfrontation mit der Polizei eingeschüchtert, der Regen und die Kälte taten ihr Übriges. Die Arme um die Schultern geschlungen und am ganzen Leib zitternd, versteckte sie sich in Dorniedens Rücken.

Der hatte mit wenigen Handgriffen das Klettergeschirr abgelegt. Dann richtete er sich auf und trat auf Frede zu.

»Haben Sie eigentlich eine Macke?«, schrie er völlig außer sich. »Sie hätten uns fast umgebracht …«

»Ich habe Sie nicht dort draußen angekettet«, gab Frede zurück. »Und vorhin haben Sie meine Hilfe ja abgelehnt.«

»Das ist Polizeigewalt, dafür …«

»Ja, ja. Was immer Sie sagen.« Frede drehte Dornieden den Arm auf den Rücken und ließ die Handschellen zuschnappen. »Das können Sie alles Ihrem Anwalt, Ihrem Psychiater oder Ihrer Schwiegermutter erzählen …«

»Meine Schwiegermutter ist tot, Sie Miststück!«

»Entschuldigung, das hatte ich ganz vergessen.« Frede drehte Dornieden herum, sodass sie ihm in die Augen blicken konnte. »Ihre Trauer scheint aber nicht allzu groß zu sein. Sonst hätten Sie sich wohl nicht vom Glockenturm baumeln lassen …«

»Trauer?!« Dornieden bleckte die Zähne. »Ich bin froh, dass das alte Flintenweib endlich unter der Erde ist!«

Kapitel 20

»Hallo? Können Sie mich hören?«

Auf dem großen Bildschirm am Kopfende des Esstischs erschien das Gesicht von Dr. Helmuth Radke. Der Rechtsmediziner beugte sich vor und äugte in die Kamera. Hinter ihm waren die weißen Fliesen des rechtsmedizinischen Instituts zu erkennen.

»Laut und deutlich«, gab John zurück. Sie hatten sich im Ferienhaus versammelt, das als Einsatzzentrale diente. Es war früher Samstagmorgen. Links von John nippte Tommy an einem frischgepressten Orangensaft, rechts von ihm saßen Frede und Lilly jeweils mit einer Tasse Kaffee in der Hand. Die frühe Morgensonne fiel nur blass durch die Fensterscheiben, draußen waberte dichter Nebel durch die Straßen von Wyk.

»Und Sie … können Sie mich jetzt auch sehen?«

Es war offensichtlich, dass Dr. Radke eher selten Videokonferenzen beiwohnte.

»Natürlich, Doktor«, sagte Tommy. »Es ist alles in Ordnung. Wir können loslegen.«

»Schönchen. Ich kann Sie nämlich auch sehen und hören.«

»Ganz wunderbar«, antwortete John, dem langsam der Geduldsfaden riss. »Wollen wir dann?«

Radke blätterte in den Papieren, die vor ihm auf dem

Schreibtisch lagen. »Also ... die Leichenöffnung hat im Grunde meine Annahmen bestätigt. Das Opfer hat ein schweres Schädel-Hirn-Trauma erlitten. Ein Terrassenbruch des Schädels, herbeigeführt von einem Schlagwerkzeug mit einer schweren Spitze. Der Schlag wurde von hinten durchgeführt, vermutlich von einem Rechtshänder, der ungefähr dieselbe Größe hatte wie das Opfer. Den Verletzungen im Gesicht nach zu urteilen, fiel das Opfer nach dem Schlag vornüber ... Was die Unterkühlung angeht, haben wir neben den typischen Kälteerythemen in der Magenschleimhaut akute hämorrhagische Erosionen, sogenannte Wischnewsky-Flecke, gefunden ...« Radke brach ab und blickte mit kritischer Miene in die Kamera. »Sagen Sie, Benthien, die Details können Sie doch meinem Bericht entnehmen, und das meiste davon interessiert Sie doch ohnehin nicht, oder?«

John hob die Augenbrauen und wollte etwas erwidern, doch der Doktor sprach bereits weiter: »Das ist schön. Da ich noch eine Menge Arbeit hier liegen habe, schlage ich vor, dass ich dann mal zum Wesentlichen komme.«

John blickte sich kurz in der Runde um, und niemand schien etwas einzuwenden zu haben. Er bedeutete Radke mit einer Handbewegung, fortzufahren.

»Wir können davon ausgehen, dass unser Opfer schwer verletzt war«, sagte der Rechtsmediziner. »Es ist deshalb wahrscheinlich, dass sowohl seine Wahrnehmung, sein Bewegungsapparat, also auch seine Mitteilungsfähigkeit, stark beeinträchtigt waren. Dennoch ... und das ist das Überraschende, haben die Verletzungen vermutlich nicht zu einem schnellen Tod geführt. Die Frau wird dort unten im Keller noch vier bis fünf Tage gelebt haben. Begünstigt wurde das von der Lage des Kellerverschlags ... einen Moment bitte.«

Sie sahen Radke hantieren. Plötzlich wurde die Kamera erschüttert und drehte sich. Ein Obduktionstisch kam ins Bild, auf dem eine Männerleiche mit geöffnetem Brustkorb lag.

»Verdammter Mist«, hörten sie Radke fluchen. »Behnke! Behnke!«

Es dauerte einen Augenblick, dann hörten sie eilige Schritte herankommen. Die Kamera kam wieder in Bewegung und wurde zurück in ihre Ausgangsposition gebracht. Im Bild waren nun Radke mit hochrotem Kopf und eine junge blonde Frau mit Untersuchungskittel zu sehen.

»Pardon ... die Kamera ist runtergefallen«, beschrieb Radke das Offensichtliche. »Behnke, machen Sie, dass der Plan für die Leute am anderen Ende sichtbar ist.«

Die junge Frau klickte ein paarmal mit der Maus, und der Bildschirm teilte sich. Neben Radke erschien ein skizzenhafter Grundriss des Kellers von Haus Poppenspeler.

Radke machte seiner Assistentin mit einem Handwedeln deutlich, dass er sie nicht mehr benötigte.

»Den hat die Kriminaltechnik angefertigt«, erklärte Radke. »Wie Sie hier sehen können, liegt der Verschlag, in dem wir die Tote aufgefunden haben, direkt neben dem Heizungskeller. Die gemauerte Zwischenwand ist recht dick, doch es laufen Heizungsrohre hindurch, von denen ein Teil auch durch den Verschlag geht. Die werden eine gewisse Wärme abgestrahlt haben, die es dem Opfer ermöglicht hat, länger zu überleben, als das üblicherweise zu erwarten gewesen wäre.«

Radke legte beide Hände übereinander vor sich auf den Tisch, was ihnen wohl signalisieren sollte, dass seine Ausführungen damit beendet waren.

»Vielen Dank, Doktor«, sagte John. Er blätterte kurz in seinem Notizheft. »Wie sieht es mit dem Todeszeitpunkt aus?«

»Unter diesen Umständen wirklich schwer zu sagen. Aber es deutet alles darauf hin, dass sie in der Nacht von vergangenem Mittwoch auf Donnerstag ihren letzten Atemzug getan hat.«

»Dürfte ich auch mal etwas fragen?« Frede beugte sich vor und sah John an.

»Natürlich.«

»Doktor Radke, ich habe nicht jeden Tag mit Ermittlungen dieser Art zu tun. Entschuldigen Sie also, wenn meine Frage etwas dumm ist …«

»Keine Sorge«, meinte Radke, »Sie glauben nicht, was ich schon alles von Ihrem Kollegen Benthien zu hören bekommen habe.«

»Falls wir die Tatwaffe finden«, sagte Frede. »Wäre es Ihnen möglich, sie eindeutig zu identifizieren, zum Beispiel, indem Sie sie … mit der Schlagverletzung abgleichen?«

Radke setzte ein schiefes Lächeln auf, und sein Gesichtsausdruck verriet, dass er sich maßlos unterfordert fühlte. »Das wäre in erster Linie Aufgabe der KT. Im besten Fall finden die Kollegen Rückstände vom Blut des Opfers. Andernfalls … ja, ich könnte das Tatwerkzeug mit der Schädelbruchstelle vergleichen. Dann kann ich Ihnen ziemlich sicher sagen, ob Sie die passende Waffe gefunden haben.«

»Vielen Dank.« Frede lehnte sich wieder in ihrem Stuhl zurück und meinte zu John: »Ich könnte meine Leute nach der Waffe suchen lassen …«

John gebot ihr mit erhobener Hand Einhalt. Das war ein gutgemeinter Vorschlag. Doch die KT hatte Haus Poppenspeler bereits unter die Lupe genommen, und solange sie keinen konkreten Hinweis hatten, machte es wenig Sinn, die ganze Insel wahllos abzukämmen, besonders, wenn sie nicht einmal wussten, nach welcher Art von Waffe sie überhaupt suchten.

»Eine letzte Frage, Doktor«, sagte John. »Nach allem, was wir nun wissen – was denken Sie?«

Radke genoss bei der Kriminalpolizei nicht nur den Ruf, eine Koryphäe auf seinem Fachgebiet zu sein. Er besaß darüber hinaus die Fähigkeit, aus den ihm vorliegenden Fakten auf den Ablauf einer Tat zu schließen. Seine Einschätzung war daher immer willkommen.

Radke dachte einen Moment nach, bevor er sprach. »Ich glaube, das ist nicht ganz eindeutig. Es ist möglich, dass der Täter im Affekt handelte und dann nicht wusste, was er tun sollte. Also sperrte er das Opfer ein, um später wiederzukommen … Andererseits könnte er den Mord ebenso gut geplant haben. In dem Fall, tja, entweder wollte er sich die Hände nicht schmutzig machen, oder er wollte sein Opfer auf möglichst langsame und qualvolle Weise verenden sehen. So oder so … Ich glaube, der Mörder muss diese Frau wirklich von ganzem Herzen gehasst haben.«

»Nochmals vielen Dank, Doktor.«

John gab Tommy das Zeichen, die Verbindung zu trennen.

In dem Moment wurde die Tür des Ferienhauses aufgerissen.

Juri betrat das Haus. Er wirkte abgehetzt und hatte dunkle Ränder unter den Augen.

»Entschuldigt«, sagte er. »Ich habe Amélie noch in die Schule gebracht und musste dann auf die nächste Fähre warten.«

»Schon gut«, sagte John.

»Kommt nicht wieder vor.« Juri setzte sich zu Lilly, die ihm den freien Platz neben sich anbot.

John stand auf und stellte sich an das Flipchart neben dem

Tisch. »Gehen wir der Reihe nach vor. Juri? Du hast gestern mit dem Notar der Dorniedens gesprochen.«

Juri fuhr sich mit der Hand über seinen Mecki und nahm ein Tablet zur Hand, auf dem er seine Aufzeichnungen speicherte. »Ja, das ist ein Dr. Bader, hier in Wyk. Er war zuerst nicht sonderlich gesprächig. Ich hab ihn zum Mittagessen eingeladen, und bei einer Flasche Wein ist er dann aufgetaut.«

»Was hat er über Gunillas Testament erzählt?«

»Sie hat Nieke als Alleinerbin bestimmt. Das Haus Poppenspeler, die Ferienhäuser und -wohnungen, sie bekommt alles.«

»Dann sind sie und Sönke finanziell saniert«, stellte Tommy fest.

»Ja«, bestätigte Juri. »Allerdings gibt es da noch einen interessanten Punkt. Dieser Klaas Dornieden … Der Notar sagte, dass sein Bruder Owe sein Testament mehrmals ändern ließ, nachdem er Gunilla geheiratet hatte. In den frühen Fassungen war ein beträchtliches Vermächtnis für Klaas vorgesehen. Er sollte unter anderem den Hof und das Land an der Godel erben. Mit der Zeit hat sein Bruder dann offenbar seine Meinung geändert. Zum Schluss blieb für Klaas ein verhältnismäßig kleiner Geldbetrag.«

»Von wieviel reden wir genau?«, fragte John.

»Das wollte der Notar nicht sagen. Aber er hat Andeutungen gemacht. Es war vermutlich eine niedrige sechsstellige Summe.«

Tommy stieß einen Pfiff aus. »Immerhin.«

»Wenn man bedenkt, was ihm auf der anderen Seite durch die Lappen gegangen ist … Ich weiß nicht, ob er so begeistert war.« Juri legte die Stirn in Falten.

Lilly blickte ihn von der Seite an. »Hat Gunilla ihren Mann wegen der Änderungen unter Druck gesetzt, was meinst du?«

»Der Notar ließ so etwas durchblicken. Vor allem der Hof an der Godel und das zugehörige Land waren wohl ein Streitpunkt.«

John berichtete kurz von dem Vorfall auf dem Glockenturm gestern Abend. »Ich schlage vor, dass Lilly und du Klaas Dornieden einen Besuch abstattet.«

»Einverstanden«, meinte Juri.

»Gut. Was Sönke und Nieke betrifft, möchte ich die beiden getrennt voneinander zu einer ordentlichen Vernehmung einbestellen ...«

Frede hob die Hand. »Wenn ich dazu etwas sagen darf ...?«

John nickte.

»Seid ihr sicher, dass die beiden wirklich als Täter in Frage kommen?«

»Warum nicht?« Tommy hatte sich zurückgelehnt und jonglierte mit einem Bleistift zwischen den Fingern. »Sie hatten ein Motiv und die Gelegenheit. Und Gunilla zu überwältigen und sie im Keller einzusperren ... nun, für Sönke wäre das sicher kein Problem gewesen.«

»Wir leben auf einer Insel«, erklärte Frede, »die Dorniedens kennt hier fast jeder. Wenn ihr Sönke und Nieke vorladet und es die Runde macht, dass sie verdächtigt werden ...«

»Ich verstehe«, sagte John. »Wir sollten uns sehr sicher sein, bevor wir diesen Schritt tun, und dafür brauchen wir eindeutige Beweise. Was schlägst du vor?«

»Die kommen hier nicht so schnell weg. Ich kann beim Fährdienst hinterlegen, dass man uns verständigt, sollten sie dort auftauchen.«

»Ist gut. Wir bleiben trotzdem weiter an den beiden dran ... Was ist eigentlich mit der Frau des Bürgermeisters? Du hast doch gestern mit ihr gesprochen, Frede.«

»Das war wenig ergiebig. Sie deckt die Geschichte ihres Mannes. Er war am vergangenen Freitag pünktlich zum Abendessen zu Hause, gegen neunzehn Uhr.«

»Hm.« John überlegte. »Trotzdem hat er uns angelogen. Gunilla fuhr definitiv nicht mit ihrem Fahrrad nach Hause. Warum erfindet er diese Geschichte?«

»Ein Vorschlag«, meldete sich Tommy. »Ich schau mich beim Rathaus um. Vielleicht gibt es dort oder bei den umliegenden Geschäften Kameras, die etwas aufgezeichnet haben.«

»Mach das.« John griff nach seinem Notizheft und blätterte zu der Seite, wo er gestern in krakeliger Schrift den Namen notiert hatte, der auf dem Klingelschild des Hauses gestanden hatte, zu dem er Knudt Backfisch gefolgt war. Er berichtete den anderen kurz von dem Erlebnis. »Dort scheint eine Familie Wolf zu wohnen. Sagt dir das etwas, Frede?«

»Bosse Wolf. Er kümmert sich um seine pflegebedürftige Mutter.«

»Was weißt du über ihn? Irgendeine Ahnung, warum Backfisch nach unserem Gespräch direkt dorthin ist?«

»Keine Ahnung.« Frede schürzte die Lippen. »Bosse trägt die Post aus. Ansonsten … Er ist Vogelkundler. Ich habe ihn …« Sie hielt inne. »Er hockt oft oben im Marschland und fotografiert die Vögel.«

Tommy sah Frede fragend an. »Und? Du machst ja ein Gesicht, als wäre das verboten.«

»Nein«, sagte Frede. »Aber er hat für seine Kamera ein Teleobjektiv, mit dem du Queen Mum von hier aus beim Duschen fotografieren kannst.«

Kapitel 21

Wenig später verließ Lilly mit Juri das Ferienhaus. Sie gingen durch die noch menschenleeren Straßen hoch zur Polizeiwache, wo das Auto parkte. Der Nebel lag noch immer über der Insel. Die Sicht konnte keine hundert Meter betragen, und die Kutter und Segelboote im Hafenbecken waren teilweise nur schemenhaft zu erkennen. Von der See her erklang ein Nebelhorn.

Juri steuerte zielstrebig auf den Wagen zu. Lilly folgte ihm. Ein Anruf im Büro von Gunilla hatte genügt, um zu erfahren, wo sie Klaas Dornieden heute antreffen würden. Da Klaas sich als Gärtner und Hausmeister um die Ferienimmobilien kümmerte, hatte Gunillas Assistentin seine Termine offenbar genau im Blick. Sie hatte Lilly erklärt, dass Klaas üblicherweise auch samstags arbeitete, sich heute aber frei genommen habe. Lilly verwunderte das kaum. Frede hatte Klaas und seine Kumpanin gestern Abend mit auf die Wache genommen. Letztendlich hatte sie es bei einer Ermahnung bewenden lassen, allerdings erst, nachdem die beiden einige Stunden in der Arrestzelle geschmort hatten.

Lilly und John hatten sich zu dem Zeitpunkt längst ausgeklinkt und waren zurück im Ferienhaus. Der Zwischenfall am Kirchturm hatte ihren gemeinsamen Abend endgültig zerstört – wobei die Stimmung natürlich schon vorher gekippt war. Johns Schweigen zu der Kinderfrage und Lillys Erkenntnis, dass ihre Vorstellungen, was Familienplanung und den weiteren Lebensweg anging, offenbar sehr weit auseinandergingen, nagte an ihr.

Sie hatten die wenigen Stunden, die ihnen vom Abend geblieben waren, zwar gemeinsam im Wohnzimmer am Kaminfeuer verbracht, und John hatte sich auch redlich bemüht, ihr seine Zuneigung zu demonstrieren, indem er ihr Tee kochte und ihn mit einem der leckeren Plunderteilchen servierte, die Tommy von der Wache mitgebracht hatte. Dennoch hatten die ungeklärten Fragen zwischen ihnen gestanden. Und so war es ein schweigsamer Restabend geworden, an dem sie sich beide in ihre Bücher verkrochen hatten, John in einen Krimi, Lilly in einen Liebesroman.

Sie fragte sich, wie es nun weitergehen würde und ob sie John vielleicht zu sehr unter Druck setzte. Sie wusste, dass er seine Freiheit liebte, vielleicht musste sie ihm also einfach mehr Zeit geben. Andererseits konnte man von einem Mann Mitte vierzig in solchen Dingen wohl auch etwas mehr Entschlossenheit erwarten – wenn er es denn tatsächlich ernst meinte. Schon bei der so profan abgesagten Wohnungsbesichtigung waren ihr diesbezüglich Zweifel gekommen. Und schließlich musste Lilly auch an sich selbst denken. Sie war zwar etliche Jahre jünger als John, doch ihre biologische Uhr tickte immer lauter.

Lilly kehrte aus ihren Gedanken wieder in das Hier und Jetzt zurück, als sie an dem Segelschiff der Umweltaktivisten vorbeikam, das unweit der Wache im Hafen festgemacht hatte. Aus dem Augenwinkel bemerkte sie, dass an Deck trotz der frühen Stunde bereits einiges los war.

Juri hatte das Auto erreicht und öffnete die Fahrertür. Lilly gab ihm ein Zeichen, dass er warten solle. Dann ging sie zu dem Schiff hinüber.

An Deck saß eine in eine Wolldecke gehüllte Frau, die Beine an die Brust gezogen, und trank aus einer dampfenden Tasse. Sie trug eine verwaschene regenbogenfarbene Beanie, unter der ihre schwarz-grauen Haare hervorragten. Im Näherkommen erkannte Lilly, dass es sich um Anne-Marie Schwarz handelte, die Frau, die sich gestern neben Klaas Dornieden am Glockenturm abgeseilt hatte und danach sehr kleinlaut gewesen war.

»Ich habe Ihren Kollegen bereits alles gesagt, was es zu sagen gibt«, sagte die Frau, als Lilly an die Reling des Schiffs trat. Offenbar hatte sie ihr Selbstbewusstsein wiedergefunden.

»Genau genommen sind das nicht meine direkten Kollegen«, erwiderte Lilly und zeigte ihren Dienstausweis vor. »Kripo Flensburg. Wir sind in anderer Sache hier auf der Insel.«

»Sie ermitteln im Mord an Klaas' Schwägerin?«

»Wer sagt denn, dass es ein Mord war?«

»Nachdem, was in der Zeitung zu lesen stand, ist das doch wohl ziemlich klar.« Schwarz nippte an ihrer Tasse.

»Sie kennen Klaas Dornieden gut?«

»Ich wüsste nicht, was Sie das angeht.«

»Nun ja … Ich nehme an, die Kollegen haben Sie gestern über Ihre Situation aufgeklärt?« Obwohl Frede die beiden mit einem Rüffel hatte davonkommen lassen, stand noch immer aus, ob die Kirche Anzeige erstatten würde.

Schwarz schmunzelte. »Da gab es nichts aufzuklären. Wir wissen, was wir tun, und solche Unannehmlichkeiten sind einkalkuliert.«

»Das ist gut«, sagte Lilly. »Allerdings weiß ich, dass die Kollegen einen gewissen Einfluss auf die Kirchenvertreter und ihre Entscheidung haben, ob sie Anzeige gegen Sie erstatten. Wenn die Kollegin Junicke den Herrn Pastor zum Beispiel davon überzeugt, dass eine solche Anzeige ein langwieriges Verfahren mit ungewissem Ausgang ist und es vielleicht besser wäre, sich in Vergebung zu üben … Ich denke, Sie verstehen mich. Helfen Sie mir, helfe ich Ihnen.«

Die Frau drehte die Tasse nachdenklich in den Händen. »Was wollen Sie denn wissen?«

»Fangen wir mit Ihrer Demo an. Was soll das Ganze?«

»Ist doch klar«, sie zuckte mit den Schultern, »wir wollen, dass das Land an der Godel wieder zum Naturschutzgebiet gehört.«

»Sie meinen damit das Land, auf dem Gunilla Dornieden einen Ferienpark errichten wollte?«

»Genau. Die Godel ist ein Marschenbach. Die Niederung ist Lebensraum für viele Tier- und Pflanzenarten. Einige davon sind vom Aussterben bedroht. Es besteht überhaupt kein Grund, in dem Gebiet Touristenbunker zu bauen.«

»Über welche Fläche reden wir da eigentlich? Frau Dornieden wird wohl kaum die gesamte Godelmündung gehört haben.«

»Nein. Das Land, um das es geht, ist Teil des Hofs, auf dem Klaas wohnt. Es befindet sich am Rand der Godelmarsch. Trotzdem hätte ein Ferienpark in der Größe, wie er geplant ist, erhebliche Auswirkungen auf die Tier- und Pflanzenwelt.«

»Verstehe. Der Gemeinderat ist da wohl anderer Meinung.«

»Ja. Überraschenderweise. Die haben das Land der Dorniedens erst vor zehn Jahren dem Naturschutzgebiet zugerechnet. Und nun revidieren sie die Entscheidung ganz plötzlich.«

»Wie erklären Sie sich das?«

»Tja …« Die Frau hob die Augenbrauen und lächelte. »Ist doch klar, wie so etwas läuft. Da haben ein paar Geldscheine den Besitzer gewechselt.«

»Sie vermuten das nur, oder haben Sie konkrete Hinweise darauf?«

»Ich weiß nur, dass Gunilla Dornieden fast ein Jahrzehnt lang vergeblich gegen diese Entscheidung angekämpft hat. Nun ging auf einmal alles ganz schnell.«

»Und Sie denken, die Verstorbene hat da ein wenig nachgeholfen.«

»Keine Ahnung. Toten soll man nichts Schlechtes nachreden. Es ist, wie es ist.«

Lilly schob die Hände in die Jackentaschen. »Was hat Klaas Dornieden mit alldem zu tun?«

»Klaas ist unser Mann hier vor Ort.« Anne-Marie Schwarz zog die Decke enger um die Schultern. »Er wohnte schon zu Lebzeiten seines Bruders auf dem Hof an der Godel. Er und Owe sind dort aufgewachsen. Als sein Bruder starb, ging das Land an Gunilla, und bald darauf wurden ihre Pläne für den Ferienpark bekannt.«

»Und da hat Klaas seine Liebe für die Natur entdeckt?«

»Nein, er hat sich schon früher für den Umweltschutz eingesetzt. Ich denke, wenn man noch alle fünf Sinne beieinanderhat, ist das nur logisch. Hier auf einer Insel erlebt man die Veränderungen doch hautnah – der Meeresspiegelanstieg, heftigere Stürme, Überfischung … Ich verstehe nicht, warum das für die meisten immer noch so schwer zu kapieren ist, dass wir Menschen den Ast absägen, auf dem wir sitzen.«

»Da haben Sie wohl recht.« Lilly konnte den Ärger der Frau nachvollziehen. Sie hätte vielen ihrer Mitmenschen in dieser Beziehung ebenfalls etwas mehr Hirn gewünscht.

»Allein unter diesem Gesichtspunkt war es nachvollziehbar, dass Klaas etwas gegen die Pläne seiner Schwägerin einzuwenden hatte. Aber es war sicherlich auch keine schöne Vorstellung, dass auf dem Land seiner Vorfahren, wo Owe und er als Kinder gespielt hatten, ein Ferienpark entstehen sollte. Er trieb den Protest gegen das Projekt voran. Letztlich hatten wir es seinem Engagement zu verdanken, dass das Land schließlich dem Naturschutzgebiet zugerechnet und das Parkprojekt damit beerdigt wurde.«

»Und nun ist es wieder da«, sagte Lilly. »Wie schätzen Sie die Chancen ein, dass das Projekt noch umgesetzt wird, jetzt, da Gunilla Dornieden nicht mehr unter den Lebenden weilt?«

»Schwer zu sagen.« Anne-Mare Schwarz legte den Kopf zur Seite. »Es gibt genügend geldgeile Säcke hier, die davon profitieren würden. Also durchaus möglich, dass sich jemand findet, der das Projekt aufgreift und fortführt, vorausgesetzt er kann sich mit den Erben von Gunilla einigen und hat genügend Einfluss in der Politik – denn eines ist klar, wir werden so schnell nicht klein beigeben. So gesehen ... Ich würde sagen, dass die Umsetzung mit dem Tod von Gunilla Dornieden zumindest um einiges ungewisser geworden ist.«

Kapitel 22

Der Nebel schien noch dichter geworden zu sein. Vom Meer her kroch er über die Hausdächer in die Gassen von Wyk und verteilte sich bis in die letzten Winkel. Die Straßenlaternen brannten noch, obwohl es inzwischen helllichter Tag sein sollte, und ihr Schein drang milchglasartig durch die weißgrauen Schwaden.

John und Frede, die ihre Uniform trug, waren auf dem Weg zum Haus von Bosse Wolf. Sie hatten den Streifenwagen am unteren Ende der Gasse auf der Parallelstraße abgestellt, sodass sie nicht weit zu laufen hatten.

Frede zündete sich eine Zigarette an und hielt John das Päckchen hin. Er lehnte ab. Das Rauchen hatte er sich vor langer Zeit abgewöhnt, und obwohl er es nie vermisst hatte, spürte er doch die Versuchung.

»Sie nennen das hier den Swarte Lock Gang«, erklärte Frede. »Das Haus des Dorfpolizisten befand sich in dieser Gasse und damit auch die Gefängniszelle, das schwarze Loch.«

»Dann hoffen wir für Bosse Wolf, dass er uns keinen Anlass gibt, ihn genau dort hinzubefördern.«

Sie gingen weiter. John war nicht nach Reden zumute.

Das morgendliche Gespräch mit Dr. Radke war eine willkommene Ablenkung gewesen. Doch nun kehrten seine Gedanken zum gestrigen Abend zurück. Er hatte es definitiv vermasselt, wobei er noch immer nicht wusste, welche Reaktion angemessen gewesen wäre. Es kam ihm vor, als würde Lilly den zweiten Schritt vor dem ersten machen. Nachdem er bislang alle Beziehungen in seinem Leben in den Sand gesetzt hatte, erschien ihm eine gemeinsame Wohnung schon als gewagtes Unterfangen. Doch Lillys Gedanken gingen offenbar bereits wesentlich weiter. John ahnte auch, wen sie als das große Vorbild für eine perfekt gelebte Vaterrolle vor Augen hatte: Juri. Lilly zollte ihm seit dem Unfall seiner Frau großen Respekt dafür, wie er sich als alleinerziehender Vater um seine Tochter kümmerte. Vermutlich erwartete sie von John zukünftig ähnliche Glanztaten. Konnte er diesem Anspruch gerecht werden? Und wollte er das überhaupt?

»Da sind wir«, meinte Frede. »Dann finden wir mal raus, warum unser Freund Herrn Backfisch es so eilig hatte, hierherzugehen.«

Das Haus, in dem Bosse Wolf mit seiner Mutter wohnte, gehörte zu den kleinsten in der Gasse. Das spitze Reetdach reichte bis weit hinunter, und man konnte die Halme berühren, wenn man sich danach streckte. Ein Kieselweg führte durch das Vorgärtchen zum Eingang, einer dunkelblauen Holztür mit einem Fenster in Rautenform.

Frede betätigte die Klingel, und aus dem Inneren des Hauses klang ein heller Glockenton. Sie warteten, und als sich nichts tat, klingelte Frede ein zweites Mal.

John hörte die Stimme einer Frau, die nach Bosse rief.

Als sich auch dann nichts regte, wollte John an die Tür hämmern, doch in dem Moment wurden die kleinen Vorhänge des Rautenfensters von innen beiseitegezogen, und in dem Rahmen erschien das Gesicht eines Mannes, hager und wie John erstaunt feststellte, ohne jegliche Behaarung. Der

Mann hatte nicht nur eine Glatze, ihm fehlten auch Wimpern und Augenbrauen.

»Bosse, wir würden gerne …«, begann Frede, verstummte aber augenblicklich, als deutlich wurde, was nun geschehen würde.

John sah, wie sich die Augen von Bosse Wolf weiteten. Er ließ die Vorhänge wieder zufallen, dann hörten sie, wie er mit eiligen Schritten im Haus verschwand.

»Verdammter Mist!«, fluchte Frede. »Er haut ab.«

»Kann er hinten raus?«

»Ich weiß es nicht …«

John wartete nicht ab. Er rannte zur Seite des Hauses. Dort gab es ein schmiedeeisernes Tor, von wo aus man in den rückwärtigen Garten blicken konnte. Bosse Wolf kam aus dem Haus gerannt, sprintete über die Wiese und kletterte über die hüfthohe Mauer des Nachbargartens. Dort setzte er seine Flucht fort.

»Er will zur Straße«, erkannte Frede. »Los.«

Sie rannten die Gasse hinunter zur Süderstraße, wo sie den Streifenwagen abgestellt hatten. Gerade noch rechtzeitig kamen sie um die Ecke, um zu sehen, wie Bosse in ein Auto sprang und den Motor anwarf.

»Einsteigen«, befahl Frede, und John riss die Beifahrertür des Streifenwagens auf. Kaum dass er sich in den Sitz hatte fallen lassen, gab Frede Gas, und sie folgten Bosses Wagen, einem Dacia Dokker, der mit hohem Tempo durch die Gassen von Wyk raste.

In seinen frühen Dienstjahren als Streifenpolizist hatte John so manche Autoverfolgung erlebt, und nicht selten hatte er dabei auf dem Beifahrersitz um sein Leben gefürchtet. Es gab Kollegen, die jagten wie der Teufel hinter einem Flüchtigen her, obwohl sie den eigenen Wagen kaum unter Kontrolle halten konnten. Bei Frede war das anders. Obwohl der Nebel dicht über dem flachen Land hing und die Sicht teilweise keine hundert Meter betrug, klebte sie an den Rücklichtern des Dacias, die vor ihnen blassrot durch den Dunst schienen. Bosse Wolf bog immer wieder von den Hauptverkehrsstraßen ab und schlug Haken über schmale, teils unbefestigte Feldwege. Dennoch hatte John das Gefühl, dass Frede die Situation unter Kontrolle hatte. Sie hielt das Lenkrad mit beiden Händen in der Zehn-vor-zwei-Position, den Blick immer auf die Straße gerichtet. Geriet der Wagen einmal ins Schlingern, korrigierte sie mit kleinen Bewegungen am Lenkrad und fing ihn wieder ein.

»Wo hast du so fahren gelernt?«, fragte John.

»Rallyecross«, antwortete Frede, ohne ihn dabei anzusehen. »Hab mich in der Jugend daran versucht. Als Frau hast du es im Motorsport aber ziemlich schwer.«

»Irgendeine Ahnung, wo er hinwill?« John deutete nach vorne auf den Dacia.

»Nein. Aber weit kann er nicht kommen. Entweder geht ihm das Benzin irgendwann aus, oder er landet im Wasser – schließlich sind wir auf einer Insel, wo soll er schon hin?«

Über Funk hatte Frede ihre Kollegen verständigt, die im Norden der Insel zu tun hatten. Sie hatten sich mit dem zweiten Streifenwagen umgehend in Bewegung gesetzt und würden ihnen bald zu Hilfe kommen.

Plötzlich tauchte vor ihnen aus dem Nebel ein langsameres Fahrzeug auf. Bislang hatten sie Glück gehabt, zu dieser Stunde und bei dem Wetter waren nur wenige Menschen unterwegs. Bosse Wolf hatte mit seiner waghalsigen Flucht niemanden gefährdet. Bis jetzt.

Der Wagen vor ihnen, ein grauer Smart, fuhr auf eine

T-Kreuzung zu. Frede hatte die ganze Zeit das Blaulicht eingeschaltet gehabt, nun ließ sie zusätzlich die Sirene aufheulen.

Der Fahrer des Smart bremste ab und wollte ordnungsgemäß an den rechten Fahrbahnrand fahren, doch dabei geriet er Bosse Wolf in den Weg.

John sah kurz die Bremsleuchten von Wolfs Dacia aufleuchten, dann jagte der Wagen in die Wiese neben der Straße. Der Dacia buckelte und sprang wie ein wildes Pferd, Dreck flog zu allen Seiten hoch. Doch Bosse hatte Glück. Er blieb nicht stecken und erreichte auf der anderen Seite die Hauptstraße, wo er wieder beschleunigte.

»Scheiße!«, rief Frede.

Sie schoss links an dem stehenden Smart vorbei, schlug das Lenkrad hart ein und riss den Handbremshebel hoch. Das Heck des Streifenwagens brach aus. John packte den Haltegriff über der Beifahrertür, als sie mit quietschenden Reifen auf die Hauptstraße schleuderten. Frede lenkte gegen, brachte den Wagen wieder unter Kontrolle und gab Vollgas. Kurz darauf klebten sie wieder an der Stoßstange des Dacias.

»Wir fahren jetzt gleich durch Borgsum«, sagte Frede. »Gib das an die Kollegen durch, und frag, wo sie stecken.«

John schnappte sich das Funkgerät. Die Streifenkollegen meldeten ihrerseits, dass sie von Utersum aus auf der Rundföhrstraße ebenfalls in Richtung Borgsum unterwegs waren.

»Ausgezeichnet«, meinte Frede. »Sie sollen Gas geben. Dann schneiden wir Bosse am Ortsausgang den Weg ab.«

In seinen Dienstjahren hatte John gelernt, dass für Verfolgungsjagden dasselbe galt wie für eine Ermittlung: Es genügte nicht, wenn man seinen Job gut machte, zum Erfolg brauchte es immer auch das nötige Quäntchen Glück.

Und das hatten sie.

Bosse Wolf hätte ihnen leicht einen Strich durch die Rechnung machen können, wäre er in eine der Nebenstraßen abgebogen. Doch das tat er nicht. Er folgte der Hauptstraße und fuhr schnurstracks durch Borgsum.

Hinter dem Ortsausgang flackerte nach wenigen hundert Metern aus der Gegenrichtung Blaulicht auf.

John sah, dass die Streifenkollegen eine Sperre gebildet hatten. Ihr Wagen stand quer über der Fahrbahn. Ein guter Einfall, der unter normalen Umständen den Flüchtenden gestoppt hätte. Doch leider machte Bosse ihnen hier einen Strich durch die Rechnung.

Der Vogelkundler hatte bereits bewiesen, dass er vor Ausflügen abseits der Piste nicht zurückschreckte. Kurz vor dem Streifenwagen scherte der Dacia aus und raste rechts in das Feld. Diesmal kam er nur mühsam voran, doch es genügte, um auf die schmale Seitenstraße zu gelangen, die hinter der Polizeisperre abzweigte.

»Das ist doch nicht zu fassen«, sagte Frede.

Sie drückte das Gaspedal durch und jagte den Wagen ebenfalls ins Feld. John wurde in alle Richtungen geworfen, als die Räder sich einen Weg durch die Erde gruben.

Schließlich erreichten auch sie ebenfalls die Seitenstraße. Im Rückspiegel konnte John sehen, dass die Streifenkollegen in ihren Wagen gestiegen waren und ihnen folgten.

Der Weg führte auf einen Hof zu.

Nun wurde der Dacia plötzlich langsamer. Als Frede aufgeschlossen hatte, konnte John durch die Heckscheibe des Wagens sehen, wie Bosse Wolf mit der Faust auf das Lenkrad hämmerte.

Frede warf John ein knappes Lächeln zu. Sie dachte wohl dasselbe wie er: Das Blatt wendete sich wieder zu ihren Gunsten. Bosse schien der Sprit auszugehen.

Der Dacia rumpelte auf den Hof zu, wo er schließlich in der Auffahrt stehenblieb. Die Fahrertür flog auf. Offenbar hatte Bosse nicht vor, sich zu stellen. Er sprang aus dem Wagen und nahm die Beine in die Hand.

John und Frede stiegen ebenfalls aus und eilten ihm nach. Bosse rannte auf ein dichtes Maisfeld zu. Zwischen den Halmen, die an die drei Meter hoch sein mussten, war eine Furt geschlagen. Er verschwand darin.

Am Eingang des Maisfelds stand auf einem Schild in großen Lettern geschrieben: *Föhrer Maislabyrinth*.

John und Frede blieben stehen. Hinter ihnen kamen die Streifenkollegen angelaufen. Der eine von ihnen, ein untersetzter Mann, den offenbar schon der Sprint vom Wagen hierher außer Puste gebracht hatte, stützte sich mit den Händen auf den Knien ab.

»Sollen wir das Feld umstellen, Chef?«, fragte der andere Streifenbeamte, ein langer, schlaksiger Kerl.

»Zu viert?« Frede sah den Mann ungläubig an. »Viel Spaß dabei.«

John blickte sich um. Einige Meter weiter gab es einen Hof mit Terrasse, die offenbar zur Bewirtung gedacht war. Daneben stand ein Aussichtsturm. »Verschaffen wir uns erstmal einen Überblick.«

Er ging zu dem Turm hinüber und stieg die Metallstufen hoch. Frede und der schlaksige Streifenpolizist folgten ihm. Der füllige Kollege wartete lieber gleich unten.

Oben angekommen, präsentierte sich ihnen das ganze Ausmaß des Desasters. So weit das Auge reichte, nur Mais. Das Labyrinth verzweigte sich über ein gutes Dutzend Pfade, die zusammen aus der Höhe betrachtet die Form eines lächelnden Piraten ergaben, der sein Schwert in die Höhe hielt.

»Was ist denn hier los?« Vom Hof kam eine Frau in Morgenmantel und Schlappen zu ihnen herüber. Als sie auf den Turm gestiegen war, erklärte Frede ihr kurz das Problem.

»Tja«, meinte die Frau. »Das ist nun mal Pech. Wären Sie besser einen Tag später gekommen. Dann wär kein Mais mehr da. Wir beginnen morgen mit der Ernte.« Sie deutete mit einem Nicken auf zwei Mähdrescher, die neben dem Hof standen.

Frede blickte John an. Es bedurfte keiner Worte. Er verstand sofort und grinste breit.

Es dauerte keine fünf Minuten.

Kaum dass die Gastwirtin sich im Morgenmantel in einen der Mähdrescher geschwungen, den Motor angelassen und das Mähwerk an die Getreidestängel angesetzt hatte, da erklangen aus dem Maislabyrinth die ersten Hilferufe.

John und Frede beobachteten das Spektakel vom Aussichtsturm aus. Bosse kam mit kreidebleichem Gesicht zwischen den Pflanzen hervor und ließ sich nun widerstandslos von den Streifenkollegen Handschellen anlegen.

»Warum denn nicht gleich so«, grummelte John.

Frede boxte ihn sanft in die Seite. »Weil du dann die Rallye deines Lebens verpasst hättest.«

Ohne ein weiteres Wort verließen sie den Turm.

Kapitel 23

»Warum bist du eigentlich gestern Abend wirklich nach Hause gefahren?« Lilly musterte Juri von der Seite.

Er steuerte den Wagen über die schmale Landstraße. Der Nebel lag noch immer tief über den Feldern. Hin und wieder tauchten links und rechts wie aus dem Nichts ein paar Häuser auf. Nur ab und an kam ihnen ein Auto in langsamer Fahrt entgegen.

»Hab ich doch gesagt«, antwortete Juri. »Meine Schwiegermutter hatte Theaterkarten. Sie konnte nicht auf Amélie aufpassen.«

»Das sagtest du, ja. Und John und Tommy haben dir das auch abgekauft. Ich nicht.«

Juri hob eine Augenbraue. »Ach nein? Warum denn nicht?«

Lilly machte ein gekränktes Gesicht. »Juri Rabanus. Dafür kenne ich dich schon viel zu lange.«

»Stimmt, wir kennen uns wirklich schon eine ganze Weile.« Juri schmunzelte.

»Also?«

»Es ist … kompliziert.«

»Ist es das nicht immer? Du kannst mich gerne auf die Probe stellen. Ich verfüge durchaus über die Gabe, komplexeren Gedankengängen folgen zu können.«

Juri schien einen Moment mit sich zu ringen. Lilly bemerkte, wie seine Hände das Lenkrad kneteten.

»Wir haben Streit«, meinte er schließlich. Er beendete den Satz mit einem Nicken, als sei damit alles gesagt.

»Du und deine Schwiegermutter?«

»Ja.«

»Das war jetzt nicht so schwierig. Magst du vielleicht versuchen, mir die sicherlich überaus komplexen Hintergründe zu erklären?«

»Sie hat Amélie Gute-Nacht-Geschichten vorgelesen. Und seitdem hat das Kind Albträume.«

Lilly schürzte die Lippen. »Was hat sie ihr denn vorgelesen? Dracula oder Frankenstein?«

»Harry Potter.«

Lilly prustete los. »Davon bekommt sie Albträume? Wie alt ist Amélie jetzt – acht?«

»Amélie war schon zart besaitet, was so etwas angeht. Du musst versuchen, die Geschichte mit Kinderaugen zu sehen, dann gibt es durchaus einige ziemlich gruselige Stellen. Das habe ich meiner Schwiegermutter auch gesagt. Aber sie hat nicht auf mich gehört.«

»Dann ... bist du gestern heimgefahren, um sie davon abzuhalten, deiner Tochter auch noch den zweiten Harry-Potter-Band vorzulesen?«

»Nein.«

»Nun komm schon, Juri.«

Juri schaute in den Rückspiegel und ließ einen anderen Wagen passieren, der es etwas eiliger hatte als sie. »Ich hatte dir doch erzählt, dass ich jemanden kennengelernt habe.«

Lilly spürte, wie sich wieder ein seltsames Gefühl in ihrem Magen breitmachte.

»Nun ...« Juri atmete tief ein. »Schwiegermama scheint

damit ein Problem zu haben. Sie sieht es nicht gern, wenn ich mich anderen Frauen zuwende. Ich vermute, sie denkt, dass ich damit das Andenken ihrer Tochter besudle.«

»So etwas soll vorkommen. Aber sie kann auch nicht erwarten, dass du den Rest deines Lebens im Zölibat verbringst. Dafür bist du noch ein bisschen jung.«

»Das habe ich ihr auch versucht klarzumachen. Na ja, jedenfalls herrscht deshalb zwischen uns gerade Funkstille. Ich hatte also tatsächlich niemanden, der gestern Abend auf Amélie aufpasste. Aber das habe ich geregelt.«

»Hat deine neue Freundin den Job übernommen?«

»Nein. Das ältere Ehepaar unter uns. Sie sind für Amélie wie zweite Großeltern. Zumindest über das Wochenende wird das gut klappen. Montag muss ich dann weitersehen. Ich hoffe, bis dahin sind wir hier mit dem Gröbsten durch.«

»Wenn wir nicht gerade gemeinsam an einem Fall arbeiten, kannst du mich gerne jederzeit fragen. Ich bin eine gute Babysitterin.«

»Ich weiß, und das ist nett von dir. Vielleicht komme ich darauf zurück.«

»Aber …« Lilly biss sich auf die Unterlippe, sie wusste nicht genau, wie sie das jetzt sagen sollte. »Deine neue Freundin. Warum macht sie das nicht?«

»Es ist …«

»… kompliziert?«

Juri wandte für einen Moment den Blick von der Straße, und nun erkannte Lilly in seinen Augen wieder den alten Juri, der vom Leben enttäuscht worden war und in dem so viel Wehmut und Traurigkeit schlummerten.

»Nein, eigentlich ist es ganz einfach. Amélie kommt nicht mit ihr klar, und sie kommt ihrerseits nicht mit Amélie klar – oder besser gesagt: Sie kommt mit Kindern im Allgemeinen nicht klar. Unsere Beziehung ... wie soll ich sagen ... sie ist mehr so ...«

»... fürs Körperliche?«, ergänze Lilly schmunzelnd.

Juri räusperte sich. »Ehm, könnte man so sagen. Deshalb ... nun ja, ich habe das meiner Schwiegermutter natürlich nicht auf die Nase gebunden, aber ... es wird nichts von Dauer sein.«

Lilly blickte schnell zum Seitenfenster hinaus. Sie spürte eine plötzliche Welle der Erleichterung, und sie wollte nicht, dass Juri ihr das anmerkte.

Aber er wechselte ohnehin lieber schnell das Thema. »Was denkst du über Klaas Dornieden?«

Juri hatte das Gespräch mit der Umweltschützerin vorhin aus der Ferne mitgehört.

»Wenn ich das richtig sehe, ist er beim Erbe seines Bruders mehr oder weniger leer ausgegangen«, rekapitulierte sie. »Bis auf einen vergleichsweise geringen Betrag erbte Gunilla das gesamte Vermögen.«

»Richtig, so hat es mir der Notar erzählt.«

»Dieses Erbe umfasste den Hof an der Godel und das zugehörige Land. Darauf wollten Gunilla und Owe einen neuen Ferienpark errichten. Nach dem Tod ihres Mannes setzte Gunilla alles daran, das Projekt zu verwirklichen. Da entdeckte Klaas Dornieden plötzlich seine Liebe zur Natur. Er sorgte dafür, dass das Land unter Naturschutz gestellt wurde.«

»Und damit war Gunillas Projekt gestorben.«

»Aber jetzt ...«, Lilly schnipste mit dem Finger, »... war es Gunilla doch noch gelungen, das Vorhaben durchzudrücken und eine Genehmigung zu bekommen.«

»Ja, und wenige Tage später liegt sie tot in ihrem Keller, und das Projekt steht wieder auf wackeligen Füßen.«

Lilly nickte. »So ist es.«

»Ich schätzte, Klaas Dornieden hat uns einiges zu erklären.«

Ein Schotterweg führte zwischen den Feldern hindurch zu dem Hof in der Nähe der Godelmündung. Der Nebel begann sich allmählich zu lichten, sodass hinter dem Gebäude das weite Marschland zum Vorschein kam. Bei dem Anwesen schien es sich um einen typischen alten Bauernhof zu handeln, der mit den Jahren anderen Verwendungszwecken zugeführt worden war. Stehengeblieben waren das Haupthaus, eine anderthalbstöckige Reetkate, und ein Teil der Stallungen. Juri lenkte den Wagen über eine enge Brücke, die über einen Bach führte, an dessen Uferwiese Ziegen weideten. Ein Labrador und ein schwar-zweiß gescheckter Cockerspaniel kamen ihnen als Empfangskomitee entgegengelaufen und schwänzelten um den Wagen herum, sobald Juri angehalten hatte.

Lilly öffnete die Beifahrertür und stieg aus. Die Hunde wirkten nicht, als wären sie auf Krawall aus. Dennoch entschied sie, auf Nummer sicher zu gehen. Als Wegzehrung hatte sie ein paar der Plunderteilchen von der Wache mitgenommen. Sie holte sie aus ihrer Jackentasche, wickelte sie aus dem Küchenpapier und hielt jedem der Hunde ein Stück hin. Die Leckerli waren schnell verputzt. Der Labrador machte artig Platz und sah Lilly mit flehendem Blick an. Der Cockerspaniel hingegen sprang ungeduldig an ihrem Bein hoch. Lilly kraulte ihn hinter dem Ohr. »Bist du ein ganz Lieber. Mehr gibt es aber nicht.«

Hinter ihr ertönte ein Pfiff, und eine Männerstimme rief: »Marx, Engels! Schluss damit, kommt her!«

Sofort trotteten die Hunde davon. Klaas Dornieden kam

aus Richtung des Stalls zu ihnen herüber. In einer Hand schleppte er einen Eimer.

Er hatte das graue Haar wieder zu einem Pferdeschwanz gebunden und trug eine grüne Latzhose mit kariertem Hemd darunter.

»Sie kenne ich von gestern Abend«, sagte er zu Lilly. Dann deutete er mit einem Nicken auf Juri. »Ihn nicht.«

Juri stellte sich vor und zeigte ihm seinen Dienstausweis.

»Kripo?« Dornieden stutzte. »Mir war nicht bewusst, dass freie Meinungsäußerung und Demonstration nun schon als Kapitalverbrechen gelten.«

»Sie wissen, dass die Aktion gestern Abend nicht in Ordnung war.« Lilly wollte ihm gleich den Wind aus den Segeln nehmen. »Aber wir sind wegen etwas ganz anderem hier. Wir möchten mit Ihnen über Ihre verstorbene Schwägerin reden.«

»Gunilla.« Dornieden hob die Augenbrauen und machte ein genervtes Gesicht. »Natürlich.«

Er wandte sich ab und ging in Richtung des Stalls davon. »Kommen Sie mit. Ich wollte gerade die Tiere füttern.«

Lilly und Juri folgten ihm.

Sie gingen durch den Stall, in dem sich ein Taubenschlag verbarg, hinter dem sich eine große Weidefläche öffnete. Dort offenbarte sich ihnen ein kleines Tierparadies. Dornieden hatte ein weitläufiges Gehege für Kaninchen und Meerschweinchen angelegt, mit diversen Bauten und Unterschlupfen für die Tiere. Die Wiese daneben war in mehrere Hälften unterteilt. Auf der einen grasten Kühe, die beiden anderen gehörten Schafen und Pferden. Die stillen Herrscher des Hofs waren allerdings die allgegenwärtigen Katzen.

Lilly entging nicht, dass einige der Tiere bereits alt waren, andere hatten Behinderungen. »Sie betreiben hier eine Art Gnadenhof?«

Klaas Dornieden schüttete den Inhalt des Eimers in den Futtertrog hinter dem Weidezaun. Sofort kamen die Schafe blökend heran und machten sich über das Festmahl her.

»Ja, könnte man so sagen. Wobei ich Tiere aller Art hier aufnehme, nicht nur gebrechliche. Sie sollen es gut bei mir haben.« Er blickte über die Schulter zum Haupthaus zurück. »Ich dachte, zumindest einer von uns sollte aus unserem Erbe etwas Vernünftiges machen.«

»Ihr Bruder Owe und Sie sind hier aufgewachsen, richtig?«

»Mein Gott, Sie sind ja besser informiert als die Stasi.« Dornieden schüttelte den Kopf. »Aber, ja. Wir haben unsere Kindheit auf dem Hof verbracht. Owe war es hier irgendwann nicht mehr vornehm genug. Geld und Reichtum haben ihn gelockt. Unsere Vorfahren haben uns auf der Insel eine Menge Land hinterlassen. Bevor die Touristen alles plattgetreten haben, hat sich niemand vorstellen können, dass das mal viel wert sein würde. Owe wollte damit den großen Reibach machen.«

Lilly stützte sich mit den Händen auf den hölzernen Weidezaun und blickte in die Ferne. »Hier wollten Ihr Bruder und Gunilla den Ferienpark errichten?«

»Glauben Sie mal nicht, dass es mir Spaß macht, abends vom Kirchturm zu baumeln, wenn ich auch mit einem Buch vor dem Kamin sitzen könnte. Aber ich werde alles dafür tun, dass dieses Land nicht bebaut wird.«

Dornieden stellte den Eimer ab. Dann wies er auf das Marschland links von der Tierweide. »Dort drüben, das ist alles Naturschutzgebiet. Die Godelmündung. Der Bach entspringt aus den Süßwasserprielen in den Marschen südöstlich von Witsum. Die Godel ist der einzige Marschenbach in Deutschland, der ungedeicht in die Nordsee fließt. Und zwar in beide Richtungen. Bei Flut drückt das Salzwasser landeinwärts. Die Vermischung macht die Lagungensalzwiesen hier zu einem einzigartigen Biotop. Das ist Lebensraum für Tiere und Pflanzen, von denen nicht wenige vom Aussterben bedroht sind. Und dann …« Er wandte sich zur anderen Seite und umriss mit dem Zeigefinger das Land, das sich zwischen dem Hof und den Marschen erstreckte. »Dann stellen Sie sich mal vor, dass auf der ganzen Fläche dort ein Ferienpark mit knapp hundert Wohneinheiten errichtet wird.«

Lilly verstand absolut, was der Mann meinte, doch sie entschied sich, den Advocatus Diaboli zu spielen. »Aus wirtschaftlicher Sicht sicherlich ein einträgliches Projekt, das der Insel insgesamt förderlich wäre. Überlegen Sie, wie viel Geld die zusätzlichen Touristen in die Kassen spülen.«

Klaas Dornieden musterte sie argwöhnisch von der Seite. »Meinen Sie das ernst? Gehören Sie etwa zu den behämmerten Typen, die immer noch nicht kapiert haben, dass wir mit unserer Gier die Natur zerstören, die Grundlage für unser Leben … für einfach alles?«

Lilly setzte ein Lächeln auf. »Nein. Ich denke, ich bin auf Ihrer Seite. Aber was ist mit Ihrem Bruder und Ihrer Schwägerin? Die gehörten Ihrer Ansicht nach wohl zu den *Behämmerten.*«

»Leider, ja. Wobei Gunilla meinen Bruder in Sachen Geldgeilheit sogar noch übertraf.« Dornieden wog seine nächsten Worte ab. »Owe lag immer noch etwas an dem Hof und dem Land. Ich glaube nicht, dass er ohne Gunilla auf die Idee gekommen wäre, hier alles zu verbauen.«

»Sie meinen, das war gar nicht seine Idee?«

»Gunilla hat ihm so manche Flause in den Kopf gesetzt …« Dornieden richtete den Blick in die Ferne, dorthin, wo Wyk lag. »Ich weiß nicht, was Ihnen die Leute im Dorf erzählen. Aber Gunilla war kein guter Mensch. Das kann ich Ihnen versichern …«

Lilly hob eine Hand. »Bevor Sie weiterreden, sollten Sie sich Ihrer Situation bewusst sein. Sie haben sich wenige Tage nach dem gewaltsamen Tod Ihrer Schwägerin an einer Protestaktion gegen eines ihrer Bauprojekte beteiligt. Sie zeigen wenig Anzeichen von Trauer, und man könnte sagen, dass Sie in gewisser Hinsicht von Gunillas Tod profitieren. Es wäre also möglich, dass Sie sich mit dem, was Sie mir jetzt sagen wollen, selbst belasten …«

Dornieden trat einen Schritt auf Lilly zu. »Ganz ehrlich? Ich habe das alte Miststück von Herzen gehasst.« Er stellte den Futtereimer ab und lehnte sich mit den Ellbogen neben Lilly an den Weidezaun. »Als mein Bruder seine Frau durch einen Autounfall verlor, ließ Gunilla nicht mal eine minimale Anstandszeit verstreichen. Sie machte sich sofort an ihn ran. Und wenn Sie mich fragen, hatte sie dabei immer nur eines im Sinn: Owes Vermögen. Und das hat sie dann auch bekommen … aber das wissen Sie ja vermutlich schon.«

»Wir kennen die Erbsituation nach dem Tod Ihres Bruders, ja. Was hatte Owe denn ursprünglich mit dem Hof und dem Land hier vor?«

»Er wollte, dass das alles mir gehört.« Dornieden hob den Futtereimer auf und ging zu den Pferden hinüber. »Der Hof gehörte ihm allein. Als unsere Eltern starben, habe ich mir meine Hälfte des Erbes von ihm auszahlen lassen. Ich bin von dem Geld fünf Jahre lang um die Welt gereist. Das hat meine Ansichten sehr verändert … Owe hätte das vielleicht auch gutgetan.«

»Ihr Bruder wollte Ihnen also den Hof und das zugehörige Land vererben?«, vergewisserte sich Lilly.

Dornieden lockte die Pferde heran und hielt ihnen Mohrrüben hin. »Ja. Aber dann kam Gunilla mit dem Ferienpark und überredete Owe, mich kalt abzuservieren. Gier schlug Familie. Immerhin war Owe so nett, mir ein lebenslanges Wohnrecht auf dem Hof einzuräumen …«

»Was wird jetzt nach Gunillas Tod mit dem Hof geschehen?«

Er hob die Schultern. »Soweit ich weiß, erbt Nieke alles. Sie gehört zum Glück zu den Guten. Es hat ein wenig gedauert, bis sie sich von der Fuchtel ihrer Mutter freigemacht hat. Ich verstehe mich gut mit ihr, und ich mache mir keine Sorgen, dass sie das Land an irgendwelche Investoren verscherbelt.«

»Dann gehen Sie davon aus, dass mit Ihrer Schwägerin auch das Parkprojekt gestorben ist«, sagte Juri.

Dornieden grinste und wedelte mit einer Mohrrübe. »Nein, nein, nein. Ich habe die alte Kuh nicht abgemurkst. Das wäre zu viel der Ehre gewesen. Außerdem kann ich es mir nicht erlauben, für so etwas in den Bau zu wandern … was soll dann aus meinen Tieren werden?«

»Dennoch ist das Bauvorhaben nun um einiges unwahrscheinlicher geworden …«

»Wissen Sie, die Leute haben dazugelernt. Die meisten verstehen inzwischen, dass wir so nicht weitermachen können. Gunillas kleiner Sieg im Gemeinderat wird nun von kurzer Dauer gewesen sein. Im Gegensatz zu früher ist es heute kein Problem mehr, die Leute gegen ein solches Vorhaben zu mobilisieren. Vor allem nach dem, was drüben in Sylt geschehen ist.«

Lilly wusste, wovon er sprach. Auf der Nachbarinsel war vor einiger Zeit ein ganzer Strandabschnitt von Sotheby's meistbietend versteigert worden.

»Wenn wir mit dem Protest erstmal richtig losgelegt haben, bin ich ziemlich zuversichtlich, dass die Entscheidung bald revidiert wird. Allerdings …« Dornieden zog die Stirn kraus. »Mir ist es immer noch ein Rätsel, wie Gunilla das geschafft hat. Ich glaub kaum, dass das mit rechten Dingen zugegangen ist.«

»Was meinen Sie damit?«

»Es gibt nur einen, der hier auf der Insel die Macht und die nötigen Verbindungen hat, so etwas in einer Nacht-und-Nebel-Aktion durchzudrücken: Bürgermeister Martens.«

»Sie glauben, Gunilla hat ihn um den Finger gewickelt?«

»Erscheint mir logisch. Außerdem kursieren Gerüchte … der Herr Bürgermeister war zuletzt auffallend oft bei Gunilla zu Gast.«

»Woher wissen Sie das?«

»Ich kümmere mich um den Garten von Haus Poppenspeler. Und da bekommt man so manches mit. Ich habe erst neulich Abend gesehen, wie Gunilla und der Bürgermeister gemeinsam ins Haus gingen. Und ich will gar nicht wissen, was sie dort so ganz alleine angestellt haben.«

»Wann war das?«, fragte Lilly.

»Vergangenen Freitag. Ich war gerade mit der Arbeit fertig und stellte die Gerätschaften in den Schuppen. Die beiden fuhren mit dem Wagen vom Bürgermeister vor. Gunilla stieg aus und ging ins Haus. Martens folgte ihr. Und er kam so schnell auch nicht wieder raus.«

Kapitel 24

»Moment mal.«

John unterbrach Lilly in ihrem Bericht. Er schluckte den letzten Bissen der Fischfrikadelle runter, die er sich zum Mittagessen besorgt hatte. »Klaas Dornieden hat also am fraglichen Freitagabend im Garten von Haus Poppenspeler hinter den Büschen gelauert?«

»Er wollte wohl gerade nach Hause, als er den Wagen von Martens vorfahren sah«, erwiderte sie etwas gereizt. »Gunilla und der Bürgermeister stiegen aus und gingen gemeinsam ins Haus.«

»Wann war das?«

»Dornieden meinte, das müsste gegen neunzehn Uhr dreißig gewesen sein.«

John lehnte sich im Stuhl zurück, dessen gefederte Lehne mit einem Quietschen nachgab. Dann ließ er den Blick nachdenklich zum Fenster hinausschweifen.

Lilly und er saßen an Fredes Schreibtisch in der Polizeiwache. Sie waren im Moment die Einzigen hier, abgesehen von Bosse Wolf, der in der Arrestzelle schmorte, und Knudt Backfisch, den John zur Befragung einbestellt hatte. Als Lilly kam, hatte er das Gespräch mit dem Inselreporter unterbrochen und ihn vorübergehend in der Teeküche geparkt.

John schnappte sich den Bleistift, der auf dem Schreibtisch lag, und jonglierte ihn zwischen den Fingern hin und her. »Wir gehen nach wie vor davon aus, dass Gunilla von ihrem Mörder irgendwann in der Zeit zwischen Freitagabend und Samstagmorgen in den Keller gesperrt wurde, richtig?«

Lilly hob die Schultern. »Nach allem, was wir wissen, und da Gunilla nach der Ratssitzung von niemandem mehr gesehen wurde ... ja.«

»Also gut. Klaas verlässt den Garten um neunzehn dreißig, vorher hat er dort ein paar Stunden gearbeitet. Dann müsste er doch Sönke begegnet sein, der sich für den Umzug angeblich im Haus zu schaffen machte?«

»Das habe ich Klaas gefragt. Tatsächlich hatte er Sönke kurz getroffen. Wann er aber das Haus verließ, konnte Klaas mir nicht sagen. Er hat wohl hinten im Garten den Rasen gemäht und bei dem Krach nicht viel mitbekommen.«

»Was ist mit Klaas?«, fragte John. »Wie hat er reagiert, als er Gunilla mit dem Bürgermeister sah?«

»Angeblich ging er nach Hause, duschte und machte sich dann auf den Weg zu einer Skatrunde bei einem Freund.«

»Habt ihr das schon überprüft?«

»Juri kümmert sich gerade darum.«

»Gut, warten wir das ab.« John setzte sich auf und griff nach dem Umschlag, der auf dem Tisch vor ihm lag. Er öffnete ihn und zog die Fotos heraus, die Gunilla und den Bürgermeister zeigten. John hatte Kopien angefertigt, die Originale befanden sich bereits bei den Beweismitteln. Er hob einen Finger. »Erstens. Klaas Dornieden bestätigt, was wir schon von den Fotos wissen: Die beiden hatten ein Verhältnis.«

»Er meinte, dass Martens in jüngster Zeit auffällig oft im Haus Poppenspeler verkehrte ...« Lilly machte eine kurze Pause und schmunzelte ob des Wortspiels.

»Was schließt du daraus?«

»Wir können nur mutmaßen. Jedenfalls würde es erklären, wie es Gunilla gelang, das Parkprojekt durchzuboxen. Sie hatte Martens um den Finger gewickelt.«

»Das sehe ich auch so.«

»Was ist mit zweitens?«

John setzte einen fragenden Blick auf. »Was soll damit sein?«

»Du sagtest: erstens. Was ist also mit zweitens?«

»Ach so. Ganz einfach. Es ist die Bestätigung, dass Bürgermeister Martens uns angelogen hat. Fragt sich nur, warum.«

»Vielleicht, weil er nicht will, dass seine Affäre mit Gunilla ans Licht kommt?«

»Wäre eine Erklärung.«

»Wollen wir uns Martens nochmal vornehmen?«

John schüttelte den Kopf. »Erst wenn wir mit den beiden hier fertig sind.« Er deutete mit dem Daumen nach hinten, wo die Arrestzelle und die Teeküche lagen.

»Was ist denn heute Morgen eigentlich passiert?«

Lilly hörte zu, wie John von der ebenso abenteuerlichen wie absonderlichen Flucht von Bosse Wolf erzählte und wie alles im Maislabyrinth geendet hatte.

»Aber warum ist Bosse denn überhaupt vor euch geflohen?«, fragte sie.

John hob die Hände in die Luft, als wolle er sich ergeben. »Das ist völlig unklar.«

»Er muss doch irgendwas gesagt haben.«

»Das Einzige, was Bosse bislang von sich gegeben hat, ist, dass sich dringend jemand um seine pflegebedürftige Mutter kümmern muss. Außerdem will er mit seinem Anwalt sprechen.«

Lilly sah zu der Uhr neben dem Eingang der Wache. »Und wo steckt sein Anwalt? Ist ja inzwischen fast drei Stunden her, dass ihr Bosse festgenommen habt.«

»Offenbar hat der gute Mann einen Ortstermin in Kleindunsum. Die Kuhherde eines Bauern hat bei einem Mandanten den Garten samt Gartenzwergkolonie umgepflügt …« John rollte mit den Augen. »Er kommt, wenn er dort fertig ist.«

»Was ist mit Backfisch?«

»Der schweigt ebenfalls wie ein Grab – wenn er mir nicht gerade seine Rechte vorbetet.«

Lilly trommelte mit den Fingern auf dem Schreibtisch und überlegte. »Ergibt alles nicht viel Sinn. Es sei denn, Bosse Wolf hat tatsächlich die Fotos von Gunilla und dem Bürgermeister gemacht.«

»Wofür wir noch keinen Beweis haben.«

»Wir durchsuchen das Haus?«

»Ja. Tyra hat uns bereits einen Durchsuchungsbeschluss besorgt. Tommy ist jetzt dort. Er sagt, er habe diverse Computer gefunden. Zwei Leute von der Kriminaltechnik sind deshalb schon eingeflogen. Und Frede regelt das mit Bosses Mutter.«

»Sollte sich rausstellen, dass die Fotos tatsächlich von Bosse stammen, glaubst du, er könnte Gunilla und den Bürgermeister damit erpresst haben?«

»Das würde zumindest erklären, warum er auf unser Erscheinen so panisch reagiert hat …«

Johns Handy, das er mit dem Display nach unten auf den Schreibtisch gelegt hatte, bewegte sich vibrierend zur Seite. John nahm es hoch.

»Hallo Vater«, hörte Lilly ihn sagen. »Aha … das ist schön, freut mich für euch. Was? Aber ja, natürlich.«

John legte das Handy wieder auf den Tisch zwischen sich und Lilly und schaltete den Lautsprecher ein. »Ben möchte, dass du mithörst.«

»Hallo? Kannst du mich jetzt auch hören, Lilly?«

»Laut und deutlich«, gab sie zurück. »Alles gut bei euch?«

»Ach, gut ist untertrieben. Fantastisch! Vivienne und ich sitzen gerade auf einer kleinen Piazza mitten in Bologna und trinken einen Espresso. Tolle Stadt. Müsst ihr euch auch unbedingt mal ansehen.«

»Wunderbar, Vater«, sagte John, und Lilly merkte seiner Stimme die Ungeduld an. »Was kann ich denn für dich tun?«

»Bitte? Was wir getan haben? Oh, unsere erste Station haben wir in Lugano gemacht. Von dort sind wir weiter nach …« Die Verbindung wurde schlechter, und aus dem Lautsprecher erklang lediglich ein metallisches Knarzen. »… und von dort sind wir dann hier nach Bologna. Morgen geht es schnurstracks ans Meer. Wenn wir dort eine nette Ecke finden, nehmen wir vielleicht ein Ferienhäuschen und bleiben noch etwas länger. Das Wetter ist herrlich um diese Zeit. Ihr könntet uns ja besuchen kommen.«

John lachte kurz auf. »Nette Idee, Vater. Leider müssen wir arbeiten.«

»Und wenn wir damit fertig sind«, warf Lilly ein, »müssen wir immer noch eine Wohnung finden.«

»Gutes Stichwort«, sagte Ben. »Deshalb rufe ich eigentlich an. Wir haben nämlich überlegt …«

Wieder brach die Leitung ab.

»Vater?«, fragte John. »Bist du noch da?«

»…ört ihr mich wieder?«

»Ja.«

»Also. Ich habe mich mit Vivienne über eure Situation unterhalten. Sie hat mir erklärt, wie schwierig das heutzutage ist, eine Wohnung zu finden. Ich bin da ja nicht mehr so im Geschehen … jedenfalls … kam mir eine Idee.«

Es entstand eine Pause.

»Und die wäre?«, fragte Lilly.

»Vivienne und ich halten es wirklich gut miteinander aus«, sagte Ben. »Wie fändet ihr beiden es denn, wenn ich bei ihr einziehe. Lilly, dann könntest du einfach zu John in unsere Altbauwohnung ziehen, und das Problem wäre gelöst. Ich meine …«, ein kauziges Lachen erklang am anderen Ende, »… ich hab die Hoffnung auf Enkelkinder ja noch nicht ganz aufgegeben.«

Lilly wusste nicht, was sie sagen sollte. Der Vorschlag kam völlig unerwartet. Ben wohnte seit Jahr und Tag in der Altbauwohnung; dass er ausziehen könnte, hatte bislang nie zur Debatte gestanden.

Sein Angebot war überaus großzügig, und es würde tatsächlich das Himmelfahrtskommando Wohnungssuche mit einem Schlag beenden. Die Altbauwohnung war mit vier Zimmern groß genug für John und sie und – wenn es sich denn so ergeben sollte – auch für ein Kind. Andererseits … Lilly musste wieder an neulich Abend denken und an die offenen Fragen, die zwischen John und ihr standen. Ben wusste nichts davon. Lilly fühlte sich peinlich berührt, denn vermutlich würde er ihnen diesen Vorschlag nicht machen, hätte er nur die leiseste Ahnung, dass es in ihrer Beziehung kriselte.

John schien ebenso verunsichert wie sie. Er blickte zunächst das Telefon, dann Lilly völlig verdattert an.

»Hallo?«, kam es vom anderen Ende der Leitung.

John brachte keinen Ton heraus.

Lilly wollte die Gefühle des alten Manns nicht verletzen, deshalb stammelte sie: »Ja, das ist eine tolle Idee … Ich … wir denken darüber nach.«

Sie sah, wie Johns Finger über den Schreibtisch zum Handy wanderten und für einen Moment darüber schwebten.

»Ja … wirklich super, Vater«, sagte er. »Wir denken darüber nach und melden uns.«

Dann beendete er das Gespräch, indem er schnell mit dem Zeigefinger auf den roten Hörerbutton tippte.

Kapitel 25

»Nein, es ist nichts Schlimmes passiert. Trautchen geht es gut, wir kümmern uns um sie«, sagte Frede zu dem Mann. »Und alles andere werdet ihr noch früh genug erfahren.«

John kam gerade mit Lilly beim Haus von Bosse Wolf an, als er Frede am Zaun der Reetkate stehen sah. Wie nicht anders zu erwarten, war die Hausdurchsuchung nicht unbemerkt geblieben. Nachbarn und neugierige Schaulustige reckten die Hälse, um zu ergründen, was es mit dem Treiben auf sich hatte. Frede unterhielt sich mit einem älteren Herrn, den John im ersten Moment nur als den Inbegriff eines Faktotums bezeichnen konnte. Er trug eine Marineuniform und eine weiße Kapitänsmütze. Sein linkes Auge war mit einer Augenklappe bedeckt. Der Mann hatte ein Transportfahrrad bei sich, auf dessen vorderem Gepäckträger eine goldene Handglocke stand. Offenbar interessierte er sich ebenfalls für die Vorgänge im Hause Wolf.

»Hat es etwas mit Gunilla zu tun?«, fragte er.

Frede schüttelte den Kopf. »Kann ich dir wirklich nicht sagen.«

Der Mann stieß ein Brummen aus, überlegte und beschloss dann wohl, dass weiteres Nachbohren keinen Sinn hatte. Er fasste sich an die Kapitänsmütze und zog von dannen.

»Das ist Ole Driesch, unser Klingelmann«, sagte Frede zu

John und Lilly. »In ein paar Minuten wird der ganze Ort wissen, dass wir hier die Bude auf den Kopf stellen.«

»Und was macht ein … Klingelmann, wenn ich fragen darf?« John blickte dem Mann hinterher, der inzwischen die nächste Straßenecke erreicht hatte und dort stehenblieb. Er schwang die Klingel und rief: »Eine Bekanntmachung! Für alle, die frischen Fisch mögen – morgen findet wieder der sonntägliche Fischmarkt am Hafen statt …«

Sofort fanden sich einige Passanten, die stehenblieben und ihm zuhörten.

»Wenn ich das richtig sehe, ist der Herr für Klatsch und Tratsch zuständig«, meinte Lilly.

»Kann man so sagen«, bestätigte Frede. »Die Klingelleute haben hier auf Föhr eine lange Tradition. Ich glaube, das geht bis ins neunzehnte Jahrhundert zurück. Damals gab's noch kein Radio, Fernsehen oder Internet. Sie hatten die Aufgabe, die neuesten Nachrichten zu verkünden. Ole Driesch kennt hier im Ort so ziemlich jeden. Wenn man also wissen will, was los ist …« Frede lächelte vielsagend. Dann bedeutete sie John und Lilly mit einem Nicken, ihr in das Haus zu folgen.

»Habt ihr etwas gefunden?«, fragte John.

»Ja, tatsächlich. Allerdings solltet ihr euch das lieber selbst ansehen.« Frede öffnete die Haustür. »Was ist mit Bosse?«

»Ich hab nichts aus ihm rausbekommen. Dein Kollege passt jetzt auf ihn auf«, sagte John. »Backfisch schweigt sich ebenfalls aus. Ich musste ihn gehen lassen.«

Sie betraten den Hausflur, der so schmal war, dass sie hintereinandergehen mussten, um am Mantelbrett vorbeizukommen, an dem jeweils zwei Damen- und Herrenjacken hingen. Linker Hand ging es in die Küche. John spähte flüchtig in den kleinen Raum. Anders als in modernen Einbauküchen standen Herd, Kühlschrank und Spülbecken hier separat nebeneinander. Die Hängeschränke über den Geräten waren ein buntes Sammelsurium unterschiedlicher Stile, vom Bauernhausschrank bis zur schlichten Pressspananrichte, die vermutlich aus einem schwedischen Einrichtungshaus stammte.

Schräg gegenüber der Küche lag ein Schlafzimmer, das gerade von einem Streifenkollegen durchsucht wurde. John grüßte den Mann mit einem knappen Nicken. Den Kleidungsstücken nach zu urteilen, die auf dem Bett verteilt lagen, schlief hier Bosse Wolf.

Gleich neben seinem Zimmer folgte das Bad. Die Tür stand offen, und John konnte sehen, dass es lediglich aus einer Toilette, einem Waschbecken und einer behindertengerechten Dusche bestand. Gegenüber führte eine steile Wendeltreppe ins Obergeschoss.

Sie gingen zunächst weiter geradeaus und kamen ins Wohnzimmer, den größten Raum des Hauses, von dem eine Terrassentür nach hinten in den Garten führte. An den Wänden hingen Dutzende Fotos von Vögeln – im Sturzflug auf Beutejagd, im Nest die Brut fütternd, im majestätischen Gleitflug. Außer einer Sofalandschaft, einem Esstisch und dem beinahe schon obligatorischen riesigen Flachbildfernseher befand sich auf der Fensterseite des Zimmers ein Krankenbett. Es gehörte offensichtlich der Mutter von Bosse Wolf. Als die Beamten den Raum betraten, saß die alte Dame jedoch in einem Ohrensessel in der Nähe der Terrassentür. Eine Helferin, vermutlich vom örtlichen Pflegedienst, die Frede einbestellt hatte, legte ihr gerade eine Decke über die Beine.

»Trautchen Wolf«, sagte Frede zu John. »Es wäre vielleicht ganz gut, wenn du ein paar Worte mit ihr wechselst, sie ist verständlicherweise … ziemlich durch den Wind. Der Pflegedienst meinte eben, dass sie vermutlich nicht alleine klarkommen wird.«

John ging zu der alten Dame hinüber, kniete sich vor den Ohrensessel und stellte sich vor.

»Bin ich froh, dass Sie endlich da sind, Herr Kommissar. Können Sie mir erklären, was das hier alles zu bedeuten hat?«

»Es tut mir sehr leid, dass wir Sie derart überfallen mussten, Frau Wolf. Ich hoffe, wir können das alles schnell klären und Sie dann wieder in Ruhe lassen. Sollten Sie irgendetwas brauchen, lassen Sie uns das bitte jederzeit wissen.«

»Was ist denn mit meinem Jungen? Frede meinte, er wäre auf der Wache. Haben Sie ihn verhaftet?«

»Es geht ihm gut«, erklärte John. »Er ... muss uns einige Fragen beantworten. Dann sehen wir weiter.«

John blickte zu Frede auf. Sie stand seitlich hinter dem Ohrensessel, sodass Frau Wolf sie nicht sehen konnte. Als sich ihre Augen trafen, schüttelte sie unmerklich den Kopf, was wohl bedeutete, dass Bosse Wolf so rasch nicht zu seiner Mutter zurückkehren würde. Was auch immer sie hier im Haus entdeckt hatten, es schien substanzieller zu sein.

»Aber, was ...« Die alte Dame schluckte und schien für einen Moment mit den Tränen zu ringen. »Was soll denn aus mir werden? Bosse kümmert sich doch um mich. Und wenn er nicht mehr da ist ... Herr Kommissar ...« Sie griff nach Johns Hand. »Versprechen Sie mir, dass ich nicht in ein Heim muss.«

Johns Magen zog sich zusammen. Ab wann durfte man einen Menschen nicht mehr belügen?

»Machen Sie sich mal keine Sorgen, Frau Wolf, wir sorgen dafür, dass es Ihnen gut geht«, rettete Frede die Situation. »Kommst du, John? Tommy wartet auf uns.«

John stand auf und folgte Frede. Sie ging zu einer Tür, die aus dem Wohnzimmer in einen rückseitig gelegenen Raum führte, der etwa halb so groß war wie der Salon. Anhand des

Mauerwerks konnte John erkennen, dass der Raum nachträglich angebaut worden sein musste. Hatte das Interieur des Hauses bislang einen eher überholten Eindruck gemacht, erwartete sie hier eine Art hochmoderner Datenzentrale.

Mehrere Monitore standen auf zwei Schreibtischen verteilt, daneben lagerten in einem Wandregal mehrere Computer.

Tommy stand neben einem der Schreibtische. Ein Kollege der digitalen Forensik machte sich gerade an dem Computer zu schaffen.

»Da seid ihr ja endlich.«

»Tommy, was habt ihr gefunden?«

»Bosse Wolf hat sich nicht lumpen lassen. Schnellstes Internet. Hochleistungsrechner und Server … Wir beißen noch auf Granit bei den Passwörtern. Aber das wird schon. Allerdings habe ich eine Vermutung, was wir auf den Festplatten und Servern finden werden. Kommt mit …«

Ohne ein Wort der Erklärung ging Tommy an ihnen vorbei aus dem Zimmer.

John, Frede und Lilly folgten ihm zur Wendeltreppe, die ins obere Geschoss führte. Sie stiegen die Stufen hinauf und mussten sich bücken, so niedrig waren die Wände dort. Der Dachstuhl war zwar ausgebaut, fachmännisch isoliert und ausgekleidet worden, dennoch konnte man hier nicht aufrecht stehen. An der Decke waren Leuchtstoffröhren verbaut, die den Raum in helles Licht tauchten.

An der Stirnseite stand ein Schreibtisch mit einem Computer, daneben drei große Drucker, ein Regal mit einer Fotoausrüstung, zu der diverse Kameras und Teleobjektive gehörten. In der Mitte des Raums waren mehrere Tische aneinandergestellt. Darauf lagen Zeitschriftenstapel.

Tommy trug Handschuhe. Er ging zu dem Schreibtisch und zog einen Mülleimer darunter hervor, der randvoll mit Papier gefüllt war.

»Ich habe das noch nicht eingetütet, weil ich wollte, dass ihr es seht.« Er griff in den Eimer und holte ein zerknülltes Blatt hervor, das er John reichte. John entfaltete das Papier und sah ein unscharfes Bild von Gunilla und Bürgermeister Martens. Eine Analyse der Fotoausrüstung und der Computer würde letzte Gewissheit bringen. Doch es sah ganz danach aus, als hätte Bosse Wolf tatsächlich die kompromittierenden Fotos geschossen.

Allerdings war das in Anbetracht der Zeitschriften, die auf dem Tisch lagen, schon fast nebensächlich. Tommy klopfte mit einem Finger auf die Hochglanzmagazine. »Und dann ist da natürlich das …«

John und Lilly machten einen Schritt auf den Tisch zu. Was Tommy ihnen hier zeigen wollte, bedurfte keiner weiteren Erklärung.

Bosse Wolf nutzte diesen Raum und die technische Ausstattung ganz offenbar dazu, Magazine zu drucken. Man sah den Erzeugnissen die laienhafte Herstellung an. Dennoch ließ sich offenbar gutes Geld damit verdienen. Auf dem hinteren Tisch waren die Hefte bereits in Versandtaschen eingetütet, frankiert und adressiert worden. Den Empfängern blühte nun ebenfalls großer Ärger.

Die Titelseiten der Magazine sprachen für sich, sodass es über den Inhalt kein Vertun gab.

Dennoch schlug John eines der Hefte auf, und auch Lilly hob eine Zeitschrift hoch und blätterte darin. Wenige Sekunden später verließ sie den Raum fluchtartig, und John hörte, wie sie die Treppe hinuntereilte, nach draußen an die frische Luft.

Er konnte ihre Reaktion nachempfinden. Ihm ging es nicht anders, als er die Heftseiten zwischen seinen Daumen wandern ließ. Sie zeigten nackte Mädchen und Jungen in eindeutigen Posen. Kinder.

Kapitel 26

Knudt Backfisch hatte einen hochroten Kopf. »Was soll das? Warum muss ich schon wieder herkommen? Ich kenne meine Rechte. Sie dürfen mich nicht nach Belieben …«

John brachte ihn mit erhobener Hand zum Schweigen. Er saß Backfisch am Schreibtisch in der Polizeiwache gegenüber.

»Immer mit der Ruhe. Ich weiß, dass Sie viel zu tun haben. Aber es gibt aktuell eine, eine … durchaus brisante Entwicklung, die es leider unumgänglich macht, dass wir uns noch einmal unterhalten. Wie wäre es für den Anfang mit einem Kaffee?«

Er hatte seine Worte mit Bedacht gewählt und merkte, dass sie die gewünschte Wirkung nicht verfehlten. Das Stichwort *brisant* hatte Backfischs berufliche Neugier geweckt. Seine Miene entspannte sich. Er rückte sein abgetragenes Jackett zurecht. »Nun, zumindest wollen Sie mich diesmal nicht in der Teeküche einsperren. Ja, Kaffee ist gut.«

John warf Frede einen bittenden Blick zu. Sie nickte kurz und verschwand, um die Getränke zu organisieren.

Lilly zog sich einen Stuhl heran und setzte sich neben John. Um möglichst ungestört zu sein, hatten sie dafür gesorgt, dass außer ihnen beiden und Frede nur noch einer der Streifenbeamten in der Wache anwesend war. Nur Bosse Wolfs Anwalt war inzwischen ebenfalls eingetroffen und besprach sich mit seinem Klienten in der Arrestzelle.

»Fangen wir nochmal ganz vorne an«, sagte John. »Was haben Sie und Bosse Wolf miteinander zu schaffen?«

Backfisch kratzte sich an der Schläfe und hob die Augenbrauen. »Ich fürchte, das ist nicht so einfach zu erklären ... Sehen Sie, Föhr ist eine kleine Insel. Wyk ist ein kleines Dorf. Man lebt hier dicht an dicht. Und ... tja, da lässt es sich nicht vermeiden, dass man sich öfter über den Weg läuft. Man lernt sich kennen und ... stellen Sie sich vor: Man unterhält sich miteinander.« Er setzte ein breites Grinsen auf.

John seufzte. In der gegenwärtigen Situation war er nicht zu Späßen aufgelegt. »Äußerst amüsant. Aber sparen Sie sich das für die Witzeseite Ihrer Zeitung. Warum sind Sie nach unserem Treffen schnurstracks zu Bosse Wolf marschiert?«

»Weil wir einen Deal haben? Sie erinnern sich?«

John stützte die Arme auf den Schreibtisch und lehnte sich vor. »Ob wir einen Deal haben, hängt sehr vom weiteren Verlauf unseres Gesprächs ab. Also?«

»Wir hatten vereinbart, dass ich Ihnen Informationen beschaffe. Und genau das habe ich getan.«

»Was hat Bosse Wolf Ihnen denn erzählt?«

»Gar nichts. Aber er ist jemand, der im Ort gut vernetzt ist. Ich wollte, dass er sich umhört. Doch ... nun ja, daraus ist ja nun wegen Ihnen nichts geworden.«

Frede kam mit dem Kaffee zurück. Sie stellte eine Tasse vor Backfisch ab. Dabei warf sie John einen flüchtigen Blick zu, den er zu interpretieren wusste: Sie meinte, Backfisch log.

Frede hatte John inzwischen genug über Bosse Wolf erzählt. Sie wusste zwar nicht viel über ihn – so, wie allgemein niemand im Ort viel über ihn wusste –, doch das Wenige, was ihr bekannt war, genügte. Kaum jemand kannte Bosse persönlich. Er suchte keine Kneipen auf. Er lebte zurückgezogen, pflegte seine kranke Mutter. Er beobachtete Vögel, und man sah ihn oft mit seiner Kamera in den Marschen. Und das war es auch schon. Auf keinen Fall handelte es sich bei dem Mann um jemanden, der im Ort gut vernetzt war und Backfisch brisante Informationen hätte beschaffen können.

John beobachtete, wie Backfisch die Tasse hochhob, in den heißen Kaffee pustete und einen Schluck trank. »Sie gingen also hin, um ihn um einen Gefallen zu bitten?«

»Genau so war es.« Backfisch stellte die Tasse ab. »Ich konnte ja nicht ahnen, dass Sie mich beschatten und dem armen Kerl am nächsten Tag die Bude einrennen.«

»Für uns stellt sich die Sache etwas anders dar.«

»Ach, ist das so?«

»Wir gehen davon aus, dass Bosse Wolf die Fotos von Gunilla Dornieden und dem Bürgermeister geschossen hat. Und ich vermute, dass Sie deshalb zu ihm gegangen sind.«

»Bosse soll diese Bilder gemacht haben?« Backfisch gab sich alle Mühe, erstaunt zu klingen.

John warf Lilly einen Blick zu, als Zeichen, dass es Zeit für ihren Einsatz war.

Sie stand auf, ging zum benachbarten Schreibtisch. Dort lagen ein Paar Plastikhandschuhe und ein verschlossener Beweismittelbeutel. Sie streifte die Handschuhe über, griff in den Beutel und zog den misslungenen Druck des Fotos heraus, den sie dann vor Backfisch auf den Tisch legte.

»Das hier haben wir bei Bosse Wolf gefunden.«

Backfisch betrachtete das Foto und schürzte die Lippen. »Das ... also, das ist ein ziemlich mieser Ausdruck. Viel zu grobkörnig. Außerdem ziehen die Farben Schlieren.«

»Ja«, sagte John, »deshalb ist er wohl auch im Papierkorb Ihres Freundes gelandet, wo wir ihn entdeckt haben.«

»Aha. Nun ... das muss ja nicht direkt bedeuten, dass er das Foto auch gemacht hat. Dafür gibt es diverse Erklärungen.«

»Natürlich.« John lächelte. »Er könnte es zum Beispiel aus dem Internet heruntergeladen haben, dort wimmelt es ja nur so von Fotos von Gunilla und Martens.«

John lehnte sich zurück und schlug die Beine übereinander. »Mein lieber Herr Backfisch, ich werde Ihnen jetzt erzählen, wie das alles gegenwärtig für uns aussieht. Sie können dann entscheiden, wie Sie sich dazu verhalten wollen.«

Backfisch erwiderte nichts, was wohl bedeutete, dass John jetzt seine ungeteilte Aufmerksamkeit genoss.

»Sie wussten von dem Gerücht, dass Gunilla und der Bürgermeister ein Verhältnis hatten. Das haben Sie mir selbst gesagt«, erklärte er. »So etwas bringt exponierte Personen wie die beiden immer in eine knifflige Lage. Noch komplizierter wird es, sollten harte Beweise auftauchen, die sogar öffentlich werden ... zum Beispiel in einer Zeitung, egal, wie unbedeutend sie sein mag. Es ist daher eine Binsenweisheit, dass sich schnelles und gutes Geld verdienen lässt, wenn man über solche Beweise verfügt und sie einzusetzen weiß. Als Medienexperte wissen Sie, wovon ich rede.« John deutete mit einem Nicken auf Frede. »Meine Kollegin hat mir versichert, dass es hier auf der Insel ziemlich schwierig bis unmöglich ist, an einen Privatdetektiv zu kommen, der über Erfahrung und geeignete Observationstechnik verfügt. Auch ist es mit handelsüblichem Gerät immer noch diffizil, aus größerer Entfernung hochauflösende Fotos zu machen, besonders von bewegten Objekten. Für jemanden, der die Fotografie zu seinem Hobby gemacht hat, ist das etwas anderes – sagen wir zum Beispiel für jemanden, der ein Faible dafür hat, Vögel zu fotografieren. Jemanden, der die geeignete Ausrüstung hat und geübt darin ist, kleinste Bewegungen aus großer Distanz einzufangen.« John machte eine Pause und trank einen Schluck Kaffee. »Sie kannten die Gerüchte, Herr Backfisch. Wir glauben, dass Sie Ihren Freund Bosse Wolf damit beauftragt haben, Gunilla und den Bürgermeister zu fotografieren. Mit dem Foto haben Sie dann beide oder zumindest einen von ihnen erpresst.«

Backfisch schwieg. Dann meinte er langsam: »Nur damit ich das richtig verstehe … Das alles schließen Sie daraus, weil Bosse eine Kamera und ein Teleobjektiv sein Eigen nennt?«

Nun riss John doch der Geduldsfaden. Er stand auf, stützte sich mit beiden Händen auf den Tisch und sah Backfisch zornig an. »Nicht nur das. Ich schließe es außerdem daraus, weil Sie ihn nach unserem Gespräch umgehend aufgesucht haben, um ihn zu warnen. Bei unserem Erscheinen ergriff ihn daraufhin die Panik, und er suchte das Weite. Außerdem gehe ich davon aus, dass wir auf seiner Festplatte die Dateien der fraglichen Fotoreihe finden werden.«

Backfisch machte einen amüsierten Gesichtsausdruck. Anders als John gehofft hatte, ließ er sich so schnell nicht beeindrucken. »Mit anderen Worten: Sie haben noch keinerlei Beweise für Ihre Vorwürfe. Mein lieber Herr Kommissar … den meisten Leuten bekommt die Seeluft ja recht gut. Bei Ihnen bin ich mir nicht so sicher. Könnte es sein, dass Sie kurz vor einem Inselkoller stehen?«

Ihr Gespräch wurde von Tommy unterbrochen, der zur Tür hereinkam. Er wirkte außer Atem. Mit einer Hand winkte er John zu sich heran.

Er ging zu ihm, und sie stellten sich etwas abseits, sodass Backfisch nicht hören konnte, was sie besprachen.

»Was gibt es, Tommy?«

»Wir haben die Rechner geknackt. Das ist … schlimmer,

als wir dachten. Auf den Festplatten und Servern müssen abertausende Bilddaten und Videos sein. Alles Kinderpornos. Der Kerl hat damit definitiv auch im Netz gehandelt. Wir haben eine Liste mit Käufern gefunden.«

»Das ist gut.« Es sah ganz danach aus, als hätten sie genug Futter für eine Sonderkommission, die den Fall aufrollte und das Netzwerk zu Fall brachte. John war allerdings froh, dass keiner von ihnen sich dieser Sache würde annehmen müssen. Er hatte im Laufe der Jahre mit Kollegen gesprochen, die an Ermittlungen dieser Art beteiligt gewesen waren. Die Abgründe, die sich ihnen auftaten, raubten vielen noch Jahre später den Schlaf.

»Was ist mit den Fotos von Gunilla Dornieden?«

»Auch da sind wir fündig geworden«, sagte Tommy. »Bosse Wolf hat die Bilder definitiv gemacht.«

»In Ordnung. Gute Arbeit. Dann könntest du jetzt mit mir …«

»Entschuldige, aber es gibt da noch eine andere Sache, um die ich mich dringend kümmern muss.«

»Was denn?«

»Erzähle ich euch gleich. Ich muss los.«

Tommy verschwand zur Tür hinaus.

John wandte sich um und ging zum Schreibtisch zurück.

»Könnte ich denn …«, meldete sich Backfisch, doch John ließ ihn nicht zu Wort kommen.

»Sie haben Pause. Trinken Sie noch einen Kaffee. Ich muss erst mit Ihrem Freund Bosse sprechen. Er wird keinen Inselkoller haben, aber sehr bald einen Zellenkoller.«

»Danke, dass Sie gewartet haben«, sagte Lilly zum Anwalt von Bosse Wolf, der sich als Hartmut Langbeen vorstellte. Der Mann saß auf der Pritsche neben seinem Mandanten.

Lilly baute mit wenigen Handgriffen den Klappstuhl auf, den sie mitgebracht hatte, und setzte sich. Dann aktivierte sie das Aufnahmegerät, das sie in der Hand hielt.

John hatte vorgeschlagen, dass sie das Gespräch mit Bosse und dem Anwalt führen sollte – wegen des Peinlichkeitsfaktors, wie er sich ausgedrückt hatte.

Als Langbeen vorhin auf der Wache aufgetaucht war, hatte er noch vor Selbstbewusstsein geschäumt, was sich allerdings schnell erledigte, als sie ihn darüber ins Benehmen setzten, was sie bei seinem Mandanten entdeckt hatten. Als Beweis hatten sie ihm einige von Bosses Magazinen gezeigt. Die Reaktion des Anwalts, die Art, wie ihm ungewollt alle Gesichtszüge entgleisten, hatte Bände gesprochen. Und vermutlich ließ sich sein Ekel noch steigern, wenn er mit einer Frau über das Thema reden musste.

»Sie haben sich mit Ihrem Mandanten besprochen?«, fragte Lilly. John war bei der Zellentür stehengeblieben und lehnte im Rahmen.

»Ja.« Der Anwalt hatte ein schmales Gesicht, aus dem die Wangenknochen spitz hervortraten. Ein wenig erinnerte er Lilly an einen Geier. »Mein Mandant wüsste zunächst gerne, wie es seiner Frau Mutter geht. Er macht sich große Sorgen um sie.«

Lilly blickte Bosse Wolf an. »Für Ihre Mutter ist gesorgt. Man wird sich um sie kümmern.«

Bosse nickte Langbeen zu. Scheinbar hatte er entschieden, ihm das Reden zu überlassen.

»Meinem Mandanten wäre es sehr lieb, wenn seine Mutter nicht in einem Heim untergebracht würde, sondern ein Pflegedienst zu ihr nach Hause käme.«

Lilly hob die Schultern und machte ein gleichgültiges Gesicht. »Das steht nicht in unserer Macht. Wenn Ihrem Mandanten so viel an seiner Mutter liegt, hätte er den rechten Weg besser nicht verlassen sollen.«

»Also gut.« Der Anwalt blickte auf den Notizblock hinab, den er auf dem Schoß hielt. Lilly konnte sehen, dass dort abgesehen von ein paar Stichworten nicht viel stand. Die Geste war wohl mehr Ausdruck seiner Einsicht, dass es wenig Sinn hatte, den Punkt weiter zu vertiefen.

»Was diese Sache angeht. Mein Mandant ...«

»Welche *Sache* meinen Sie?«, fragte Lilly, obwohl sie natürlich genau wusste, worauf sich der Anwalt bezog.

»Nun ...« Langbeen räusperte sich. »Diese ... pornografischen Erzeugnisse.«

»Etwas lauter bitte.« Lilly deutete auf das Aufnahmegerät. »Und benennen Sie ruhig präzise, worum es sich handelt.«

»Was diese ... Kinderpornos betrifft ...« Er schaffte es nicht, Lilly in die Augen zu sehen. »Mein Mandant ist in dieser Sache zur uneingeschränkten Kooperation bereit.«

»Und das bedeutet?«

»Er unterstützt die weiteren Ermittlungen, wird sein Netzwerk aufdecken und die Namen aller Beteiligten preisgeben.«

Lilly sah kurz zu John und dann wieder zu dem Anwalt. »Ich bin mir nicht sicher, ob das überhaupt nötig ist. Wir haben im Haus Ihres Mandanten sehr umfassende Adresslisten und Kontaktdaten gefunden.«

»Es geht nicht nur um seine Kunden. Wenn ich es recht verstehe, waren neben meinem Mandanten noch weitere Menschen an der ... organisatorischen und herstellerischen Seite der Unternehmung beteiligt. Er ist bereit, diesen operativen Kreis offenzulegen.«

»Ich bin nicht befugt, in dieser Hinsicht einen Handel abzuschließen«, erklärte Lilly. »Das ist Sache der Staatsanwaltschaft und der Ermittler, die sich dieses Falls annehmen werden. Ich kann den entsprechenden Stellen gegenüber aber kundtun, dass Ihr Mandant sich kooperativ gezeigt hat – vor allem, wenn sich seine Gesprächsbereitschaft auch auf unseren Fall auswirkt.«

Der Anwalt nickte, beugte sich zu Bosse und flüsterte ihm hinter vorgehaltener Hand etwas ins Ohr.

Lilly wusste, dass die Chancen des Mannes auf einen Deal tatsächlich ziemlich schlecht standen. Sie hatten genügend belastendes Material gefunden, auf dessen Grundlage es versierten Ermittlern ohne Weiteres gelingen würde, die anderen Hintermänner aufzuspüren. Bosse Wolf würde schon mit zusätzlichen Informationen rüberkommen müssen. Und selbst dann. Tyra Kortum hatte ihr und John gegenüber vorhin am Telefon klargemacht, dass die Staatsanwaltschaft in diesem Fall mit voller Härte vorgehen würde. Auf Bosse Wolf wartete eine sehr lange Gefängnisstrafe.

»Gut.« Langbeen richtete sich wieder auf. »Mein Mandant ist bereit, eine Aussage zu machen.«

»Dann fangen wir doch damit an, warum Sie heute Morgen vor meinen Kollegen geflohen sind?«

Lilly hatte sich an Bosse Wolf gewandt, doch wieder antwortete der Anwalt für ihn. »Mein Mandant handelte in Panik.«

»Wegen der Kinderpornos, nehme ich an? Er hatte Angst, dass er auffliegt?«

»Auch.«

Lilly hob eine Augenbraue. »Was soll das bedeuten?«

»Natürlich fürchtete er, dass die Polizei sein Haus betreten würde. Es hatte allerdings auch mit dem Fall Gunilla Dornieden zu tun.«

»Dann gibt Ihr Mandant zu, dass er die Fotos von Frau Dornieden und dem Bürgermeister gemacht hat?«

»Ja«, sagte der Anwalt. »Er hat die Bilder geschossen. Er wurde zu dieser Tat angestiftet.«

»Von wem?«

»Knudt Backfisch.« Der Anwalt blickte kurz zu Bosse, und dieser bestätigte die Angabe mit einem Nicken. »Herr Backfisch hatte von einem entsprechenden Gerücht gehört. Er stiftete meinen Mandanten dazu an, Frau Dornieden und dem Bürgermeister aufzulauern und sie in flagranti abzulichten. Die Fotos wollte Herr Backfisch dann dazu verwenden, die beiden zu erpressen.«

»Nach einem Gespräch mit meinem Kollegen suchte Herr Backfisch Ihren Mandanten auf. Ich nehme an, er wollte ihn warnen. Er wusste also, weshalb meine Kollegen am nächsten Morgen vor seiner Tür standen.«

»Nicht ganz«, wandte der Anwalt ein und gab seinem Mandanten ein Zeichen. Nun sprach Bosse Wolf zum ersten Mal. Seine Stimme klang heiser.

»Knudt kam zu mir, um mir die Pistole auf die Brust zu setzen. Er meinte, dass die Polizei uns auf der Spur sei. Er verlangte Geld dafür, dass er mich nicht verpfeift.«

»Ernsthaft? Ich soll Bosse erpresst haben? Da lachen ja die Hühner!« Backfisch schlug sich auf die Schenkel. John entging allerdings nicht, dass der Mann sich alle Mühe geben musste, die Fassung zu wahren.

»Ich finde die Angelegenheit nicht zum Lachen.« John streifte sich Handschuhe über und nahm einen der Beweismittelbeutel vom benachbarten Schreibtisch. Darin befand sich eines der Pornohefte. John holte es heraus und legte es aufgeschlagen vor Backfisch auf den Tisch.

»Was soll das nun wieder?« Der Reporter sah John verwirrt an.

»Die haben wir bei Ihrem Freund Bosse im Haus gefunden.«

Backfisch deutete angewidert mit dem Finger auf das Heft. »Das ... ist von Bosse? Ich wusste nicht, dass er auf so etwas ...«

»Er hat die Hefte gedruckt und mit ihnen gehandelt. Auch mit Fotos und Videos, die er über das Internet verkaufte. Wir wissen nicht, ob er auch an der Erstellung des Materials beteiligt war.«

Backfisch ließ die Schultern sinken und sackte auf dem Stuhl in sich zusammen.

»Bosse ist bereit, über seine Helfer auszupacken«, sagte John. »Ich kann für Sie nur hoffen, dass Sie mit dieser Sache nichts zu tun haben.«

»Um Himmels willen! Davon wusste ich nichts.«

»Dann würde ich vorschlagen, Sie fangen an, uns die Wahrheit zu erzählen. Wollten Sie Gunilla Dornieden und den Bürgermeister erpressen?«

Backfisch überlegte einen Moment. »Es ist möglich, dass ich gegenüber Bosse einmal mit dem Gedanken gespielt habe, ja. Vielleicht klang das etwas zu überzeugend für ihn, sodass er dachte, ich wollte das wirklich durchziehen. Aber das habe ich nicht. Ich habe weder Gunilla noch den Bürgermeister erpresst, das müssen Sie mir glauben.«

»Wir werden sehen«, sagte John. »Aber Sie haben Bosse an dem Abend nach unserem Treffen unter Druck gesetzt?«

»Ich weiß nicht, ob er das nicht auch ein wenig überinterpretiert. Ich gebe zu, nachdem Sie mir die Fotos gezeigt haben, war mir klar, dass ihm eventuell Ärger droht. Ich bin zu ihm hin, um ihn zu warnen. Er sollte sich vorsehen, habe ich gesagt. Und ... ich habe gesagt, dass er mir dafür einen Gefallen schuldet.«

»Und Sie erwarten, dass ich Ihnen das abkaufe?«, meinte John.

»Verzeihung«, ergriff nun Lilly das Wort. »Aber eines verstehe ich nicht. Ihnen muss doch klar gewesen sein, dass Bosse Sie ans Messer liefern würde, wenn er auffliegt. Es hätte also für Sie doch gar keinen Sinn gemacht, ihm zu drohen.«

»Wie gesagt, das war ja auch nicht meine Absicht …« Backfisch hob die Hände hoch. »Hören Sie zu. Ich habe mit diesen Fotos nichts zu tun. Ich habe Bosse lediglich abends dabei erwischt, wie er vor Haus Poppenspeler mit seiner Kamera auf der Lauer lag. Er ist in solchen Sachen nicht sonderlich geschickt, müssen Sie wissen …«

»Moment mal«, meinte John. »Soll das heißen, Sie haben Bosse gar nicht dazu angestiftet, die Fotos zu machen?«

»Nein, natürlich nicht. Das war jemand anderes.«

Nun umspielte wieder ein selbstsicheres Lächeln Backfischs Gesicht.

»Und wollen Sie uns verraten, wer das war?«

»Das kommt darauf an. Haben wir noch einen Deal?«

»Möglicherweise. Wer wollte, dass Bosse Wolf die Fotos machte?«

Backfisch beugte sich vor und sah John und Lilly abwechselnd an. »Gunilla. Sie selbst wollte, dass Bosse die Fotos machte. Er hat es mir erzählt. Sie nannte ihm Ort und Uhrzeit.«

Kapitel 27

Am späten Nachmittag stand die Sonne tief am Himmel und glitzerte auf den Wellen im Hafenbecken.

Lilly hatte ein Fenster geöffnet, um frische Luft in die Wache zu lassen. Die Arme auf das Fenstersims gelehnt, beobachtete sie, wie sich die Fischer auf den Krabbenkuttern für ihre nächtliche Ausfahrt bereit machten. In der Ferne war am Horizont die Festlandfähre zu erkennen, die Kurs auf Wyk genommen hatte und bald mit neuen Besuchern hier eintreffen würde.

Sie hatten die Aussage von Knudt Backfisch protokolliert und von ihm abzeichnen lassen. Danach hatte es keinen Grund gegeben, ihn länger festzuhalten. Solange sie nicht Gegenteiliges beweisen konnten, mussten sie davon ausgehen, dass Backfisch nichts mit dem Pornohandel von Bosse Wolf zu tun hatte. Dessen Angaben, was den gemeinsamen Erpressungsversuch betraf, zu dem Backfisch ihn angeblich angestiftet hatte, erschienen nun in neuem Licht. Bosse war offenbar nicht die hellste Kerze auf der Torte, der Eindruck verstärkte sich bei Lilly, je länger sie mit dem Mann zu tun hatte. Gut möglich, dass er manche Aussage von Backfisch fehlinterpretiert hatte und der Inselreporter tatsächlich nicht die Absicht gehabt hatte, ihn zu einer Straftat zu überreden.

Lilly sah Juri am Hafen entlang auf die Wache zukommen. Er winkte von Weitem, und sie schenkte ihm ein Lächeln.

»Da bist du ja wieder. Den spannenden Teil hast du leider verpasst.«

»Ich höre mir gerne ein kurzes Was-bisher-geschah an. Bei mir war es nicht ganz so interessant, fürchte ich.«

Juri betrat die Wache, und Lilly wandte sich vom Fenster ab. John und Frede saßen bei Kaffee und Plundergebäck am Schreibtisch. Beide hatten ausgedruckte Fassungen der Aussagen vor sich, die sie noch einmal durchgingen.

Der Anwalt von Bosse Wolf hatte mit ihnen alle Formalitäten erledigt. Danach hatte John mit Tyra Kortum und Kriminalrat Gödecke gesprochen und ihnen berichtet. Eine neu zusammengestellte Soko würde sich um den Pornohandel kümmern und auch dafür sorgen, dass Bosse Wolf nach Flensburg überstellt wurde. Die Kollegen waren bereits auf dem Weg und würden mit der nächsten Fähre hier eintreffen.

John und Frede sahen auf, als Juri hereinkam. Er zog seine Jacke aus und hängte sie an die Garderobe.

»Und, warst du erfolgreich?«, fragte John.

»Mehr oder weniger.«

John bot ihm einen Platz am Schreibtisch an. Auch Lilly setzte sich zu ihnen.

»Ich habe das Alibi von Klaas Dornieden überprüft«, berichtete Juri. »Wir können ihn wohl von unserer Liste der Verdächtigen streichen. Er war tatsächlich bei seiner Skatrunde.«

»Wie viele Leute waren denn dort?«

»Vier. Getroffen haben sie sich bei einem Freund von Klaas. Ich habe auch die Uhrzeiten gecheckt. Die Runde ging bis spät in die Nacht, und sie sind wohl ziemlich versackt. Die Freunde haben bestätigt, dass Klaas irgendwann gegen zwei Uhr morgens nach Hause gehen wollte. Er muss ziemlich stramm gewesen sein und konnte sich kaum auf den Beinen, geschweige denn auf dem Fahrrad halten, mit dem er gekommen war. Er hat dann bei seinem Kumpel auf der Couch übernachtet. Und ich schätze, damit ist er wohl raus.«

Einen Moment herrschte Schweigen. Jeder ging in Gedanken Juris Schilderung durch und überlegte, ob er mit seiner Schlussfolgerung recht hatte. Klaas Dornieden hatte durchaus ein Motiv gehabt, dachte Lilly. Allerdings konnte sie sich kaum vorstellen, dass er sich in dem beschriebenen Zustand mitten in der Nacht vom Sofa seines Freundes zu Haus Poppenspeler geschlichen, seine Schwägerin überwältigt und sie im Keller eingesperrt hatte.

Nachdem niemand Einwände hatte, blickte John in die Runde. »Also gut, solange wir nichts Gegenteiliges hören, können wir Klaas Dornieden ziehen lassen. Und es ist ja auch nicht so, als hätten wir nicht genügend andere interessante Fährten …«

»Ich habe die große Offenbarung vorhin ja verpasst«, meinte Juri. »Wäre vielleicht jemand so frei …?«

»Entschuldige, natürlich.« Lilly berichtete ihm, was sie in der Zwischenzeit in Erfahrung gebracht hatten.

Juri fuhr sich mit der Hand durch das kurze Haar. »Gunilla soll Bosse Wolf selbst den Auftrag gegeben haben, sie mit Martens zu fotografieren?«

»Sagt zumindest Knudt Backfisch«, antwortete Lilly.

John hob ratlos die Hände. »Falls es stimmt, lässt das verschiedene Hypothesen zu …«

Weiter kam er nicht. Die Eingangstür wurde geöffnet, und Tommy kam herein. Er machte sich nicht die Mühe, die Tür wieder hinter sich zu schließen. Stattdessen kam er zu ihnen herüber. Im Gehen zog er einen USB-Stick aus der Jackentasche und hielt ihn in die Höhe wie ein Sportler einen Siegerpokal.

»Ich hab’s!«

Kurz darauf saßen sie vor einem Computer, in dessen USB-Port Tommy den Stick geschoben hatte.

»Ich rekapituliere«, sagte Tommy. »Sönke Dornieden verließ nach getaner Arbeit Haus Poppenspeler – etwa gegen neunzehn Uhr fünfzehn – und war gegen neunzehn Uhr dreißig zu Hause.«

»Richtig«, bestätigte Lilly.

»Zur gleichen Zeit arbeitete Klaas Dornieden im Garten. Als er das Anwesen verließ – da war es etwa neunzehn Uhr dreißig –, sah er, wie der Bürgermeister vorgefahren kam und dann mit Gunilla ins Haus ging. Wie lange er dort blieb, wissen wir nicht, auf jeden Fall war er wohl der Letzte, der Gunilla lebend sah.«

Lilly hob einen Finger. »Das sagt zumindest Klaas Dornieden. Wir haben den Bürgermeister dazu noch nicht befragt. Wenn er es abstreitet, steht Aussage gegen Aussage.«

Tommy nickte grinsend. »Genau so ist es. Aber dieses Problem habe ich gelöst.«

Frede schaute leicht genervt in die Runde und deutete mit dem Daumen auf Tommy. »Macht er es immer so spannend?«

John verzog den Mundwinkel. »Er hat manchmal eine theatralische Ader.«

Tommy fuhr fort: »Wir wissen, wann am Freitagabend die Ratssitzung endete und wann Martens und Gunilla mutmaßlich bei Haus Poppenspeler ankamen. Das hat mir die Arbeit erleichtert.«

Er griff nach der Computermaus, machte ein paar Klicks. Auf dem Monitor erschien ein Video.

»Der Vorplatz und das Parkdeck des Rathauses sind leider nicht videoüberwacht. Überwachungstechnisch ist die Insel ohnehin eine Vollkatastrophe, man kann sie sich nicht mal bei Google Streetview anschauen. Wie auch immer …«

Tommy stellte das Video auf Vollbild. »Martens sagte, dass er noch tanken fuhr, bevor er sich angeblich auf den Heimweg machte. Hier oben am Hafen, also praktisch direkt hinter der Wache, befindet sich eine Vierundzwanzig-Stunden-Tankstelle. Sie liegt dem Rathaus am nächsten. Ich fand es naheliegend, dass Martens diese Tankstelle ansteuerte. Also habe ich den Betreiber kontaktiert. Die Tanke ist videoüberwacht. Und da ich ihm ein sehr enges Zeitfenster nennen konnte … voilà!«

Tommy ließ das Video abspielen.

Es dauerte einen Moment, dann sah man einen schwarzen Mercedes vorfahren. Ein Mann stieg aus, Bürgermeister Martens. Er ging um das Auto herum, nahm den Tankrüssel und begann, den Wagen zu betanken. Wenig später ging er ins Kassenhäuschen und bezahlte. Dann fuhr er weg. Der Zeitstempel am unteren Bildrand zeigte neunzehn Uhr fünfundzwanzig an.

»Von dort sind es keine fünf Minuten bis nach Haus Poppenspeler«, sagte Tommy. »Das passt also zu Klaas Dorniedens Angaben.«

»Spulst du nochmal zurück?«, fragte Lilly.

»Ja, natürlich. Ich weiß, was du meinst …«

Tommy schob den Zeitregler des Videos einige Sekunden zurück, sodass der Wagen des Bürgermeisters wieder zu sehen war. Dann zoomte er an die Windschutzscheibe heran. Der Winkel der Kamera und der Lichteinfall waren günstig, man konnte ohne Schwierigkeiten durch die Frontscheibe in den Innenraum des Autos sehen.

»Mein Kompliment, Tommy. Am Ende verdienst du dir tatsächlich noch deine Beförderung«, meinte John. »Da kann Martens sich nicht mehr rausreden. Sollte dann noch stimmen, was Backfisch behauptet …«

Frede unterbrach ihn. »Tut mir wirklich leid, dass ich nicht länger bleiben kann. Aber ich muss gleich an der Fähre eure Kollegen in Empfang nehmen, die sich um den Fall Bosse Wolf kümmern. Die Insel scheint bei der Flensburger Kripo gerade ein beliebtes Ausflugsziel zu sein. Ihr müsstet mich entschuldigen.«

»Natürlich«, sagte John.

»Wer übernimmt denn die Ermittlungen?«, fragte Juri.

»Leon Kessler wird das Team leiten. Mikke und Annika stehen ihm zur Seite. Ich gehe allerdings davon aus, dass bald noch mehr Kollegen in den Fall involviert sein werden.«

Juri nickte. »Ich hoffe, sie werden diese Schweine alle zur Strecke bringen.«

Lilly konnte nachempfinden, wie Juri als Vater über den Fall denken musste. Bei Leon Kessler, Mikke Jessen und Annika Gerisch war die Sache allerdings in sehr guten Händen. Lilly und John hatten bereits in zahlreichen Fällen mit den dreien zusammengearbeitet.

Frede erhob sich. »Ich würde mich freuen, wenn ihr mich dennoch an euren Überlegungen teilhaben lassen könntet«, sagte sie. »Gerade, wenn es um den Bürgermeister geht, wäre ich gern im Bild.«

»Sicher«, meinte John. »Wir könnten gleich morgen früh …«

»Ich hätte einen besseren Vorschlag.« Frede blickte in die Runde. »Solltet ihr alle seefest sein, könntet ihr mich nachher auf einem kleinen Ausflug begleiten. Ich habe bei meinem Schiff einige Teile am Motor tauschen lassen und wollte eine kleine Inspektionsfahrt machen. Und fünf Personen und ein paar Feierabendpils finden ohne Weiteres Platz.«

Es wunderte Lilly nicht besonders, dass John nicht lange überlegte oder abwartete, was der Rest des Teams zu dem

Vorschlag zu sagen hatte. Er war eingefleischter Segler. Allerdings schienen auch Juri und Tommy nach den anstrengenden Tagen nichts gegen frische Luft und etwas Abwechslung einzuwenden zu haben.

»Abgemacht«, sagte John.

»Prima. Dann in einer halben Stunde im Hafen.«

Frede streifte ihre Uniformjacke über und machte sich auf den Weg.

Lilly wandte sich wieder dem Monitor zu und betrachtete das Tankstellen-Video noch einmal genau. Es gab keinen Zweifel. Bei der Frau, die hinter der Windschutzscheibe auf dem Beifahrersitz von Bürgermeister Martens Auto saß, handelte es sich um Gunilla Dornieden.

Kapitel 28

Die Sonne stand bereits tief am Himmel, als sie mit Fredes Segelschiff den Wyker Hafen verließen. John saß mit Lilly, Juri und Tommy in der Plicht, dem offenen Cockpit im Heck des Bootes, wo zwei Sitzbänke gerade genug Platz für vier Leute boten. Sie hatten es sich so bequem wie möglich gemacht, trugen dicke Jacken und Wollmützen. Frede stand am Steuer und lenkte die zehn Meter lange Yacht routiniert ins Fahrwasser hinaus.

Der Wind kam kühl aus nordwestlicher Richtung, und an einen beherzten Sprung ins Wasser war nicht zu denken. Dennoch mochte John das Segeln zu dieser Jahreszeit. In der Hochsaison wimmelte es auf dem Wasser nur so von Touristencrews, von denen viele nicht mit ihrem Boot umzugehen wussten. Im Wattenmeer waren es vielleicht weniger als in beliebten Revieren wie der Ostsee, trotzdem waren im Sommer auch hier die Häfen überfüllt, und man musste sich schon früh einen Liegeplatz für den Abend sichern. An entspannte, ausgedehnte Törns war dann nicht zu denken. Jetzt im Herbst wehten die ersten Vorboten des Winters die Amateure vom Wasser. Es wurde ruhiger, man konnte die Einsamkeit der See wieder genießen. Die Kälte störte John nicht, im Gegenteil, klare Luft verschaffte ihm einen klaren Kopf.

Natürlich ging das nicht allen so. John sah Lilly an, dass sie schon jetzt zu frieren begann.

Frede schien dies ebenfalls nicht entgangen zu sein.

»Unten sind Decken«, sagte sie. »Und in der Thermoskanne im Spülbecken ist warmer Tee.«

John stand auf und stieg rückwärts die schmale Leiter hinunter, die ins Innere des Schiffs führte. Er fand sich in einem – für ein Boot dieser Größe – geräumigen Salon wieder. In der Mitte des Raums boten zwei Sitzbänke und ein Tisch genügend Platz zum Essen und geselligem Beisammensein. Am Fuß der Treppe gab es links eine kleine Kitchenette mit Spüle, Herd und Backofen und gegenüber davon ein Navigationspult. Im Bug und im Heck führte jeweils eine Tür zu den Schlafkojen.

Frede hatte sich häuslich eingerichtet. In den umlaufenden Regalen über den Sitzbänken standen diverse Bücher und Topfpflanzen. An der Decke hatte sie Netze befestigt, in denen sie Vorräte verstaute. Auf dem Tisch hatte Frede vor dem Auslaufen für jeden von ihnen eine automatische Rettungsweste und einen Lifebelt bereitgelegt. Sie überließ nichts dem Zufall, das war John sofort aufgefallen, als sie an Bord gekommen waren: die knappe, aber präzise Einweisung, die sie ihnen gegeben hatte, die routinierten Handgriffe, mit denen sie das Schiff seeklar machte, und wie sie schließlich in einem tadellosen Manöver die Leinen gelöst und abgelegt hatte, ohne dass John oder die anderen ihr dabei helfen mussten – das alles sprach dafür, dass Frede nicht nur auf ihrem Schiff wohnte, sondern auch wusste, wie man damit umging.

John fand schnell die Sachen, die er suchte. Decken lagen auf einer Sitzbank, und in der Spüle stand die Kanne mit frisch aufgebrühtem Tee. John nahm eine Tasse aus dem Schapp über dem Herd und füllte sie zur Hälfte. Dann wandte er sich um und schickte sich an, die Leiter wieder hinaufzuklettern. Doch als sein Blick das Navigationspult streifte, hielt er kurz inne.

Auf dem Pult lagen neben einem Gezeitenkalender und einem Strömungsatlas mehrere Seekarten des Wattenmeers, von denen eine den Bereich rund um Föhr in Vergrößerung zeigte. Wassertiefen, Tidenhub, Seefahrtswege und Leuchtfeuer waren dort verzeichnet. Frede hatte mit Navigationsbesteck auf der Karte einen Kurs abgesteckt, bei dem sie sich zwischen Föhr und Amrum aufhalten würden, sodass sie im Windschatten der Insel blieben und bei einer Wetteränderung nichts Schlimmeres zu befürchten hatten.

Mit dem Gefühl, sich bei Skipperin Frede in guten Händen zu befinden, stieg John wieder an Deck. Dort legte er Lilly die Decke über die Schultern und gab ihr den Tee, an dem sie sich die Hände wärmen konnte.

Frede drosselte den Motor. Dann drehte sie den Bug des Schiffs in den Wind. »Prima. Die Maschine schnurrt wieder wie ein Kätzchen«, sagte sie. »Dann sehen wir mal, was die neuen Segel taugen.«

»Brauchst du Hilfe?«, fragte John.

»Nett von dir. Aber ihr seid meine Gäste. Bleibt ruhig sitzen und genießt die Fahrt.« Sie lächelte ihn an. Dann drückte sie einige Knöpfe auf den Geräten am Steuerstand. Wenige Sekunden später bewegte sich das Steuerrad automatisch, und das Boot hielt ohne weiteres Zutun den Kurs. Frede hangelte sich zum Mast vor und machte sich am Großsegel zu schaffen.

John lehnte sich zum Steuerstand hinüber und warf einen Blick auf die Geräte. Wie fast jede moderne Yacht verfügte das Schiff über einen Autopiloten, der einem eingegebenen Kompasskurs folgen konnte. Die Digitalanzeigen für Wassertiefe, Geschwindigkeit und Wind waren ebenso obligatorisch. Ein Kartenplotter zeigte außerdem ihre aktuelle Position in einer digitalen Seekarte an, ganz ähnlich dem Navigationsgerät in einem Auto. Damit war es selbst bei Dunkelheit für einen halbwegs geübten Schiffsführer möglich, sich sicher in einem schwierigen Fahrwasser wie dem Wattenmeer zu bewegen.

Wie seine drei Kollegen beobachtete John mit einiger Faszination, wie Frede am Mast stand und das Großsegel setzte. Es handelte sich um ein klassisches Lattengroß, das beim Setzen ein wenig mehr Handarbeit und Kraft verlangte als modernere Rollgroßsegel, die sich mit wenigen Griffen aus dem Mast entrollen ließen. Doch Frede schien mit der Aufgabe, an der John im Sommer regelmäßig Hobbysegler verzweifeln sah, keine Probleme zu haben. Binnen weniger Minuten war das Segel oben und blähte sich im Wind.

Frede kam wieder nach hinten, schaltete den Autopiloten ab und brachte das Schiff auf Kurs. Dann beugte sie sich zur Reling hinüber und löste an der Backbordseite das Fall des Vorsegels, ein blauweißes Tau, das zum kleineren Segel am Bug verlief. Auf der gegenüberliegenden Seite zog sie an der rotweißen Vorschot, rollte das Segel mit wenigen Handgriffen aus und befestigte die Schot dann auf der Winsch.

Als Frede wieder zum Steuer griff und sich ihre Blicke kreuzten, konnte John sich ein anerkennendes Schmunzeln nicht verkneifen. Es bestand kein Zweifel, dass Frede des Öfteren allein mit ihrem Schiff unterwegs war, das schafften nicht viele, denn das Einhandsegeln war eine kleine Kunst für sich.

Frede schaltete den Motor aus, und sofort wurde es still an Bord. Nur noch der Wind war zu hören, der in die Segel griff, dazu das Rauschen am Bug, wenn das Schiff in zügiger Fahrt durch die fast glatte See schnitt. Oben vom Mast her ertönte der Schrei der Möwen, die ihnen folgten. Am Horizont hatte sich die Sonne in einen rot-orangenen Feuerball verwandelt.

John schloss die Augen. Für diese Momente liebte er das Segeln. Das Gefühl, über das Meer zu schweben, frei wie ein Vogel.

Mit einem Räuspern zerstörte Juri den Moment. »Also, was denkt ihr über …?«

Frede unterbrach ihn. »Moment. Ich habe da noch etwas vorbereitet.«

Sie schaltete wieder den Autopiloten ein und kletterte unter Deck. Kurz darauf kam sie mit Gläsern und einer Flasche Rotwein zurück. »Ich finde, ein kleiner Sundowner muss sein. Falls jemand etwas anderes möchte, ich habe auch noch Bier im Kühlschrank.«

Den Rotwein lehnte niemand ab, und so stießen sie mit ihren Gläsern an, während die Sonne langsam im Meer versank.

»Also«, versuchte Juri es erneut, »wo stehen wir jetzt?«

»Eines ist sicher«, sagte Tommy. Er ließ den Wein im Glas kreisen. »Der Bürgermeister lügt. Am fraglichen Abend hat er Gunilla heimgebracht und ist mit ihr ins Haus gegangen.«

»Fragt sich nur, was dann passiert ist. Glaubt ihr, er wäre im Stande gewesen, der Frau etwas anzutun?« Juri trank einen Schluck Wein.

»Warum nicht.« Lilly zog sich neben John die Decke enger um die Schultern. »Die einzige Hemmschwelle war, Gunilla eins über den Schädel zu ziehen. Jemand, der wütend genug ist, schafft das. Danach brachte der Täter sie lediglich in den Kellerverschlag. Das hätte so ziemlich jeder erledigen können.«

Frede hatte sich hinter das Steuerrad gesetzt und goss sich gerade ein zweites Glas Wein ein. »Klar ist doch, dass Martens seine politische Karriere an den Nagel hätte hängen können, wenn die Bilder von ihm und Gunilla an die Öffentlichkeit gekommen wären.«

»Und was hätte eine solche Enthüllung für Gunilla bedeutet?«, fragte John.

Frede hob die Schultern. »Es hätte natürlich Gerede gegeben. Wobei man einem verheirateten Bürgermeister den Seitensprung übler nehmen würde als einer alleinstehenden Witwe, die ohnehin in einem gewissen Ruf steht …«

»Du meinst wegen Owe Dornieden, den sie angeblich nur des Geldes wegen geheiratet hat?«, sagte Lilly.

»Ja, einerseits das. Die Leute sprechen Gunilla allerdings generell ein großes Talent zu, die Leute um den Finger wickeln zu können. Sie haben ihr einen Spitznamen verpasst: die *Poppenspelerin*. Frei nach dem Haus, in dem sie wohnt.«

»Und das bedeutet?« Tommy blickte Frede fragend an.

»Gunilla hatte überall die Finger im Spiel. Mit ihrem Geld förderte sie die Tourismuswerbung, sie spendete für örtliche Vereine, füllte den Klingelbeutel in der Kirche und stand Pate für etliche Projekte. Meine Vermutung wäre daher, dass ihr das Gerede über ihre Liebschaft nicht nachhaltig geschadet hätte. Dafür waren zu viele von ihrem Geld abhängig.«

»Zumal sie es wohl selbst in der Hand hatte und die Fotos lediglich als Druckmittel verwendete«, sagte Juri. »Wenn sie Bosse Wolf den Auftrag gab, sie mit dem Bürgermeister abzulichten, konnte sie darüber entscheiden, ob sie die Bilder publik machte.«

»Es sei denn«, gab Lilly zu bedenken, »Bosse Wolf hatte sich von Backfisch doch auf eine Idee bringen lassen, Gunilla und den Bürgermeister zu erpressen. Er hatte immerhin die Dateien der Fotos.«

Frede schüttelte den Kopf. »Aus meiner Sicht ergibt nur eines Sinn.«

»Und das wäre?«, fragte John.

»Gunilla hat Martens in eine Falle gelockt. Sie ließ sich mit ihm ablichten, damit sie ihn anschließend mit den Fotos erpressen konnte.«

»Um das Parkprojekt durchzuboxen?«, schlug Tommy vor.

»Natürlich.« Frede deutete mit dem Weinglas auf ihn. »Überlegt doch mal. Vor zehn Jahren ist das Land, auf dem der Park gebaut werden sollte, unter Naturschutz gestellt worden. Zehn Jahre hat sich nichts daran getan. Und jetzt plötzlich geht alles ganz schnell, und der Naturschutz wird von heut auf morgen aufgehoben. Der Einzige, der das in dem Tempo politisch durchsetzen kann, ist Martens.«

»Sie erpresst ihn also mit den Bildern, und Martens …« Lilly beendete den Satz nicht, sie alle wussten, wohin diese Überlegung führte. Frede brachte es dennoch auf den Punkt: »… und Martens brennen die Sicherungen durch. Er bringt sie um.«

John lehnte sich zurück.

Diesen Gedanken hatte er auch schon gehabt, und er ergab tatsächlich Sinn, zumindest, solange man einige Details außer Acht ließ. Gunilla war nach dem Ende der Ratssitzung im Keller eingesperrt worden, also nach der Versammlung, auf der ihr Parkprojekt abgesegnet worden war. Damit hatte sie ihren Willen erreicht, und Martens – falls es denn so gewesen war – hatte seinen Part erfüllt. Natürlich hatte Gunilla ihn weiter in der Hand, und vielleicht hatte sie noch weitere Gefälligkeiten von ihm eingefordert. Dennoch hätte Martens wesentlich früher zur Tat schreiten können und sich erst gar nicht auf einen solchen Deal einlassen müssen, wenn er denn ernsthaft in Betracht gezogen hatte, Gunilla aus dem Weg zu räumen.

Und dann war da noch die Tat an sich, die John weiterhin Rätsel aufgab. Warum hätte Martens Gunilla im Keller einsperren und elendig verenden lassen sollen? Je länger er darüber nachdachte, desto mehr schien es ihm so, als hätte der Täter die Mordmethode mit Bedacht gewählt. Er hatte nicht im Affekt gehandelt, sondern wollte, dass sein Opfer litt.

Passte das zu Martens Motivation? Hatte er Gunilla derart quälen wollen? Und was hatte er mit der Leiche vorgehabt, wie wollte er sie aus dem Keller verschwinden lassen und loswerden?

Letztlich gab es noch ein weiteres Detail, ohne das alles keinen Sinn ergab: Martens hätte wissen müssen, dass Nieke und Sönke einige Tage verreist waren und niemand Gunilla in ihrem Haus entdecken würde. Hatte er über diese Information verfügt? Hatte Gunilla es ihm vielleicht erzählt?

Frede holte ihn aus den Gedanken, als sie aufstand und auf die Uhr sah. »Es sind jetzt noch gut zwei Stunden, bis das ablaufende Wasser einsetzt. Ich schlage vor, wir bleiben auf der sicheren Seite und machen uns auf den Rückweg.«

John nickte zustimmend. Wenn der Gezeitenstrom einsetzte und erst seine volle Stärke erreicht hatte, würde der Motor des Schiffs nicht mehr dagegen ankommen.

Plötzlich durchschnitt ein lautes Ratschen die Ruhe. John sah, wie sich Fredes Augen weiteten. Sie alle folgten ihrem überraschten Blick, der zum Bug ging.

In der Mitte des Vorsegels klaffte ein riesengroßer Riss.

Der Wind hatte aufgefrischt, wie er das immer in den unpassendsten Momenten tat. John kannte das von Fahrten mit seinem eigenen Schiff. Es mochte das schönste Wetter sein, doch ausgerechnet dann, wenn irgendetwas schieflief, zog Schietwetter auf.

Er war mit Frede zum Vorschiff geklettert, um ihr beim Einholen des defekten Segels zu helfen. Das große Tuch flatterte wild im Wind, und es wäre mühsam gewesen, es alleine einzufangen. Lilly hatte sich hinten ans Steuer gestellt. Frede hatte vernünftigerweise beschlossen, in dieser Situation auf menschliche Fähigkeiten zu vertrauen und nicht auf den Autopiloten. Lilly war von gemeinsamen Törns mit John auf der Ostsee erfahren genug, um den Kurs zu halten.

Frede griff mit beiden Händen nach dem wild hin und her beutelnden Segel. John hielt ein Seil bereit, mit dem sie das Tuch festbinden konnten. Es dauerte einen Moment, da mit dem Wind auch Wellengang eingesetzt hatte und sie auf dem rutschigen Deck auf sicheren Stand achten mussten. John sicherte Frede, indem er sie am Gürtel ihrer Hose packte, wenn sie beide Arme nach dem Segel ausstreckte. Schließlich bekamen sie den Stoff zu fassen und banden das Segel am Vorstag fest.

John ließ sich außer Atem neben Frede auf das Deck sinken und lehnte sich an die Reling.

Frede machte ein grimmiges Gesicht. »Dem Segelmacher werde ich morgen die Ohren langziehen. Er hat mir versichert, dass das Segel zwar gebraucht, ansonsten aber in tadellosem Zustand sei. Darunter verstehe ich etwas anderes.«

»Allerdings.«

Frede zog den Reißverschluss ihrer Jacke runter und griff in die Innentasche. Sie zog ein Päckchen Zigaretten raus und hielt es John hin. »Wie wäre es? Zur Belohnung, Matrose.«

Er zögerte, dachte an seine guten Vorsätze und wie lange er durchgehalten hatte. Doch dann gab er aus einem Impuls heraus der Versuchung nach. Frede hielt ihm mit vorgehaltener Hand Feuer hin. John inhalierte den Rauch der Zigarette, und mit einem Mal stellte sich das altbekannte Gefühl wieder ein, das er insgeheim so viele Jahre vermisst hatte.

Frede zündete sich ebenfalls eine Zigarette an und steckte das Päckchen wieder weg.

John blickte nach oben. Über ihnen am Nachthimmel waren Myriaden von Sternen zu sehen.

»Ich liebe das«, meinte Frede. »Die Einsamkeit, die Freiheit hier draußen auf dem Meer. Keine Menschen.«

»Nun ja, ich ... wir sind hier.« John deutete nach hinten in die Plicht, wo die anderen saßen.

Frede lächelte. »So meinte ich das nicht. Ich fahre oft alleine raus, um Abstand zu bekommen. Hier auf der Insel ist es meistens ganz betulich. Aber früher, als ich noch auf Streife war ... In unserem Job bekommt man Dinge zu sehen, die einen zweifeln lassen. An den Menschen. An der Welt. Manchmal denke ich, es liegt an mir, dass ich ... wie soll ich sagen ...«

»Du hast das Gefühl, eine Misanthropin zu werden.«

»Genau so ist es. Mittlerweile bin ich gerne allein. Deshalb ...« Sie zog an der Zigarette und ließ den Rauch langsam entweichen. »Vermutlich setzte ich deshalb auch jede Beziehung in den Sand.«

John musterte sie. Frede blickte in den Sternenhimmel hinauf, und auf ihrem Gesicht lag der Ausdruck von Wehmut, aber auch die Ernüchterung von jemandem, der Dinge gesehen hatte, die man nicht sehen sollte, die einen veränderten.

»Kommt mir bekannt vor«, sagte er. »Ist vielleicht eine Berufskrankheit.«

»Es fällt mir mittlerweile schwer, noch das Gute in den Menschen zu erkennen. Als ich angefangen habe, war das noch anders. Inzwischen glaube ich, dass es das Böse wirklich gibt.« Sie schüttelte sich und winkte ab. »Entschuldige, was rede ich da.«

John hob eine Hand. »Nein, schon gut. Du hast recht. Das

Böse existiert. Es kann die vielfältigsten Formen annehmen.« Er zeigte mit der Zigarettenspitze auf Frede. »Wir sollten uns allerdings immer wieder in Erinnerung rufen, dass es nicht alle Menschen befällt. Und es ist unsere Aufgabe, die Schafe vor den Wölfen zu beschützen.«

»Da ist was dran.« Frede nickte zustimmend.

John klopfte mit der freien Hand auf das Deck des Schiffs. »Wie heißt die Gute eigentlich?«

»Ich habe sie *Lady of Solitude* getauft.«

»Lady of Solitude?«

»Ja. Nach dem Cohen-Song. Ich liebe Cohen. Seine Musik …«

»*And her dress was blue and silver, and her words were few and small*«, begann John den Songtext zu zitieren.

»*… she is the vessel of the whole wide world, Mistress, oh mistress, of us all, Dearly dead, Queen of Solitude*«, vollendete Frede die Zeile.

Sie sahen sich schweigend an.

John spürte, wie ihn ein Gefühl beschlich, das er lange nicht gespürt hatte und das er vermutlich besser nicht haben sollte.

Frede wandte schließlich den Blick ab.

John sah wieder zu den Sternen hinauf. »Macht es dir eigentlich nichts aus, nachts hier draußen zu sein?« Er wusste, dass selbst viele versierte Segler Nachtfahrten mieden.

»Nein«, sagte Frede. »In der Nacht fühle ich mich auf dem Wasser geborgen. Hierher kann mich nichts verfolgen.«

»Wie meinst du das?«

Frede lächelte. »Klingt komisch. Ich fahre oft in den frühen Morgenstunden hier raus, wenn ich wieder nicht schlafen konnte. Ich habe Albträume.«

»Wegen der Arbeit?«

»Nein. Es sind Träume, die mich schon seit meiner Kindheit verfolgen.«

»Möchtest du darüber reden?«

Frede hob die Schultern. »Ich weiß nicht. Für eine erwachsene Frau klingt das bestimmt verrückt.«

»Ich verspreche, nicht zu lachen.«

Einen Moment lang sah Frede ihn nachdenklich an. Ein Schmunzeln umspielte ihre Lippen, dann wurde ihre Miene ernst. »Es sind seltsame Wesen, die mich in den Träumen verfolgen. Sie haben lange Krallen, mit denen sie nach mir greifen. Ich schätze, ich hab früher einfach zu viele Horrorfilme gesehen.«

John schüttelte den Kopf. »Nein. Unsere Träume können der Ausdruck verschiedenster Dinge sein. Ich denke, ich kann nachvollziehen, wovon du redest. Bei mir sind es die Gesichter der Toten, die mich nachts besuchen.«

Lilly hielt das Steuer fest in beiden Händen. Obwohl sie nur noch unter Großsegel fuhren, machte das Schiff schnelle Fahrt und ließ sich geschmeidig durch die See steuern. Allerdings musste sie sich immer wieder daran erinnern, auf die Kompassrose zu gucken und den Kurs nicht aus den Augen zu verlieren. Ihre Aufmerksamkeit wurde jedoch immer wieder von den beiden schemenhaften Personen auf dem Vordeck abgelenkt.

Sie konnte nicht verstehen, worüber John und Frede sich dort vorne so angeregt unterhielten. Das lag auch an Juri und Tommy, die sich darüber ereiferten, welche Aufgaben ein moderner Vater zu erfüllen hatte. Während Tommy wohl der Auffassung war, dass der Mann weiterhin für den Unterhalt der Familie zu sorgen hatte, damit sich die Frau voll und ganz um das Wohl der Kinder kümmern konnte, vertrat Juri den

Standpunkt, dass man in einer Beziehung Arbeit und Erziehung durchaus zu gleichen Teilen übernehmen konnte.

Lilly hätte allzu gerne ihre Meinung dazugegeben, wobei sie wohl Juri den Rücken gestärkt hätte. Doch ihr Blick wanderte immer wieder auf das Vorschiff. Dort nahm John gerade eine Zigarette von Frede entgegen und zündete sie an. Lilly wusste, wie lange er nicht geraucht hatte und wie viel Mühe es ihn gekostet hatte, es sich vor nunmehr einer Ewigkeit abzugewöhnen.

Juri und Tommy verstummten.

Lilly sah, dass sie ebenfalls die Szene auf dem Vorschiff beobachteten.

Juri wandte den Kopf zu Lilly. Seinem Blick entnahm sie, dass er dasselbe dachte wie sie.

Dort vorne schienen sich zwei verdammt gut zu verstehen.

Kapitel 29

Am nächsten Morgen blickte John aus dem Fenster des Rathauses hinüber zum Hafen, wo wie jeden Sonntag der Fischmarkt stattfand.

Unter blauem Himmel, über den lediglich ein paar Schäfchenwolken zogen, tummelten sich entlang der Krabbenkutter und Segelschiffe Feriengäste und Tagesbesucher vom Festland und den anderen Inseln. Die Auswahl an fangfrischem Fisch war beträchtlich. Außerdem boten diverse kleine Stände hiesige Erzeugnisse an, von Filzarbeiten über Marmeladen bis zu Kunsthandwerk. Die Menschen genossen die Sonne, viele mit dem fast obligatorischen Fischbrötchen in der Hand. Neugierige streunten an den Ständen entlang und besahen sich die Waren. Familien mit Kindern schlenderten über den traditionellen Flohmarkt hinter den Marktständen, wo Fundstücke aus Kellern und Dachböden feilgeboten wurden und Kinder auf Decken ihre alten Spielsachen anpriesen.

Neben den gewöhnlichen Marktständen gab es noch Stände der drei großen Parteien. Bis zu den Bürgermeisterwahlen war es nicht mehr lange hin, und die Lokalpolitiker wollten sich heute unter das Volk mischen. Auch Bürgermeister Martens hatte eine Rede geplant, ein Grund, weshalb John und Lilly ihn an einem Sonntag in seinem Amtszimmer angetroffen hatten, wo er sich vorbereitete.

Ob Martens wie geplant in den Wahlkampf ziehen würde, hing allerdings davon ab, welche Antworten er ihnen gab.

John hatte ihm den Durchsuchungsbeschluss vorgelegt, den Tyra heute Morgen beim zuständigen Richter erwirkt hatte. Ihnen fehlte zwar noch der endgültige Beweis, dass Martens Gunilla etwas angetan hatte, doch seine Lügen, die Fotos und vor allem die Tatsache, dass er das Opfer vermutlich als Letzter lebend gesehen hatte, genügten. Juri und Tommy sahen sich bereits im Haus des Bürgermeisters um.

John schaute weiter aus dem Fenster, während er Hauke Martens zuhörte. Er hatte ihn gebeten, noch einmal den Ablauf des fraglichen Freitagabends zu schildern, und der Bürgermeister wiederholte seine – wie sie inzwischen wussten – erfundene Geschichte, nämlich, dass er Gunilla mit dem Fahrrad vom Rathaus habe wegfahren sehen.

Als Martens seinen Bericht beendete und sich mit genervtem Gesichtsausdruck in seinem Sessel zurücklehnte, ging John zum Schreibtisch und setzte sich auf die Kante. Eine Geste, die dem Politiker sichtlich missfiel.

»Ich fürchte, ich habe eine schlechte Nachricht für Sie.«

»Es ist nicht so, als hätten Sie mir nicht schon den Tag verdorben. Also tun Sie sich keinen Zwang an.«

»Wir haben das Fahrrad von Gunilla Dornieden hier unten vor dem Rathaus gefunden. Sie ist damit nicht nach Hause gefahren.«

Martens machte ein verblüfftes Gesicht. »Das kann nicht sein … also … vielleicht hatte sie zwei Fahrräder.«

»Unfug.« John gab Lilly ein Zeichen. Sie hatte neben der Tür gestanden und gewartet. Nun kam sie mit einem Tablet herüber und hielt es Martens hin. Auf dem Bildschirm spielte das Überwachungsvideo der Tankstelle ab, das Gunilla im Wagen des Bürgermeisters zeigte. John sah, wie dem Mann fast augenblicklich jede Farbe aus dem Gesicht wich. Wie ein Fisch auf dem Trockenen öffnete er mehrmals den Mund, brachte aber keinen Ton heraus.

»Nach der Ratssitzung stieg Gunilla in Ihr Auto. Sie fuhren zunächst zur Tankstelle. Dann brachten Sie Gunilla nach Hause. Sie trafen gegen neunzehn Uhr dreißig bei Haus Poppenspeler ein. Wir haben eine Zeugenaussage, wie Sie beide aus dem Wagen steigen und Sie gemeinsam mit Gunilla ins Haus gingen. Sie sind der letzte Mensch, der sie lebend sah, bevor sie wenige Tage später tot in ihrem Keller aufgefunden wurde.«

Martens blickte mit versteinerter Miene zunächst John, dann Lilly an. »Sie wollen damit doch wohl nicht sagen ...« Er brachte den Satz nicht zu Ende.

»Dann stimmt es? Sie brachten Gunilla heim und gingen mit ihr ins Haus?«

Der Bürgermeister fuhr sich mit der Zunge über die Lippen. »Ich kann mich nicht genau erinnern ...«

»Sie haben uns angelogen«, sagte Lilly. »Was auch immer geschehen ist – es wäre förderlich für Sie, wenn wir Sie nicht noch bei weiteren Lügen ertappen müssen.«

Martens sah sie an und überlegte einen Moment.

Schließlich setzte er sich im Stuhl auf, rückte das Jackett zurecht. »Es regnete an dem Abend. Also bot ich Gunilla an, sie nach Hause zu fahren. Und ... ich habe sie nach drinnen begleitet.«

»Warum sind Sie mit ihr ins Haus gegangen?«

»Weil sie ... Gunilla bat mich, eine defekte Glühbirne auf der Veranda zu wechseln.«

John hob eine Augenbraue. »Eine Glühbirne, ja?«

Der Bürgermeister nickte. »Die Lampe auf der Veranda hinter dem Haus ist etwas speziell. Gunilla bekam das alleine nicht hin. Sie können das gerne überprüfen: Ich beschrifte immer die Fassung einer neuen Birne mit dem Datum, an dem ich sie einsetze. So kann ich überprüfen, wie lange sie halten.«

»Verstehe.« John musste sich Mühe geben, die Geduld zu bewahren.

Er griff in die Innenseite seiner Jacke und zog einen Umschlag heraus. Er entnahm ihm die Fotos, die Gunilla und Martens zeigten, und legte sie auf den Schreibtisch.

»Sie sind sicher, dass es nicht hiermit zu tun hatte?«

Der Bürgermeister lehnte sich vor, streckte eine Hand aus und berührte die Fotos mit den Fingerspitzen. John bemerkte, wie er dabei zitterte.

»Wo … wo haben Sie die her?«

»Aus der Schreibtischschublade von Gunilla Dornieden. Wir wissen, dass sie jemanden beauftragt hatte, diese Bilder anzufertigen. Und wir gehen davon aus, dass Gunilla Sie damit erpresste, um die Genehmigung ihres Parkprojektes durchzusetzen.«

Martens sackte in seinem Stuhl zusammen.

John hatte bereits viele Kriminelle erlebt, die unter dem Druck der Beweise schließlich zusammenbrachen. Nicht wenige empfanden es als Erleichterung, wenn die Wahrheit schließlich ans Licht kam. Diesen Eindruck machte nun auch der Bürgermeister. Martens drehte seinen Bürostuhl herum, sodass er aus dem Fenster blicken konnte.

»Wissen Sie«, begann er, »ich bin seit dreißig Jahren glücklich verheiratet. Ich liebe meine Frau. Aber man sollte nicht glauben, dass man im fortgeschrittenen Alter immun gegen die Streiche wäre, die einem die Gefühle manchmal spielen.«

»Sie hatten also eine Affäre mit Gunilla?«

»Ich weiß nicht, ob man das so nennen kann … Aber ja, wir haben uns einander angenähert.«

»Wusste Ihre Frau davon?«

»Natürlich nicht.« Martens schüttelte den Kopf. »Wie gesagt, ich bin mir nicht sicher, ob man das, was wir hatten, wirklich eine Beziehung nennen konnte.«

»Wie würden Sie es dann bezeichnen?«

»Wir waren sehr gute Freunde. Gunilla lebte seit dem Tod ihres Mannes allein. Das hatte sie nicht verdient. Nicht nach der Sache mit Mikkel und Emma, nicht nach den ganzen Sorgen mit Nieke, die als Kind immerzu krank war … Man möchte meinen, dass einem nach so vielen Schicksalsschlägen ein besserer Lebensabend vergönnt wäre. Gunilla tat mir leid. Und das hat sie ausgenutzt.«

»Ich dachte, Sie waren Freunde?«

Der Bürgermeister lachte kurz auf. »Gunilla, die Poppenspielerin. Ich hätte gewarnt sein müssen.« Martens drehte sich wieder herum und deutete auf die Fotos. »Sie hatte mich an dem Abend zu sich nach Hause zum Essen eingeladen. Anschließend hörten wir Musik, tanzten … und schließlich küssten wir uns. Es war das erste und einzige Mal, dass wir das taten.«

»Und ausgerechnet in dem Moment macht jemand ein Foto«, stellte Lilly fest.

»Gunilla kam wenige Tage später mit den Bildern zu mir. Erst da habe ich begriffen, welches Spiel sie trieb. Sie wollte, dass das Land, auf dem ihr Park gebaut werden sollte, nicht länger unter Naturschutz stand.«

»Sie ließen sich darauf ein?«

Martens hob beide Hände. »Was hätte ich denn tun sollen? Hätte Gunilla die Fotos publik gemacht, wäre ich erledigt gewesen, und meine Frau hätte die Scheidung eingereicht.«

»Also sorgten Sie dafür, dass der Gebietsschutz wieder aufgehoben wurde«, meinte John.

»Gunilla wusste, dass ich der Einzige war, der genug Einfluss auf der Insel hat, um so etwas in der heutigen Zeit zustande zu bringen. Ich musste … etliche Gefallen einfordern und mein ganzes politisches Kapital in die Waagschale werfen. Aber es gelang.«

»Wenn Gunilla Ihnen so übel mitgespielt hatte«, fragte Lilly, »warum brachten Sie sie dann an dem Abend nach der Ratssitzung nach Hause und gingen mit ihr rein, um … eine Glühbirne zu wechseln?«

»Ich hatte meinen Teil des Deals erfüllt. Nun war Gunilla an der Reihe. Sie übergab mir das Fotomaterial und die zugehörigen Dateien …« Er deutete auf die Fotos. »Scheinbar nicht alle. Damit hätte ich rechnen können …«

»Vielleicht hatte sie vor, weitere Gefallen einzufordern. Oder sie behielt die Fotos als Sicherheit, damit Sie ihr nicht übel mitspielten.«

Martens hob die Schultern. »Wer weiß.«

John stand auf und trat ans Fenster, die Arme hinter dem Rücken verschränkt. »Ich an Ihrer Stelle wäre ziemlich sauer gewesen. Jemandem, der mich derart reinlegt hat, hätte ich nicht weiter vertraut. Ich wäre auf Nummer sicher gegangen.«

Martens erhob sich schwerfällig von seinem Stuhl. Er stellte sich neben John und sah ihn an. Schweißperlen hatten sich auf seiner Stirn gebildet.

»Ich habe Sie angelogen, ja. Weil ich Angst hatte, dass meine … Beziehung mit Gunilla am Ende doch noch ans Licht kommt. Aber ich habe Gunilla nichts angetan. Sie händigte mir die Unterlagen aus, und danach verließ ich das Haus.«

John blickte dem Mann in die Augen. Was er sagte, klang aufrichtig. Allerdings durfte man sich bei einem Politiker nicht zu sicher sein. Sich zu verstellen war sein tägliches Geschäft.

Er musste eine Entscheidung treffen.

»Ich schlage vor, Sie gehen jetzt zu Ihrer Wahlkampfveranstaltung.« Er blickte hinab zum Fischmarkt, der sich allmählich füllte. »Danach kommen Sie auf die Wache, und wir nehmen Ihre Aussage zu Protokoll. Bringen Sie gerne Ihren Anwalt mit.«

In dem Moment vibrierte in Johns Jackentasche das Handy. Er zog es heraus und nahm den Anruf an. Es war Tommy.

»Wir sind mit der Durchsuchung fertig«, sagte er.

»Und, habt ihr etwas gefunden?«

»Nein, nichts. Allerdings hat sich etwas anderes ergeben. Wir sind auf der Wache, und Mikke Jessen ist ebenfalls hier.«

»Was will er denn, braucht er unsere Hilfe?«

»Nein, er möchte eher uns helfen.«

»Inwiefern?«

»Sie haben das Haus von Bosse Wolf nochmal gründlich auf den Kopf gestellt. Dabei haben sie in der Gartenlaube einen Teleskopschlagstock gefunden. So einen mit einer schweren Metallspitze. Es klebt Blut daran, John.«

Kapitel 30

Die Küche von Haus Poppenspeler war im Landhausstil gehalten, mit weißen Ober- und Unterschränken aus Holz. Lilly stand an der Arbeitsfläche, einer schweren Granitplatte, die sich direkt unter einem Sprossenfenster befand. Der Blick ging von hier über die Terrasse in den Garten hinaus – ein gepflegter Rasen mit Rhododendren, einem kleinen Teich, dahinter hohe Bäume. Lilly sah, wie John auf der Terrasse auf und ab ging, während er mit seinem Vater telefonierte. Das Fenster stand auf kipp, sodass Lilly hören konnte, was er sagte.

»Ja, Vater, ein wirklich großzügiges Angebot von dir … Nein, wir haben noch nicht … Was? Wir sind mitten in einer Ermittlung … Kann ich jetzt wirklich nicht sagen. Du … du hast was getan?!«

Lilly nippte an dem Tee, den Nieke Dornieden ihr freundlicherweise zubereitet hatte – Ostfriesentee mit zwei Stückchen Kandiszucker darin. Obwohl sie die junge Frau mit ihrem Ansinnen überfallen hatten, hatte Nieke ihnen ohne Murren noch einmal Zugang zum Haus gewährt.

John legte auf.

Lilly beobachtete, wie er das Handy in die Hosentasche gleiten ließ. Dann stemmte er die Fäuste in die Hüften und starrte in den Garten hinaus.

Ben hatte aus Faenza angerufen, einem kleinen Ort in der Nähe von Ravenna. Offenbar hatte er ein nettes Hotel gefunden, eine Villa aus dem neunzehnten Jahrhundert, mit Swimmingpool, Sterneküche und Golfplatz. Dort lag er nun mit seiner neuen Bekanntschaft – Lilly konnte nicht mehr sagen, der wievielten in den vergangenen Jahren – unter Palmen auf einer Teakliege.

Lilly fragte sich, wie viel von seinem Vater wohl in John steckte?

Sie musste wieder daran denken, wie John gestern Abend mit Frede Junicke auf dem Vorschiff gesessen und ziemlich verträumt in den Sternenhimmel geblickt hatte. Eigentlich hatte sie keinen Grund zur Eifersucht. Sie waren mehr oder weniger dienstlich auf dem Schiff gewesen, und John hatte Frede mit dem kaputten Segel geholfen.

Dennoch.

Es war die vertraute Art, die sich zwischen den beiden eingestellt hatte, und das, obwohl sie sich noch nicht lange kannten. Auch in der täglichen Zusammenarbeit konnte man es kaum übersehen: Etwas schien John zu Frede hinzuziehen.

Lilly neigte keinesfalls zur Esoterik, trotzdem kam ihr das Gerede über Seelenverwandtschaft in den Sinn, über Menschen, die sich nie zuvor begegnet waren und gleich beim ersten Kennenlernen feststellten, dass sie beide die Hälften eines bislang unvollständigen Ganzen waren, die nun endlich zusammenfanden.

John öffnete die Terrassentür und kam in die Küche. Er schüttelte den Kopf und fuhr sich mit der Hand durch das strubbelige Haar. »Mein Vater … Ben … also, er hat …«

Lilly trank einen weiteren Schluck Tee und sah John über den Rand der Tasse hinweg an. »Ja?«

John atmete ein paarmal tief durch. »Er hat … er hat einen Umzugsservice bestellt.«

Lilly verschüttete beinahe den Tee, als sie losprustete. »Wie bitte?«

»Nun, ich zitiere: ›Ihr kommt ja eh nicht in die Pötte. Also mach ich Nägel mit Köpfen.‹« John hob ratlos eine Hand. »Wenn sie wieder da sind, will er bei Vivienne einziehen. Er hat einen Umzugsunternehmen beauftragt, das seine Sachen rüberschaffen soll. In drei Wochen.«

Lilly stellte ihre Tasse auf der Arbeitsfläche ab. »Das kommt überraschend. Aber … findest du die Idee denn so verkehrt? Ich meine, wenn man bedenkt, wie schwierig es ist, eine Wohnung …«

»Ich mag es nicht, wenn er so etwas über meinen Kopf hinweg entscheidet. Außerdem …«

Die Küchentür wurde geöffnet, und Nieke Dornieden kam herein. Sie trug eine Klappleiter bei sich. »Eine größere hab ich leider nicht gefunden.«

John musterte zunächst die Leiter, blickte dann mit taxierendem Blick zur Terrasse hinaus und meinte: »Die könnte gerade reichen. Vielen Dank.«

Er schnappte sich die Leiter und trug sie auf die Terrasse hinaus. Lilly folgt ihm.

Die Veranda reichte über die gesamte Breite des Hauses. John folgte dem weißen Holzgeländer nach rechts, bis zu der Stelle, wo zwischen zwei Stützpfeilern eine Außenlampe von der Decke hing. Sie hatten sich die Stelle von Bürgermeister Martens genau beschreiben lassen.

John klappte die Leiter auf.

Lilly blickte zur Decke hinauf. Die Leiter mochte vielleicht einen Meter hoch sein. John würde sich ordentlich strecken müssen, um an die Lampe zu kommen.

Er stieg die Sprossen so weit hoch, dass er sich mit einer Hand noch an der Leiter festhalten konnte, den anderen Arm streckte er nach oben aus. Es reichte nicht.

John blickte zu Lilly hinunter. »Kannst du mal festhalten?«

Sie tat wie ihr geheißen, stellte sich auf eine Seite der Leiter und packte sie mit beiden Händen. Nieke Dornieden kam ihr auf der anderen Seite zu Hilfe. Sie sahen beide zu John hinauf, der sich anschickte, einen Drahtseilakt zu vollführen. Er hielt sich mit der linken Hand an einem der Stützpfeiler fest und stieg dann auf die oberste Sprosse, sodass er frei balancierend auf der Leiter stand. Mit der anderen Hand, über die er einen Handschuh gestreift hatte, öffnete er das Schutzglas der Lampe und begann die Glühbirne herauszuschrauben.

Lilly senkte den Blick. Nieke Dornieden stand ihr gegenüber und hielt die Leiter mit beiden Händen. Der linke Ärmel ihres Kapuzenpullovers war hochgerutscht. Auf der Innenseite ihres Unterarms verlief eine lange Narbe, die fast vom Handgelenk bis zum Ellenbogen reichte.

Nieke schien Lillys Blick bemerkt zu haben. »Die habe ich schon seit meiner Kindheit.«

»Ein Unfall?«

»Ja. Ich bin die große Treppe hier im Haus runtergefallen. Der Bruch musste im Krankenhaus operiert werden.« Sie rang sich ein Lächeln ab. »Mama machte sich damals ganz schön Sorgen um mich.«

John kam mit der Glühbirne in der Hand die Leiter herunter. »Ich denke, wir haben gefunden, wonach wir suchten.«

»Und ... das kleine Lämpchen ist jetzt für die Ermittlungen relevant?«, fragte Nieke.

»In der Tat. Allerdings fürchte ich, dass wir Ihnen nicht

verraten können, weshalb.« John setzte ein Lächeln auf und gab ihr gleichzeitig mit einem Blick zu verstehen, dass er nun mit Lilly allein sein wollte. Sie warteten, bis Nieke wieder ins Haus gegangen war.

»Sieh dir das an«, sagte John und hielt Lilly den Leuchtkörper hin.

Sie holte einen Handschuh aus ihrer Jackentasche und zog ihn über. Dann nahm sie die Glühbirne entgegen und drehte sie zwischen Daumen und Zeigefinger. Es handelte sich um eine herkömmliche Energiesparlampe mit weißer Plastikeinfassung. Auf einer Seite war darauf mit schwarzem Filzmarker ein Datum geschrieben. Lilly musste nicht im Kalender ihres Handys nachsehen, um zu wissen, dass es das Datum des fraglichen Freitags war, an dem Gunilla mutmaßlich im Keller ihres Hauses eingeschlossen worden war.

»Das bedeutet, Martens sagt die Wahrheit«, folgerte sie und gab John die Lampe zurück.

»Zumindest, was diesen Teil der Geschichte betrifft.« Er zog einen Beweismittelbeutel aus der Jackentasche und steckte die Lampe hinein. »Er ging mit Gunilla ins Haus, und, ja, augenscheinlich kam er ihrer Bitte nach und wechselte die Lampe.«

Lilly legte die Stirn in Falten. »Wirklich Sinn macht das aber nicht, oder? Die Frau stellt ihm eine Falle, erpresst ihn, und er … tut ihr diesen Gefallen?«

»Ist für mich auch nicht ganz nachvollziehbar …« John betrachtete den Beweismittelbeutel mit der Lampe. »Aber es bedeutet auch nicht, dass er Gunilla nichts angetan hat.«

Lilly ließ sich auf einen der beiden Korbstühle sinken, die in der Ecke der Veranda standen. »Nein, aber der Tathergang wäre dann ziemlich abstrus. Der Mörder war so freundlich, dem Opfer noch eine neue Lampe einzuschrauben, bevor er ... ihr das Licht ausknipste?« Sie konnte sich ein Schmunzeln ob des Wortspiels nicht verkneifen.

»Wohl wahr.« John musste ebenfalls grinsen. »Vielleicht müssen wir in Betracht ziehen, dass Martens über die ganze Erpressungsgeschichte am Ende nicht so zornig war, wie wir vermuten – zumindest nicht so, dass er Gunilla deshalb ermordete.«

Tommy hatte sich über den Werdegang des Bürgermeisters erkundigt und Lilly die Unterlagen vorgelegt. Sie kannte Martens' Lebenslauf.

»Der Mann hat sich an einer Karriere in Berlin versucht, bevor es ihn hier auf die Insel verschlagen hat ...«, sagte sie. »Was ich meine: Spätestens seit *House of Cards* wissen wir, wie es in der Politik läuft. Blackmailing gehört zum Tagesgeschäft. Im Zweifelsfall ist Martens solche Methoden gewohnt.«

Außerdem waren verliebte Männer selten voll zurechnungsfähig, und Martens hatte Gunilla gegenüber zumindest Zuneigung empfunden. Vielleicht hatte er seiner Angebeteten ihre hinterlistigsten Triebe verziehen.

»Wie auch immer«, sagte John. »Wir haben wenig Konkretes gegen ihn in der Hand. Und sollte sich der Schlagstock tatsächlich als Tatwaffe herausstellen, müssen wir Martens ohnehin vom Haken lassen.«

Der Schlagstock, den die Soko Wolf, wie sie nun offiziell hieß, gefunden hatte, war bereits auf dem Weg zur Kriminaltechnik. Es würde einige Tage dauern, bis sie erfuhren, ob es Fingerabdrücke auf ihm gab und ob das Blut von Gunilla Dornieden stammte. Sollte dem allerdings so sein, mussten sie sich mit dem Gedanken anfreunden, dass Bosse Wolf mit hoher Wahrscheinlichkeit ihr Täter war.

Allerdings wollte Lilly auch das nicht recht in den Sinn.

»Glaubst du wirklich, dass wir mit Wolf den Richtigen haben?«, fragte sie.

»Sollte der Schlagstock unseren Verdacht erhärten, sieht es zumindest nicht gut für ihn aus.« John hob eine Hand und zählte an den Fingern ab. »Gunilla beauftragt ihn, die Fotos zu machen. Sein Freund Backfisch bringt ihn auf die Idee, dass damit noch mehr Geld zu holen ist. Bosse erpresst Gunilla. Sie weigert sich, darauf einzugehen. Er sucht sie auf. Sie streiten. Er schlägt zu – ob im Affekt oder mit Absicht, spielt am Ende keine große Rolle mehr.«

Lilly überlegte einen Moment. Dann meinte sie: »Vielleicht doch.«

»Wie meinst du das?«

»Wir waren uns doch einig, dass die Tat höchstwahrscheinlich nicht im Affekt begangen worden ist.«

John hob die Schultern. »Wir können nicht ausschließen, dass der erste Schlag auf den Kopf im Affekt ausgeführt wurde. Aber ja, die Wut des Täters muss danach schnell verraucht sein. Er schloss Gunilla im Keller ein – dabei muss ihm klar gewesen sein, dass sie noch am Leben war. Es ging ihm darum, sie leiden zu lassen.«

»Ganz genau. Und das bringt uns zu dem Punkt, der mir die ganze Zeit nicht aus dem Sinn will: Warum wollte er sie quälen?«

John massierte sich das unrasierte Kinn. »Ja, daran muss ich auch immer wieder denken.«

Kurzentschlossen stand Lilly auf. »Etwas dagegen, wenn wir uns nochmal unten im Keller umsehen?«

Es roch feucht und modrig. An den Bruchsteinen der Wände hatten sich an einigen Stellen Wasserflecken gebildet. Lilly und John gingen zu dem Kellerverschlag, in dem sie vor einigen Tagen die Leiche von Gunilla entdeckt hatten.

»Also«, sagte Lilly. »Warum hier? Warum sperrte er sie hier ein? Es gibt tausende Arten, einen Menschen leiden zu lassen. Warum so? Was ist besonders hier?«

Sie sahen sich um.

Neben dem Verschlag befand sich der Heizungskeller. John ging dort hinein. Rechts führte der Gang zu weiteren Abstellkammern. Ein paar davon waren schmaler als die anderen. Vermutlich waren sie früher als Lagerraum für Kohlen benutzt worden. Das erkannte Lilly an den Oberlichtern, die zum Hof vor dem Haus führten. Sie waren schräg abfallend wie eine Rutsche. Man hatte die Kohlen wohl von oben einfach hier hereingekippt.

Lilly ging die Kellerräume ab, fand aber nichts, was man hier nicht erwartet hätte: alte Elektrogeräte, Kinderspielzeug, das wohl einmal Nieke gehört hatte, ausgediente Fahrräder, und in einer Kammer befand sich ein kleiner Weinkeller mit etwa drei Dutzend verstaubten Flaschen.

John kam aus dem Heizungsraum zurück, wohl ebenfalls ohne neue Erkenntnisse. »Da ist nichts Außergewöhnliches. Die Heizung müsste mal erneuert werden, ansonsten ist dahinten nur ein Trockenraum für die Wäsche und ein kleinerer Raum mit einer Werkbank und Werkzeugen.«

Lilly stemmte die Hände in die Hüften und blickte noch einmal in den Verschlag, wo die Leiche gelegen hatte. Die Tür bestand aus einfachen Holzlatten, nichts allzu Robustes. Ein Mensch, der bei vollen Kräften war, hätte sie vielleicht aufbrechen können, wenn er sich mit Wucht dagegengeworfen hätte. Lilly bückte sich und besah die Tür genauer. An einigen

Stellen war das Holz aufgerissen. Lilly musste an die Worte von Dr. Radke denken. Er hatte Splitter unter Gunillas Nägeln gefunden.

Als Lilly sich wieder aufrichten wollte, hörte sie ein leises Piepen. Eine Maus huschte aus Richtung des Heizungskellers durch den Verschlag und verschwand rechts in einem schmalen Schlitz in der Wand.

Lilly stand auf und trat ein paar Schritte zurück.

Links war die Wand zum Heizungskeller. Rechts neben dem Verschlag ebenfalls eine Wand. Dahinter zwei schmalere Kohlenkammern, dann die anderen Kabuffs.

Lilly verglich die Wand rechts neben dem Verschlag mit den schmalen Kohlenkammern. Sie waren ungefähr gleich breit.

»Was ist?«, fragte John.

Ohne ihm zu antworten, ging Lilly mit schnellen Schritten in den Verschlag zurück und kniete sich an die Stelle, wo die Maus in dem Schlitz verschwunden war. Dann zog sie ihr Handy aus der Jacke, schaltete die Taschenlampe ein und leuchtete damit in den Spalt. Er war nicht besonders groß, und der Lichtstrahl des Handys drang nur schwach hinein. Dennoch konnte Lilly erkennen, dass sich dahinter ein Hohlraum befand. Etwas schimmerte darin.

Sie stand auf und packte das Handy wieder weg.

»John, besorg uns einen Vorschlaghammer oder etwas anderes in der Art.«

Er verschwand im Waschkeller und kam bald darauf mit einem kleineren Vorschlaghammer wieder. »Wärst du so frei?« Er bedeutete ihr, zur Seite zu treten.

Wenn Lilly mit ihrer Vermutung richtiglag, war die Mauer nachträglich eingezogen worden – und das offenbar wenig fachmännisch. Die Feuchtigkeit hatte mit den Jahren ihr Übriges getan. Mit einigen beherzten Schlägen hatte John ein Loch in die Wand geschlagen.

Lilly holte wieder ihr Handy heraus und leuchtete hinein.

Ihr stockte der Atem.

»Hol mich der Teufel«, sagte John, der ebenfalls durch das Loch spähte.

In dem Hohlraum hinter der Mauer lag ein menschliches Skelett.

Hinter sich hörte Lilly Schritte die Treppe herunterkommen. »Was ist denn das für ein Krach?« Es war Nieke.

Lilly bedeutete ihr mit erhobener Hand, keinen Schritt näher zu kommen. »Gehen Sie wieder nach oben. Warten Sie auf uns.«

Verunsichert sah Nieke die beiden Polizisten an, folgte dann aber der Aufforderung.

John vergrößerte die Öffnung, bis er hindurchpasste. Lilly beobachtete, wie er sich durch die Lücke zwängte. Dann kniete er sich über die menschlichen Überreste.

Das Skelett war beinahe noch komplett bekleidet, mit Hose, Pullover und Jacke. An etlichen Stellen hing die Kleidung in Fetzen, Mäuse und Ratten hatten sich augenscheinlich daran zu schaffen gemacht.

John griff in die Jacke des Toten und fand ein Portemonnaie. Er hielt es Lilly hin. »Sieh mal nach«, bat er und untersuchte das Skelett weiter.

Lilly öffnete das Portemonnaie. Neben Kreditkarten befanden sich Geldscheine und Münzen darin. Alles Deutsche Mark.

Im hinteren Fach steckte ein Führerschein, noch einer von der alten grauen Sorte.

Lilly zog ihn heraus und schlug ihn auf.

Auf dem Foto blickte sie ein junger Mann an. Lilly las seinen Namen und wusste, dass sie in diesem Fall plötzlich wieder ganz am Anfang standen. Dieser Fund änderte alles.

Sie ließ das Portemonnaie sinken.

John sah erwartungsvoll zu ihr auf. »Und?«

»Das ist das Skelett von Mikkel Ahlert.«

Teil 3

Kapitel 31

Auf dem Wasser kräuselte sich keine einzige Welle. Die See lag glatt wie ein Spiegel vor ihnen, darüber der endlos weite Himmel, über den lediglich vereinzelte Wolkenschlieren zogen. Der Bug der *Lady of Solitude* hielt auf die Hallig Oland zu, die recht voraus im Wattenmeer lag, ein winziger Haufen Land, mitten im Nirgendwo.

John war froh, dass sich das Wetter an diesem Morgen von seiner freundlichen Seite zeigte. Die Ansteuerung der Hallig war knifflig. Sie hielten von Süden kommend auf den kleinen Sielhafen von Oland zu. John stand auf dem Bug, eine Festmacherleine in der Hand. Er beobachtete, wie Frede am Steuer ihre ganze Konzentration darauf richtete, der engen Fahrwasserrinne zu folgen. Sie hielt sich dabei so dicht wie möglich an den Baum-Pricken, die mit ihren kahlen Ästen aus dem Wasser ragten.

Auf Oland würde er Jürgen Thomsen treffen, den ehemaligen Kriminalkommissar, der im Fall Mikkel und Emma Ahlert ermittelt und den John bei seinem Auftritt in der Talkshow kennengelernt hatte. John konnte nicht sagen, ob ihn das Treffen mit dem alten Kriminaler weiterbringen würde. Er folgte lediglich seiner Intuition.

Das Skelett, das sie gestern im Haus Poppenspeler gefunden hatten, warf viele neue Fragen auf. Wer hatte Mikkel Ahlert dort eingemauert – und warum? Wenn er dort unten im Keller gestorben war, was war dann mit seiner Tochter Emma geschehen? Und wie hing das alles mit dem Tod von Gunilla Dornieden zusammen?

Die Parallelen konnte man nicht ignorieren: Gunilla war in dem Verschlag eingeschlossen und dem Tod überlassen worden, der direkt neben dem Hohlraum lag, in dem jemand ihren Ex-Mann Mikkel eingemauert hatte.

Claudia Matthis, die Leiterin der Kriminaltechnik, war gestern umgehend mit ihrem Team angerückt. Die ersten Untersuchungen des Fundorts hatten ergeben, dass die Wände von innen diverse Kratzspuren aufwiesen. Mikkel Ahlert hatte also anscheinend noch gelebt. Er war lebendig eingemauert und dem Tod überlassen worden – so wie seine Frau Gunilla viele Jahre später.

Dass es sich bei dem Skelett um Mikkel Ahlert handelte, stand so gut wie fest. Diese Erkenntnis hatten sie – ganz abgesehen von dem Personalausweis, den sie gefunden hatten – Tommy zu verdanken. Er hatte sich gestern Nachmittag mit Esther Talley kurzgeschlossen, die im Präsidium umgehend die alten Akten im Fall Ahlert aus dem Archiv geholt hatte.

Jürgen Thomsen war damals sehr gründlich vorgegangen und hatte eine Unmenge an Details gesammelt. So hatten Tommy und Esther in der Akte Röntgenfotos von Mikkels Gebiss entdeckt. Er hatte mehrere Füllungen und zwei implantierte Zähne im Ober- und Unterkiefer. Tommy hatte die Bilder vor Ort mit dem Gebiss des Skeletts abgeglichen. Selbst für einen Laien wäre unschwer zu erkennen gewesen, dass sie übereinstimmten. Natürlich würde erst die eingehende Analyse der menschlichen Überreste endgültige Gewissheit bringen. Doch John erwartete keine Überraschungen.

Mit Thomsen zu reden erschien ihm als nächster Schritt folgerichtig. Während Tommy weiter die Kriminaltechnik vor Ort unterstützte und Lilly sich um Nieke Dornieden kümmerte, die unter Schock stand, waren John und Frede am frühen Morgen in See gestochen. Die Fahrt mit dem Segelschiff hatte sich als schnellster Weg auf die Hallig Oland herausgestellt – die Passage mit einem Ausflugsschiff ab Schlüttsiel oder die Fahrt mit der Lorenbahn, deren Gleise von Dagebüll aus über einen Steindamm zu den Halligen verliefen, hätten deutlich länger gedauert.

Der einzige Nachteil war, dass ihm nicht viel Zeit blieb, um mit Thomsen zu reden. Der kleine Sielhafen von Oland würde bei Ebbe trockenfallen. Sie mussten also rechtzeitig vor ablaufendem Wasser die Rückreise antreten.

Frede steuerte das Schiff in den Hafen und legte am Steg an. Außer ihnen war der kleine Hafen menschenleer. John ging an Land und vertäute die vorderen und hinteren Festmacherleinen.

»Du bist sicher, dass ich nicht mitkommen soll?«, fragte Frede. Sie schaltete die Maschine aus.

»Ich weiß nicht, wie aufgeschlossen der Mann ist«, sagte John. »Wahrscheinlich ist es besser, wenn ich mit ihm alleine rede.«

Frede nickte und zündete sich eine Zigarette an. »Du kannst ja berichten. In einer Stunde sollten wir wieder von hier verschwinden.«

»In Ordnung.«

John setzte sich in Bewegung und folgte dem Pfad, der vom Hafen in das Dorf führte. Auf dem Weg begegnete er lediglich einigen Kühen und Schafen, die links und rechts auf den Wiesen standen und neugierig die Köpfe in seine Richtung drehten, als er an ihnen vorbeiging.

Das einzige Dorf der Hallig lag auf einer Warf und bestand aus etwa zwanzig reetgedeckten Häusern, die sich dicht an dicht auf einem grasbewachsenen Hügel drängten, der bei Sturm vermutlich nur knapp aus dem Wasser ragte.

Thomsen hatte John gesagt, dass er ihn im *Kiek In* antreffen würde, der Gaststätte, in der er täglich ein frühes Mittagessen einzunehmen pflegte. Sie befand sich in einem rotgeklinkerten Haus mit Reetdach. Ein Pflasterweg führte zwischen zwei weißen Gartenzäunen zur Eingangstür.

John betrat das Lokal und fand Thomsen an einem Tisch am Fenster. Er war zu dieser Uhrzeit der einzige Gast hier. Seine Begrüßung fiel mit einem einfachen Moin knapp aus.

Als John sich ihm gegenübergesetzt hatte, deutete Thomsen auf das Glas Pils, das vor ihm auf dem Tisch stand. »Auch eins?«

John nickte kurz, und der Kellner brachte ihm ein Glas.

»Sie sagten, es gäbe eine neue Entwicklung im Fall Ahlert?«

»Ja.« John hatte Thomsen am Telefon noch keine Details verraten, weil er seine Reaktion mit eigenen Augen beobachten wollte. »Wir haben das Skelett von Mikkel Ahlert im Keller von Haus Poppenspeler gefunden.«

Thomsen sagte zunächst nichts. Er sah John mit unbewegter Miene an. Dann wanderte sein Blick zu dem Pilsglas, und er nahm einen großen Schluck.

»Im Keller, ja?«

»Er wurde vermutlich lebendig eingemauert. Direkt neben dem Verschlag, in dem wir die Leiche von Gunilla Dornieden gefunden haben.«

»Wer hätte es gedacht …« Thomsen schüttelte den Kopf und sah zum Fenster hinaus. »Ich hoffe, Sie wollen nicht von mir wissen, wie er dorthin gekommen ist.«

»Nein.« John breitete die Hände in einer einladenden Geste aus. »Dennoch würde mich interessieren, was Sie denken. Sie haben sich lange mit dem Fall beschäftigt. Ich meine … es dürfte doch damals nicht viele Leute gegeben haben, die die Möglichkeit gehabt hätten, ihn dort unten im Keller einzumauern.«

»Nein, natürlich nicht.« Thomsen hob eine Augenbraue. »Tatsächlich kommen dafür nur sehr wenige Menschen in Frage.«

»Gunilla lebte damals alleine mit Mikkel und Emma in dem Haus, richtig?«

»Genau.«

»Es gab keine Bediensteten … oder jemanden, der Zugang zum Haus und insbesondere dem Keller gehabt hätte?«

Thomsen lachte. »Bedienstete … so etwas konnten die Ahlerts sich nicht leisten. Nein, so gesehen gab es nur eine Person, die eine solche Tat ungehindert hätte verüben können.«

»Gunilla.«

»So ist es.«

»Halten Sie das denn für möglich?«

»Was, dass sie ihren eigenen Mann im Keller ihres Hauses einmauert?« Thomsen schüttelte den Kopf. »Nein.«

»Dennoch sind die Parallelen in den beiden Fällen unübersehbar. Beide wurden im Keller eingesperrt und einem langsamen Tod überlassen.«

»Und nun denken Sie, jemand hat sich nach all den Jahren an Gunilla gerächt und sie auf dieselbe Art verrecken lassen.«

»Ob es so ist, kann ich nicht sagen. Aber ich halte die Hypothese nicht für abwegig. Es würde zumindest erklären, warum der Täter diese Todesart wählte und Gunilla auf solche Weise leiden ließ.«

Thomsen bestellte ihnen zwei neue Pils, obwohl Johns Glas noch halbvoll war. Dann sagte er eine Weile nichts und starrte nachdenklich zum Fenster hinaus. John gönnte ihm den Moment.

Der Blick ging von hier über die Wiesen und den Hafen hinaus auf die Wattensee. John sah Frede, die vom Hafen ein Stück in Richtung Dorf gewandert war und nun an einem Weidezaun stand und ein Schaf streichelte. Sie sah zu ihnen hinauf.

Mit einem Brummen wandte sich Thomsen wieder John zu. »Nein, wirklich, ich glaube, Sie sind auf dem Holzweg.«

Der Kellner kam an den Tisch und fragte, was sie essen wollten. »Die Scholle mit Krabbenbutter«, sagte Thomsen. »Der Herr hier nimmt dasselbe.«

John widersprach nicht. Was das Essen anging, vertraute er gerne den Einheimischen. »Und warum liege ich falsch?«, fragte er, als der Kellner in der Küche verschwunden war.

»Wir wissen, dass Mikkel Ahlert an jenem Tag mit Emma aufs Festland fuhr. Er mietete den Wagen. Und auch, wenn wir wegen der Nachlässigkeit des Vermieters beim Tachostand nicht nachvollziehen konnten, wie weit er gefahren ist, gingen wir doch davon aus, dass er mit dem Mädchen irgendwo hinfuhr.«

»Mag sein. Trotzdem endete er im Keller von Haus Poppenspeler.«

»Ganz offensichtlich. Aber wir wissen nicht, was in der Zeit zwischen seiner Abfahrt in Dagebüll und seinem Tod geschehen ist.«

»Theoretisch alles Mögliche«, sagte John. »Aber wie wahrscheinlich ist es, dass jemand Mikkel ermordet und sich dann die Mühe macht, die Leiche auf die Insel zu bringen und sie im Keller einzumauern. Zumal wir wissen, dass er noch gelebt haben muss, nachdem er eingemauert wurde. Ich halte es für wesentlich wahrscheinlicher, dass er an jenem Tag auf die Insel zurückkehrte.«

»Und was geschah mit Emma?«

»Das bleibt unklar.«

Thomsen lehnte sich zurück, als der Gastwirt das Essen brachte und die Teller vor ihnen auf den Tisch stellte: gebratene Scholle, darüber in Butter geschwenkte Nordseekrabben und Zitronenecken, dazu Bratkartoffeln.

Sie aßen schweigend, und John sah sein Vertrauen in Thomsens kulinarische Expertise gerechtfertigt. Der fangfrische Fisch schmeckte einfach vorzüglich.

Als sie fertig waren, bat Thomsen um die Rechnung. Er bestand darauf, John einzuladen. »Gehen wir ein Stück«, sagte er dann, und sie verließen die Gaststätte.

Sie gingen durch den Ort, vorbei an alten Reethäusern und einem kleinen Leuchtturm, dessen Dach ebenfalls mit Stroh bedeckt war. Der Weg führte sie von der Warft auf die Felder hinaus.

Thomsen blieb schließlich stehen und ließ den Blick über die Landschaft schweifen.

»Gunilla Dornieden, oder Ahlert, wie sie damals hieß, stand unter Schock, als ich sie zum ersten Mal aufsuchte«, erzählte er. »Sie wirkte aufrichtig fassungslos und besorgt. Gunilla war damals noch nicht reich … ihre Familie, ihre Tochter, das war ihre ganze Welt. Und die Vorstellung, alles verloren zu haben, drohte sie in den Wahnsinn zu treiben.«

»Es gab also kein Motiv, aus dem heraus sie ihrem Mann etwas hätte antun können?«

»Nein.« Thomsen griff in die Jackentasche und zog eine Pfeife heraus. Er zündete sie an und paffte einige Rauchwolken in die Luft. »Erstens gab es keinerlei Hinweise, dass die beiden Streit hatten. Außerdem war Gunilla finanziell von Mikkel abhängig. Nach seinem Verschwinden ging es dann auch erstmal steil bergab mit ihr. Und was ihre Tochter angeht ... Ich habe mich auf der Insel umgehört. Emma war ihr Ein und Alles – wobei sie es wohl nicht leicht mit dem Kind hatte. Die Leute erzählten mir, dass Emma offenbar häufig krank war und Gunilla deshalb keiner geregelten Arbeit nachgehen konnte. Ständig musste sie mit dem Kind zum Arzt oder sogar ins Krankenhaus ... Ich glaube, einmal war Emma beim Spielen die Treppe hinuntergestürzt und hatte sich den Arm oder das Bein gebrochen ... Wie auch immer. Gunilla ging in ihrer Rolle als Mutter und Ehefrau auf. So jemand lässt seine Liebsten nicht über Nacht verschwinden und mauert sie im Keller des eigenen Hauses ein.«

John schob die Hände in die Jackentaschen.

Thomsen taxierte ihn von der Seite und lächelte. »Ich weiß. Das wäre die einfache Variante gewesen.«

»In der Tat. Wobei selbst das nicht erklärt hätte, was mit Emma geschehen ist.«

»Nein. Das war immer das besonders Rätselhafte an dem Fall – dass Vater und Tochter zusammen verschwanden. In einer meiner positiven Hypothesen hatten die beiden das Weite gesucht, weil Mikkel es mit seiner Frau nicht mehr ausgehalten hatte. Solche Fälle gibt es ja. Allerdings fand sich dafür kein Anhaltspunkt.«

John überlegte und ging in Gedanken nochmal durch, was er über den alten Fall wusste. »Mikkel verschwieg Gunilla, dass er an jenem Tag mit Emma die Fähre aufs Festland nahm ...«

Thomsen bestätigte das mit einem Nicken. »Davon wusste sie ebenso wenig wie von dem Mietwagen.«

»Er hatte also ein Geheimnis vor ihr. Irgendwann kehrte er

aber zurück – ob mit oder ohne Emma, das wissen wir nicht. Auf jeden Fall endete er dann im Keller seines Hauses. Hatten Sie eine Theorie, wohin er gefahren sein konnte?«

Thomsen hob die Schultern, drehte sich um und ging wieder in Richtung Dorf zurück. John folgte ihm.

»Einer der naheliegendsten Gedanken war, dass Mikkel nach Dänemark fuhr, nach Aalborg, dort lebte seine Familie, seine Eltern und sein Bruder.«

»Haben Sie mit den Leuten gesprochen?«

»Mein Dänisch reicht leider gerade für ein Bier und einen Kaffee. Die Kollegen dort haben das damals übernommen. Die Eltern und der Bruder sagten, dass Mikkel nicht bei ihnen gewesen war.«

Sie kamen an einer kleinen Kate an. Weiß verputzt und mit Reet bedeckt mochte das Häuschen vielleicht gerade genug Platz für eine Person bieten. Es wirkte wie eine Miniaturversion von Johns Kapitänshaus auf Sylt.

»Da wären wir. Hier wohne ich. Sollten Sie noch Fragen haben, melden Sie sich. Und auch sonst ... würde mich bei Gelegenheit interessieren, was Sie in diesem Fall noch ans Licht fördern. Aus alter Neugier ... und natürlich nur, wenn es Ihnen nichts ausmacht..«

»Ich melde mich. Danke für Ihre Hilfe.«

John wollte sich zum Gehen wenden, gab dann aber doch seiner Neugier nach. »Sagen Sie, was treibt jemanden wie Sie eigentlich hierher?«

Thomsen hob die Augenbrauen. »Wie meinen Sie das?«

»Warum sind Sie auf die Hallig gezogen?« John sah sich um. »Hier leben vielleicht zwanzig Leute ...«

»Einundzwanzig.«

»Was suchen Sie in dieser Einöde? Hier ist nichts.«

»Und genau deshalb bin ich hergekommen. Sie kennen unseren Job. Ich hatte genug davon. Nach all den Jahren wollte ich nichts mehr von den Menschen mit ihrer Bosheit und Verlogenheit wissen. Mit den paar, die hier leben, komm ich klar. Der Rest kann mir gestohlen bleiben.«

Thomsen nickte John zum Abschied zu und zog die Tür hinter sich zu. Er hatte sie schon halb geschlossen, als er innehielt. »Sagen Sie ...«

»Was denn?« John drehte sich zu ihm um.

»Dieser blinde Fleck, von dem Sie in der Fernsehsendung sprachen. Jeder Fall hat drei Seiten, eine kennen Sie, eine kenne ich, den blinden Fleck sieht aber keiner von uns ... und so weiter.«

»Ja. Was ist damit?«

»Sie wollen ihn wirklich aufdecken, diesen Fleck, oder?«

»Natürlich. Das ist mein Job.«

Thomsen kniff die Augen zusammen. »Und hat Ihnen schon einmal nicht gefallen, was Sie gefunden haben?«

»Mehr als einmal.«

Thomsen nickte. Dann schloss er die Tür hinter sich.

John blieb noch einen Moment stehen und rätselte, was der alte Mann ihm sagen wollte. Dann machte er sich auf den Weg.

Am Ortsausgang hielt er noch einmal inne und blickte zu der Reetkate zurück. Er war jetzt Ende vierzig. Es lagen mehr Jahre hinter ihm als vor ihm. In nicht allzu ferner Zukunft würde er auf eine ähnlich lange Dienstzeit zurückblicken wie Jürgen Thomsen.

Ihr Beruf hatte den Mann am Ende zu einem Eigenbrötler werden lassen, zu einem menschenscheuen Eremiten, der allein, ohne Freunde oder Familie auf einem kleinen Stück Land mitten im Nichts des Wattenmeers lebte.

John fragte sich, ob er auch einmal so enden würde.

»Und, neue Erkenntnisse?«, riss ihn Fredes Stimme aus den Gedanken. Sie war ihm entgegengekommen.

»Nicht wirklich, fürchte ich.«

Sie gingen zum Hafen zurück.

John machte die Leinen los, rollte sie zusammen und wollte an Bord des Segelschiffs steigen. Doch er rutschte mit dem Fuß von der feuchten Reling ab und stieß mit dem Knie gegen die Kante. Der Schmerz schoss ihm in den Kopf.

»Alles klar?«, fragte Frede vom Steuerstand aus.

John winkte ab. »Geht schon.«

Er packte die Reling mit beiden Händen und wollte sich hochziehen, als er plötzlich innehielt.

Der blinde Fleck.

Er stand wieder auf der Leiter in Haus Poppenspeler und drehte die Glühbirne heraus. Lilly unterhielt sich dabei mit Nieke. Es ging um die Narbe an Niekes Arm.

Nieke war als Kind die Treppe in Haus Poppenspeler heruntergefallen.

John dachte an das, was Thomsen eben gesagt hatte.

Niekes Halbschwester Emma hatte viele Jahre vor ihr einen ebensolchen Sturz erlitten.

Kapitel 32

»Wie fühlen Sie sich jetzt?«, fragte Lilly. Sie saß Nieke und Sönke Dornieden am Küchentisch von Haus Poppenspeler gegenüber.

Nieke antwortete nicht sofort. Sie schien über Nacht um Jahre gealtert zu sein. Ihr schmales Gesicht wirkte ausgemergelt, dunkle Schatten lagen unter den Augen, und ihre Hände zitterten. Sönke hatte berichtet, dass Nieke in der Nacht fast kein Auge zugetan hatte, was Lilly nicht sonderlich verwunderte.

Schon gestern war mit dem Team der Kriminaltechnik eine Polizeipsychologin angereist. Es hatte außer Frage gestanden, dass Nieke nach dem erneuten Fund eines Toten im Keller ihres Elternhauses professionelle Hilfe benötigte. Auch Sönke schien die Angelegenheit nahezugehen; mit sorgenvoller Miene hatte er den Arm um seine Frau gelegt.

Juri hatte neben Lilly Platz genommen. Er hielt die Teetasse vor sich auf dem Küchentisch mit beiden Händen umschlossen und beobachtete Nieke und Sönke mit ruhigem Blick. Leicht vornübergebeugt wirkte er auf Lilly mit dem kräftigen Körperbau und seiner entspannten Art wie der sprichwörtliche Fels in der Brandung. Sie spürte, wie die Gelassenheit, die er ausstrahlte, auch ihr guttat.

Damit war Juri im Moment das genaue Gegenteil von John.

John machte Lilly rasend.

Er hatte sich aus dem Staub gemacht und ihr – und natürlich Tommy und Juri – die ganze Kärrnerarbeit überlassen.

Tommy war mit der Kriminaltechnik noch im Keller des Hauses. Die Kollegen waren in dem Versteck, wo sie das Skelett entdeckt hatten, noch mit der Spurensicherung beschäftigt, die in ihrer Detailverliebtheit an eine archäologische Ausgrabung erinnerte. Sie untersuchten den Keller zudem mit modernstem Gerät auf weitere Hohlräume, um auszuschließen, dass noch irgendwo andere unliebsame Überraschungen auf sie warteten.

Auf der Wache hatte Juri währenddessen die Aussage von Bürgermeister Martens in Gegenwart von dessen Anwalt zu Protokoll genommen. Mit dem Fund der mutmaßlichen Tatwaffe bei Bosse Wolf rückte Martens zwar auf der Liste der Verdächtigen nach unten, dennoch musste die Arbeit gemacht werden.

Lilly fiel derweil die Aufgabe zu, sich mit der Psychologin um Nieke zu kümmern.

Und John? Der war sich offenbar zu schade für so etwas.

Er ging lieber einer Intuition nach – seine Worte.

Natürlich lag es nahe, mit Jürgen Thomsen über ihren neuerlichen Fund zu sprechen; der Mann hatte schließlich im Verschwinden von Mikkel und Emma Ahlert ermittelt. Nur hätte das durchaus noch einen Tag Zeit gehabt.

Aber nein. John, der einsame Wolf, musste auf die Jagd gehen, und zwar unverzüglich. Und natürlich ließ er sich von seiner neuen Freundin Frede dorthin schippern, wobei es genügend andere Möglichkeiten gegeben hätte, auf die Hallig zu gelangen.

Lilly spürte eine Regung in sich, die ihr überhaupt nicht gefiel. Sie konnte eifersüchtige Menschen nicht ausstehen, und noch weniger mochte sie es, wenn sie diesen Wesenszug an sich entdeckte … was sie aber in diesem Moment tat, genauso wie am vergangenen Samstagabend, als sie John und Frede in trauter Zweisamkeit an Deck des Segelschiffs beobachtet hatte.

Lilly versuchte sich mit dem Gedanken zu beruhigen, dass es in Wahrheit die Sorge um John war, die sie umtrieb. Er mochte zuweilen ein Eigenbrötler sein, doch bei Ermittlungen war er immer ein Teamspieler gewesen. Deshalb gefiel ihr sein Alleingang nun ganz und gar nicht.

Es hatte also wirklich nichts mit Frede zu tun, versicherte Lilly sich selbst, definitiv nicht, nein.

Sie richtete ihre Aufmerksamkeit wieder auf Nieke, die nach langem Zögern meinte: »Ich … glaube nicht, dass ich noch in diesem Haus leben kann.«

Während sie sprach, blickte sie Juri an. Er schien ihr Vertrauen gewonnen zu haben.

»Sie brauchen diese Entscheidung ja nicht heute zu fällen«, sagte er. »Geben Sie sich Zeit. Und wenn es sich dann noch immer nicht gut anfühlt … Ich glaube, es würde jedem von uns genauso gehen.«

Es war der Vorschlag der Polizeipsychologin gewesen, Nieke direkt wieder in das Haus zu bringen. Wie der Reiter, der sofort erneut in den Sattel steigen sollte, wenn er vom Pferd gefallen war, sollte Nieke nicht zu lange warten, damit sich Ängste oder Blockaden gar nicht erst aufbauen konnten. Dort sollte sie dann in sich hineinhorchen und spüren, wie es ihr ging.

Lilly war froh gewesen, als die Psychologin gestern Abend bereits abgereist war. Vor langer Zeit hatte sie selbst einige Sitzungen bei einem Therapeuten verordnet bekommen, nachdem sie im Dienst von der Schusswaffe Gebrauch hatte machen müssen. Sie hatte die Seelenklempnerei als wenig erquicklich empfunden. Letztlich lief es immer darauf hinaus, dass man selbst zusehen musste, wie man mit dem Geschehenen klarkam. So war das Leben nun einmal.

Daher verstand sie auch nicht ganz, was die Psychologin sich davon erhoffte, Nieke in das Haus zu schicken. Denn wie sollte man sich schon fühlen, wenn in kurzer Folge zwei Leichen im Keller des Hauses aufgefunden worden waren, in das man einziehen wollte? Lilly bewunderte Nieke dafür, dass sie überhaupt die Kraft aufgebracht hatte, einen Fuß über die Türschwelle zu setzen.

Nieke rang sich ein unsicheres Lächeln ab. »Es ... klingt bestimmt verrückt, aber ich bin ein wenig abergläubisch.«

Lilly sah, wie Juri die Unterlippe nach vorne schob. »Ich wüsste nicht, was daran verrückt sein sollte. Es gibt viele Dinge auf dieser Welt, die wir uns nicht rational erklären können.«

»In diesem Haus sind zwei Menschen gewaltsam ums Leben gekommen.« Nieke stockte. »Und ich ... ich halte es für möglich, dass ihre Geister noch hier sind.«

Lilly gemahnte sich im Stillen zur Ruhe. Sie konnte mit diesem übersinnlichen Quatsch wenig anfangen. Umso mehr bewunderte sie Juri dafür, wie nüchtern und sachlich er blieb.

»Von solchen Phänomenen habe ich schon gehört. Ich vermute, dass manche Menschen etwas ausgeprägtere Antennen für so etwas haben als andere.«

Nieke schien ihrem Gesichtsausdruck nach dankbar für den Zuspruch. »Ich vermute, es liegt an den Gruselgeschichten, die mir Mutter als Kind erzählt hat ...«

Juri nickte. »Ja, da können wir Erwachsenen manches Unheil anrichten. Ich habe auch eine Tochter. Als sie klein war, habe ich ihr Märchen vorgelesen und ... es war wohl keine gute Idee. Ihre blühende Fantasie sprang etwas zu heftig an.«

Nieke blickte sich vergewissernd zu Sönke. »Wir ... wir haben deshalb entschieden, dass wir nicht hier einziehen werden. Wir bleiben in unserem Haus.«

»Das kann ich gut nachvollziehen«, sagte Juri.

Lilly wartete einen Moment und trank einen Schluck Kaffee. Dann fragte sie: »Nieke, was wissen Sie über Mikkel Ahlert? Das ist sicher alles lange her, weit vor Ihrer Geburt – aber vielleicht hat Ihre Mutter Ihnen von ihm erzählt?«

»Nein.« Nieke schüttelte den Kopf. »Ich fürchte, da kann ich Ihnen nicht helfen. Mutter sprach nie über ihn oder Emma.« Sie blickte zur Decke hoch. »Mutter hat das alles mit sich ausgemacht. Sie hat oft oben in Emmas altem Zimmer gesessen. Niemand durfte dort rein. Sie nannte es ihre Erinnerungsstunden. Dann saß sie auf dem Kinderbett und blätterte in den alten Fotoalben.«

»Was waren das für Alben?«, fragte Lilly.

»Alte Bilder von Mama und ihrer ... ihrer ersten Familie.«

Lilly warf Juri einen Blick zu.

»Würde es Ihnen etwas ausmachen, wenn wir uns die mal ansehen?«, fragte er.

»Nein, das können Sie gerne tun.«

Nieke führte sie die Treppe in das erste Geschoss hoch und ging in Emmas altes Kinderzimmer, das Lilly ja schon kannte. Nieke holte aus einem Schrank drei Fotoalben hervor. Es waren dicke Bücher, wie Lilly sie aus ihrer eigenen Kindheit kannte. Ihr Vater hatte viele Abende damit verbracht, die Bilder sorgfältig einzukleben und sie mit kurzen Beschreibungen zu versehen. Vor einigen Jahren hatte er ihr die Alben übergeben, und sie blätterte an so manchem Abend bei einem Glas Wein darin und tauchte noch einmal ab in das, was längst Vergangenheit war.

Nieke schlug eines der Alben auf. Das meiste waren Familienfotos, wie man sie erwartete: Schnappschüsse von Kindergeburtstagen, Urlaubsfahrten und den vielen ersten Malen – Emma, die ihre ersten Schritte machte, Emma mit ihrem ersten Fahrrad und Emma, die zum ersten Mal am Strand spielte.

Auf einigen Bildern war auch Haus Poppenspeler zu sehen. Das Anwesen wirkte verfallen. Der Putz blätterte an manchen Stellen ab, die Fensterläden waren verwittert, der Garten ungepflegt. Offenbar hatte es Gunilla und Mikkel wirklich an Geld gemangelt, das Haus zu unterhalten.

Nieke blätterte zu einer Bilderfolge, die Mikkel und Gunilla bei einer Reise nach Dänemark zeigte.

»Sind das seine Eltern?«, fragte Lilly und tippte auf ein Foto, auf dem Mikkel mit einem älteren Ehepaar und einem jungen Mann in seinem Alter zu sehen war.

»Ja«, antwortete Nieke. »Neben ihm, das ist sein Bruder Ubbe.«

»Hatte Gunilla nach seinem Tod noch Kontakt zu Mikkels Eltern?«

»Anfangs, glaube ich, haben sie wohl hin und wieder telefoniert, danach nicht mehr. Wir sind jedenfalls nie dorthin gefahren, und sie kamen auch nicht zu Besuch.«

Lilly überlegte. Sie wusste nicht, wohin diese Ermittlung sie noch führen würde. Vielleicht würden sie sogar noch mit Mikkels Familie sprechen müssen. »Dürften wir das Foto mitnehmen? Wir machen eine Kopie. Sie bekommen es dann wieder.«

»Sicher.« Nieke löste das Bild vorsichtig aus dem Album.

Lilly nahm es entgegen und wollte das Zimmer schon verlassen, als ihr Blick über die Wand streifte, an der die Bilder von Emma hingen. Bei ihrem ersten Besuch war ihr aufgefallen, dass scheinbar eines fehlte.

»Wissen Sie, welches Bild dort hing?« Lilly deutete mit

dem Zeigefinger auf die Lücke an der Wand, wo der Schatten eines Bilderrahmens zu sehen war.

»Oh. Mir ist noch gar nicht aufgefallen, dass eines fehlt.« Nieke hob die Augenbrauen. »Vielleicht ist es hinter den Schrank gefallen.«

»Macht es Ihnen etwas aus, wenn wir nachsehen?«

Als Nieke die Bitte nicht ausschlug, gab Juri Sönke ein Zeichen, ihm zu helfen. Gemeinsam rückten die Männer das Sideboard unter der Bilderwand ein Stück nach vorne.

Doch dahinter war nichts.

»Seltsam«, meinte Nieke. »Ich weiß nicht, wo es hin ist, vielleicht hat Mama es abgenommen. Aber Moment …«

Sie überlegte kurz. Dann nahm sie sich eines der Fotoalben und blätterte darin.

»Hier, ich glaube, das ist es.«

Nieke zeigte ihnen ein Bild, auf dem Mikkel mit einem Mann zu sehen war. Emma stand in der Mitte zwischen ihnen.

»Wissen Sie, wer das ist?«, fragte Lilly.

Nieke schüttelte den Kopf. »Nein. Leider keine Ahnung.«

»Darf ich?« Lilly nahm das Bild vorsichtig aus dem Album. »Wie gesagt, Sie bekommen es wieder.«

»Schon gut«, sagte Nieke. »Mir sagen diese Fotos ohnehin nichts …«

Lilly steckte die Bilder in einen Beweismittelbeutel. Dann gingen sie wieder hinunter ins Erdgeschoss.

Am Fuß der Treppe kam ihnen Tommy entgegen.

»Claudia Mattis ist mit ihrer Truppe bald fertig«, meinte er kauend und hielt Lilly eine Keksdose hin. »Auch Lust auf ein Stück Plunder? Hat Frede heute Morgen mitgebracht. Frisch gebacken.«

»Nein, danke«, erwiderte Lilly, was wohl etwas schärfer rauskam, als sie beabsichtigt hatte.

»Na, du hast ja eine Laune.« Tommy schnitt eine Grimasse und verschwand wieder im Keller.

Bevor Lilly etwas erwidern konnte, klingelte ihr Handy.

Sie entschuldigte sich bei Nieke und Sönke und ging raus vor die Tür.

Es war Ben.

»Lilly, Liebes, schön, dass ich dich erreiche«, hörte sie seine Stimme am anderen Ende der Leitung.

»Ben. Hör zu, es ist gerade schlecht. Kann ich dich in ein paar Minuten zurückrufen.«

»Das wäre gut«, sagte er. »Wir müssen dringend sprechen. Ich mache mir nämlich große Sorgen um John.«

Juri parkte den Wagen vor der Polizeiwache. Lilly öffnete die Beifahrertür und stieg aus.

»Magst du schon vorgehen?«, fragte sie. »Ich vertrete mir noch ein wenig die Beine.«

»Sicher.«

Lilly ging hinter der Polizeiwache am Hafen entlang. Dabei ließ sie den Blick über die Boote schweifen. Frede hatte einen festen Liegeplatz für ihr Segelschiff. Er war unbesetzt.

Lilly zog ihr Handy aus der Jackentasche und blickte auf die Uhr. Eigentlich hätten John und Frede schon längst zurück sein müssen – es sei denn, sie hatten den richtigen Zeitpunkt zur Abfahrt verpasst und mussten auf der Hallig auf die nächste Flut warten.

Der Gedanke, dass John so viel Zeit mit dieser Frau verbrachte, gefielt Lilly nicht.

Hinter dem Hafen ging sie ein Stück auf den Deich, auf dem die Schafe weideten. Von See her hielt ein Krabbenkutter auf die Hafeneinfahrt zu, Möwen umschwirrten auf beiden Seiten die hochgeklappten Fangnetze.

Lilly nahm ihr Handy und wählte Bens Nummer. Nach dem dritten Klingeln ging er ran.

»Hallo Ben. Entschuldige, wir haben hier gerade einiges um die Ohren ... Jetzt habe ich aber einen Moment.«

»Das ist gut. Danke, dass du zurückrufst.«

Im Hintergrund hörte Lilly Fahrgeräusche. »Du telefonierst doch wohl nicht beim Autofahren mit der Polizei?«

Ben lachte. »Nein, nein. Vivienne sitzt am Steuer.«

Aus dem Hintergrund klang ein dünnes »Juhuu«.

»Wo steckt ihr denn gerade?«

»Wir ... sind auf dem Rückweg.«

Lilly stutzte. »Ihr kommt schon nach Hause? Stimmt etwas nicht?«

»Nein, nein, uns geht es gut.« Es raschelte in der Leitung. »Es ist wegen John.«

»Was ist denn mit ihm?«

»Ich mache mir Sorgen, Lilly. Und ich habe auch lange mit Vivienne darüber gesprochen. Sie hat selbst drei erwachsene Kinder, und ... sie teilt meine Einschätzung.«

Lilly kam in den Sinn, dass sie vielleicht etwas voreilig über Bens neue Freundin geurteilt und sich von ihrem Erscheinungsbild hatte täuschen lassen. Vivienne verfügte scheinbar doch über mehr Lebenserfahrung, als sie ihr zugesprochen hatte.

»Du und John ... Er liebt dich.« Ben machte eine Pause. »Ich frage mich allerdings schon eine ganze Weile, warum es nicht weitergeht. Ich meine, ihr seid erwachsen, ihr seid nun schon über ein Jahr zusammen. Und ... da wartet man doch nicht wie die Pennäler bis in alle Ewigkeit mit dem Zusammenziehen.«

Lilly kam bei einer Bank an. Sie setzte sich und ließ den Blick über die See schweifen.

»Ja«, sagte sie schließlich. »Das dauert wirklich ein wenig ... Die Wohnungssuche gestaltet sich allerdings auch reichlich schwierig.«

»Papperlapapp. Ich hab ja verstanden, dass das heute nicht mehr so einfach ist wie früher. Aber ich bitte dich: Ihr seid beide Vollverdiener. Ihr könnt es euch leisten.«

Lilly sah in der Ferne zu dem winzigen Stück Land, das sich einsam über den Wellen hielt. Dort drüben auf der Hallig musste John sein.

Ben sprach weiter. »Ich kenne meinen Jungen. Er lässt mich abblitzen. Wenn er mit dir zusammenziehen will und das mit der Wohnung wirklich so schwierig ist, hätte er mein Angebot mit Kusshand angenommen. Sieht Vivienne übrigens genauso. Er zögert es hinaus. Und ... zum Kuckuck, ich weiß nicht, warum.«

In Bens Worten steckte nicht nur ein Körnchen Wahrheit, sondern ein ganzer Brocken. Lilly musste wieder daran denken, wie John bei jeder Wohnungsbesichtigung etwas gefunden hatte, an dem er etwas auszusetzen hatte. Keine der Wohnungen war schlecht gewesen – alle hatten ihre Vor- und Nachteile gehabt, wie das nun einmal war. Solange man sich nicht selbst sein Traumhaus baute, musste man eben Kompromisse eingehen. Und dazu war John offenbar nicht in der Lage oder ...

Lilly schluckte, und die Worte kamen ihr nur langsam über die Lippe. »Vielleicht ... will er gar nicht mit mir zusammenziehen.«

Es war eine Binsenweisheit, dass man seine Eigenarten entwickelte, wenn man so lange alleine lebte wie sie und John. Für manche Beziehung war es dann besser, wenn man sich Freiraum gab, weiter in zwei Wohnungen lebte, sodass jeder sein Refugium hatte und man sich nicht zu sehr auf der Pelle hing. Besonders, wenn einer der beiden seine Freiheit über alles liebte und vielleicht gar nicht darauf aus war, Kinder in die Welt zu setzen …

Lilly hörte, wie Ben am anderen Ende einen Seufzer ausstieß. »Liebes, ich kann es dir nicht sagen. Ich weiß nur, dass er dich wirklich mag. Und ich vermute … dass er einfach Angst hat.«

»Angst wovor?«

»Es zu versauen. Du weißt, dass er in Beziehungssachen kein Glück hatte. Wenn er dich wirklich so sehr liebt, wie ich vermute, setzt er sich vielleicht unter zu großen Druck. Er will dich nicht verlieren.«

Dass John fürchtete, sie zu verlieren, indem er mit ihr zusammenzog, klang widersinnig. Dennoch ergab es einen gewissen Sinn.

»Ich weiß, dass John seine Freiheiten braucht«, meinte Lilly. »Und die gebe ich ihm auch. Ich will ihn nicht umerziehen. Bei mir kann er der sein, der er ist.«

»Tja. Da sind wir vielleicht beim zweiten springenden Punkt angekommen.« Ben machte eine Pause, und Lilly hörte so etwas wie einen Seufzer. »Vielleicht weiß er selbst nicht ganz genau, wer er eigentlich ist.«

»Wie kommst du darauf?«

»Nun, ich fürchte, dass ich meinen Teil dazu beigetragen habe.«

»Wie meinst du …?«

»Es ist wegen meinem Buch.«

»Dein Buch? Was soll damit sein? Soweit ich weiß, hat es John gut gefallen.«

»Mag sein. Du weißt, dass ich John darin als den einsamen Ermittler beschreibe.«

Lilly erinnerte sich an die Unterhaltung, die sie mit Ben

darüber geführt hatte. Ihr war beim Lesen aufgefallen, dass John in den Fällen, die er beschrieb, mehr oder weniger allein ermittelte und seine Kollegen allenfalls am Rande vorkamen. Darüber hatte sie sich ein wenig beschwert, schließlich hatten sie immer im Team gearbeitet.

Ben hatte ihr erklärt, dass es nicht anders gegangen war. Die Verlagsfuzzis – Zitat Ben – und der Ghostwriter, den man ihm an die Seite gestellt hatte, hatten ihm erklärt, dass zu viele Figuren die Leser überforderten und er sich lieber auf John als zentrale Figur konzentrieren solle.

»Der einsame Kriminalkommissar in seinem von Wind und Wellen umtosten Friesenhaus auf der Insel …«, hörte sie Ben weiterreden. »Die Fernsehtypen sind ja neulich auch total darauf abgefahren. Ich fürchte, dass John das vielleicht etwas zu ernst nimmt. Es ist, als … wie hattest du das nochmal genannt, Schatz?« Lilly hörte im Hintergrund Viviennes Stimme. Dann wieder Ben: »Ja, genau, es ist, als hätte er nach vielen Jahren in einen Spiegel gesehen und zum ersten Mal sein wahres Selbst gesehen. Oder so ähnlich … Ich fürchte, dass er überlegt, ob er in Wahrheit nicht genau dieser einsame Typ ist, der über seinen Beruf an der Welt und den Menschen verzweifelt, jede Beziehung in den Sand setzt und besser alleine bleibt.«

Lilly überlegte einen Moment. »Ich hoffe um seinetwillen nicht, dass das stimmt. Aber … vielleicht hast du nicht ganz Unrecht. Und was schlägst du nun vor?«

»Ich möchte nicht, dass mein Junge sich ins Unglück stürzt. Deshalb kommen wir zurück. Gemeinsam bekommen wir das hin. Du hast einen Zugang zu John, Lilly, er hat noch niemanden so nah an sich herangelassen wie dich. Die Chance solltest du nutzen.«

Dann knarzte es in der Leitung, und die Verbindung brach ab.

Lilly saß auf der Bank und starrte auf das Meer hinaus.

Ein einsames Segelschiff hielt Kurs auf die Insel. Als es näher kam, erkannte Lilly, dass es Fredes Schiff war.

John stand am Steuerrad, Frede neben sich.

Vielleicht hat Ben unrecht, dachte Lilly.

Vielleicht gab es inzwischen jemanden, den John noch viel näher an sich heranließ als sie.

Kapitel 33

Irgendetwas stimmte nicht. John konnte es selbst über die Distanz hinweg spüren.

Man sagte gemeinhin gerne, dass bei Videoschalten die unterschwelligen, zwischenmenschlichen Töne verloren gingen, die es bei persönlichen Treffen gab. Doch er kannte Tyra Kortum lange genug. Ihn beschlich dasselbe Gefühl, das er schon gehabt hatte, als er mit der Staatsanwältin im Keller von Haus Poppenspeler die Leiche von Gunilla Dornieden untersucht hatte. Er sah Tyras Gesicht auf dem Monitor an, dass etwas in der Luft lag.

John saß an dem langen Esstisch im Ferienhaus, ihrer Einsatzzentrale. Auf dem Monitor am Kopfende flimmerten die in kleinen Planquadraten zugeschalteten Gesichter von Tyra Kortum, Kriminalrat Gödecke und Claudia Matthis, Leiterin der Kriminaltechnik. Lilly, Frede, Tommy und Juri hatten sich im Halbkreis um den Bildschirm herumgesetzt.

»Aufgrund der dynamischen Entwicklungen in diesem Fall haben wir einiges zu besprechen. Schön, dass es alle einrichten konnten«, sagte Tyra.

John hatte ihre Nachricht mit der Einladung zu dieser Besprechung auf seinem Smartphone erhalten, kaum dass Frede und er wieder im Hafen von Wyk festgemacht hatten.

Die Eile konnte nur bedeuten, dass es neue Erkenntnisse

gab, und John ahnte, worum es sich handelte. Es war sicher kein Zufall, dass sich auch Claudia Matthis zugeschaltet hatte. Die Frage war nur, warum Gödecke teilnahm. Er war nicht der Typ, der sich in die Niederungen der täglichen Ermittlungsarbeit einbrachte, und wenn, dann verhieß es nichts Gutes. Sowohl der Ausdruck auf Tyras als auch Gödeckes Gesicht waren Alarmzeichen genug. Ein Seitenblick zu Lilly verriet John, dass sie genauso dachte.

»Claudia, bitte«, forderte Tyra Kortum die Kriminaltechnikerin auf.

Es dauerte einen Moment, bis Matthis die Stummschaltung deaktiviert hatte. Dann: »Wir haben die Spuren an dem Schlagstock analysiert, der im Haus von Bosse Wolf sichergestellt wurde.«

Matthis machte ein paar Klicks, und in einem Seitenfenster öffnete sich ein Bild des Beweisstücks. »Es handelt sich um einen Teleskopschlagstock aus Stahl mit einer Bleikugel am vorderen Ende.«

John kannte Schlagstöcke dieser Art, sie hatten bei zahlreichen Polizeieinheiten den guten alten Gummiknüppel abgelöst. Für die Zivilbevölkerung galt: Es handelte sich zwar um eine Waffe, allerdings brauchte es dafür keinen Waffenschein oder Ähnliches. Jeder konnte einen solchen Schlagstock kaufen und ihn sich per Onlinehandel bequem nach Hause schicken lassen.

»Es gab keine Fingerabdrücke an dem Gegenstand, aber ...«, Mattis zoomte die Bleikugel heran, auf der eindeutig Blutreste zu erkennen waren, »... wir haben das Blut analysiert. Es stammt definitiv von Gunilla Dornieden.«

Einen Moment lang sagte niemand etwas, was aber auch nicht erforderlich war, da wohl alle verstanden, was diese Erkenntnis bedeutete: Sie hatten die Tatwaffe gefunden.

Tyra meldete sich als Erste wieder zu Wort.

»In Anbetracht dieser Tatsache und des Umstandes, dass die Waffe im Besitz von Bosse Wolf gefunden wurde, müssen wir davon ausgehen, dass er für den Tod von Frau Dornieden verantwortlich ist. Die beiden standen nachweislich in Kontakt. Frau Dornieden beauftragte Herrn Wolf, kompromittierende Fotos von ihr und Bürgermeister Martens zu machen. Ich habe mich zwischenzeitlich hier in der Haftanstalt mit Herrn Wolf unterhalten, und er hat mir den Sachverhalt bestätigt. Nach Aussage von Knudt Backfisch halte ich es für sehr wahrscheinlich, dass Bosse Wolf versuchte, Frau Dornieden mit den Fotos zu erpressen. Diesen Punkt stritt Herr Wolf mir gegenüber ab. Allerdings bin ich mir nicht sicher, ob wir ihm glauben dürfen. Gehen wir von einem Erpressungsversuch aus, wäre jedenfalls vorstellbar, dass Frau Dornieden sich weigerte, auf die Forderung einzugehen. Daraufhin sperrte Herr Wolf sie in den Keller ihres Hauses ein, um sie zum Einlenken zu bewegen. Das Ergebnis kennen wir …«

John schaltete sich ein. »Tyra, ich weiß nicht, ob ich dieser These folgen kann. Der Fund von Mikkel Ahlerts Skelett lässt den Fall doch in neuem Licht …«

»Der Tod von Mikkel Ahlert ist gesondert zu betrachten.«

»Da bin ich mir nicht so sicher …«

»Wir werden den Fall Ahlert neu aufrollen. Darum wird sich eine entsprechende Sonderkommission kümmern.«

Tyras Tonfall machte deutlich, dass sie keine Widerworte zuließ. So hatte John sie in all den Jahren, die sie zusammenarbeiteten, selten erlebt. Für gewöhnlich war sie für die Argumente ihrer Ermittlungsbeamten offen. Ihr restriktives Verhalten war für John umso überraschender, als sie freundschaftlich verbunden waren. Tyra war eine Freundin seiner Mutter gewesen, und er kannte sie seit seiner Kindheit.

Sie ging mit Lilly in Konzerte oder ins Kino. Und im Sommer grillten sie oft in Tyras Garten mit anderen Kollegen der Staatsanwaltschaft.

»Tyra, wenn man sich die Umstände anschaut, unter denen Gunilla und Mikkel zu Tode gekommen sind …«, versuchte es Lilly, doch sie kam nicht weit.

»Die Kollegen bereiten die Anklage gegen Bosse Wolf bereits vor«, sagte Tyra. »Sein Anwalt hat zudem Kooperationsbereitschaft signalisiert, was den Handel mit pornografischem Material und den Nutznießern betrifft. Der Kreis ist groß. Größer, als wir dachten. Ich gehe aber davon aus, dass wir auch in der Sache Gunilla Dornieden ein finales Geständnis von Wolf erhalten werden. Die Frage wird sein, ob wir Anklage wegen Mordes oder eventuell doch nur wegen Totschlags erheben …«

John verstand, was Tyra ihnen damit sagen wollte, und er begriff das Kalkül dahinter.

Die Staatsanwaltschaft wollte einen Deal mit Bosse Wolf.

Gunilla Dornieden konnte man nicht mehr helfen, sehr wohl aber jenen Kindern, die unter den Machenschaften von Wolf und seinen Hintermännern litten. Offenbar hatte er in den weitergehenden Befragungen Wissen offenbart, das darauf hindeutete, dass man mit seiner Hilfe diesem Kinderschänderring einen entscheidenden Schlag versetzen konnte. Bosse Wolf würde für seine Taten für lange Zeit im Gefängnis landen, keine Frage. Doch im Gegenzug für seine Kooperation würde man ihm Erleichterungen in Aussicht stellen und die Anklage von Mord auf Totschlag runterschrauben.

Da war allerdings etwas, das John stutzen ließ. *Die Kollegen*, hatte Tyra gesagt. Warum bereitete sie die Anklage nicht selbst vor.

Er beugte sich vor. »Tyra, wenn ich das recht verstehe, hast du den Fall abgegeben. Darf ich fragen, warum?«

»Das ist richtig. Es ist …« Tyras professionelle Fassade bröckelte. Wehmut lag plötzlich in ihren Augen, und John kam es vor, als müsste Tyra ernsthaft um Fassung ringen. »Mein lieber John. Das hier war der letzte Fall, an dem wir gemeinsam ermittelt haben. Ich werde Ende des Monats in den Ruhestand treten. Wir … treffen uns dann wohl das nächste Mal bei mir im Garten.«

Tyra machte einen Klick mit der Mouse, und ihr Bild verschwand.

Niemand sagte etwas. Das hier kam für sie alle wie aus dem Nichts.

Tyra war Mitte sechzig. Dass ihre Pension nicht mehr in weiter Ferne lag, hatten sie alle geahnt. Allerdings hatte Tyra bislang alle Angebote, die ihr den vorzeitigen Ruhestand versüßen sollten, abgelehnt. Sie hatte keine Familie, sie lebte für ihren Job, und sie hatte klargemacht, dass sie bis zum Ende durchhalten würde – und vielleicht sogar ein wenig darüber hinaus, wenn man sie ließ.

Gödecke beendete das Schweigen, indem er sich räusperte. Er war ein massiger Mann, mit Halbglatze und Schnäuzer. »Ich habe auch erst heute Morgen davon erfahren. Man hat der Kollegin wohl deutlich gemacht, dass ihre Dienste nicht mehr benötigt werden.«

»Sie haben Tyra rausgeworfen?«, fragte Lilly.

»So würde ich das nicht formulieren. Wir alle können uns dem natürlichen Gang der Dinge nicht in den Weg stellen. Und … es gab offenbar eine günstige Gelegenheit, jemand Jüngeren für die Aufgabe zu gewinnen, jemanden, der zudem bereits über Erfahrung verfügt.«

John konnte sich vorstellen, was abgelaufen war. Die

Nachwuchssorgen plagten heutzutage nicht nur die freie Wirtschaft, sondern auch die Behörden. Eine freie Stelle zu besetzen oder, wie in diesem Fall, Ersatz für Kollegen zu finden, die aus dem Dienst schieden, war nicht leicht. Für Flensburg galt das ganz besonders. Es fand sich nicht alle Tage jemand, der bereit war, den Dienst in Deutschlands nördlichster Stadt anzutreten, vor allem niemand Qualifiziertes. Wenn sich also doch jemand anbot, griff man zu. Und jemand wie Tyra, die sich halsstarrig dem bevorstehenden Ruhestand widersetzte, musste in diesem Fall weichen.

John wusste schon jetzt, dass sie ihm fehlen würde. Der einzige Lichtblick war, dass ihre Freundschaft erhalten bleiben würde.

»Bedeutet das, unsere Ermittlungen sind hiermit abgeschlossen?«, meldete Tommy sich zu Wort.

»Sie haben es ja gehört«, sagte Gödecke. »Es liegt nicht mehr in Dr. Kortums Hand. Sie hat den Fall abgegeben, und die nun zuständigen Kollegen von der Staatsanwaltschaft haben sich auf Bosse Wolf eingeschossen. Daher können Sie Ihre Zelte abbrechen. Es sei denn …« Gödecke machte eine Pause und schien sich die nächsten Worte zurechtzulegen. »Die Kollegin Kortum meinte, dass auf Ihr Bauchgefühl immer Verlass ist, John. Dem konnte ich nur zustimmen. Und wenn ich das eben zwischen den Zeilen richtig mitbekommen habe, scheint es bei Ihnen ein wenig zu rumoren …«

John sah, wie Lillys Mundwinkel für einen Augenblick nach oben schnellten, und auch er konnte sich ein Lächeln nicht verkneifen. Typisch Tyra. Selbst wenn sie das Spiel nur noch von der Seitenlinie verfolgen konnte, gab sie nicht auf. Sie fand immer eine Hintertür, wie sie das Geschehen doch noch beeinflussen konnte. Und scheinbar hatte sie Kriminalrat Gödecke aufgetragen, ihnen diese Hintertür zu öffnen.

John ergriff die Gelegenheit.

Er erklärte Gödecke, was ihn an der Schuld von Bosse Wolf zweifeln ließ.

»… es sind vor allem die Parallelen zwischen den Umständen, wie Gunilla Dornieden und Mikkel Ahlert ums Leben gekommen sind, die uns glauben lassen, dass es eine Verbindung zwischen den beiden Morden gibt. In dem Fall wäre nicht auszuschließen, dass jemand späte Rache für den Tod von Mikkel genommen hat und dass Gunilla zumindest etwas mit seinem Ableben zu tun hatte. Außerdem stellt sich noch immer die Frage, was damals mit Emma, der Tochter der beiden, geschehen ist.«

»Ich nehme an, Sie sprechen rein hypothetisch – oder haben Sie konkrete Anhaltspunkte?«

John schüttelte den Kopf. »Nein, nichts Konkretes.«

Gödecke zwirbelte nachdenklich mit einem Finger an seinem Schnauzer.

»Allerdings ist da noch etwas anderes, das mich umtreibt«, sagte John. »Der Schlagstock.«

»Was ist damit?«

»Er wurde im Haus von Bosse Wolf gefunden – und zwar, nachdem wir das Haus bereits kurz zuvor unter die Lupe genommen hatten.«

»Wer von Ihnen war dafür zuständig?«

Tommy meldete sich. »Ich habe mich darum gekümmert.«

»Wo genau wurde der Stock gefunden?«

»Die Mutter von Bosse Wolf hat ein Pflegebett«, erklärte Tommy. »Die Kollegen fanden den Stock unter der Matratze.«

Gödecke legte die Stirn in Falten. »Hatten Sie das Bett gestern auch schon untersucht?«

»Nun …«, Tommy wand sich, »… ich habe die Matratze

abgetastet und nichts gefühlt … Möglich, dass ich etwas übersehen habe …«

Gödecke stieß ein Brummen aus. »Verstehe. Sie denken also, jemand könnte den Schlagstock nachträglich dort platziert haben?«

»Das würde ich zumindest nicht ausschließen«, sagte John.

»Und Sie glauben nicht, dass Bosse Wolf selbst den Stock dort hingelegt hat?«

»Wann sollte er das denn getan haben? Als Tommy das Haus durchsuchte, saß er bereits bei uns in der Zelle.«

»Das bedeutet, es könnte jemand anderes gewesen sein. Wir haben aber nicht die geringste Ahnung, wer.« Gödecke fuhr sich mit der Hand durchs Gesicht. »Also gut, Sie haben es ja eben gehört. Seitens der Staatsanwaltschaft sind die Ermittlungen abgeschlossen. Offiziell zumindest. Sie packen Ihre Sachen. Ich nehme an, diese Computer und die ganzen Kabel, die Sie da stehen haben … Sie brauchen doch sicher eine Weile, bis das alles abgebaut ist, oder, Fitzen?«

Tommy nickte. »Unbedingt. Der Aufbau hat mich schon fast einen ganzen Tag gekostet.«

»Dann dauert der Abbau mindestens ebenso lange. Außerdem haben Sie ja alle das Wochenende durchgearbeitet. Sie erhalten vollen Freizeitausgleich. Das bedeutet … Wir haben heute Montag. Wir sehen uns also Freitag … ach was, auf den einen Tag kommt es ja nicht an. Weil die Ermittlungen so anstrengend waren, gebe ich Ihnen den Tag frei. Wir sehen uns also erst nächste Woche wieder im Präsidium. Haben wir uns verstanden?«

John begriff, worauf Gödecke hinauswollte. »Klar und deutlich, Herr Kriminalrat.«

Kapitel 34

Das Polizeipräsidium von Aalborg befand sich in einem Gebäude auf der Jyllandsgade, das mit seinen geradlinigen Formen, den bodentiefen Fenstern und der graubraunen Fassade auch genauso gut in einem modernen Büropark hätte stehen können.

Am späten Montagnachmittag saß Lilly mit Juri in einem Büro in der dritten Etage und wartete auf Aksel Bloomberg, den hiesigen Kollegen, der ihnen zur Unterstützung zugeteilt worden war. Bloomberg hatte sich auf den Weg ins Archiv gemacht, um die alte Akte zum Fall Mikkel Ahlert zu holen. Das war nun schon eine Weile her, aber zumindest hatte der Däne ihnen vorher frischen Kaffee gebracht. Lilly blickte aus dem Fenster. Inzwischen war es dunkel geworden, und der Regen perlte in langen Nasen das Fenster hinunter.

Die Fahrt hatte nicht lange gedauert. Sie waren direkt nach ihrer Besprechung mit Gödecke aufgebrochen. Beiden war klar, dass ihnen nur noch ein paar Tage blieben, um in diesem Fall einen Durchbruch zu erreichen, also hatten sie sich entsprechend beeilt. Juri hatte die Route vorbei an Aarhus gewählt, und am Ende hatten sie von Dagebüll aus keine vier Stunden gebraucht.

Während sie auf dem Weg waren, hatte John sich schon mit den hiesigen Kollegen in Verbindung gesetzt und sie angekündigt. Da weder Lilly noch Juri genügend Dänisch sprachen, um hier jemanden zu befragen, würden sie ohne Hilfe nicht auskommen.

Die Vermutung, dass Mikkel Ahlert am Tag seines Todes seine Familie besucht hatte, war eine der wenigen Fährten, die ihnen in diesem Fall blieben. Der Beschluss, dass jemand nach Dänemark fahren und mit den Leuten reden musste, war schnell gefallen – wobei ihnen allen klar war, dass sie nichts Handfestes vorweisen konnten.

Lilly hatte sich freiwillig gemeldet, Juri zu begleiten.

Natürlich war John das nicht recht gewesen.

Doch Bens Anruf heute Morgen hatte sie ins Grübeln gebracht. Bislang hatte sie sich noch vormachen können, dass sie in Johns zögerliche Haltung, was ihre gemeinsame Wohnung betraf, zu viel hineininterpretierte. Aber Ben kannte seinen Sohn besser als sie. Und wenn er der Überzeugung war, dass John an ihrer Beziehung zweifelte …

Sie liebte John. Und die Vorstellung, dass sie mit ihm zusammenleben würde, bestimmte nun schon seit langer Zeit ihre Zukunftsplanung. Die Möglichkeit, dass sie sich etwas vorgemacht haben könnte, überforderte sie schlichtweg.

Deshalb hatte sie es für eine gute Idee gehalten, Juri zu begleiten. Denn egal, ob die Fahrt nach Dänemark sie in den Ermittlungen weiterbringen würde – die Reise würde ihr den Abstand verschaffen, den sie im Moment brauchte.

Abstand tat ihr gut.

Und Juri tat ihr gut.

Die Bürotür öffnete sich. Aksel Bloomberg, ein hagerer Mann mit lichtem Haar und randloser Brille, betrat den Raum und setzte sich hinter seinen Schreibtisch. Er hatte einen dünnen Aktenorder bei sich, der kaum mehr als ein Dutzend Seiten enthalten konnte.

»Glück für Sie. Ich habe tatsächlich etwas gefunden«, sagte er. Bloomberg sprach fließend Deutsch, und Lilly wünschte, sie würde seine Sprache nur annähernd gut beherrschen. »Es ist ungewöhnlich, dass in einen so alten Fall überhaupt nochmal Bewegung kommt.«

John hatte Bloomberg am Telefon bereits darüber informiert, dass es neue Entwicklungen gab und sie die sterblichen Überreste von Mikkel Ahlert gefunden hatten.

»Ja«, erwiderte Lilly. »Wir wissen allerdings selbst nicht so recht, wie wir das einzuordnen haben.«

»Ihr Kollege sagte, dass es vielleicht eine Verbindung zu einem aktuellen Fall gibt?«

»Richtig. Gunilla Dornieden, Mikkels damalige Frau, wurde ermordet. Ihre Leiche lag nur wenige Meter von der Stelle entfernt, wo man ihren Mann eingemauert hatte. Wir können daher nicht ausschließen, dass es einen Bezug gibt. Außerdem ist weiter ungeklärt, was mit seiner Tochter Emma geschah.«

Aksel Bloomberg blätterte die Akte durch und überflog die Seiten mit raschem Blick. »So, wie es aussieht, hat es damals bereits ein Hilfsgesuch gegeben. Ein Kommissar Thomsen bat uns, mit der Familie von Mikkel Ahlert zu sprechen. Er vermutete, dass Mikkel am Tag seines Verschwindens bei ihnen gewesen war …«

»Gibt es in der Akte eine Niederschrift der Befragung?«, wollte Juri wissen.

»Es hat lediglich eine informatorische Befragung stattgefunden. Die Kollegen haben hier ein kurzes Gedächtnisprotokoll angefertigt.« Bloomberg hielt die Akte so hin, dass sie die entsprechende Seite sehen konnten, auf der nur ein paar wenige Absätze in Schreibmaschinenschrift standen. »Meine Kollegen haben mit seinen Eltern und seinem Bruder gesprochen. Mikkel war am fraglichen Tag nicht bei ihnen. Sie gaben an, dass sie ihn zuletzt am Geburtstag des Vaters gesehen hatten, zu dem er angereist war. Das lag zum Zeitpunkt der Befragung etwa zwei Monate zurück. Ansonsten steht hier …«, er blätterte die Seite um, »… dass die Kollegen die Vermisstenmeldung an alle Dienststellen im Land weitergeleitet haben. Ohne Erfolg. Der Fall ist dann auch bei uns offenbar schnell zu den Akten gewandert.«

Bloomberg klappte den Ordner zu, legte ihn vor sich auf den Schreibtisch und blickte Lilly erwartungsvoll an.

»Wir wissen nicht, ob uns das weiterbringt, aber wir würden uns gerne noch einmal mit Mikkels Familie unterhalten«, sagte sie.

»Ihr Kollege erwähnte das bereits. Ich habe mich dementsprechend erkundigt.« Bloomberg schüttelte bedauernd den Kopf. »Mikkels Vater ist leider verstorben. Die Mutter lebt in einem Heim. Sie ist an Alzheimer erkrankt. Ich habe dort angerufen und … offenbar ist sie nicht in vernehmungsfähigem Zustand.«

»Was ist mit dem Bruder?«

»Kjell Ahlert. Er lebt hier in Aalborg. Ich habe seine Adresse.«

»Dann würden wir gerne mit ihm sprechen. Wäre das möglich?«

»Ich denke schon. Wobei ich nicht weiß, wie kooperativ er sein wird …«

»Warum?«

»Kjell ist erst vor einem halben Jahr aus dem Gefängnis entlassen worden.«

Lilly hob die Augenbrauen und sah, dass auch Juri überrascht wirkte.

»Er hat wegen schwerer Körperverletzung eingesessen.

Wenig später fuhren sie im Dienstwagen von Aksel Bloomberg durch die regennassen Straßen von Vestby. Das alte Arbeiterviertel lag am Limfjord, der sich zu einem Fluss verengt nördlich an der Stadt vorbei zur Ostsee schlängelte. Uniforme Mietshäuser prägten das Straßenbild, allerdings, so erzählte Bloomberg, hatte sich in der Reberbansgade ein Szeneviertel mit kleinen Cafés und ausgefallenen Läden entwickelt. Das schien allerdings das einzige Glanzlicht der Gegend zu sein.

Nach einigen weiteren Minuten Fahrt durch die nächtlichen Straßen parkte Bloomberg schließlich in der Willemoesgade.

Kjell Ahlert wohnte in einem mehrstöckigen Gebäudekomplex, dessen Fassade aus ockerfarbenen Klinkersteinen sich von einem Ende der Straße bis zum anderen zog.

Bloomberg hatte Lilly und Juri berichtet, dass Kjell ein regelmäßiger Kunde bei der Polizei von Aalborg war. Offenbar hatte sich sein Leben schon in jungen Jahren konträr zu dem seines Bruders entwickelt. Während Mikkel in der Schule glänzte und einen ordentlichen Beruf erlernte, blieb Kjell zurück und geriet früh auf die schiefe Bahn. Er machte die typische Karriere eines Kleinkriminellen, mit regelmäßigen Stippvisiten im Gefängnis. Heute schwamm Kjell als kleiner Fisch im großen Teich des organisierten Verbrechens. Und wie sie alle wussten, gehörte es in solchen Kreisen nicht zum guten Stil, sich mit der Polizei zu unterhalten.

Andererseits war Kjell auf Bewährung draußen, und Bloomberg hoffte, dass ihnen dieser Umstand in die Karten spielte.

Lilly und Juri stiegen aus und folgten dem dänischen Kollegen zur Eingangstür des Hauses. Dem Klingelbrett nach zu urteilen, wohnten allein in diesem Teil des Gebäudes mehrere

Dutzend Parteien. Kjells Name befand sich in der obersten Reihe.

Bloomberg klingelte, und sie warteten. Als sich nichts tat, versuchte er es ein zweites Mal. Wieder nichts.

»Zu wem wollen Sie denn?«, hörten sie über ihnen eine Frauenstimme.

Lilly folgte Bloombergs Blick zu dem Balkon rechts von ihnen. Eine Frau mit fettigen langen Haaren und Morgenmantel blickte zu ihnen herab. In einer Hand hielt sie eine Zigarette.

»Wir suchen Kjell Ahlert«, sagte Bloomberg.

Die Frau deutete auf den Durchgang, der unter ihrem Balkon lag. »Den hab ich vorhin zu den Garagen gehen sehen.«

»Mange tak«, bedankte sich Bloomberg bei der Frau und setzte sich in Bewegung.

Lilly und Juri folgten ihm zu dem Durchgang, der auf einen von allen Seiten bebauten Hinterhof führte. Neben einem winzigen Rasenstück mit Spielplatz reihten sich Garagen aneinander.

Sie gingen an ihnen entlang, bis sie an ein geöffnetes Tor kamen. Lilly warf einen Blick in die Garage. Zwei Beine lugten dort unter der Front eines alten VW Golf hervor.

Bloomberg räusperte sich. »Kjell Ahlert?«

Es dauerte einen kurzen Moment, bis der Mann unter dem Auto hervorgekrochen kam. In einer seiner ölverschmierten Hände hielt er einen langen Schraubenzieher. Die Wangenknochen des Mannes traten deutlich hervor, und sein Gesicht war mit Bartstoppeln übersät. Seine grauen Haare hatte er zu einem Zopf zurückgebunden.

Im Garagenhof gab es keine Laternen, und das Licht aus den umliegenden Wohnungen drang nur schwach bis hier herunter. Die einzigen Lichtquellen in der Garage waren eine

Glühbirne, die in einer Fassung von der Decke baumelte, und der Leuchtstab, den der Mann in der anderen Hand hielt, damit er bei der Arbeit unter dem Auto überhaupt etwas erkennen konnte. Für Lilly hatte er die typischen Gesichtszüge von jemandem, der einen ordentlichen Teil seiner Lebenszeit hinter Gittern verbracht hatte. In seinen Augen lag kein Glanz mehr, sie wirkten trübe wie ein Moorsee. Die Erkenntnis, dass das Leben nicht viel Gutes parat hielt, schien tief in sie eingesunken zu sein.

Der Mann blickte sie misstrauisch an. »Wer will das wissen?«

Bloomberg holte seinen Dienstausweis aus der Jacke und stellte sich vor. Dann deutete er auf Lilly und Juri. »Das hier sind Kollegen aus Deutschland. Sie sind also Kjell Ahlert?«

Der Mann nickte langsam.

»Gut«, fuhr Bloomberg fort, »dann hätten wir ein paar Fragen an Sie …«

Weiter kam er nicht.

Kjell Ahlert ließ den Leuchtstab fallen, warf sich nach vorne und versetzte Bloomberg mit der freien Hand einen kräftigen Hieb in den Solarplexus. Bloomberg klappte mit einem Keuchen zusammen.

Juri stand direkt neben ihm und konnte nicht schnell genug reagieren. Kjell langte mit dem Schraubenzieher nach ihm und traf ihn im Gesicht. Sofort schoss das Blut aus der Wunde. Juri taumelte zwei Schritte rückwärts. Als Kjell ihn mit der Schulter rammte, ging er endgültig zu Boden.

Dann sprintete Kjell los.

Obwohl sie solche Situationen immer wieder trainierten, reagierte Lilly nicht sofort. Kjell war fast an ihr vorbei, als sie sich endlich aus ihrer Schockstarre lösen konnte. Sie holte zu einem Tritt aus und erwischte im letzten Moment Ahlerts linkes Bein. Er geriet ins Stolpern und schlug der Länge nach hin.

Mit wenigen Schritten war sie über ihm, um ihn am Boden zu halten. Doch genau in dem Moment drehte Kjell sich um.

Lilly spürte zuerst nichts. Sie sah nur den erschrockenen Ausdruck in Kjells Gesicht. Dann begann ihr Unterleib zu brennen. Die Kraft wich aus ihren Armen, und ihre Beine gaben nach.

Kjell schob Lilly von sich herunter.

Sie rollte sich auf den Rücken und hielt sich den Bauch mit beiden Händen. Als sie an sich hinunterblickte, sah sie das Blut zwischen ihren Fingern hervorquellen. Ein langer Schraubenzieher steckte in ihrem Unterleib.

Fluchend rappelte sich Kjell neben ihr auf und war schon wieder über ihr, als eine kräftige Hand ihn am Kragen packte.

Juri.

Lilly sah mit verschwommenem Blick, wie er Kjell hochriss und ihm einen Schlag mitten ins Gesicht versetzte. Seine Nase brach mit einem lauten Knacken. Dann rammte Juri ihm das Knie zwischen die Beine. Ahlert sackte zusammen und wand sich wimmernd auf dem Boden.

Juri beugte sich zu Lilly hinunter. Sie sah, wie er mit sorgenvollem Blick die Wunde in ihrem Bauch betrachtete.

»Mein Gott …« Er zog seinen Schal aus und presste ihn auf die Blutung. Dann hockte er sich hin und nahm Lillys Kopf in die Arme. »Es wird alles gut, hörst du?«

Lilly fasste seine Hand, die auf ihrem Bauch lag.

Sie hörte noch, wie Juri Bloomberg zurief, dass er einen Arzt verständigen sollte, dann glitt sie in die Finsternis ab.

Kapitel 35

»Wie lange seid ihr beide eigentlich schon zusammen?« Frede lächelte John von der Seite an.

Ihre Frage überraschte ihn, was er sich aber nicht anmerken ließ. Er richtete den Blick weiter geradeaus.

Zur selben Zeit, als Lilly und Juri im Büro von Aksel Bloomberg saßen, steuerte Frede den Streifenwagen durch die Gassen von Wyk. Ein heftiger Regenguss hatte die Leute von den Straßen vertrieben. Das Wasser rauschte in den Radkästen, und die Scheibenwischer arbeiteten im Akkord.

Frede schüttelte den Kopf. »Entschuldige. Das war distanzlos, und es geht mich auch nichts an. Aber ... dein Gesichtsausdruck sprach leider Bände, als sich Lilly dafür gemeldet hat, den Kollegen Rabanus nach Aalborg zu begleiten.«

John sah sie von der Seite an. »Ist das so?«

Frede schmunzelte.

»Lilly und ich, wir ... kennen uns schon sehr lange. Und Juri schätze ich sehr, als Kollegen und als Freund.«

»Aha.« Frede setzte den Blinker und bog an einer Kreuzung ab. »Wenn du mich fragst, solltest du Nägel mit Köpfen machen, bevor dein *Freund* es tut.«

»Wie meinst du das?«

»Tu nicht so. Es ist ziemlich offensichtlich, dass Juri ein Auge auf Lilly geworfen hat und sie ihm durchaus zugetan ist.«

John hob erstaunt die Augenbrauen. »Sind wir so leicht zu durchschauen?«

»Nun, man braucht zumindest keinen Profiler, um das herauszufinden. Aber im Ernst, wenn du Lilly magst … zieh doch mit ihr zusammen, heirate sie. Dann sind alle Unklarheiten beseitigt.«

John richtete den Blick wieder auf die Straße. »Ich fürchte … das ist nicht so einfach.«

John staunte. In zweierlei Hinsicht.

Einmal über sich selbst. Als sich Lilly vorhin gemeldet hatte, um Juri zu begleiten, war tatsächlich Eifersucht in ihm aufgeflammt. Ein Gefühl, das auf der Arbeit nichts zu suchen hatte und für das es vielleicht keinen Grund gab. Er hatte Juri schlecht allein nach Dänemark schicken können. Ob nun Tommy oder Lilly ihn begleitete, machte sachlich keinen Unterschied. Im Gegenteil, es sprach sogar mehr für Lilly, weil sie sich mit Juri die alte Akte im Fall Ahlert angesehen hatte und im Thema war. Dennoch hatte es ihm nicht gefallen, sie gehen zu lassen. Vielleicht, weil er spürte, dass auch Lilly zweifelte. Es mochte seine eigene zögerliche Haltung sein, die sie dazu bewog. Lilly zweifelte nicht an ihrer Liebe zu ihm, sondern an ihm selbst.

Der zweite Grund, aus dem er staunte, war die Unterhaltung, die er gerade mit Frede führte.

Sie kannten sich erst wenige Tage. Dennoch fühlte es sich seltsam vertraut an, mit ihr über solche Dinge zu sprechen.

Frede stoppte den Wagen. Sie hatten die St.-Nicolai-Kirche erreicht. Das alte Gotteshaus lag zwischen Wrixum und Boldixum und versteckte sich hinter hohen Bäumen inmitten eines von Feldsteinen umgebenen Friedhofs.

Frede stellte den Motor ab. Nur noch das Prasseln der Regentropfen war zu hören, die auf das Blech des Autos fielen.

»So ganz verstanden habe ich noch nicht, was du von dem Mann willst«, sagte Frede.

John zog den Reißverschluss seiner Jacke hoch. »Ich fürchte, da gibt es wenig zu verstehen. Ich folge einem Gefühl.«

Er öffnete die Beifahrertür und stieg aus. Der Regen war so stark, dass seine Haare binnen Sekunden triefend nass waren.

Ein schmaler Pfad führte über den Friedhof zur Eingangstür der Kirche. John folgte ihm und betrat das Gotteshaus, nachdem er sich die Jacke abgeklopft hatte.

Das Hauptschiff der Kirche bestand aus mehreren gewölbten Jochen, die bunte Gewölbemalereien zierten. Alte Holzbänke standen in drei Reihen zum Altar hin ausgerichtet.

Auf der linken Seite neben dem Altar stand eine aus Holz geschnitzte Statue des Heiligen Nikolaus. Ein Mann in Jeans und dunkelblauem Troyer bearbeitete sie mit einem Staubwedel.

Es war Ole Driesch, der Klingelmann von Wyk.

Frede hatte gemeint, dass sie ihn vermutlich um diese Zeit hier antreffen würden. Der alte Mann war in der Kirchengemeinde verwurzelt, und wenn er nicht mit seinem Fahrrad als Nachrichtenbote durch den Ort zog, bot er hier seine helfende Hand an.

Driesch senkte den Staubwedel, als John zum ihm hinüberging. »Herr Kommissar. Falls Sie in die Abendmesse wollen, müssen Sie sich noch ein wenig gedulden …«

»Nein«, entgegnete John, »ich bin hier, weil ich gerne mit Ihnen sprechen würde.«

»Was kann ich denn für Sie tun?«

»Es geht um Gunilla Dornieden. Mir gehen ein paar Dinge durch den Kopf, die ich gerne mit jemandem besprechen würde, der sich hier auskennt.«

»Nun, ich helfe immer gern. Aber ich weiß nicht, ob ich Ihnen über Gunilla viel erzählen kann.«

»Wie lange machen Sie das schon? Ich meine, Ihre Arbeit als Klingelmann.«

»Hm ... das müssten jetzt fast an die zwanzig Jahre sein.«

John nickte und biss sich auf die Unterlippe. Tatsächlich hatte er gehofft, dass Driesch sogar noch länger die Lokalnachrichten in den Straßen von Wyk verkündete.

»Ich habe das Amt damals nahtlos von meinem Vorgänger übernommen«, erzählte der Klingelmann weiter. »Der hatte es über dreißig Jahre inne. Worum geht es Ihnen denn genau?«

John schob die Hände in die Jackentasche. »Ganz offensichtlich war Gunilla nicht bei allen wohlgelitten. Ich dachte mir, dass jemand wie Sie bestimmt allerhand aufschnappt, was die Leute sich so erzählen ...«

»Durchaus.« Driesch verzog einen Mundwinkel zu einem Grinsen. »Allerdings gehört es zu meinem Berufsethos, dass ich nur jene Nachrichten verkünde, die die Öffentlichkeit auch etwas angehen. Alles andere ...« Er fuhr sich mit der Hand über den Mund, als schließe er einen Reißverschluss.

John ging ein paar Schritte auf den Altar zu, auf dem ein Kreuz mit Jesus Christus stand. »Sind Sie ein gläubiger Mann, Herr Driesch?«

Der Klingelmann trat neben ihn. »Ich bin viele Jahre zur See gefahren. Wenn man dort draußen allein ist ... in der Nacht, im Sturm ... ich glaube, da entwickelt man automatisch eine gewisse Gottesfürchtigkeit.«

»Bei mir hat das leider nie geklappt ...« In manch stillem Moment hatte John tatsächlich schon Menschen beneidet, die vorbehaltlos an einen Gott glaubten, der ihr Schicksal lenkte. Vermutlich half es einem dabei, über so manches hinwegzukommen. Ihn hatten allerdings die Geschichten in der Bibel schon als Kind nicht überzeugen können. »Allerdings meine ich mich erinnern zu können, dass Er in seiner Bergpredigt etwas über Gerechtigkeit gesagt hat.« John deutete mit einem Nicken auf den gekreuzigten Jesus.

»*Selig sind, die da hungert und dürstet nach der Gerechtigkeit; denn sie sollen satt werden*«, zitierte Ole Driesch. »*Selig sind, die um der Gerechtigkeit willen verfolgt werden; denn ihrer ist das Himmelreich.*«

John blickte den Mann mit ernster Miene an. »Ich bin mir nicht sicher, ob ich in irgendein Himmelreich komme ... oder ob ich das überhaupt will. Eines weiß ich aber gewiss: Ich möchte Gunilla Dornieden Gerechtigkeit verschaffen. Und vielleicht möchten Sie mir dabei helfen.«

Driesch betrachtete den Gekreuzigten und überlegte einen Moment. Dann deutete er mit einem Nicken zu einer der Kirchenbänke. »Kommen Sie.«

John setzte sich neben den Mann auf die vordere Bank.

»Ich kann über Gunilla nur Gutes berichten«, sagte Driesch. »Die Menschen hier mochten sie ...«

»Bei zumindest einem war das offensichtlich anders.«

»Was ich mir nicht erklären kann. Gunilla war ein geschätztes Mitglied dieser Kirchengemeinde.« Driesch deutete mit einem Finger auf die Orgel. »Sie spendete sogar einen größeren Betrag, als es um die Renovierung ging. Sie arbeitete hart, machte sich um die Insel verdient, war eine treue Ehefrau, eine liebevolle Mutter ...«

»Eine Heilige«, kommentierte John. Er wusste inzwischen, dass Gunilla wenigstens in einem Punkt nicht so sakrosankt gewesen war, wie es die Leute sich erzählten. Möglich also, dass sie sich noch weitere Fehltritte geleistet hatte.

Driesch schürzte die Lippen. »Die Frau hatte viel mitgemacht. Einen Mann und eine Tochter verloren. Ihre Kinder, auch das zweite, Nieke, waren häufig krank. Das ganze Dorf bewunderte, wie aufopferungsvoll sie sich um sie kümmerte …«

»Was wissen Sie über die Kinder?«

Das war der Punkt, der John seit dem Ausflug auf die Hallig Oland nicht mehr losließ. Die Krankheiten und Verletzungen der Kinder.

Emma und Nieke hatten beide schlimme Stürze gehabt, noch dazu schienen beide gesundheitlich sehr anfällig gewesen zu sein. Natürlich musste das nichts heißen. Kinder waren nun einmal öfter krank. Dennoch waren die Parallelen auffallend.

»Ich verstehe nicht genau, worauf Sie hinauswollen, Herr Kommissar?«

»Warum waren die Kinder so häufig krank?«

»Das weiß ich nun wirklich nicht.« Driesch hob die Schultern. »Ich meine, Nieke habe ich ja noch als Mädchen erlebt, was Emma betrifft … sie kenne ich nur aus den Erzählungen meines Vorgängers und dem, was die Leute so reden.«

»Und was reden sie so?«

»Meine Großmutter stammte aus dem Rheinland. Ich glaube, sie hätte wohl gesagt, die beiden Mädchen waren sehr *fimschig*. Sehr zerbrechlich. Glaubt man den Leuten, hat Gunilla mit ihnen mehr Zeit beim Arzt und im Krankenhaus verbracht als zu Hause. Sie schienen Bazillen und Unfälle magisch anzuziehen.«

John lehnte sich in der Kirchenbank zurück. »Was waren das für Unfälle?«

Driesch hob abermals die Schultern. »Ich schätze, da müssten Sie schon mit dem damaligen Hausarzt von Gunilla reden.«

»Wo finde ich ihn?«

»Arnold Jörgensen. Er lebt in der alten Windmühle drüben bei Utersum. Nach allem, was war, ist er lieber auf die andere Seite der Insel gezogen.«

»Warum, was war denn genau?«

Driesch winkte ab. »Eine alte Geschichte, an der letztendlich nichts dran war. Nicht mehr der Rede wert.«

John blickte den Klingelmann eindringlich an und machte damit klar, dass er sich mit der lapidaren Antwort nicht zufriedengeben würde.

Driesch wiegte den Kopf hin und her. Schließlich sagte er mit gedämpfter Stimme: »Behalten Sie es für sich, in Ordnung? Es hat lange genug gedauert, bis Gras über die Sache gewachsen war. Jörgensen ... man sagte ihm damals nach, eine Patientin unsittlich berührt zu haben.«

»Tatsächlich?«

»Wie gesagt, es war letztlich nicht mehr als üble Nachrede ...« Ole Driesch hielt plötzlich inne und schnalzte mit der Zunge. »Mir ist das nie aufgefallen, aber jetzt, wo wir darüber reden ... Das ist schon ein seltsamer Zufall.«

»Was meinen Sie?«

»Diese Patientin, die Jörgensen mit ihren Unterstellungen damals solchen Ärger bereitete ... Sie war eine Freundin von Gunilla.«

Kapitel 36

Da war Licht, zuerst schwach und diffus, dann immer deutlicher.

Lilly versuchte, die Augen aufzuschlagen. Ihre Lider fühlten sich an, als hätte jemand Bleigewichte daran festgebunden.

Verschwommen nahm sie Konturen wahr. Sie wartete einen Moment, bis sich ihr Blick geklärt hatte.

Sie lag in einem Bett. Links von ihr ein Fenster mit einer Jalousie, deren Lamellen verschlossen waren. Auf der anderen Seite ein Nachttisch mit einer Wasserflasche und einer Notklingel. Daneben ein Tropf, dessen Schlauch zu ihrem rechten Unterarm führte.

Draußen vom Flur drangen gedämpfte Schritte herein.

Lilly wandte sich wieder dem Fenster zu. Darunter stand in der Ecke ein Stuhl, über dessen Lehne eine Lederjacke hing.

Juris Jacke.

Bruchstückhafte Szenen blitzten in Lillys Erinnerung auf.

Kjell Ahlert. Ein Schraubenzieher. Juri, der ihr das Leben rettete. Gesichter, die sich über sie beugten. Sanitäter. Dunkelheit. Dann die Ärzte. Sie versuchten, sie zu beruhigen. Eine Notaufnahme oder ein Operationssaal, Lilly wusste es nicht genau. Dann wieder Dunkelheit.

Was sie immer wieder gesehen hatte: Juris Gesicht. Er war da gewesen, im Hintergrund, die ganze Zeit.

Juri hatte über sie gewacht.

Lilly ließ den Kopf zurück auf das Kissen sinken. Sie fühlte sich müde, so müde wie in ihrem ganzen Leben noch nicht.

Vorsichtig bewegte sie die Finger. Dann tat sie das Gleiche mit den Zehen. Funktionierte alles. Sie schob die Bettdecke ein Stück zur Seite und betrachtete ihren Bauch. Ein dicker Verband war darum gewickelt. Mit spitzen Fingern hob sie ihn ein wenig an, gerade so weit, dass sie sehen konnte, was sich darunter verbarg. Um die Stichwunde herum war die Haut noch rotorange von Jod und Desinfektionsmittel verfärbt. Das Loch, das der Schraubenzieher in sie hineingebohrt hatte, war zugenäht worden.

»Lilly.«

Juri war hereingekommen, einen dampfenden Pappbecher in der Hand. Er stellte ihn auf dem Nachttisch ab und setzte sich auf das Bett. Er nahm ihre Hand und blickte Lilly besorgt an.

»Wie geht es dir?«

Sie wollte etwas sagen, bekam aber keinen Ton heraus. Ihr Mund war staubtrocken.

Juri verstand. Er goss ein Glas Wasser ein und reichte es ihr.

»Fühle mich … wie neugeboren«, brachte sie heraus.

»Du bist ganz schön zäh.« Juri lächelte, und Lilly spürte, wie er ihre Hand fester hielt.

»Danke.«

»Wofür?«

»Du hast mir das Leben gerettet … dieser Irre …«

In ihren Gedanken lief die Szene noch einmal in Zeitlupe ab. Sie erinnerte sich an jedes Detail. Die Angst, der Schock, es war noch alles da.

Juri schüttelte den Kopf. »Ich weiß nicht, was in den Kerl gefahren war … aber … das war knapp.«

»Und danke, dass du die ganze Zeit bei mir warst.«

Juri nickte. »Weißt du …«, er stockte, und an seinem Gesichtsausdruck erkannte Lilly, dass er sich Mühe geben musste, seine Gefühle unter Kontrolle zu behalten, »… für einen kurzen Moment dachte ich, ich würde … also, ich … hatte plötzlich Angst, dass ich dich …«

»Ich weiß. Ich habe mir auch Sorgen um dich gemacht.«

Sie sahen sich einen langen Moment an, und es bedurfte keiner Worte. Lilly berührte vorsichtig Juris Wange.

Kjell hatte ihn mit dem Schraubenzieher in der linken Gesichtshälfte getroffen. Die Wunde verlief von der Schläfe am Auge vorbei quer über die Wange. Sie war bereits versorgt und getackert worden. Nichts Schlimmes. Doch Lilly konnte sich noch an den Augenblick erinnern, als Juri blutend zu Boden gegangen war, und an das Gefühl, das sie im Bruchteil einer Sekunde überfallen hatte: die Furcht, dass er ernsthaft verletzt sein könnte, die Angst, ihn zu verlieren – die plötzliche, klare Gewissheit, dass es sich bei Juri Rabanus um einen Menschen handelte, an dem ihr sehr viel gelegen war.

Juri tastete nach der Wunde. »Ich fürchte, den jährlichen Schönheitswettbewerb des Präsidiums werde ich jetzt nicht mehr gewinnen.«

Lilly schmunzelte. »Wer weiß. Könnte dir sogar ganz gut stehen. Es sieht sehr verwegen aus.«

Juri deutete auf ihren Bauch. »Du brauchst dir keine Sorgen zu machen. Der Arzt sagt, du wirst wieder. Allerdings … gibt es etwas, das er mir nicht sagen wollte. Er will mit dir darüber reden. Aber es ist wohl nichts Schlimmes.«

»Wie lange muss ich hierbleiben?«

»Sie wollen dich die Nacht über zur Beobachtung dabehalten. Vermutlich können wir morgen zurückfahren.«

Lilly schüttelte den Kopf. »Nein.«

»Was soll das heißen?«

»Wir fahren nicht zurück. Wir machen weiter.«

»Aber ...«

»Hast du John schon benachrichtigt?«

»Nein, aber das wollte ich gerade tun.«

»Dann lass es.«

»Lilly ...«

»Ich will nicht, dass er sich unnötig Sorgen macht. Außerdem soll er gar nicht erst auf die Idee kommen, uns zurückzubeordern.« Sie trank einen Schluck Wasser. »Was ist mit Kjell?«

Juri sah sie zweifelnd an. »Ich weiß nicht, ob das in deinem Zustand ...«

»Was ist mit Kjell?«

Juri seufzte. »Bloomberg hat ihn festgenommen. Er sitzt im Präsidium in einer Zelle.«

»Dann fahr rüber und rede mit ihm.«

»Jetzt?«

»Auch Kjell wird noch unter dem Eindruck der Ereignisse stehen. Bloomberg sagte, dass er auf Bewährung draußen ist. Ich vermute, dass sein Ausraster gar nichts mit uns zu tun hatte. Vermutlich hat er sich irgendetwas zu Schulden kommen lassen und ist beim Anblick von drei Polizisten durchgedreht. Mach ihm klar, dass wir nicht böse auf ihn sind. Frag ihn nach seinem Bruder. Ich will wissen, ob Mikkel damals seine Familie aufgesucht hat. Vielleicht hat er Kjell auch mal etwas über seine Ehe anvertraut ...«

Ein stechender Schmerz zog durch ihren Unterleib, und Lilly stöhnte auf. Sie presste eine Hand auf die Wunde.

»Ich sage doch, das ist keine gute ...«, meinte Juri.

Lilly brachte ihn mit einer Handbewegung zum Schweigen. »Irgendetwas stimmte bei Mikkel und Gunilla nicht. Sonst wären sie beide nicht im Keller von Haus Poppenspeler geendet. Ich will wissen, was. Und …« Sie bedeutete ihm, ihr ihre Handtasche zu geben, die neben dem Nachttisch stand.

Juri holte sie ihr. Lilly öffnete die Tasche und zog die Fotos heraus, die sie sich von Nieke Dornieden ausgeliehen hatte. Das eine zeigte Mikkel mit Kjell und seinen Eltern, das andere Mikkel und Emma mit dem Unbekannten.

Lilly reichte Juri das Foto und tippte mit dem Finger darauf. »Nimm das mit. Ich will wissen, wer dieser Mann ist.«

Juri betrachtete das Bild einen Moment. Dann seufzte er und meinte: »In Ordnung. Unter einer Bedingung.«

»Die da wäre?«

»Wenn nichts dabei herauskommt, treten wir morgen die Heimreise an.«

»Einverstanden.«

Juri drückte noch einmal ihre Hand, dann stand er auf, nahm seine Jacke vom Stuhl und ging zur Tür. Bevor er hinausging, blickte er sich noch einmal nach ihr um.

»Nun verschwinde schon, ich komm klar«, sagte sie.

Wenige Minuten, nachdem Juri die Tür hinter sich geschlossen hatte, bekam Lilly neuen Besuch.

»Entschuldigen Sie, aber ich fürchte, mein Deutsch ist nicht besonders gut«, sagte der Arzt im weißen Kittel mit starkem Akzent. »Wäre es in Ordnung, wenn wir uns auf Englisch unterhalten?«

Lilly nickte. »No problem.«

»Prima. Wie fühlen Sie sich?«

»Ich schätze, den Umständen entsprechend gut. Ich bin nur sehr müde.«

»Wir haben Ihnen ein Beruhigungsmittel und etwas gegen die Schmerzen gegeben«, erklärte der Arzt. »Darf ich?« Er deutete mit dem Klemmbrett, das er in einer Hand hielt, auf Lillys Bauch.

»Natürlich.«

Er schob die Bettdecke beiseite und lockerte den Verband. Dann betrachtete er die Verletzung und tastete Lillys Bauch ab.

»Sie haben Glück gehabt. Der Schraubenzieher hat kein wichtiges Organ getroffen. Sie haben Blut verloren, aber es gibt keine ernsten inneren Verletzungen. Nach jetzigem Stand kann ich sagen, dass Sie vollständig genesen werden.«

»Mein Kollege sagte, ich werde über Nacht hierbleiben?«

»Ja. Wir wollen nur sichergehen, dass nicht doch unerwartete Komplikationen oder Nachblutungen auftreten. Ansonsten können wir Sie morgen entlassen. Wichtig wäre, dass Sie sich in den nächsten Tagen wirklich schonen.« Über den Rand seiner Brille sah er sie an.

»Ich werde mein Bestes tun.«

»Gut.« Er wartete einen Moment, dann meinte er: »Da Sie nicht danach fragen, gehe ich davon aus, dass Sie es wohl noch nicht wissen.«

Lilly runzelte die Stirn. »Dass ich was noch nicht weiß?«

Der Arzt blickte auf ihren Bauch und schmunzelte. »Ihm ist nichts passiert.«

»Wovon zum Teufel sprechen Sie?«

»Von Ihrem Kind, Frau Velasco. Sie sind schwanger.«

Kapitel 37

Johns Magen knurrte, als Frede den Wagen vor der Wache abstellte. Es war früher Abend, und ihm wurde erst jetzt bewusst, dass er seit dem Frühstück nichts Richtiges mehr gegessen hatte. Als er ausgestiegen war, deutete er mit einem Nicken auf die Fischbude am anderen Ende des Hafens.

»Ich hole mir kurz ein Brötchen. Soll ich dir was mitbringen?«

»Nein.« Frede schloss die Fahrertür und schüttelte den Kopf. »Aber wie wäre es, wenn du stattdessen mit zu mir kommst? Ich habe gestern auf dem Markt Fisch besorgt.«

John überlegte kurz, doch ihm fiel nichts ein, das dagegensprach. Lilly und Juri waren in Dänemark, und Tommy hatte sich wie in den vergangenen Tagen auch heute mit seiner Familie zum abendlichen Skypen verabredet.

»Einverstanden.«

Er folgte Frede in die Polizeistation. Während sie sich von ihren Kollegen auf den neusten Stand bringen ließen – von denen ein entlaufener Hund, der in Nieblum für Verkehrschaos gesorgt hatte, noch das Aufregendste war –, versuchte er, Lilly zu erreichen. Doch er landete auf der Mailbox. Er hinterließ eine Nachricht, dann wählte er Juris Nummer. Es klingelte mehrere Male, aber Juri ging nicht ran. John beendete den Anruf und schob das Handy in die Jackentasche.

Vermutlich gab es einen guten Grund, dass die beiden nicht ans Telefon gingen, sagte sich John im Stillen. Die Ermittlungen hielten sie zu sehr auf Trab. Eine andere mögliche Erklärung, dass Lilly und Juri zum Beispiel in einem netten Restaurant beisammensaßen, schob er beiseite.

Als Frede die Besprechung beendet hatte, verließen sie die Wache und gingen am Hafen entlang in Richtung der Bootsliegeplätze. Auf halbem Weg kam ihnen Tommy entgegen. John hatte ihn eigentlich im Ferienhaus vermutet, erstens für das Gespräch mit seiner Familie, aber auch, um die Computer abzubauen.

Tommy schien seine Gedanken erraten zu können. »Ist alles verstaut und zur Abreise bereit. Ging dann doch recht schnell.« Er grinste. »Ich hab mir nur ein wenig die Beine vertreten.«

»Willst du mitkommen?«, bot Frede ihm an. »Ich koche für uns.«

Tommy winkte ab. »Nett von dir. Aber ich bin mit Katharina und Jenny verabredet. Ich hole mir wohl vorher schnell etwas auf die Hand. Also dann.«

Tommy schlenderte in Richtung Ortskern davon. John sah noch, wie er sein Handy aus der Tasche zog, kurz darauf tippte, während er sich noch einmal zu ihnen umblickte, und es dann wieder wegsteckte.

Die *Lady of Solitude* lag an ihrem Liegeplatz, direkt vor der massiven Mole, die das Hafenbecken bei Sturm vor hohen Wellen schützte.

John folgte Frede den schwankenden Steg entlang zu ihrem Schiff. Die Boxen links und rechts waren verwaist, wie generell zu dieser Jahreszeit wenig Boote von Hobbykapitänen im Sporthafen lagen. Trotzdem hielt Frede es nicht für nötig, die Eingangsluke ihres Schiffs abzuschließen – warum auch immer machten sich Einbrecher selten über Boote her.

Frede stieg den Niedergang rückwärts hinunter, und John folgte ihr ins Innere des Schiffs.

»Mach es dir bequem«, sagte sie, während sie die Luken öffnete, um frische Luft hereinzulassen.

John zog seine Jacke aus und hängte sie an den freien Haken neben dem Navigationspult. Dabei fiel sein Blick auf den Stapel Post, der dort lag. Auf einem geöffneten Brief, der an Frede adressiert war, erkannte er den offiziellen Schriftzug des Amtsgerichts Hamburg.

»Es kann gleich losgehen.« Frede band sich eine Kochschürze um und ging zur Kochnische hinüber. »Musik?«

John nickte.

Frede holte ihr Smartphone aus der Hosentasche. Dann aktivierte sie die Soundbox, die auf dem Tisch in der Mitte der Kabine stand, und verband die beiden Geräte über Bluetooth. Doch das schien nicht recht zu klappen.

»Seltsam«, meinte Frede. »Ich habe hier überhaupt kein Netz mehr.«

John warf einen Blick auf sein Handy. Dasselbe Problem, dabei stand der nächste Funkmast nur wenige hundert Meter entfernt. Er hob die Schultern. »Da bin ich leider überfragt. Das ist eher Tommys Fachgebiet.«

»Egal, dann eben auf die altmodische Weise.«

Frede ging hinüber zum Navigationspult. Darüber befand sich ein Panel mit Sicherungen, in das ein Autoradio mit CD-Player eingebaut war. Aus dem Schapp, dem kleinen Fach darüber, holte sie einen Stapel CDs heraus.

»Mal sehen. Ah … natürlich.« Frede nahm eine Silberscheibe aus einer Albumhülle und schob sie in den CD-Player. Das Gerät summte und flirrte. Sekunden später erklang die Stimme von Leonard Cohen aus den Boxen in der Decke.

»Ausgezeichnete Wahl«, kommentierte John.

Frede lächelte. »Also dann, an die Arbeit.«

Sie ging zum Kühlschrank hinüber, der neben der Spüle verbaut war. Die Öffnung befand sich in der Arbeitsplatte, sodass sie von oben hineingreifen musste. Sie holte ein Papierpäckchen heraus und wickelte es auf.

»Voilà. Frischer Heilbutt. Leider habe ich noch keine Ahnung, was wir dazu machen.«

»Was hast du denn da?«

Frede deutete auf ein Netz Kartoffeln, das hinter der Herdplatte im Schrank verstaut war. »Die und ein bisschen Salat.«

John warf einen Blick in den Vorratsschrank. Er war prall gefüllt. Auch Gewürze waren genügend vorhanden. In einem der Aufbewahrungsnetze unter der Decke fand er Tomaten und Schalotten. Dann fiel sein Blick auf eine angebrochene Tüte Pistazien auf dem Tisch. Fredes Schiff war so prall gefüllt mit frischen Lebensmitteln und Vorräten, dass sie vermutlich eine Atlantiküberquerung damit hätte machen können. Ein kleines Paradies für Hobbyköche war es auf alle Fälle. In seinem Kopf formte sich das Zutatenpuzzle zu einem Gericht.

»Ich hab's«, sagte er. »Heilbutt mit Pistazienkruste. Einfach, aber lecker.«

Sie machten sich an die Arbeit.

John wusch den Fisch, und Frede begann die Pistazien zu hacken, während Leonard Cohen davon sang, dass er immer wie ein Vogel auf dem Drahtseil nach seiner Freiheit gesucht hatte.

»Darf ich ganz offen sein?«, fragte Frede.

»Nur zu.«

»Ich verstehe nicht, was du dir von dem Gespräch mit dem Arzt versprichst. Ich meine … was haben Gunillas Kinder und deren Krankheitsgeschichte mit dem Fall zu tun?«

John hatte ihr auf der Fahrt zurück hierher von seiner Unterhaltung mit Ole Driesch berichtet. Er wollte gleich morgen früh den ehemaligen Inselarzt aufsuchen.

»Das weiß ich noch nicht genau«, antwortete John. »Gunilla hatte buchstäblich eine Leiche im Keller. Eine Leiche aus ihrer Vergangenheit. Und ich halte es für möglich, dass auch der Grund für ihren Tod in der Vergangenheit zu suchen ist.«

Frede wusch eine Zitrone, tupfte sie trocken und rieb dann die Schale ab. »Ist dir schon mal in den Sinn gekommen, dass die beiden Morde gar nichts miteinander zu tun haben könnten? Die Sache mit Bosse Wolf ergibt doch viel Sinn, zumal sich die Tatwaffe in seinem Besitz befand. Und Mikkel Ahlert … nun, es gibt Dutzende Erklärungen, warum ihn jemand in dem Keller eingemauert hat.«

»Das glaube ich nicht.« John bückte sich, zündete den Gasbackofen unter dem Herd an und stellte ihn auf höchste Stufe. »Ich vermute, dass es damals nicht allzu viele Personen gab, die Zugang zu Haus Poppenspeler hatten und dort in Ruhe eine Leiche hätten einmauern können. Gunilla ist eine von ihnen.« John nahm die schalenlose Zitrone, schnitt sie auf und träufelte den Saft über den Fisch. »Allerdings habe ich nicht die geringste Ahnung, warum sie das getan haben sollte.«

Frede hob die Schultern. Sie hatte die Tomaten in kleine Würfel geschnitten und begann nun, den Salat zu verlesen. »Sie wäre nicht die erste Frau, die ihren Ehemann ins Jenseits befördert …«

John vermischte die gehackten Pistazien mit Öl und der

geriebenen Zitronenschale und würzte das Ganze mit Salz und Pfeffer.

»Was tust du, wenn du nachts auf See bist und dir alle Navigationsgeräte ausfallen?« Er verteilte die Pistazienmasse auf dem Fisch und drückte sie etwas an.

»Das kommt drauf an. Bei Vollmond und klarer Sicht würde ich wohl versuchen, mich an den Fahrwassermarkierungen zu orientieren, den Leuchtfeuern oder an Landmarken, falls ich sie sehen kann. Ansonsten ... müsste ich wohl auf mein Gefühl vertrauen.«

»Richtig. Dasselbe tue ich gerade. Wir tappen im Dunkeln. Und ich folge meinem Gefühl, ohne dass ich weiß, wohin es mich am Ende führen wird.«

Frede rührte eine Vinaigrette an und gab sie über den Salat. Als sie ihn durchgemischt hatte, meinte sie: »Also gut. Nehmen wir mal an, du liegst richtig. Beide Morde hängen zusammen. Gunilla tötete ihren Mann, aus welchem Grund auch immer. Auf irgendeinem Weg hat jemand herausgefunden, was sie getan hat, und übte späte Rache für Mikkel, indem er Gunilla einen ähnlichen Tod sterben ließ.«

John schob den Fisch in den Ofen und richtete sich auf. »Das wäre noch zu beweisen, aber es würde die Parallelen erklären.«

»In dem Fall hätte der Täter ein Verbrechen gerächt ...«

»... indem er ein neues beging.« John verzog einen Mundwinkel. »Ich folge nur den Fakten. Es ist dann Sache der Gerichte, über die Schuld und das Strafmaß zu entscheiden.«

»Natürlich.«

Frede krempelte die Ärmel ihres Pullovers hoch und hielt die Hände unter den Wasserhahn. Auf ihrem Unterarm sah John einen großen Flecken, an dem die Haut zusammengezogen und glänzend war – Narbengewebe, wie es zum Beispiel bei einer Verbrennung entstand. Frede schien seinen Blick zu bemerken.

»Eine alte Verletzung.«

John verzog das Gesicht. »Sieht schmerzhaft aus.«

»Ich erinnere mich nicht mehr genau daran. Als Kind muss ich mir wohl mal heißes Wasser darübergegossen haben. Aber keine Angst, inzwischen koche ich unfallfrei.«

Sie holte Geschirr und Besteck aus den Schränken und begann den Tisch zu decken. Aus der Ferne drang das rasch lauter werdende Motorengeräusch eines Schiffs zu ihnen herüber. John schätzte, dass es die letzte Fähre für heute sein musste.

Er warf einen Blick auf das Display seines Handys. Noch immer kein Netz. Er winkte Frede mit dem Gerät zu. »Ich versuche es mal an Deck. Vielleicht erreiche ich Lilly oder Juri.«

»Mach das.«

Er drehte sich um und wollte nach dem Handlauf des Niedergangs greifen, als die Bugwelle der einlaufenden Fähre das Schiff traf.

John verlor die Balance und wurde zur Seite geworfen. Er stieß gegen das Navigationspult, und alle darauf gestapelten Unterlagen flogen zu Boden.

»Oh, verdammt. Das tut mir leid.« Er bückte sich, als das Schaukeln nachgelassen hatte.

Frede kam ihm zu Hilfe. »Schon gut. Ich hätte dir sagen müssen, dass es etwas wackelig wird, wenn die Fähre einläuft.«

Sie kniete sich hin und sammelte mit ihm die verstreuten Unterlagen ein.

John bekam den Umschlag vom Amtsgericht Hamburg zu fassen. Die Papiere, die sich darin befunden hatten, waren herausgerutscht. John erkannte aus der Betreffzeile, dass es sich um Scheidungsunterlagen handelte.

»Oh, das ist …« Frede nahm ihm die Papiere aus der Hand.

»Entschuldige. Geht mich nichts an.«

Frede schob die Unterlagen in das Kuvert zurück und seufzte. »Na ja, ist kein großes Geheimnis … Ich habe mich von meinem Mann getrennt. Es dauert jetzt ein wenig, bis das seinen bürokratischen Weg gegangen ist.«

»Ja, vermutlich«, meinte John. Obwohl sich das Leben seit dem Beginn der Viruspandemie ein wenig normalisiert hatte, befanden sich viele Behörden noch immer im Ausnahmezustand, und überall gab es lange Wartezeiten.

Er stand auf und legte die Post wieder auf das Pult. »Kommt mir alles bekannt vor«, sagte er. »Ich habe auch schon mal eine Trennung durchgemacht …«

Er musste an Karin denken, die nach ihrer Scheidung versucht hatte, sich wieder in sein Leben zu schleichen. Menschen fanden schnell zusammen, doch sich wieder auseinanderzudividieren dauerte erheblich länger. Er fragte sich, ob das auch ein Grund war, weshalb er das Zusammenziehen mit Lilly unbewusst hinauszögerte. Hatte er Angst vor der emotionalen Achterbahnfahrt, die sie beide erwartete, falls es nicht funktionieren sollte?

John kletterte an Deck. Die klare Seeluft vermischte sich mit dem Geruch des Essens, der von unten aus der Kabine hochstieg.

Er aktivierte das Handy. Hier oben hatte er wieder vollen Empfang. Er drückte Wahlwiederholung. Nichts. Weder bei Lilly noch bei Juri.

Für einen Moment gab John sich der Vorstellung hin, dass die beiden tatsächlich in einem Restaurant zum Abendessen beisammensaßen, einen Wein tranken und sich unterhielten. Vielleicht unternahmen sie danach noch einen Spaziergang durch die Nacht …

Lilly hatte nie einen Hehl daraus gemacht, dass sie sich von Juri ebenso angezogen fühlte wie von ihm.

John hatte damit nie ein Problem gehabt. Denn in Wahrheit hatte er wohl nicht damit gerechnet, dass sich zwischen Lilly und ihm selbst jemals etwas Ernsthaftes entwickeln würde – einfach, weil Juri viel mehr Lillys Typ war. Er erfüllte jedes Kriterium, das ihr an einem Mann wichtig war, zumindest soweit John das einschätzen konnte. Juri war ein geselliger Typ, der sich gern mit anderen Menschen umgab. Er mochte Kinder und war ein großartiger Vater. Und seine Treue war unverbrüchlich, was allein der Umstand bewies, wie lange er nach dem Unfall um seine Frau getrauert hatte. Andere in seinem Alter hätten sich nach einer gewissen Zeit auf die Suche nach einer neuen Lebensgefährtin gemacht. Juri nicht. Er hatte sich wie eine Schildkröte in den Panzer zurückgezogen, den er um seine Gefühle herum errichtet hatte. Jemand, der den alten Juri nicht gekannt hatte, musste ihn in jener Zeit für einen kalten, hartherzigen Einzelgänger gehalten haben. Aber Lilly und er, die sich erinnerten, wie Juri wirklich war, hatten es natürlich besser gewusst. Vor allem Lilly. Sie hatte ihn nie aufgegeben.

John sog die salzige Seeluft tief in die Lungen und atmete aus. Die Nacht war sternenklar. Der Vollmond stand über ihm hoch am Himmel. Außer dem leisen Schmatzen der Wellen, die gegen das Heck des Schiffs schwappten, war nichts zu hören. Die Stille und die Einsamkeit waren perfekt.

John fragte sich, wie es wäre, permanent auf einem Schiff zu leben, so wie Frede. Die Ruhe würde ihm gefallen.

Als Kind hatte er manchmal davon geträumt, um die Welt

zu segeln. Im Gegensatz zu manch anderen, die diesem Traum nachhingen, hatte ihn dabei allerdings nicht die Aussicht gereizt, ferne Länder zu erkunden. Nein. In seiner Vorstellung hatte er sich immer allein auf weiter, offener See befunden oder mit seinem Schiff in der Bucht einer einsamen Insel gelegen.

Er nahm eine Bewegung hinter sich wahr.

Frede kletterte an Deck. Statt etwas zu sagen, hockte sie sich neben ihn und sah hoch zu den Sternen.

Nach einer Weile meinte sie: »Ich mag die Stille.«

»Ja. Es ist schön, mal keine anderen Menschen ertragen zu müssen.«

Das war ihm herausgerutscht, und kaum, dass er die Worte ausgesprochen hatte, fürchtete er, Frede könnte sie auf sich beziehen. Er drehte sich zu ihr, doch sie lächelte ihn an.

»Stimmt. Ich kenne wenige, die einfach hier oben sitzen und den Moment genießen könnten, ohne ihn mit ihrem andauernden Gesabbel kaputt zu machen.«

John musste ebenfalls grinsen. »Die meisten haben Angst vor der Stille.«

»Ich nicht.« Frede stand auf, trat einen Schritt an ihn heran und sah ihm in die Augen.

In dem Moment klingelte Johns Handy.

Er zog es aus der Hosentasche und blickte auf das Display. Es war Ben.

Johns Daumen schwebte kurz zwischen dem grünen und roten Button, die eine Entscheidung von ihm verlangten. Schließlich drückte er den Anruf weg.

Er blickte wieder auf, aber der Moment war vorüber.

Frede hatte sich der schmalen Treppe zugewandt. »Der Fisch ist fertig. Kommst du runter?«

John nickte.

Als Frede schon halb die Leiter hinunter war, hielt sie inne und blickte zu ihm herüber.

»Du bist mir nicht ganz unsympathisch, John Benthien.« Sie lächelte kurz. Dann stieg sie hinab ins Innere des Schiffs.

John folgte ihr. Von unten kam ihm die Stimme von Leonard Cohen entgegen.

Kapitel 38

Je weiter sie nach Norden kamen, desto menschenleerer wurde es. Im Sommer lockten die Strände die Urlauber, doch um diese Jahreszeit verirrten sich nicht mehr viele hierher. Die Campingplätze, an denen sie vorüberfuhren, wirkten verlassen, nur ab und an kam ihnen auf der Landstraße ein Wohnmobil oder ein Auto mit Wohnanhänger entgegen. Sie fuhren vorüber an kleineren Orten und vereinzelten Siedlungen. Ansonsten links und rechts nur Heide, Wald und grasbewachsene Dünen, die die Straße säumten.

Lilly ließ den Blick gedankenversunken über die Landschaft gleiten.

»Geht es dir gut?«, fragte Juri am Steuer. Er wandte den Blick kurz von der Straße ab. »Du bist so schweigsam.«

»Ich bin nur müde … müssen die Schmerzmittel sein.«

Heute Morgen hatte man ihr im Krankenhaus ein Sammelsurium aus Medikamenten mitgegeben, darunter Antibiotika und Schmerzmittel, mit dem Rat, in Deutschland zeitnah einen Arzt aufzusuchen, der die Wunde versorgte, und sich ansonsten zu schonen.

»Das ist nicht richtig.« Juri schüttelte den Kopf. »Wir sollten das hier nicht tun … du brauchst Ruhe.«

»Wir müssen es aber tun. Das ist nun mal unser Job.«

»Es gibt Wichtigeres als den Job.«

Ja, dachte Lilly. Es gab Wichtigeres. Ein Kind zum Beispiel.

Sie hatte Juri nichts von der Überraschung erzählt, die ihr der Arzt offenbart hatte. Sie musste das selbst erst verarbeiten.

Ein Kind von John – es konnte nur von ihm sein –, das hatte sie sich gewünscht, so wie sie sich immer eine eigene Familie gewünscht hatte.

Aber nun war sie sich über ihre Gefühle zu John und ihre gemeinsame Zukunft nicht mehr im Klaren. Und deswegen konnte sie das Wissen um das in ihr heranwachsende Leben auch nicht einfach genießen.

Andererseits: Gab es den perfekten Moment, um Mutter zu werden, überhaupt?

Sie spürte, wie das Smartphone in ihrer Hosentasche vibrierte. Es stand auf lautlos. Ben und John hatten seit gestern Abend mehrmals versucht, sie zu erreichen, doch Lilly hatte die Anrufe unbeantwortet gelassen.

»Wir sind da.« Ohne die Hand vom Lenkrad zu nehmen, deutete Juri mit dem Finger auf das Ortsschild.

Skagen lag am nördlichsten Zipfel Dänemarks, wo Skagerrak und Kattegat aufeinandertrafen. Sie fuhren durch die Stadt, deren Straßenbild von niedrigen Häusern mit gelben oder ockerfarbenen Fassaden und roten Schindeldächern geprägt war. Juri folgte der Hauptstraße am Hafen vorbei, bis sie den Ortsausgang am nördlichen Ende erreicht hatten. Er vergewisserte sich mit einem Blick auf das Navi, dass sie richtig waren, bevor er in eine Seitenstraße abbog. Sie fuhren durch ein bewaldetes Gebiet, bis sie schließlich ein einsam gelegenes Holzhaus erreichten. Es hatte zwei Stockwerke, und die Bretter seiner Fassade waren rot gestrichen. Den einzigen Kontrast bildeten die weißen Sprossenfenster und Schlagläden.

Lilly stieg aus und ging auf die Eingangstür zu.

Juri hatte sich gestern Abend in der Gegenwart von Bloomberg mit Kjell Ahlert unterhalten. Der hatte sich zunächst zugeknöpft gegeben. Wie sich in der Zwischenzeit herausgestellt hatte, gab es einen Grund für Kjells Überreaktion. Seit seiner Entlassung hatte er nicht auf der faulen Haut gelegen. Mit Hilfe alter Freunde war es ihm offenbar gelungen, einen einträglichen Handel mit Hehlerware zu organisieren – online natürlich. Er hatte verschiedene Lagerstätten, von denen eine seine Garage war. Ein nicht unbeträchtlicher Teil seiner Lieferungen ging zudem nach Deutschland. Damit verstieß Kjell selbstverständlich gegen die Bewährungsauflagen – und das Auftreten der deutschen Polizei hatte dann ihr Übriges getan.

Erst als Juri dem Mann deutlich gemacht hatte, dass seine Schiebereien sie nicht im Geringsten interessierten und sie aus einem gänzlich anderen Grund hier waren, hatte sich das Blatt gewendet. Kjell dämmerte, dass er sich mit dem Angriff auf eine Polizeibeamtin nicht nur ganz tief reingeritten hatte, sondern dass er dies offenbar auch völlig ohne triftigen Anlass getan hatte.

Kjell hatte die Frage, ob sein Bruder Mikkel ihn oder ihre Eltern am Tag seines Verschwindens aufgesucht hatte, verneint. Er gab an, ihn das letzte Mal im Sommer gesehen zu haben, genauer gesagt am Geburtstag des Vaters.

Dann hatte er sich das Foto angesehen, das Juri mitgebracht hatte. Kjell hatte zuerst gelacht – vermutlich über seine eigene Dummheit, dass er den ganzen Ärger angezettelt hatte, obwohl es in Wahrheit nur um eine solche Lappalie ging. Aber er konnte den Mann identifizieren, der auf dem Bild mit Mikkel und Emma zu sehen war. Es handelte sich um Lars Eriksen – den besten Freund seines Bruders.

Kjell erzählte, dass die beiden sich während ihrer Dienstzeit beim Militär kennengelernt hatten. Mikkel war immer jemand gewesen, der seine Freunde handverlas, doch auf die wenigen, die er gehabt hatte, hatte er zählen können.

Lars war für ihn so etwas wie ein zweiter Bruder gewesen. Jemand, dem er vertraute, wenn es um Leben und Tod ging.

Die Adresse von Lars Eriksen zu ermitteln war nicht weiter schwierig gewesen. Er war verheiratet, hatte zwei Kinder und lebte in Skagen.

Lilly drückte auf die Türklingel. Als sich keine Reaktion zeigte, versuchte sie es erneut und wartete. Nichts. Sie bedeutete Juri mit einem Kopfnicken, ihr zu folgen.

Sie gingen um das Haus herum, das von einer weiten Rasenfläche umgeben war. Auf der Rückseite erblickten sie eine ältere Frau. Sie stand auf der Wiese und hängte Wäsche auf eine Wäschespindel.

Das Grundstück grenzte an einen lichten Wald, hinter dem die Dünenlandschaft und der Strand lagen. Lilly konnte das Rauschen der Brandung bis hierher hören. Der Seewind spielte in den langen grauen Haaren der Frau. Als sie Lilly und Juri auf sich zukommen sah, legte sie den Rock, den sie gerade in der Hand hielt, zurück in den Wäschekorb.

»Hej«, sagte sie. »Kan jeg hjælpe dig?«

Mit den wenigen Worten Dänisch, die sie beherrschte, gab Lilly der Frau zu verstehen, dass es besser wäre, wenn sie die Unterhaltung in Englisch oder Deutsch führen könnten.

»Das ist kein Problem«, antwortete diese. »Ich habe jahrelang im Tourismusbüro gearbeitet. Da bleibt es wohl nicht aus, dass man Deutsch lernt.« Sie streckte die Hand aus. »Mette Eriksen.«

Lilly ergriff die Hand. Dann zeigte sie ihre Dienstmarke und erklärte den Grund für ihren Besuch.

»Ich fürchte, da haben Sie den weiten Weg umsonst gemacht.« Mette Eriksen machte eine gleichsam bedauernde wie traurige Miene. »Mein Mann ist vor zwei Jahren verstorben.«

»Das tut mir sehr leid«, sagte Lilly.

Mette seufzte. »Es kam nicht überraschend. Sein Herz … es machte Lars schon lange Probleme.«

»Verstehe.« Lilly kniff die Mundwinkel zusammen und sah kurz zu Juri, der neben ihr stand. Vermutlich fühlte er sich nun bestätigt darin, dass sie sich diese Reise hätten sparen können. Doch es lag nicht in Lillys Natur, direkt aufzugeben.

»Können wir Ihnen vielleicht trotzdem ein paar Fragen stellen?«

»Sicher. Was halten Sie davon, wenn wir uns bei einem Kaffee unterhalten? Kommen Sie.«

Lilly und Juri folgten Mette Eriksen zur Veranda, wo sie auf Reetstühlen Platz nahmen. Eigentlich lud das Wetter kaum zum längeren Verweilen im Freien ein, doch zwei Heizelemente an der Hauswand vertrieben die Kälte. Mette verschwand im Inneren des Hauses und kam wenig später mit einem Tablett zurück, das sie auf den Gartentisch abstellte. Sie goss ihnen Kaffee ein, dann ging sie noch einmal in die Küche und kam mit einem Teller voller Plundergebäck wieder.

»Greifen Sie zu«, bat sie.

Juri lehnte dankend ab, aber Lilly nahm sich ein Teilchen. Etwas Süßes konnte sie gerade gut gebrauchen – zumal sich ihr schlechtes Gewissen verflüchtigt hatte, nun, da sie eine gute Erklärung für ihren Heißhunger in letzter Zeit hatte.

»Ich entschuldige mich im Voraus, dass wir Sie mit einer so … unschönen Angelegenheit konfrontieren müssen«, begann sie, »aber wir ermitteln in zwei Mordfällen.«

Mette Eriksen hob beschwichtigend die Hand. »Keine Sorge. Ich bin mittlerweile alt genug, um zu wissen, dass die Welt nicht wie in einer Sonntagsrede aussieht.«

Lilly berichtete von Gunilla Dornieden und Mikkel Ahlert – wobei sie auf die unappetitlichen Details, wo und in welchem Zustand sie die Toten gefunden hatten, verzichtete.

»Natürlich erinnere ich mich an Mikkel und Emma«, sagte Mette, als Lilly geendet hatte. »Als die beiden damals verschwanden, war das furchtbar. Und nun …« Sie blickte zu Boden und schüttelte den Kopf. »Mein Gott, was ist den Armen denn da nur wiederfahren.«

»Das versuchen wir herauszufinden.« Lilly trank einen Schluck Kaffee. »Ihr Mann und Mikkel kannten sich gut?«

Mette hob die Augenbrauen. »Ja. Sie waren damals in derselben Einheit und beide Soldaten auf Zeit. Danach haben sie sich noch hin und wieder getroffen, aber wie das so ist … irgendwann verliert man sich aus den Augen.«

Lilly biss in das Teilchen und kaute bedächtig. Dabei musterte sie Mette Eriksen. Was sie da gerade erzählte, passte nicht so recht zu den Angaben von Kjell Ahlert. Zwischen Freunden, die wie Brüder füreinander waren, und »man traf sich hin und wieder« lag ein himmelweiter Unterschied.

Sie zog das Foto von Mikkel, Emma und Lars aus der Tasche und schob es Mette über den Tisch zu. »Erinnern Sie sich, wann diese Aufnahme gemacht wurde?«

Mette nahm das Bild und betrachtete es. »Hm, schwer zu sagen … ich schätze, das wird irgendwann Anfang der Achtziger gewesen sein. Sehen Sie sich nur die albernen Sachen an, die man damals noch trug …«

»Drehen Sie es doch einmal um«, sagte Lilly.

Mette sah zu ihr hinüber. Dann schaute sie vorsichtig auf die Rückseite des Bildes. Lilly wusste, dass sich dort ein Datumsstempel befand, so wie das damals bei den meisten Fotos, die man beim Fotografen entwickeln ließ, üblich war.

»Das Bild ist im Sommer 1980 gemacht worden«, sagte Lilly.

»Oh.« Mette wiegte den Kopf hin und her. Dann schob sie das Bild von sich in Lillys Richtung.

»Das bedeutet, dass Mikkel und Emma wenige Monate vor ihrem Verschwinden hier waren und Sie und Ihren Mann besuchten.« Lilly beugte sich vor und tippte mit dem Finger auf die Stelle auf dem Foto, wo hinter den Personen eine Wäschespindel auf einer Wiese zu erkennen war – es war dieselbe, auf der Mette gerade eben ihre Wäsche aufgehängt hatte.

»Wenn Sie meinen … könnte sein. Wie gesagt, Mikkel kam nicht mehr oft.«

»Aber gerade, wenn jemand nicht so oft kommt – dann erinnert man sich doch besonders an solche Besuche?«

»Mein Gedächtnis ist nicht mehr das beste.«

Lilly blickte zu Juri, der das Gespräch schweigend verfolgte. Seinem Gesichtsausdruck entnahm sie aber, dass auch ihm Mette Eriksens Gedächtnislücken etwas seltsam vorkamen. »Wissen Sie, ob dies der letzte Besuch war, den Mikkel Ihrem Mann abstattete?«

»Ja, ich vermute schon. Wenn das Bild im Sommer 1980 entstanden ist … Emma und er verschwanden doch kurz darauf im Herbst.«

»Am zweiten Oktober, um genau zu sein. Was haben Sie an jenem Tag gemacht, Frau Eriksen?«

Mette hob die Augenbrauen. »Beim besten Willen, woher soll ich das jetzt noch wissen. War es ein Wochentag?«

»Ja.«

»Dann werde ich im Tourismusbüro gewesen sein …«

»Wir wissen, dass Mikkel an jenem Tag Föhr verließ und auf dem Festland ein Auto mietete«, sagte Lilly. »Wir versuchen herauszufinden, wohin er damit gefahren ist. Bei seinen Eltern und seinem Bruder war er scheinbar nicht. Könnte es sein, dass er Sie und Ihren Mann aufsuchte?«

»Nein.« Mette machte ein entschlossenes Gesicht und schien sich zumindest in diesem Punkt ihrer Erinnerung sehr sicher zu sein. »Haben Sie noch weitere Fragen?«

»Es gibt noch sehr viele Dinge, die ich gerne wüsste. Allerdings fürchte ich, dass ich hier keine Antworten finden werde.«

»Dann bitte ich Sie, mich jetzt zu entschuldigen. Ich muss noch einige Besorgungen machen und habe gleich einen Arzttermin.«

Lilly und Juri erhoben sich und verabschiedeten sich von Mette Eriksen. Sie verließen die Veranda auf dem Weg, den sie gekommen waren, und gingen über die Wiese um das Haus herum zurück zum Auto.

Lilly hatte den Rest ihres Plundergebäcks mitgenommen. Sie biss hinein und genoss noch einmal den köstlichen Geschmack der Puddingcreme, mit der es gefüllt war. Auch wenn dieser Ausflug ihnen außer Scherereien nichts gebracht hatte, so war er zumindest in kulinarischer Hinsicht erfreulich. Tatsächlich hatte sie so guten Plunder nicht mehr gegessen, seit …

Lilly blieb stehen.

Sie betrachtete das Gebäck in ihrer Hand. Gerade eben war ihr eingefallen, wo sie ein solches Stück Plunder – ein beinahe identisches Stück Plunder – das letzte Mal gegessen hatte. Es war noch gar nicht lange her.

Juri hatte bereits die Autotür aufgeschlossen.

»Warte einen Moment«, sagte Lilly. »Ich komme gleich wieder. Mir ist da etwas eingefallen.«

Sie drehte sich um und ging zurück zur Veranda, wo Mette Eriksen stand und zu ihnen herüberblickte.

Kapitel 39

Die Windmühle, in der Arnold Jörgensen, der ehemalige Inselarzt, lebte, befand sich einen guten Kilometer außerhalb von Utersum. Sie stand auf einem freien Feld, wodurch das alte Bauwerk größer erschien, als es tatsächlich war. Die Kappe und der Rumpf der Mühle waren mit Reet bedeckt, die Holzgalerie um den Turm herum und der Unterbau waren in einem hellen Weiß gestrichen. John hatte sich einen der beiden Streifenwagen geborgt. Er steuerte über den rumpeligen Schotterweg und hielt schließlich vor dem weißen Lattenzaun, der das Grundstück umgab.

Bevor er ausstieg, warf er abermals einen prüfenden Blick auf das Display seines Handys. Noch immer nichts. Er versuchte es seit dem Aufstehen, doch auch heute Morgen reagierten weder Lilly noch Juri auf seine Anrufversuche. Allmählich machte er sich ernste Sorgen um die beiden.

Es war Dienstag, der fünfte Tag auf Föhr, und ihnen blieb nicht mehr viel Zeit, diesen Fall doch noch zu einem Abschluss zu bringen. John stieg aus. Ein hagerer Mann in dunkelgrüner Latzhose und Karohemd war damit beschäftigt gewesen, die Wiese um die Mühle herum zu mähen. Nun hatte er den Mäher abgestellt und kam an den Zaun.

»Guten Morgen. Was kann ich für Sie tun?«

»Arnold Jörgensen?«

»Der bin ich.« Jörgensen hatte ein schmales Gesicht und eine Glatze. Er schob seine silberne Stahlgestellbrille auf der Nase zurecht.

»John Benthien. Kripo Flensburg.« Er zeigte kurz seinen Dienstausweis. »Ihnen hat vor längerer Zeit mal eine Arztpraxis in Wyk gehört?«

Jörgensen tupfte sich mit einem Stofftaschentuch die Glatze ab. »Vor langer Zeit, ja. Das war praktisch in meinem anderen Leben ...«

»Es geht mir um eine ehemalige Patientin von Ihnen.« John erklärte, weshalb er hier war.

»Gunilla Dornieden ...« Jörgensen verstaute das Taschentuch in der Brusttasche seiner Hose. »Ich habe von ihrem Tod gehört. Schlimme Sache.«

»Ich hätte einige Fragen zu ihrer Krankheitsgeschichte oder, genauer gesagt, zu der ihrer Kinder.«

»Da kann ich Ihnen nicht helfen.« Jörgensen musterte John kritisch. »Auch wenn ich schon lange nicht mehr in Amt und Würden bin ... Ihnen dürfte klar sein, dass meine ärztliche Schweigepflicht über den Tod meiner Patienten hinausreicht – mal ganz davon abgesehen, dass Gunillas Tochter Nieke noch lebt. Mit einer Offenlegung ihrer Krankengeschichte würde ich mich ...«

»Ich weiß.« John wandte sich um und machte eine auffordernde Handbewegung in Richtung des Streifenwagens. Er hatte den Wagen einige Meter vom Zaun entfernt geparkt, und die Sonnenblende auf der Beifahrerseite war heruntergeklappt, sodass man schlecht ins Innere sehen konnte. Die Beifahrertür öffnete sich. Eine Frau stieg aus und kam zu ihnen herüber.

»Nieke«, entfuhr es dem ehemaligen Arzt.

»Doktor Jörgensen.« Sie reichte ihm die Hand. »Bitte

erzählen Sie Herrn Benthien, was er wissen möchte. Ich entbinde Sie hiermit von Ihrer Schweigepflicht. Falls er richtigliegt … Ich denke, es ist Zeit, dass jemand hört, was Sie zu sagen haben.«

John hatte Nieke gleich heute Morgen aufgesucht.

Er hatte mir ihr über ihre Kindheit gesprochen, die vielen Krankheiten, Unfälle und andere Missgeschicke, an die sie sich noch erinnerte. Neu war für sie gewesen, dass ihre verschwundene Halbschwester Emma offenbar einen ähnlichen Leidensweg erfahren hatte. Sie hatte rasch begriffen, dass es nicht nur für John von Interesse sein konnte, was der ehemalige Hausarzt der Familie zu sagen hatte.

Jörgensen legte den Kopf schief. »Sie sind sich wirklich sicher, dass Sie das wollen?«

»Ja«, sagte Nieke.

»Wollen Sie dabei sein?«

Nieke schüttelte den Kopf. »Nein. Reden Sie erstmal allein mit Herrn Benthien. Ich warte hier. Wir … sprechen dann vielleicht später in Ruhe miteinander.«

»Also gut. Kommen Sie.«

John folgte Jörgensen ins Innere der Mühle.

Der Raum war kreisrund. In seiner Mitte stand ein freistehender Küchenblock, daneben ein Esstisch. Der Boden war mit Holzdielen ausgelegt. Eine nachträglich eingebaute Wendeltreppe aus Stahl führte nach oben, wo John auf einer Empore ein Sofa und einen Fernseher erkennen konnte. Darüber gab es ein weiteres Stockwerk, in dem sich vermutlich das Schlafzimmer befand. John konnte sich ungemütlichere Orte vorstellen, an denen man seinen Lebensabend verbrachte.

Jörgensen bereitete ihnen beiden einen Kaffee aus einer Pad-Maschine zu, dann setzten sie sich an den Esstisch.

»Bei dem, was ich Ihnen erzähle, sollten Sie sich immer

eines vor Augen führen«, sagte der ehemalige Arzt. »Das war damals eine völlig andere Zeit. Die Kinder hingen nicht so viel vor dem Bildschirm rum, sie trugen keine Helme beim Fahrradfahren und kletterten noch auf Bäume. Es war also normal, dass sie allerlei Blessuren hatten. Und Eltern hatten noch Besseres zu tun, als den ganzen Tag um ihren Nachwuchs herumzuschwirren und bei einem Niesanfall sofort den Notarzt zu verständigen. Was ich mit Gunilla und ihren Kindern erlebt habe ... heute würde man das anders sehen. Als Arzt würde man viel früher hellhörig werden.«

»Ich bin nicht hier, um Ihnen Vorwürfe zu machen«, erklärte John. »Ich versuche nur zu verstehen, was damals passiert ist.«

Jörgensen drehte die getöpferte Kaffeetasse, die vor ihm auf dem Tisch stand, zwischen den Händen. »Es begann alles mit Emma. Neben den üblichen Kinderkrankheiten zeigten sich schon im Kleinkindalter ungewöhnliche Krankheitssymptome bei ihr. Gunilla berichtete mir von Fieberschüben, die das Kind hatte, auch wenn es nicht unter einem erkennbaren Infekt litt. Manchmal hatte Emma tatsächlich erhöhte Temperatur, wenn sie in der Praxis war, oft konnte ich die Angaben aber nicht nachprüfen. Wir erweiterten die Anamnese, hatten sogar den Verdacht auf Epilepsie. Ich verschrieb Emma schließlich Antiepileptika. Die Fieberschübe wurden zunächst seltener, kamen dann aber wieder. Das Allgemeinzustand des Kindes verschlechterte sich. Hinzu kamen kleinere und größere Unfälle ...«

»Und das fanden Sie nicht merkwürdig?«

»Wie schon gesagt, heute würde man da genauer hinsehen. Und ... nun ja, eines Tages verschwanden Emma und ihr Vater.«

»Was dachten Sie darüber?«

»Ich fand die Geschichte ebenso tragisch wie seltsam, da ging es mir nicht anders als allen anderen hier auf der Insel. Niemand konnte sich einen Reim darauf machen. Selbst die Polizei tappte im Dunkeln. Ich erinnere mich noch an mein Gespräch mit dem zuständigen Ermittler, er schien das alles ebenso …«

»Verzeihung«, unterbrach John den Redefluss des Mannes. »Sie haben damals mit der Polizei gesprochen?«

»Natürlich. Neben Gunilla und Emma war auch Mikkel bei mir in Behandlung. Natürlich galt auch damals meine Schweigepflicht, allerdings lag die Sache etwas anders, da man von Gefahr im Verzug ausging – die Polizei konnte ja nicht ausschließen, dass Mikkel seine Tochter entführt oder ihr etwas angetan hatte. Daher waren Informationen über seinen psychischen Zustand von Belang für die Ermittlungen.«

»Wissen Sie noch, mit wem Sie damals sprachen?«

Jörgensen schmunzelte. »Ich habe Ihrem Kollegen die Arbeit damals nicht leicht gemacht. Er musste mir schon mit einem Gerichtsbeschluss kommen, damit ich mein Wissen preisgebe. Wir hatten daher etwas … intensiver miteinander zu tun. Der Mann hieß Thomsen.«

»Jürgen Thomsen.«

»Ja.«

»Was erzählten Sie ihm?«

»Dass Mikkel Ahlert ein kerngesunder Bursche war, der zudem die Tassen in seinem Oberstübchen an der rechten Stelle hatte. Eher unwahrscheinlich also, dass ihm die Sicherungen durchgebrannt waren.«

»Sie sprachen auch über Emma mit ihm?«

»Flüchtig. Da gab es nicht viel zu sagen. Ich erzählte ihm, dass sie ein eher anfälliges Kind sei, und beschrieb ihm ihre Krankengeschichte.«

»Sie berichteten ihm von den Auffälligkeiten?«

»Oberflächlich. Mir ist das alles ja auch erst rückblickend klar geworden. Es war Nieke, die mich schließlich darauf stieß, dass etwas nicht stimmte.«

»Weil sie die gleichen diffusen Krankheiten hatte wie ihre Schwester.«

»Auch bei Nieke stellten sich bald die unerklärlichen Fieberschübe ein. Später im Schulalter plagte sie zudem eine Aufmerksamkeitsstörung, die wir auf Gunillas Drängen medikamentös behandelten. Und dann waren da auch wieder die Unfälle ... Die Parallelen zwischen Nieke und Emma waren sehr auffällig. Das kam mir dann doch merkwürdig vor.«

John trank einen Schluck Kaffee. »Und was schlossen Sie daraus?«

Jörgensen lehnte sich zurück. »Sagt Ihnen das Münchhausen-Stellvertretersyndrom etwas?«

»Nein. Aber vielleicht helfen Sie mir auf die Sprünge.«

»Es ist eine eher seltene Erkrankung. Sie tritt vor allem bei Frauen auf, Müttern, die ihre Kinder krank machen oder Krankheiten übersteigern, gar erfinden. Auch absichtliche Verletzungen kommen vor, manche töten ihre Kinder sogar. Man nimmt an, dass die Frauen dies tun, um Aufmerksamkeit, Lob und Zuneigung zu erhalten – durch Ärzte, Krankenhauspersonal und Freunde oder Familie, dafür, dass sie sich als sorgenvolle Mutter für ihre Kinder aufopfern.«

»Soviel ich gehört habe, genoss Gunilla als Mutter einen tadellosen Ruf«, sagte John.

»Das stimmt. Im Dorf bewunderte jeder ihre Hingabe und zollte ihr Respekt dafür, dass sie ihr schweres Los so tapfer ertrug, es sogar schaffte, die Betreuung ihrer kranken Kinder und den Beruf übereinzubringen.«

»Und Sie glauben, dass Gunilla ihren Kindern das absichtlich angetan hat?«

»Ich bin kein Psychologe.« Jörgensen lehnte sich zurück und blickte aus dem Fenster. »Aber ich halte es für die naheliegendste Erklärung.«

»Warum sprachen Sie damals nicht mit jemandem über Ihren Verdacht?«

»Wie gesagt, das war eine andere Zeit. Außerdem konnte ich es ja nicht beweisen. Mein Wort hätte gegen ihres gestanden.«

»Aber Sie waren doch sicher nicht der Einzige, dem auffiel, wie häufig die Kinder krank waren. Die Leute redeten darüber.«

»Schon, ja. Aber Sie wissen auch, wie die Leute sind. Niemand vermutete etwas. Die meisten schoben es auf schlechte Gene, das Essen oder die Jugend an sich, die heute einfach nicht mehr so widerstandsfähig ist. Außerdem ... nun ja, mein guter Ruf war dann ja auch bald dahin.«

»Davon habe ich gehört.«

»Dann wissen Sie vielleicht auch, dass es eine Busenfreundin von Gunilla war, die mir übel nachredete. Ein seltsamer Zufall, oder?«

John wollte etwas erwidern, doch Jörgensen sprach weiter.

»Es geschah kurz nachdem ich Gunilla mit meinem Verdacht konfrontiert hatte.«

»Sie haben Ihr vorgeworfen, die eigenen Kinder zu misshandeln?«

»Ich bin ein Mann des offenen Wortes. Ich dachte, es wäre das Beste. Ich wollte Gunilla zu verstehen geben, dass sie selbst eventuell an einer Krankheit litt ... dass es Behandlungsmethoden gäbe, eine Möglichkeit, ihr und ihren Kindern zu helfen. Aber stattdessen ...«, er hob beide Hände, »... sah ich mich kurz darauf dem Vorwurf ausgesetzt, einer Patientin Avancen gemacht und sie unsittlich berührt zu haben. Ich brauche Ihnen nicht zu sagen, welche Auswirkungen das auf einer so kleinen Insel hat, egal, ob das Gerücht der Wahrheit entsprach oder nicht.«

»Das bedeutet, Sie hatten sich nicht an der Frau vergriffen.«

»Natürlich nicht.«

»Sie gaben Ihre Praxis daraufhin auf?«

»Was hätte ich sonst tun sollen. Ich muss sagen, dass ich zum Glück nur noch wenige Jahre bis zur Rente hatte, und finanziell schmerzte es mich nicht ... Von meiner Insel habe ich mich allerdings nicht verjagen lassen. Hier habe ich meine Ruhe, und mit der Zeit wuchs Gras über die Sache, zumal sich die Vorwürfe dann irgendwann als unhaltbar herausstellten.«

»Sie hätten sich Hilfe holen können.«

»Bei wem denn? Gunilla hatte zu dem Zeitpunkt den alten Dornieden geheiratet und war dabei, ihre Fäden auf dem gesellschaftlichen und politischen Parkett der Insel zu spinnen. Auf der anderen Seite stand ich, ein Mann mit zweifelhaftem Leumund und nichts weiter als einem kruden Verdacht.«

»Es hätte vielleicht andere Fachleute gegeben, die zur selben Einschätzung gekommen wären ...«

»Möglicherweise. Das wäre ihnen allerdings auch nur gelungen, wenn sie Emmas Krankengeschichte so gut gekannt hätten wie ich. Es gab damals ja keine Computersysteme, und meine Notizen in den Patientenakten waren eher rudimentär. Ich beschäftige mich lieber mit den Menschen als mit Papieren.« Jörgensen trank seine Tasse leer. »Es sind sehr grausame Fälle des Münchhausen-Stellvertreter-Syndroms bekannt. Mütter, die ihre Kinder verstümmelt, vergiftet oder wie gesagt sogar getötet haben. Bei Gunilla war das alles etwas subtiler.

Dennoch bin ich noch heute überzeugt, dass sie Emma und Nieke misshandelt hat. Das Problem war nur, dass vermutlich niemand ohne mein Vorwissen die Zusammenhänge gesehen hätte. Und nach Emmas Verschwinden war der eine entscheidende Punkt, der mich in meiner Überzeugung bestärkte, ohnehin nicht mehr nachweisbar.«

»Wovon reden Sie?«

»Von den Albträumen.« Jörgensen stützte sich mit den Ellbogen auf die Tischplatte. »Emma und Nieke litten unter denselben Albträumen.«

John richtete sich auf. »Was waren das für Träume?«

»Sie erzählten mir von gnomartigen Wesen, die unter der Erde lebten und nachts an die Oberfläche kamen. Sie holten Kinder, die unartig gewesen waren, und zogen sie mit sich ins Erdreich.« Jörgensen lachte. »Ich war mir sicher, dass Gunilla ihnen Spukgeschichten von den Oterbaankins erzählt hatte, um sie gefügig zu machen. In ihrer kleinkindlichen Fantasie müssen die Mädchen das …«

John stand auf. »Herr Jörgensen, ich danke Ihnen sehr. Sie ahnen nicht, wie sehr Sie mir geholfen haben.«

John verließ die Mühle und ging schnellen Schrittes zum Streifenwagen zurück.

Nicht nur Emma und Nieke hatten unter diesen Albträumen gelitten. Auch Niekes Tochter Ria hatte davon erzählt. Und John kannte noch eine weitere Person, die in ihren Träumen von gnomartigen Wesen heimgesucht wurde.

Kapitel 40

Lilly verabschiedete sich ein zweites Mal von Mette Eriksen. Dann ging sie zum Wagen und öffnete die Beifahrertür.

»Bist du jetzt schlauer?«, fragte Juri, als sie einstieg, und legte die Zeitung beiseite, in der er gelesen hatte.

Lilly schloss die Tür. »Ich weiß nicht.«

Für einen Moment überlegte sie, was sie Juri berichten sollte. Sie war sich noch nicht ganz über die Auswirkungen dessen im Klaren, was Mette Eriksen ihr erzählt hatte.

Juri blickte übertrieben auffällig auf seine Armbanduhr. »Anderthalb Stunden sind für ein Ich-weiß-nicht eine ziemlich lange Zeit.«

Lilly war sich nicht bewusst gewesen, dass die Unterhaltung so lange gedauert hatte. Andererseits hatte es all ihrer Erfahrung bedurft, um Mette Eriksen zum Reden zu bringen.

Das Plundergebäck hatte Lilly auf die richtige Fährte gebracht. Sie hatte in ihrem Leben schon genug Gebäck gegessen, dass sie Handgemachtes von Massenware unterscheiden konnte. Daher wusste sie, dass Mette den Plunder nach einem Hausrezept, vielleicht sogar ihrem eigenen, gebacken haben musste. Vor allem die Vanillefüllung schmeckte so köstlich, dass sie einem in Erinnerung blieb.

Lilly hatte nur ein einziges Mal in ihrem Leben Plunder mit einer solchen Vanillecreme gegessen. Und es hatte sich nicht nur um eine ähnliche Vanillecreme gehandelt, sondern um exakt die gleiche.

Das war vor wenigen Tagen gewesen – auf der Polizeiwache von Wyk auf Föhr.

Mette Eriksen hatte sich zunächst verschlossen gegeben. Lilly hatte gespürt, dass die Frau etwas verbarg, das sie unter keinen Umständen preisgeben wollte.

Schließlich hatte sie sich nicht mehr anders zu helfen gewusst und an Mettes Verantwortung als Mutter appelliert.

Als der Arzt ihr gestern Abend im Krankenhaus eröffnet hatte, dass sie schwanger war, hatte Lilly ein Gefühl befallen, das neu für die gewesen war. Das plötzliche Gefühl, nun für das kleine Leben verantwortlich zu sein, das in ihr heranwuchs.

Lilly hatte Freundinnen mit Kindern, und sie hatte diese oft über die Last der Verantwortung reden hören, die Sorgen, die man als Eltern nie wieder loswurde.

Auf diese Karte hatte sie gesetzt.

Sie hatte Mette Eriksen ihr Geheimnis offenbart, ihr von ihrer Schwangerschaft berichtet und von der Sorge um das Wohlergehen ihres ungeborenen Kindes – und dass sie dennoch den weiten Weg hierhergemacht hatte, um herauszufinden, was Mikkel und Emma zugestoßen war.

Dann hatten sie geredet. Von Mutter zu Mutter.

Lilly war nicht enttäuscht worden. Die Angst um das eigene Kind verschwand nie, auch im Alter nicht, und ganz gleich, ob es sich nun um ein leibliches Kind handelte oder nicht.

Mette Eriksen hatte schließlich nachgegeben. Aus Sorge um das Kind, das sie großgezogen hatte und das sich nun als Erwachsene vielleicht in Schwierigkeiten gebracht hatte, wenn Lillys Verdacht zutraf.

Juri blickte sie noch immer erwartungsvoll an.

Sie seufzte und zog ein gefaltetes Blatt Papier aus der Innentasche ihrer Jacke. Es handelte sich um eine Kopie des vergilbten Zeitungsartikels, den Mette ihr gezeigt hatte.

Juri nahm das Blatt entgegen. »Das ist auf Dänisch.«

»Sie hat es mir übersetzt.«

Lilly half ihm, den Artikel zu entziffern. Selbst wenn man der dänischen Sprache nur rudimentär mächtig war – was auf Juri und sie zutraf –, konnte man sich allerdings einigermaßen zusammenreimen, was dort geschrieben stand.

Juri überflog die Zeilen und betrachtete das Foto, das neben dem Bericht abgedruckt war. Es zeigte Lars und Mette Eriksen mit einem Mädchen. Einem Mädchen mit einem kleinen Muttermal auf der rechten Wange, knapp über dem Mundwinkel.

Lilly berichtete ihm, was Mette Eriksen ihr eröffnet hatte.

»Das ist nicht gut«, sagte Juri daraufhin. Er faltete das Blatt zusammen und gab es ihr zurück. Sie konnte sehen, wie seine Kiefer mahlten.

Ihr Handy summte. Es war eine SMS von John.

»Was machen wir jetzt?«, fragte Juri.

»Ich weiß es nicht.«

Mädchen aus dem Wald findet neue Familie

Jyllands Posten, 13. Mai 1982

Skagen. Nach über einem Jahr der Unsicherheit gibt es endlich Gewissheit über die Zukunft des Findelkinds aus Skagen. »Das Mädchen aus dem Wald«, wie die Kleine im Volksmund genannt wird, hat nun auch offiziell bei der Familie Eriksen ein neues liebevolles Zuhause gefunden – und eine Schwester gleich dazu.

Es war Lars Eriksen gewesen, der das Mädchen im Herbst 1980 aufgefunden hatte. Eriksen wohnte schon damals mit seiner Frau und seiner Tochter in einem Haus am Rand von Skagen. An einem Samstag unternahm er den üblichen Morgenspaziergang mit seinem Hund, einem Labrador. Seine Tochter begleitete ihn. Sie gingen über einen Pfad entlang des Waldes, als plötzlich zwischen den Bäumen ein Mädchen auf sie zukam. Die Kleine war unterkühlt und ausgehungert. Eriksen nahm das Kind mit zu sich nach Hause, wo er und seine Frau sie zunächst versorgten, bevor sie die Behörden unterrichteten.

Bis heute ist die Herkunft des Mädchens ungeklärt. Alle Versuche der zuständigen Stellen, die Eltern der Fünfjährigen ausfindig zu machen, liefen ins Leere. Verkompliziert wurden die Bemühungen dadurch, dass das Mädchen keine Ausweisdokumente bei sich hatte. Zudem konnte niemand ihm einen

Ton entlocken. Das Mädchen aus dem Wald blieb stumm. Ärztliche Untersuchungen ergaben, dass keine körperlichen Ursachen vorlagen, sodass man davon ausging, es handelte sich um ein psychisches Problem. So blieb auch der Name des Kindes ungeklärt.

Ob das Mädchen von seinen Eltern ausgesetzt wurde? Ob sie weggelaufen war? Wir werden es vielleicht nie erfahren.

Sicher ist aber, dass nun gut für sie gesorgt sein wird. Von behördlicher Seite ist man zu dem Schluss gekommen, dass es für das Mädchen das Beste sei, wenn sie in einem behüteten Umfeld aufwächst. Die Familie Eriksen scheint dafür hervorragend geeignet. Lars Eriksen und seine Frau Mette sind angesehene Mitglieder der Gemeinde, engagieren sich für wohltätige Zwecke und – wohl der wichtigste Faktor – haben selbst eine sechsjährige Tochter. Sie haben sich im zurückliegenden Jahr bereits um »das Mädchen aus dem Wald« gekümmert, und die Kleine hat Vertrauen zu ihnen gefasst.

Die zuständigen Behörden haben nach langer und sorgfältiger Abwägung nun den Weg für eine Adoption freigemacht.

Erste gute Resultate hat die neue Verbindung bereits gezeitigt. Angeblich soll das Kind endlich die ersten Worte über die Lippen gebracht haben. Eines davon war sein Name, den die Eriksens ihr gegeben haben: Frede.

Kapitel 41

Jeder Fall hat drei Seiten. Eine Seite, die du siehst, eine Seite, die ich sehe. Und dann gibt es den blinden Fleck, den keiner von uns sieht.

John gingen seine eigenen Worte durch den Kopf, und er wunderte sich abermals, wie er es so lange nicht hatte sehen können. Andererseits war es wie immer: Wenn man erst wusste, wonach man suchte, fügte sich alles zusammen, ergaben sich Verbindungen, die man vorher nicht erkannt hatte.

Dennoch musste er sich selbst hinterfragen. Hatte er es vielleicht nicht sehen wollen? Möglicherweise. Denn über seine Gefühle war er sich nicht im Klaren, im Moment noch weniger als jemals zuvor.

Das war auch der Grund, weshalb er sich in den vergangenen Stunden selbst in die Datenbanken der Polizei vertieft und nicht Tommy um Hilfe gebeten hatte, der vermutlich wesentlich schneller auf die entsprechenden Informationen gestoßen wäre.

Es war bereits später Nachmittag, und die Sonne stand tief am Horizont, als er über die schwankenden Holzbohlen im Hafen von Wyk schritt. Der Wind hatte aufgefrischt und wehte eine salzige Brise aus Nordwest herüber, die die Wanten in den Masten der Schiffe zum Klingen brachte.

Am Ende des Stegs blieb John stehen.

Der Motor tuckerte vor sich hin, eine Vorleine hielt den Bug des Segelschiffs noch in Position, die andere war bereits gelöst. John bückte sich und machte das Tau mit einem Knoten wieder auf der Klampe am Steg fest. Dann packte er den Bugkorb und zog sich mit beiden Händen an Deck.

Frede, die am Heck mit der Achterleine beschäftigt war, fuhr herum. Überraschung lag in ihrem Gesicht.

»Sie haben mir auf der Wache gesagt, dass du dir heute Nachmittag früher frei genommen hast«, meinte John, während er zu ihr nach hinten ging.

Frede legte die Leine mit beiden Händen zusammen. »Ich wollte gerade rausfahren. Kommst du mit?«

»Nein. Ich halte es für besser, wenn du den Motor abschaltest, und ... dann gehen wir unter Deck und unterhalten uns.«

Frede zögerte einen Moment. Sie betrachtete die Leine in ihrer Hand und blickte sich um. Dann schaltete sie schließlich den Motor aus und folgte John unter Deck.

Die ohnehin üppigen Vorräte waren weiter angewachsen. Von der Decke hingen jetzt neue Netze, in denen Obst, Gemüse und Konserven verstaut waren. Offenbar hatte Frede einen längeren Törn geplant.

John setzte sich an den Tisch in der Mitte des Salons und bedeutete Frede, sich ihm gegenüberzusetzen.

Frede zündete sich eine Zigarette an. Ein Ausdruck von Ernüchterung und Resignation lag in ihrem Blick, die Erkenntnis, dass es keinen Sinn hatte, es weiter zu leugnen.

»Wie hast du es herausgefunden?«

»Die Albträume. Emma, Nieke, Ria – du. Es ist eher selten, dass vier Personen unter denselben Träumen leiden.«

Frede schüttelte den Kopf und zog an der Zigarette. »Diese Träume haben mir schon immer nur Probleme beschert.«

»Ich vermute auch, dass du dir als Kind diese Verletzung«, John deutete mit einem Nicken auf Fredes Unterarm, wo sich die Brandnarbe befand, »nicht aus eigenem Ungeschick zugezogen hast. Wahrscheinlich hat jemand nachgeholfen.«

»Ich weiß wirklich nicht mehr, wie es passiert ist. Aber, ja … Ich war ihr erstes Versuchsobjekt.«

John lehnte sich vor. »Dann sind da natürlich noch ein paar weitere *Zufälle*, auf die man stößt, wenn man weiß, worauf man achten muss.«

»Als da wären?«

»Du kanntest die Urlaubspläne von Nieke und Sönke. Am Tag vor ihrer Abreise hast du Nieke und Ria auf der Strandpromenade getroffen. Ihr habt euch lange unterhalten, du hast Ria im Streifenwagen sitzen lassen … Ich muss sagen, dass ich mich am Anfang über diese gewisse Vertrautheit gewundert habe, die zwischen euch besteht. Inzwischen ist mir das klarer. Ich nehme an, Nieke hat in eurem Gespräch fallen lassen, dass sie wegfahren.«

Frede hob die Schultern. »Wäre möglich.«

»Zweitens«, John zählte an den Fingern ab, »hattest du als eine von wenigen Personen Zugang zum Haus von Bosse Wolf. Es wäre dir ein Leichtes gewesen, die Tatwaffe dort zu platzieren – einen Schlagstock, wie er noch dazu häufig von Streifenbeamten verwendet wird.«

Er wartete auf eine Reaktion von Frede, doch sie sah ihn unbewegt an.

»Dann ist da noch ein dritter, entscheidender Punkt. Dein Name. Oder ich sollte wohl besser sagen, dein wahrer Name: Eriksen.«

John hatte noch immer nicht mit Lilly oder Juri persönlich gesprochen. Dafür hatte Lilly – wenn auch spät – zumindest auf die SMS reagiert, die er ihr geschrieben hatte. Die Unterhaltung hatte aus wenigen Zeilen bestanden, doch die hatten ausgereicht:

WO STECKT IHR? GEHT ES DIR GUT? WARUM REAGIERT IHR NICHT AUF MEINE ANRUFE?

LANGE GESCHICHTE. SIND JETZT AUF DEM RÜCKWEG.

NEUE ERKENNTNISSE?

HABEN EINEN ALTEN FREUND VON MIKKEL AHLERT AUSFINDIG GEMACHT BZW SEINE FAMILIE: LARS ERIKSEN. ALLES WEITERE SPÄTER

John hatte keine weiteren Erklärungen gebraucht. Der Name allein hatte ihm ausgereicht.

»Du warst in Hamburg für zwei Jahre mit einem Mark Junicke verheiratet, dessen Namen du angenommen hast.« Um das herauszufinden, hatte ihm ein kurzer Blick ins Melderegister genügt. Wenn man wusste, wonach man suchte, konnte es manchmal überraschend einfach sein. »Davor hast du in Skagen gelebt. Offenbar bist du auch in Dänemark aufgewachsen, zumindest besitzt du die dänische Staatsbürgerschaft …«

John wusste, dass dieser Umstand Fredes Anstellung bei der Polizei nicht im Wege gestanden hatte. Wie in einigen anderen Bundesländern war auch in Schleswig-Holstein der Besitz eines deutschen Passes nicht Voraussetzung für den Polizeidienst. Eine EU-Staatsbürgerschaft und der Besitz einer gültigen Niederlassungserlaubnis genügten.

John stützte sich mit den Ellbogen auf den Tisch und lehnte sich vor. »Du warst in Skagen unter dem Namen Eriksen gemeldet, unter der Adresse eines Lars Eriksen und seiner Familie. Und obwohl dieser Name in den offiziellen Unterlagen als dein Geburtsname geführt wird … wissen wir beide, dass das nicht die Wahrheit ist. Denn, wie ich inzwischen weiß, war Lars Eriksen ein guter Freund von Mikkel Ahlert.«

Er lehnte sich zurück und wartete auf Fredes Reaktion. Sie drückte die Zigarette im Aschenbecher aus. Dann hob sie langsam den Blick.

»Du wirst es mir vielleicht nicht glauben«, sagte sie, »aber meine wahre Herkunft ist mir selbst lange verborgen geblieben. Ich hatte keine Erinnerung an die Zeit vor den Eriksens. Ein Psychologe könnte dir sicher eine passende Diagnose liefern … Ich kann nur vermuten, dass es mit irgendeinem Verdrängungsmechanismus zu tun hatte, der sich einschaltet, wenn wir etwas Schlimmes erleben und unter Schock stehen. Außerdem war ich damals sehr jung, gerade mal fünf.«

Frede griff nach der Zigarettenpackung und zog einen neuen Glimmstängel heraus, den sie anzündete.

John beobachtete, dass ihre Hände dabei nicht zitterten. Auch ihre Stimme war fest und ruhig. Das überraschte ihn nicht unbedingt. Er hatte schon häufig erlebt, wie erleichtert manche Menschen waren, wenn sie sich nach langer Zeit etwas von der Seele reden konnten.

»Ich habe erst vor zwei Jahren eine Erklärung für alles erhalten«, erzählte Frede weiter. »Da wohnte ich schon in Hamburg. Lars lag im Sterben, und er rief mich zu sich …«

»Er sagte dir die Wahrheit über deine Herkunft?«

Frede nickte, und John konnte nachempfinden, welcher Schock diese Enthüllung für sie gewesen sein musste.

»Lars erzählte mir, wie Mikkel an jenem Tag mit mir nach Skagen kam. Er bat ihn um Hilfe. Mikkel hatte herausgefunden, was Gunilla mir antat, warum ich so häufig krank wurde … Mikkel wollte das mit Gunilla klären, wollte, dass sie sich professionelle Hilfe holten. Vermutlich ahnte er, dass Gunilla nicht sofort darauf eingehen würde und eine schwierige Zeit bevorstand. Er wollte nicht, dass ich das alles mitbekam. Deshalb hatte er die Sommerferien abgewartet. Ich sollte einige Wochen bei den Eriksens verbringen.«

John hatte sich etwas in der Art bereits zusammengereimt, einige Details konnte er allerdings noch nicht ganz nachvollziehen. »Dein Vater kehrte nicht zurück, um dich abzuholen. Wir wissen heute, warum. Ich frage mich, weshalb die Eriksens nicht Kontakt zu ihm und Gunilla gesucht haben … Ich meine, wie konnten sie dich einfach bei sich behalten?«

»Mikkel erzählte Lars, welches Spiel Gunilla mit mir trieb. Lars und Mette wussten also, was für ein Mensch meine Mutter war.« Frede zuckte die Schultern. »Nenn es eine dunkle Vorahnung oder was auch immer. Jedenfalls nahm Mikkel seinem Freund Lars an jenem Tag ein Versprechen ab. Für den Fall, dass Mikkel nicht wiederkam und sie nichts von ihm hörten, sollten er und seine Frau sich um mich kümmern. Und sie sollten sicherstellen, dass ich nie wieder Kontakt mit meiner Mutter hatte.«

John schüttelte den Kopf. »Und Lars Eriksen glaubte ihm das einfach? Ich meine, er hatte keinen Beweis für Mikkels Behauptungen, oder?«

»Du hast Lars nicht gekannt. Er und Mikkel waren Soldaten, hatten zusammen gedient. Für Lars zählt das Wort seines Freundes mehr als alles andere. So hat er es mir zumindest erklärt … Ich habe ihm dieselben Fragen gestellt wie du jetzt mir.«

Es war keine befriedigende Erklärung, aber John wusste, dass er keine bessere bekommen würde. »Trotzdem muss es aufgefallen sein, wenn plötzlich ein Kind bei einer Familie auftaucht.«

»Das tat es auch. Die Eriksens erzählten allen, dass sie mich im Wald gefunden hatten – allein und desorientiert. ›Das Mädchen aus dem Wald‹ machte Schlagzeilen. Man konnte meine Eltern aber nicht finden. Und da Lars und Mette mit einer eigenen Tochter eine Musterfamilie waren, bekamen sie das Sorgerecht …«

John hob eine Hand. »Moment, das kann doch nicht so einfach gewesen sein. Die Polizei in Deutschland hat nach dir gesucht. Das kann nicht an den dänischen Behörden vorbeigegangen sein.«

»Du vergisst, dass das in der vordigitalen Zeit war. Die Welt und auch die Behörden waren noch nicht so vernetzt wie heute. Außerdem … nun ja, vielleicht hatte es auch ein wenig mit Glück zu tun.«

John musterte Frede. Er hatte das Gefühl, dass sie in diesem Punkt nicht die ganze Wahrheit sagte. Da war noch mehr. Aber es erschien ihm nicht der richtige Zeitpunkt nachzubohren, er wollte nicht, dass ihr Redefluss verebbte.

»Wann, sagtest du, hat Lars Eriksen dir das alles eröffnet? Vor zwei Jahren?«

»Ungefähr.«

Er überschlug die Daten, die er im Kopf hatte. »Es muss ungefähr ein halbes … vielleicht auch ein Dreivierteljahr später gewesen sein, als du Polizeichefin von Föhr wurdest. Hatte das auch mit Glück zu tun?«

»Könnte man so sagen. Ich hatte mich gerade von Mark Junicke getrennt und wusste nicht, was ich tun sollte … In der Zwischenzeit hatte ich mich über Gunilla erkundigt. Ich wusste, dass sie noch immer auf der Insel lebte, wieder geheiratet und eine Tochter hatte. Als dann die Stelle in Wyk frei wurde ... Es erschien mir wie ein Wink des Schicksals.«

»Da muss das Schicksal wohl mit einem Totschläger gewunken haben.« John hob eine Augenbraue. »Kamst du hierher, um Rache zu üben?«

»Nein. Da wusste ich ja noch nicht, was mit Mikkel geschehen war. Ich kam her ... du magst das merkwürdig finden, aber ich suchte tatsächlich den Kontakt zu meiner leiblichen Mutter, zu meiner wahren Identität.«

»Aber aus den Erzählungen deines Adoptivvaters wusstest du, was Gunilla dir als Kind angetan hatte.«

»Schon, ja. Trotzdem wollte ich selbst herausfinden, was für ein Mensch sie ist ... und meine Halbschwester kennen lernen.«

»Du hast dich mit den Dorniedens angefreundet?«

»Das wäre übertrieben. Ich habe mich ihnen angenähert. Vorsichtig. Das Gespräch zwischen Nieke und mir auf der Strandpromenade ... es war nicht unsere erste Unterhaltung. Aber wohl die entscheidende.«

»Was meinst du damit?«

»Als Ria bei mir im Streifenwagen saß ... Sie erzählte mir von einem Traum, den sie hatte ... einem Albtraum.«

John richtete sich auf. »Die Gnome, die unter der Erde auf sie lauerten. Sie träumte dasselbe wie du, da hast du ...«

»... ja, mir wurde schlagartig klar, dass Gunilla dasselbe böse Spiel mit ihrer Enkelin trieb wie mit mir. Von Nieke wusste ich außerdem, dass Sönke und sie planten, nach Haus Poppenspeler zu ziehen. Nieke wollte wieder mehr arbeiten, und Gunilla sollte dann auf Ria aufpassen, was sie liebend gerne getan hätte. Ich ahnte, was die Kleine bei ihrer Großmutter erwartete. Und das ... das ...«

Frede presste die Lippen aufeinander und schüttelte langsam den Kopf.

»Das konntest du nicht zulassen.«

Tränen traten Frede in die Augen.

»Also bist du zu Gunilla gegangen«, sprach John weiter. »Du bist noch am fraglichen Freitagabend zu ihr. Du wusstest, dass Nieke mit ihrer Familie am nächsten Tag wegfuhr.«

Sie nickte. »Ja.«

John verschränkte die Arme und überlegte einen Moment.

»Dir muss an irgendeinem Punkt durch den Kopf gegangen sein, was geschehen würde, wenn du diese Sache auf dem offiziellen Weg verfolgst, das Jugendamt, die Polizei, Gerichte und so weiter … Du kennst unser Justizsystem. Manchmal ist es für die Opfer härter als für die Täter. Du wusstest, was es für Nieke und besonders Ria bedeutet hätte, in seine Mühlen zu geraten.«

»Ich habe das nicht geplant, John.« Ihr Blick sagte, dass dies der Wahrheit entsprach. »Ich habe Gunilla aufgesucht und sie damit konfrontiert, wer ich bin. Sie … hat mich erkannt, und sie … umarmte mich, schien glücklich, mich nach all den Jahren wiederzuhaben. Aber ich schob sie von mir, erzählte, was ich über sie wusste, was sie mir … uns angetan hatte. Und dass ich wüsste, dass sie dasselbe mit Ria vorhatte …« Frede brach ab und zog an ihrer Zigarette. Jetzt zitterten ihre Finger. »Weißt du, was sie da gesagt hat?«

John sagte nichts. Er zündete sich ebenfalls eine Zigarette an.

»Sie sagte, was für ein schrecklicher Mensch doch aus mir geworden sei. Sie wäre immer eine so liebevolle Mutter gewesen, hätte sich für uns wehleidige Kreaturen aufgeopfert. Was mir überhaupt einfiele, mich jahrzehntelang nicht zu melden, sie im Ungewissen zu lassen, all die Sorge, die sie durchstanden habe …«

»Sie schob es von sich.«

»Wir waren für sie immer nur Mittel zum Zweck. Sie wollte bewundert werden, als aufopferungsvolle Mutter. Da war nicht der kleinste Funke von Einsicht.«

»Und da hast du zugeschlagen.«

»Gunilla erzählte mir, wie sehr sie sich darauf freute, dass die kleine Ria bald zu ihr ziehe und sie sich um ihre Enkelin kümmern könne. Da … ich weiß nicht, ich habe noch nie in meinem Leben eine solche Wut verspürt, John. Im nächsten Moment hatte ich den Schlagstock in der Hand. Und Gunilla lag blutend auf dem Boden.«

»Aber sie lebte noch. Und als deine Wut verraucht war, hast du nicht die Kraft gefunden, deine Tat zu vollenden.«

»Ich erschrak über mich selbst. Dass ich zu so etwas im Stande war. Und ich wusste nicht, was ich tun sollte. Also habe ich sie erstmal in den Keller gesperrt.«

»Dann ging es dir also gar nicht darum, sie leiden und eines besonders qualvollen Todes sterben zu lassen?«

»Nein. Ich habe hier gesessen und mich betrunken. Am nächsten Tag … ich habe mich nicht getraut, noch einmal dorthin zu gehen …«

»Du wusstest, dass Nieke eine Woche fortbleiben würde. Also hast du gehofft, das Problem erledigt sich von selbst.«

»Es war nicht so, dass sie es nicht verdient hatte.«

»Und die Leiche zu beseitigen wäre für dich kein Problem gewesen«, überlegte John. »Du hättest sie bei Dunkelheit auf dein Schiff geschafft und wärst rausgefahren. Dass du auf See auch bei Nacht gut klarkommst, wissen wir ja inzwischen. Gunilla wäre auf genauso mysteriöse Weise verschwunden, wie ihr Mann Mikkel und ihre Tochter Emma … Dummerweise kam etwas dazwischen. Nieke machte sich Sorgen und kam früher zurück als erwartet. Natürlich hast du versucht, sie abzuwimmeln, als sie eine Vermisstenanzeige aufgeben wollte. Leider war sie hartnäckig und kam zu uns nach Flensburg.«

Frede nickte.

»Dann war es am Ende reiner Zufall, dass du Gunilla in dem Verschlag direkt neben den Überresten … deines Vaters eingeschlossen hast.«

»Ja.« Frede griff in die Innenseite ihrer Jacke und holte ein Foto heraus, das sie vor John auf den Tisch legte. Es war das Bild, das aus dem Kinderzimmer von Haus Poppenspeler entwendet worden war, jenes, das Mikkel, Lars und Emma zeigte. »Das sind meine beiden Väter. Lars hat mich geliebt wie seine eigene Tochter. Und aus dem, was er mir über Mikkel erzählt hat, weiß ich, dass der mich ebenso geliebt haben muss. Als ihr dann sein Skelett dort unten gefunden habt, konnte ich mir zumindest halbwegs zusammenreimen, was geschehen sein musste. Nachdem Mikkel mich damals bei den Eriksens abgeliefert hatte, fuhr er zurück zu Gunilla. Er wollte sie mit seinem Wissen konfrontieren und ihr Hilfe anbieten. Nun … wie es scheint, hat sie darauf nicht allzu offen reagiert. Was auch immer genau zwischen den beiden geschah, Mikkel endete im Keller von Haus Poppenspeler.«

John nickte. »Irgendwie so wird es gewesen sein.«

Dann sagte für eine Weile keiner von ihnen etwas.

Schließlich seufzte Frede und sah John auffordernd an.

»Du musst eine Entscheidung treffen.«

Ein dünnes Lächeln spielte bei diesen Worten um ihre Lippen, und John ahnte, was sie in diesem Moment dachte.

Er konnte nichts von alledem beweisen. Indizien und Vermutungen – mehr hatte er nicht in der Hand.

Frede konnte einfach alles abstreiten, sagen, dass dieses Gespräch nie stattgefunden hatte.

Er musste nachdenken. John stand auf, streifte seine Jacke über und kletterte an Deck. Die Luft war klar und so kalt, dass sie bei den ersten Atemzügen in seiner Lunge brannte.

Er ging nach vorne zum Bug, stieg vom Schiff hinunter und ging ein paar Schritte bis zum Ende des Stegs. Dann blickte er hinüber zur Befeuerung der Hafeneinfahrt, deren Lichter in der Dunkelheit funkelten.

Frede war eine Mörderin, das stand außer Frage. Sie hatte Gunilla niedergeschlagen und sie im Keller ihres Hauses verenden lassen. Spielten die Gründe da noch eine Rolle?

Natürlich hatte Gunilla selbst einen Menschen getötet. Sie hatte ihre Kinder misshandelt. Und sie war im Begriff gewesen, dasselbe mit ihrer Enkelin zu tun. Dieses Schicksal hatte Frede ihrer Nichte erspart.

Als John sich herumdrehte und zur Landseite blickte, sah er in der Ferne Autoscheinwerfer, die sich dem Hafen näherten. Der Wagen fuhr an der Polizeiwache vorbei und hielt auf den Sporthafen zu. Schließlich blieb er auf Höhe des Stegs, wo Fredes Schiff lag, stehen.

John ging zurück zu dem Segelschiff.

Die Beifahrertür des Wagens öffnete sich, und ein schwarzer Schatten stieg aus. Die Person kam über die Holzbohlen in Johns Richtung. Als sie vor dem Schiff stand und zu ihm herüberblickte, erkannte er sie.

Lilly.

Ihrem Blick entnahm John, dass sie alles wusste.

Die ganze Geschichte von Emma Ahlert, die heute als Frede Junicke lebte.

Kapitel 42

Regentropfen liefen über Lillys Gesicht, als sie zu John aufblickte. Er war einen Kopf größer als sie, und seine Miene war voller Sorge. Lilly hatte freiwillig auf die Schmerzmittel verzichtet, weil sie ihr nur den Verstand vernebelten. Ihre Verletzung schmerzte jetzt wieder. Sie hielt sich die linke Seite und atmete schwer.

»Was ist mit dir passiert?«, fragte er.

»Nur ein Kratzer. Wir müssen reden, John.«

Er führte sie einige Schritte von Fredes Schiff weg. »Nachdem ich deine Nachricht erhalten hatte, habe ich einige Erkundigungen über Frede eingeholt. Ich weiß, wer sie ist.«

»Es ist nicht nur das. Da ist mehr …« Lilly verzog das Gesicht, als ein Stechen durch ihre Seite jagte.

John ergriff ihre Schulter und stützte sie. »Dir geht es nicht gut … Was ist geschehen?«

»Wir … hatten eine kleine Auseinandersetzung mit Mikkel Ahlerts Bruder. Er hat mich mit einem Schraubenzieher erwischt. Im Krankenhaus haben sie mich wieder zusammengeflickt.«

»Du …« John schüttelte verständnislos den Kopf. »Du warst im Krankenhaus? Warum hast du dich nicht gemeldet?«

»Wie gesagt, nichts Schlimmes. Und Juri war ja da …«

»Du gehörst entweder ins Bett oder, noch besser, in ärztliche Behandlung.«

Sie schüttelte den Kopf.

»Nein, geht nicht. Wir müssen mit Frede reden.«

Lilly entging Johns Zögern nicht. Sie bemerkte, wie sein Blick zu dem Schiff wanderte, dann wieder zu ihr.

»Ich war gerade auf dem Weg zu Frede. Wie wäre es, wenn du dich ausruhst und ich das allein erledige?«

Lilly schüttelte den Kopf. »Keine Chance. Ich habe doch nicht die ganze Reise auf mich genommen, um das Beste zu verpassen …«

Irgendetwas hier war seltsam, Johns Verhalten, die ganze Situation. Lilly hatte John schon von Weitem gesehen, als sie aus dem Wagen gestiegen war. Es hatte nicht den Anschein gemacht, als befände er sich gerade auf dem Weg zu Fredes Schiff, im Gegenteil, er hatte zunächst am entfernten Ende des Stegs gestanden, ganz so, als dächte er über etwas nach, und erst, als er sie entdeckt hatte, war er zu dem Segelschiff zurückgelaufen. Offenbar ging er davon aus, dass sie das nicht mitbekommen hatte.

Der Regen wurde stärker. John wischte sich die Tropfen aus dem Gesicht. »Also schön«, meinte er schließlich, »aber danach kümmern wir uns um dich.«

Lilly ließ sich von ihm an Deck helfen. Der Schauer ging nun wolkenbruchartig nieder, und in der kurzen Zeit, die sie brauchten, um vom Bug zum Heck des Schiffes zu gehen, war ihre Kleidung vollständig durchnässt.

Frede stand bereits im Niedergang und hielt Lilly ein Handtuch entgegen. »Kommt rein und trocknet euch erstmal ab«, sagte sie und wirkte nicht besonders überrascht. Im Gegenteil, Lilly schien es beinahe, als hätte Frede mit ihrem Besuch gerechnet.

Lilly folgte ihr ins Innere des Schiffs und rubbelte sich mit dem Handtuch die Haare trocken. John kam ihr nach.

Wenig später saßen sie um den Esstisch versammelt. Lilly hatte Frede gegenüber Platz genommen, John drückte sich zu ihrer Rechten mit verschränkten Armen tief in die Polsterbank. Über ihnen gingen die Regentropfen wie ein Trommelfeuer auf das Deck nieder.

Mit ruhigen Worten erzählte Lilly Frede, was sie über ihre Herkunft herausgefunden hatten.

Frede nickte gelassen. »Allerdings habe ich das auch erst sehr spät erfahren«, sagte Frede, »nämlich als Lars mir die Wahrheit auf seinem Sterbebett eröffnete. Es war ... ein ziemlicher Schock.«

Das glaubte Lilly ihr aufs Wort.

Sie selbst hatte zum Glück nie eine solche Erfahrung machen müssen. Sie war bei ihren leiblichen Eltern aufgewachsen und wusste, von wem sie abstammte. Wie es sein musste, darüber im Ungewissen zu sein oder – wie in Fredes Fall – erst im Erwachsenenalter erfahren zu müssen, dass ein großer Teil des bisherigen Lebens auf einer Lüge basierte, mochte sie sich nicht vorstellen.

Es erschien ihr daher nur folgerichtig, dass Frede den Kontakt zu Gunilla, ihrer leiblichen Mutter, gesucht hatte und nach Föhr gekommen war, um diese Lücke zu schließen.

Ebenso verständlich war, dass man mit so einer Geschichte nicht hausieren ging und sich sofort bei der erstbesten Polizeidienststelle mit dieser Erkenntnis meldete, um einen alten Vermisstenfall aufzuklären.

Dennoch ergaben sich daraus Fragen.

Lilly blickte zu John, der keine Regung zeigte. Lilly runzelte die Stirn. Es war nicht seine Art, sich bei einer Befragung derart zurückzuhalten.

Sie wandte sich wieder Frede zu. »Warum hast du uns nichts über deine wahre Identität gesagt? Es wäre schon aus professioneller Sicht geboten gewesen.«

So seltsam die Umstände auch sein mochten, spätestens, als klar wurde, dass sie es mit einem Mord zu tun hatten, hätte Frede als Polizistin erklären müssen, dass sie befangen war, da die Ermittlungen nun einmal ihre Familie betrafen.

»Ich weiß, dass ich einen Fehler gemacht habe, okay?« Frede presste die Lippen aufeinander. »Ich ... stand unter Schock. Im Grunde hatte ich Gunilla gerade erst ausfindig gemacht. Ich wusste noch nicht einmal, wie ich mich ihr annähern sollte und ob überhaupt ... da wird sie schon tot aufgefunden.«

Ja, dachte Lilly, wer hätte sich in einer solchen Situation schon rational verhalten? Sie war bereit, ihr dieses Versäumnis nachzusehen.

Frede griff nach dem Päckchen Zigaretten, das auf dem Tisch lag, und zündete sich eine an.

Lillys Blick wanderte zu dem Aschenbecher. Drei Zigarettenstummel lagen darin. Sie betrachtete sie näher und verstand mit einem Mal, dass sie mit ihrem Argwohn richtig lag. Die beiden spielten ein Spiel mit ihr. Eine Mischung aus Wut und Eifersucht brannte in Lillys Magen auf, und sie musste sich alle Mühe geben, sich von dem Gefühl nicht übermannen zu lassen. Sie musste professionelle Ruhe bewahren. Solange sie sich nicht sicher sein konnte, worauf das hinauslaufen sollte, blieb ihr nichts anderes übrig, als mitzuspielen.

»Warum hast du Nieke nicht geholfen?«, fragte Lilly.

Frede blies das Streichholz aus und zog an der Zigarette. Sie ließ den Rauch langsam über ihre Lippen quellen. »Wie meinst du das?«

»Als Nieke anfangs mit dem Verdacht zu dir kam, dass Gunilla verschwunden war. Warum bist du der Sache nicht nachgegangen?«

»Ich dachte, das hätten wir geklärt. Nieke hat mich in meiner Eigenschaft als Polizistin aufgesucht, und als solche habe ich auch entschieden. Es gab keinen Anhaltspunkt, dass mit Gunilla etwas nicht stimmte oder dass gar eine Suchaktion gerechtfertigt gewesen wäre.«

»Du hast dir also keine Sorgen um deine ... Mutter gemacht. Und deshalb hieltest du es auch anfangs nicht für nötig, unsere Ermittlungen zu unterstützen.« Lilly warf einen Seitenblick zu John, der sich weiter zurückhielt.

»So ist es«, sagte Frede. »Glaubst du etwa, ich hätte irgendeinen anderen Grund gehabt, nicht nach Gunilla zu suchen?«

Dieser Ansicht war Lilly in der Tat, allerdings konnte sie es Frede noch nicht nachweisen, und ihr fehlte auch noch ein klares Motiv.

John räusperte sich. »Ich denke, du hast deinen Punkt klargemacht. Lassen wir das ...«

Lilly brachte ihn mit erhobener Hand zum Schweigen und sah Frede an. »Ich frage mich tatsächlich, ob es ein Zufall ist, dass die vermisste Tochter nach Jahrzehnten zurückkehrt und ihre Mutter kurz darauf tot aufgefunden wird?«

»Du denkst, dass ich Gunilla getötet habe?« Frede hielt Lillys Blick stand.

»Nein, das denkt sie nicht«, ging John dazwischen, »es ist nur so ...«

Lilly zwang sich, nicht zu John herumzufahren und ihm einen wütenden Blick zuzuwerfen. Sie hatte nicht mehr den geringsten Zweifel, dass er dabei war, sich auf Fredes Seite zu schlagen.

»Lass nur«, meinte Frede. »Der Gedanke ist berechtigt. Er wäre mir an eurer Stelle vermutlich auch gekommen. Allerdings hätte sich mir auch gleich die daran anschließende Frage gestellt …« Sie schnippte die Zigarette auf dem Aschenbecher in der Mitte des Tischs ab. »Warum hätte ich das tun sollen?«

Diese Frage hatte Lilly sich auf der Rückfahrt die ganze Zeit gestellt.

Frede hatte die Mittel und die Möglichkeit zur Tat gehabt. Sie hatte gewusst, dass Gunilla allein sein würde – Nieke hatte Frede von ihren Urlaubsplänen erzählt, am Tag vor der Abreise, als sie sich auf der Strandpromenade getroffen hatten. Außerdem handelte es sich bei der Tatwaffe um einen Schlagstock, wie er auch von Polizisten verwendet wurde. Und Frede hatte Zugang zum Haus von Bosse Wolf gehabt. Tommy hatte den Stock bei seiner ersten Durchsuchung des Hauses nicht entdeckt – Frede hätte die Möglichkeit gehabt, ihn dort zu platzieren.

Doch am Ende blieb, wie gesagt, die Frage nach dem Motiv.

Lilly lehnte sich zurück. »Ich habe mit Mette gesprochen. Sie sagte mir, dass Mikkel dich damals zu ihnen gebracht hat, weil er Streit mit Gunilla hatte.«

»Stimmt, das hat Lars mir auf dem Sterbebett ebenfalls erzählt«, antwortete Frede. »Mikkel wollte diesen Streit beilegen. Er wollte wohl nicht, dass ich das mitbekomme. Deshalb sollte ich in den Sommerferien einige Wochen bei den Eriksens verbringen.«

»Aber Mikkel kam nicht zurück. Und ihr beide galtet als vermisst.«

»Warum Mikkel nicht zurückkam, wissen wir ja jetzt.«

Lilly ging zum ersten Mal durch den Kopf, wie das für

Frede gewesen sein musste, als sie Mikkels Skelett in dem Keller entdeckten.

»Wundert es dich nicht, dass die Eriksens dich einfach bei sich behalten haben?«, fragte Lilly. »Mikkel tauchte nicht wieder auf, aber sie wussten ja, wo deine Mutter zu finden war.«

»Genau dieselbe Frage habe ich auch Lars gestellt.« Frede drückte die Zigarette im Aschenbecher aus und schob die anderen drei Stummel dabei an, sodass Lilly einen noch besseren Blick auf deren Filter bekam. Kein Zweifel.

»Und was hat er geantwortet?«

»Dass er es Mikkel versprochen hatte.«

Lilly runzelte die Stirn und gab sich Mühe, überrascht zu wirken, obwohl sie die Geschichte heute Morgen bereits von Mette Eriksen in voller Länge gehört hatte, aber das brauchte Frede nicht zu wissen.

»Das verstehe ich nicht – er hatte ihm *versprochen*, seine Tochter ihrer Mutter vorzuenthalten?«

»Die beiden kannten sich vom Militär«, erklärte Frede. »Ich nehme an, es war so ein Männerding. Waffenbrüder. Ewige Treue …«

»Und das hast du ihm abgekauft?«

»Nein. Aber der Mann lag im Sterben. Was sollte ich tun? Ihn foltern?« Frede schnitt eine Grimasse und blickte kurz zu John. »Ich gehe davon aus, dass der Streit zwischen Mikkel und Gunilla ernster Natur war. Aus irgendeinem Grund wollte er nicht, dass ich zu meiner Mutter zurückkehre. Ich nehme an, dass es ein guter Grund war – denn Mikkel fuhr zurück nach Föhr und endete im Keller von Gunillas Haus.«

»Du denkst, dass Gunilla ihn ermordet hat?«

»Sind wir nicht alle gemeinsam zu dem Schluss gekommen, dass dies die naheliegendste Erklärung ist? Auch, wenn wir die genauen Umstände und Gründe nicht kennen und es vermutlich nie beweisen können.«

Lilly überlegte. Was Frede sagte, stimmte in weiten Teilen mit der Geschichte von Mette Eriksen überein. Die Theorie, dass Frede aus Rache für Mikkel den Mord an Gunilla verübt hatte, ergab nur dann Sinn, wenn sie gewusst hatte, dass Gunilla für dessen Tod verantwortlich war. Doch mit nahezu hundertprozentiger Sicherheit hatte auch Frede erst von Mikkels letztem Verbleib erfahren, als Lilly und John dessen Überreste gefunden hatten. So gesehen schied dieses Motiv vermutlich aus.

Allerdings war da noch ein anderer Aspekt, den Mette ihr erzählt hatte. Es gab einen Grund, warum die Eriksens dem Wunsch von Mikkel nachgekommen waren und Emma bei sich behalten hatten. Mikkel hatte Lars berichtet, dass Gunilla ihre Tochter misshandelte. Deshalb hatte er nicht gewollt, dass Emma jemals wieder Kontakt zu ihr hatte.

Dieser Punkt war Mikkel sehr wichtig gewesen, deshalb hatte er Lars das Versprechen abgenommen – vermutlich weniger, weil er erwartet hatte, dass Gunilla ihm etwas antat, sondern mehr aus väterlicher Sorge. Als Erwachsener wusste man, dass das Leben einem übel mitspielen konnte. Vermutlich wollte er einfach vorbauen, für den Fall, dass ihm ein Unglück zustieß.

Lars und Mette hatten dieses Wissen immer vor Emma – also Frede – verborgen. Sie hatten befürchtet, dass es ihr schaden würde. Als Lars später im Sterben lag, überfiel ihn der Wunsch, Frede die Wahrheit zu sagen. Mette war von dieser Idee nicht überzeugt gewesen. Und so hatten sie eine neue Vereinbarung getroffen. Sie würden Frede lediglich sagen, wer sie wirklich war. Was Mikkel ihnen über ihre Mutter Gunilla anvertraut hatte, würden sie aber weiter für sich behalten.

Lars hatte Frede im Beisein von Mette ihre wahre Identität offenbart. Später am Tag ihres Besuchs hatte er aber noch einmal allein mit ihr geredet. Hatte er sich an sein Versprechen gehalten?

Mette war sich nicht sicher gewesen.

Falls er Frede auch den Rest erzählt hatte, hätte diese ein ziemlich gutes Motiv gehabt, sich an ihrer Mutter zu rächen. Allerdings gab es dafür keine Beweise.

Das sah offenbar auch John so. Er legte die Ellbogen auf den Tisch. »Frede, ich hoffe, du verstehst, dass wir dem nachgehen mussten. Diese Geschichte ist … außergewöhnlich, und sie wirft viele Fragen auf. Allerdings denke ich, dass wir es im Moment dabei bewenden lassen sollten.«

Er blickte Lilly an.

Für sie war es ein Gefühl, als gebe der Boden unter ihren Füßen nach. Dies wäre der Moment gewesen, Frede gemeinsam in die Zange zu nehmen. Doch das hatte John augenscheinlich nicht vor. Lilly fühlte sich von ihm verraten.

»Passt auf«, sagte Frede, »ich bin gerne bereit, das alles zu Protokoll zu geben. Die ganze Geschichte mit Mikkel … meine wahre Identität. Dann können die Kollegen den Fall Ahlert zumindest, was Emmas Verschwinden … mein Verschwinden betrifft, schließen.«

John nickte. »Das klingt gut. Was meinst du, Lilly?«

Sie zögerte einen Moment. Ein Teil von ihr wollte weiter nachbohren, Frede noch nicht so schnell vom Haken lassen. Ein anderer Teil wollte John am liebsten hier auf der Stelle an die Gurgel gehen.

Lilly schloss für einen kurzen Moment die Augen, atmete tief durch und ließ die Luft durch die Nase entweichen.

Ruhe bewahren.

Letztlich war es, wie John sagte, die Geschichte war außergewöhnlich, und es blieben viele Fragen. Andererseits gab es keine klaren Indizien oder Beweise, die sie gegen Frede verwenden konnten. Und was John betraf ... dieses Thema konnte sie ohnehin nicht hier und jetzt klären.

»In Ordnung«, sagte sie schließlich.

Sie standen auf, zogen ihre Jacken an. John und Frede gingen voraus und kletterten an Deck. Lilly folgte ihnen und hatte bereits den ersten Fuß auf die Leiter gesetzt, als sie kurz innehielt und noch einmal einen Blick zum Tisch in der Mitte des Raums warf.

In dem Aschenbecher hatten die ganze Zeit drei Zigarettenstummel gelegen.

Auf zweien davon waren Spuren von Lippenstift zu sehen.

Auf dem dritten Stummel hingegen nicht.

Kapitel 43

Eine Woche später.

Mit monotonem Rattern rollte die Lore über Schienen, die in schnurgerader Linie über den Damm führten. Das Watt erstreckte sich auf beiden Seiten bis zum Horizont.

Die Wollmütze tief über die Ohren gezogen und in eine dicke Jacke gehüllt, kauerte John Benthien im offenen »Passagierabteil« der kleinen Bahn, einem angehängten Gepäcktender, der lediglich mit einer harten Sitzbank ausgestattet war. Eine Überdachung, die die Passagiere vor Wind und Wetter geschützt hätte, existierte nicht, und vermutlich lag darin einer der Gründe, warum John zu dieser Jahreszeit der einzige Fahrgast war. Eine bleigraue Wolkenschicht hing über Land und Watt, doch zumindest regnete es nicht.

Der Fahrer der Lorenbahn saß vorne auf dem Zugwagen. Er hielt den Blick starr auf die Gleise gerichtet und hatte seit ihrer Abfahrt in Dagebüll keinen Ton gesagt. John war das nur recht, er hing seinen eigenen Gedanken nach.

Sie hatten sich an die Abmachung mit Kriminalrat Gödecke gehalten und die Ermittlungen auf Föhr beendet, nachdem ihre Nachforschungen wider Erwarten doch keine neuen Erkenntnisse geliefert hatten. Johns berühmtes Bauchgefühl hatte ihn diesmal im Stich gelassen, was manche Kollegen, die weniger auf Intuitionen als auf pedantische Faktenarbeit setzten, mit stiller Genugtuung zur Kenntnis genommen hatten.

Frede hatte ihre Aussage wie versprochen zu Protokoll gegeben. Der Fall Ahlert war damit nach vielen Jahren einer Aufklärung sehr nahegekommen. Zwar würde es vermutlich nie Gewissheit geben, wer Mikkel im Keller von Haus Poppenspeler eingemauert hatte, doch zumindest hatte sich das Rätsel um den Verbleib seiner Tochter Emma gelöst. Die Geschichte warf natürlich Fragen auf. Da allerdings nichts darauf hindeutete, dass Frede abgesehen von ihrer familiären Beziehung in irgendeiner anderen Weise in den Mord von Gunilla Dornieden verwickelt war, blieb Bosse Wolf der Hauptverdächtige in diesem Fall.

So zumindest lautete die offizielle Version.

John wusste es besser. Und deshalb hatte er seit der Rückkehr von Föhr keine Nacht durchgeschlafen.

Er hatte die Mörderin von Gunilla Dornieden gefunden. Er kannte die Wahrheit, hinter der sich eine noch viel schrecklichere Geschichte verbarg.

Das änderte allerdings nichts daran, dass eine Mörderin im Begriff war, mit ihrer Tat davonzukommen. Sie hatten glaubhaft darlegen können, dass es sich bei Frede um die vermisste Emma Ahlert handelte. Für ihre Schuld an Gunillas Tod fehlten hingegen solch eindeutige Beweise.

Ein Teil von John fragte sich unablässig, was geschehen wäre, wenn er seiner Arbeit so hartnäckig nachgegangen wäre, wie er es sonst immer tat. Gab es nicht doch etwas, das Frede eindeutig belastete? Etwas, das er übersehen oder noch hätte finden können, wenn er denn gewollt hätte? Und was wäre gewesen, wenn er Frede stärker zugesetzt und sie gemeinsam mit Lilly in die Zange genommen hätte? Vielleicht wäre sie eingebrochen und hätte ein offizielles Geständnis abgelegt.

Doch ein anderer Teil von ihm wollte das nicht.

Dieser Teil sah in Frede das Mädchen, das Furchtbares durchgemacht hatte, und die Frau, die ein Kind davor geschützt hatte, auf dieselbe Weise missbraucht zu werden wie sie selbst.

Natürlich war es nicht seine Aufgabe, ein Urteil über sie zu fällen. Doch es spielte noch ein ganz anderer Aspekt eine Rolle, ein Aspekt, der John erst in den vergangenen Tagen bewusst geworden war, seit er Abstand zu Frede gewonnen hatte.

Er hatte sich in Frede verliebt.

Esoterik hatte er nie etwas abgewinnen können. Doch wenn es so etwas wie Seelenverwandtschaft wirklich gab, musste sie sich so anfühlen. In seinem Leben war er noch keinem Menschen begegnet, dem er sich emotional und geistig so nahe gefühlt hatte.

Was nicht bedeutete, dass sich an seinen Gefühlen für Lilly etwas geändert hatte. Er liebte sie noch immer. Lilly und Frede waren zwei grundverschiedene Charaktere, und so liebte er jede von ihnen auf völlig verschiedene Weise.

Und das … machte es kompliziert.

Seit sie wieder in Flensburg waren, hatte Lilly nicht viel mit ihm gesprochen. Der Alltag hatte sie wieder. Sie hatten gemeinsam am Bericht über ihre Ermittlungen gearbeitet und waren ihrer Arbeit auf dem Präsidium nachgegangen. Sie tauschten sich beruflich aus, aber alle Versuche, sich mit Lilly abends zu treffen, hatte sie abgeblockt. Auch von der gemeinsamen Wohnung war keine Rede mehr. Dabei war Ben aus dem Urlaub zurück und räumte gerade emsig seine Sachen zu Vivienne. John hatte noch keinen Weg gefunden, ihm die veränderte Situation schonend beizubringen.

Was Lilly betraf, machte John sich nichts vor. Sie fühlte sich von ihm verraten. In der Liebe wie im Beruf.

Es durfte ihr nicht entgangen sein, dass er sich zu Frede hingezogen fühlte, und den Ärger darüber konnte John ihr kaum verübeln.

Was das Berufliche anging, arbeiteten sie zu lange zusammen. Sie kannten gegenseitig ihre Gesprächsführung bei Befragungen und Verhören. An dem Abend auf dem Schiff hatte er eine Entscheidung getroffen. Und es war unwahrscheinlich, dass Lilly keinen Verdacht geschöpft hatte, als er sich im Gespräch mit Frede derart zurückgehalten hatte. Sie wusste, wie er üblicherweise in einer solchen Befragung vorgegangen wäre.

Allerdings ahnte John, dass Lilly ebenfalls etwas verbarg. Auch sie hatte ihm nicht alles offengelegt, was sie wusste.

Er konnte nur rätseln, was Mette Eriksen ihr in Skagen tatsächlich erzählt hatte. Möglich, dass Lilly die ganze Wahrheit kannte – und den eigentlichen Grund, weshalb Mikkel Ahlert damals seine Tochter vor seiner Frau versteckte.

Die Frage war, was Lilly mit diesem Wissen anfangen würde.

Der Fahrer bremste die Lorenbahn ab, als sie die Hallig Oland erreichten. John kletterte vom Passagiertender und bedankte sich bei dem Mann. Dieser wünschte ihm mit einem stillen Kopfnicken einen guten Tag und setzte seine Reise zur Hallig Langeneß fort.

Von der Bahnstation war es nur ein kurzer Weg über den Pfad zwischen den Marschwiesen bis zum Dorf. John kannte sich inzwischen hier aus. Er fand Jürgen Thomsen im *Kiek In* an seinem angestammten Tisch am Fenster. Sein Mittagessen bestand heute aus Graubrot mit Nordseekrabben und Rührei.

»Darf ich?«, fragte John und deutete auf den freien Stuhl an Thomsens Tisch.

Der alte Kommissar nickte. »Nur zu. Ich hatte nicht damit gerechnet, Sie so schnell wiederzusehen, Benthien.«

»Ich habe Emma gefunden.«

Thomsen führte die Gabel zu seinem Mund und kaute, ohne den Blick vom Teller zu heben. Dann legte er langsam das Besteck auf den Tisch und sah auf. »Tatsächlich?«

»Ja. Und ich denke, Sie haben Emma ebenfalls gefunden.«

Thomsen tupfte sich den Mund mit der Serviette ab. »Ich kann Ihnen nicht ganz folgen.«

»Es gibt zwei Dinge, die mir die ganze Zeit im Hinterkopf herumgespukt haben.« John zählte an den Fingern ab. »Erstens: Da gibt es einen ehemaligen Kommissar, der sich auf eine einsame Hallig zurückgezogen hat. Dort führt er ein eremitenhaftes Dasein, ist enttäuscht von der Welt und den Menschen, hat mit seiner Vergangenheit abgeschlossen. Doch dann setzt sich dieser Mann in eine Fernsehtalkshow, die von Millionen Menschen gesehen wird. Warum?« John machte eine kurze Pause. »Zweitens: 1980 sucht die Polizei in Deutschland nach einem Vater und seiner Tochter. In Dänemark taucht zur selben Zeit ein Findelkind auf, ein Mädchen, von dem niemand weiß, woher es kommt. Der deutsche Kommissar, der in dieser Sache ermittelt, ist ein cleverer Mann, hat die höchste Aufklärungsquote in seinem Dezernat. Er weiß, dass der Mann, den er sucht, aus Dänemark stammt. Und er glaubt, dass dieser Mann am Tag seines Verschwindens mit seiner Tochter eine größere Strecke im Auto zurückgelegt hat. Aber dieser schlaue Kommissar sieht da keine Verbindung.« John setzte einen ungläubigen Blick auf. »Ich würde sagen, da stimmt etwas nicht.«

»Und ich kann Ihnen sagen, was«, meinte Thomsen. »Nämlich das mit der Aufklärungsquote. Es gab damals Kollegen, die waren besser als ich.«

»Sie sind damals in Aalborg bei Mikkels Familie gewesen. Sie haben mit seinen Eltern gesprochen und auch mit seinem

Bruder. Ich könnte mir vorstellen, dass Sie dabei von Mikkels Freund Lars Eriksen erfahren haben. Spätestens, als die Geschichte mit dem Mädchen aus dem Wald in der dänischen Presse auftauchte, haben Sie sich auf den Weg nach Skagen gemacht.«

John legte eine Kopie des Artikels auf den Tisch, den Lilly aus Dänemark mitgebracht hatte.

»Skagen ...« Thomsen betrachtete das Zeitungsstück, rührte es aber nicht an. Dann wandte er den Blick ab und hielt sein linkes Handgelenk in die Höhe. »Skagen. Ich habe eine Uhr von der Marke. War gar nicht so teuer ...«

»Hören Sie auf mit dem Blödsinn.«

»Bitte? Sie kommen doch hierher und langweilen mich mit Ihrer Märchenstunde.«

»Das denke ich nicht. Es ist einer der wenigen ... nein, der einzige plausible Grund, weshalb die Polizei Emma Ahlert nicht gefunden hat. Sie haben es vertuscht. Und ich will wissen, warum.«

Ein Lächeln trat auf Thomsens Lippen. »Aus demselben Grund wie Sie.«

John spürte, wie sich sein Magen zusammenzog und es ihm eiskalt den Rücken hinunterlief. »Was meinen Sie damit?«

Thomsen kicherte. »Nun bekommen Sie mir nicht gleich einen Herzinfarkt, Benthien. Vertreten wir uns ein wenig die Beine. Seeluft tut Ihnen jetzt bestimmt gut.«

Er legte einen Geldschein auf den Tisch und erhob sich. Sie verließen das Lokal und gingen ein Stück aus dem Dorf hinaus, bis sie eine Bank erreichten, von der aus man weit über das Watt bis nach Föhr blickte.

»Hinsetzen«, befahl Thomsen. »Was ich Ihnen jetzt erzähle, habe ich noch nie jemandem gesagt. Sollten Sie mich darauf festnageln wollen, werde ich mich auf spontane Altersdemenz berufen. Ich vertraue Ihnen das an, weil ich glaube, dass wir beide vom selben Schlag sind.«

John nickte schweigend.

»Also gut. Sie haben recht, Benthien. Dieser Artikel aus der dänischen Presse ist damals natürlich auf unserem Radar aufgetaucht. Und, ja, ich fuhr nach Dänemark.«

»Zu den Eriksens. Die hatten das Mädchen aus dem Wald bei sich aufgenommen.«

»Ja. Ihr Aussehen hatte sich ein wenig verändert. Sie trug das Haar kürzer, hatte ein wenig abgenommen. Aber, ja, es war Emma. Sie hatte dieses typische Muttermal über dem Mundwinkel. Ist Ihnen bestimmt auch aufgefallen, sie hat es heute noch.«

John sah Thomsen von der Seite an. »Aber das haben Sie für sich behalten.«

»Nein. Ich unterhielt mich sehr lange mit Lars Eriksen. Er erzählte mir, dass er seinem Freund Mikkel ein Versprechen gegeben hatte. Für den Fall, dass diesem etwas zustieß, sollte Emma bei ihnen aufwachsen.«

»Und das kam Ihnen völlig normal vor …«

»Natürlich nicht. Es gab einen Grund für diese Abmachung. Mikkel hatte Lars berichtet, dass Gunilla ihre Tochter misshandelte … Ich vermute, wir beide sind in der Beziehung auf demselben Wissensstand?«

»Sind wir.«

»Was er sagte, deckte sich mit meiner Vermutung. Ich hatte Gunilla deshalb ohnehin in Verdacht.«

»Der Inselarzt. Sie hatten mit Arnold Jörgensen gesprochen.«

»Ja. Er beschrieb mir die seltsamen Krankheiten, Verletzungen und Unfälle des Kindes. Er war damals unsicher, was er davon halten sollte. Ich nicht. Ich kannte solche Fälle. Leider konnte ich Gunilla dafür nicht belangen, ebenso wenig, wie ich ihr den Mord an ihrem Mann nachweisen konnte.«

»Sie wussten, dass sie Mikkel auf dem Gewissen hatte?«

»Wissen wäre übertrieben. Und Beweise hatte ich auch keine. Ich hatte nur das ziemlich sichere Gefühl. Sie misshandelte die Tochter. Er war dahintergekommen. Er brachte Emma in Sicherheit, wollte, dass Gunilla eine Therapie machte. Das wird ihr ganz und gar nicht gefallen haben. Wie gesagt, ich konnte es ihr nicht nachweisen. Aber ich habe Gunilla einmal unter vier Augen mit dieser Theorie konfrontiert.«

»Und wie hate sie reagiert?«

»Kennen Sie den Blick von jemandem, den Sie einer Tat überführt haben, der aber weiß, dass Sie ihm das in zehn kalten Wintern nicht werden nachweisen können?«

»Ja, ich habe ihn leider ein paar Mal zu oft gesehen.«

»Gunilla beherrschte ihn perfekt.«

»Dann beschlossen Sie also, Emma vor ihr zu beschützen, indem Sie Ihr Wissen für sich behielten?«

»Ich konnte mir ausrechnen, was ihr widerfahren würde, wenn sie zu Gunilla zurückgekommen wäre. Emma hatte die Chance auf einen Neuanfang, eine bessere Kindheit verdient.«

»Und deshalb ließen Sie sie bei Fremden zurück? Sie kannten die Eriksens doch gar nicht.«

»Nein, aber ich traf eine Abmachung mit ihnen und lernte sie kennen. Ich fuhr mindestens zweimal im Jahr nach Skagen, meistens sogar öfter. Das waren ordentliche Leute. Emma hatte es gut bei ihnen.«

»Sie hielten also Ihre schützende Hand über sie. Das war auch der Grund, weshalb Sie in die Talkshow gingen, oder? Sie wollten die Kontrolle behalten.«

»Natürlich. Hätten Sie es anders gemacht? Die hatten den

alten Fall wieder ausgegraben und sich darin verbissen. Sie hätten die Sendung auch ohne mich ausgestrahlt. So konnte ich zumindest den Stand der Ereignisse mitverfolgen.«

John blickte auf das Watt hinaus, über das in der Ferne vereinzelte Schauer hinwegzogen. »Haben Sie Ihre Entscheidung jemals bereut? Ich meine, was Sie da getan haben, ist kein Kavaliersdelikt. Sie haben absichtlich die Ermittlungen sabotiert.«

»Nein, ich habe das nie bereut. Ich sah Emma oder Frede, wie sie nun hieß, zu einer selbstbewussten jungen Frau heranwachsen. Dass sie dann entschied, Polizistin zu werden … nun, ich hätte ihr bei meinen Besuchen vielleicht nicht so viel von meiner Arbeit erzählen sollen.« Thomsen seufzte. »Allenfalls denke ich, dass es womöglich besser gewesen wäre, wenn Lars ihr nie die Wahrheit offenbart hätte. Dann wäre sie nicht …«

Er vollendete den Satz nicht, aber John tat es für ihn.

»… dann wäre sie vielleicht nie nach Föhr gekommen, und die Dinge hätten sich anders entwickelt.«

Thomsen lehnte sich vor. Der Wind verwirbelte seine grauen Haare, während sein Blick in die Ferne schweifte.

»Das alles hat mich etwas gekostet, Benthien. Bei meiner ersten Reise nach Dänemark war ich nicht allein. Ein Kollege begleitete mich … jemand, mit dem ich eng befreundet war. Ich musste einen Gefallen bei ihm einfordern, um das alles unter dem Deckel zu halten. Er tat mir diesen Gefallen. Es war der letzte. Unsere Freundschaft zerbrach darüber. Doch ich war bereit, den Preis zu zahlen. Für Frede.«

Thomsen wandte sich John zu. »Wie sieht das bei Ihnen aus, Benthien? Welchen Preis sind Sie bereit zu zahlen?«

Kapitel 44

Der Tag neigte sich dem Ende entgegen. Lilly saß in eine Decke gehüllt auf dem Balkon ihrer Wohnung. Unter ihr leuchteten in der Dunkelheit die Lichter der Stadt und die Positionslampen der Schiffe, die sich draußen auf der Flensburger Förde tummelten. Es würde vielleicht einer der letzten Abende sein, die sie hier draußen genießen konnte. In den Nächten fielen die Temperaturen nun bereits deutlich unter null Grad.

Sie hatte die Balkontür offengelassen, um durchzulüften. Hinter ihr in der Wohnung spielte aus der Stereoanlage der Song »Trøllabundin« von der färöischen Sängerin Eivør. Deren nordische Klänge halfen Lilly immer dabei, sich zu entspannen.

Auf dem Weg nach Hause hatte sie bei dem neuen Asia-Imbiss in der Nähe des Präsidiums Halt gemacht und Bratnudeln mitgenommen. Sie schmeckten furchtbar. Lilly stellte die fast noch randvolle Pappschachtel neben sich auf den Balkontisch. Stattdessen widmete sie sich lieber der Flasche Weißwein, ein Souvenir, das sie von Föhr mitgebracht hatte. Es war ein *Waalem Kul* vom gleichnamigen Weingut auf der Insel. Lilly entkorkte die Flasche und goss sich ein Glas ein. Sie war gerade im Begriff, einen Schluck zu trinken, als sie sich eines Besseren besann. Sie war jetzt nicht mehr allein, sondern trug – fast buchstäblich – eine Verantwortung. An diese neue Situation musste sie sich erst noch gewöhnen.

Sie stellte das Glas wieder weg.

Dann lehnte sie sich zurück und blickte auf die Förde hinaus. Sosehr sie es auch zu vermeiden suchte, fast augenblicklich kehrten ihre Gedanken zu John zurück.

Sie hatte ihm noch immer nichts von der Schwangerschaft erzählt. Auf dem Präsidium hatte sie sich diese Woche Mühe gegeben, ihm aus dem Weg zu gehen – natürlich, ohne dabei unprofessionell zu sein oder die Arbeit zu behindern, schließlich musste auch sie ihren Teil zum Bericht über die Ermittlungen beitragen. Sie glaubte, dass John die Botschaft und ihre Beweggründe durchaus verstanden hatte.

In Gedanken sah sie wieder den Aschenbecher auf Fredes Schiff. Drei Zigaretten, zwei davon mit dem Abdruck eines Lippenstifts – keinem auffälligen, sondern eher einem dezenten Lippenstift wie dem, den Frede verwendete. Die dritte Zigarette hatte diesen Abdruck nicht gehabt.

Natürlich konnte es auch andere Erklärungen dafür geben. Dennoch war Lilly sich sicher, dass diese dritte Zigarette von John stammte. Als sie an jenem Abend im Hafen eingetroffen war, hatte John auf dem Steg vor Fredes Schiff gestanden. Er wäre gerade auf dem Weg zu Frede gewesen, hatte er behauptet. Lilly glaubte inzwischen, dass das Gegenteil der Fall gewesen war. John hatte kurz zuvor bereits mit Frede gesprochen. Er war bei ihr gewesen, hatte mit ihr unter Deck an dem Tisch gesessen und eine Zigarette geraucht.

Das erklärte auch sein Verhalten bei der Befragung, seine Passivität, sein Bemühen, jedes Nachbohren von Lillys Seite im Keim zu ersticken. Er hatte Frede kein einziges Mal unter Druck gesetzt.

Dafür gab es nur eine Erklärung: John hatte bereits alles gewusst.

Lilly hatte das Schauspiel zweier Menschen erlebt, die sich intuitiv verstanden.

Doch warum hatte John sich dazu hinreißen lassen, ein falsches Spiel zu spielen? Lilly glaubte, dass sie den Grund kannte: Er hatte etwas zu verbergen.

Und sie ahnte auch, was.

Mette Eriksen hatte Lilly den wahren Grund dafür verraten, warum Mikkel seine Tochter zu ihnen gebracht hatte. Weil Gunilla sie misshandelte. Lars Eriksen hatte Frede das bis zu seinem Tod vorenthalten, doch je länger Lilly darüber nachdachte, desto überzeugter war sie, dass er ihr auf dem Totenbett die ganze Wahrheit gestanden hatte.

Frede wusste, was Gunilla ihr als Kind angetan hatte. Und vielleicht hatte sie deshalb auch geahnt, dass Gunilla für das Verschwinden ihres Vaters verantwortlich war.

Rache war ein gutes Motiv.

Natürlich hatte Lilly keinen Beweis. Was für sie den Ausschlag gab, war Johns Verhalten. Er hatte bei seinem Gespräch mit Frede die Wahrheit erfahren, und nun versuchte er, sie zu verbergen.

Wenn Frede eine Mörderin war, dann gehörte sie für ihre Tat vor Gericht, egal, wie nachvollziehbar ihre Gründe waren und wie schlimm gewesen sein mochte, was sie als Kind erlebt hatte. Als Polizisten hatten sie die Aufgabe, die notwendigen Beweise zu liefern und alles in ihrer Macht Stehende zu tun, um diese zu finden.

Hatten sie das getan? Lilly glaubte nicht. Mit Johns Hilfe hätte sie Frede in die Mangel nehmen können. Vielleicht wäre ihr ein Fehler unterlaufen, sie hätte sich verplappert oder am Ende auch gestanden, um sich die Last von der Seele zu reden. Doch das hatten sie nicht getan.

Was Lilly am meisten traf, war der Grund, weshalb John

sie nicht unterstützt und seinen Job gemacht hatte. Er mochte Frede. Sehr sogar, das spürte sie. Zu ihrer eigenen Überraschung empfand Lilly deshalb keine Wut auf ihn. Sie war alt genug, um zu wissen, dass man wenig Einfluss darauf hatte, wohin die Liebe fiel – man verliebte sich halt einfach in jemanden.

Die Frage war nur, was man daraus machte.

Deshalb verspürte sie vor allem Enttäuschung darüber, wie John mit der Situation umging – privat wie beruflich. Sie kannten sich lange genug, dass sie darüber hätten reden können. Doch dieses Vertrauen brachte John ihr offenbar nicht mehr entgegen.

Lilly wusste nicht, was sie tun sollte. Sie wollte John keine Probleme machen. Er war der Vater ihres ungeborenen Kindes. Andererseits stand der Verdacht gegen Frede im Raum. Gegenwärtig hatte Lilly keine Möglichkeit, diesem weiter nachzugehen. Vielleicht sollte sie das zu einem späteren Zeitpunkt tun …

Ansonsten würde der Tod von Gunilla Dornieden offiziell wohl ungeklärt bleiben. Lilly hatte vorgestern mit Tyra Kortum telefoniert, ohne ihr irgendetwas über ihren Verdacht zu erzählen, was John und Frede betraf. Tyra hatte berichtet, dass die Staatsanwaltschaft vermutlich keine Anklage gegen Bosse Wolf wegen des Mordes an Gunilla erheben werde, die Beweislage sei den Kollegen zu dünn. Allein der Pornohandel würde ihn aber schon eine ganze Weile hinter Gitter bringen. Solange keine neuen Beweise auftauchten, bedeutete das, der Fall Gunilla Dornieden würde sehr bald zu den ungelösten Fällen wandern.

Sie wurde aus den Gedanken gerissen, als es an der Wohnungstür klingelte. Lilly stand auf und beugte sich über die Balkonbrüstung, um zu sehen, um wen es sich bei dem späten Besucher handelte.

Unten vor der Haustür stand Juri und blickte zu ihr hinauf.

»Nein, danke«, meinte Juri, als er sich zu Lilly auf den Balkon setzte und sie ihm ein Glas Wein anbot. »Ich bin auf dem Heimweg und will gar nicht lange stören.«

»Was treibt dich zu mir?«

»Nun ja, ich …« Juri lächelte verlegen. »Ich wollte fragen, ob du vielleicht Lust hast, am Wochenende mit mir ins Theater zu gehen?«

Lilly stutzte. Seit sie mit John zusammen war, hatte sich Juri mit privaten Verabredungen zurückgehalten. War ihr Zwist mit John so offensichtlich, dass er sich nun aus der Deckung wagte? Offenbar war ihr die Überraschung anzusehen.

Juri hob beschwichtigend eine Hand. »Natürlich nicht mit mir allein, sondern … ins Kindertheater mit Amélie. Sie würde sich sehr freuen, wenn du mitkommst.«

»Und du vermutlich ebenfalls?«

Juri schmunzelte und hielt einen Umschlag hoch, in dem drei Theaterkarten steckten. »Das Stück soll auch für Erwachsene etwas zu bieten haben, und … das Popcorn ist ziemlich gut.«

Lilly konnte sich ein Lächeln ebenfalls nicht verkneifen.

Sie wusste noch nicht, was mit John werden würde. Ein Teil von ihr hing immer noch an ihm und wollte ihn nicht loslassen. Dennoch waren die Zweifel an ihrer Beziehung übergroß. Der Mann, von dem sie ein Kind erwartete, hatte sich in eine mutmaßliche Mörderin verliebt und war gerade dabei, sie mit ihrer Tat davonkommen zu lassen. Trotzdem wollte Lilly nicht, dass ihr Kind ohne seinen Vater aufwuchs. Doch sollte sie sich von ihm trennen, war es vermutlich keine so gute Idee, gleich wieder etwas mit einem Kollegen anzufangen, nachdem die Vermischung von Arbeit und Privatem gerade zu keinem guten Ende geführt hatte.

Andererseits ging es um eine harmlose Verabredung zum Kindertheater. Das war doch völlig unverfänglich!

»Ist gut, ich komme mit«, sagte sie.

Juri nickte. »Das freut mich.«

Sein Blick wanderte zu der Box mit Asianudeln auf dem Balkontisch. »Ist das von dem neuen Imbiss, der neben dem Präsidium aufgemacht hat?«

»Ja, und wenn die so weiter kochen, werden sie auch bald wieder dicht machen. Aber ich hatte eh keinen so großen Appetit.«

»Hm.« Juri betrachtete die Flasche Wein und das Glas. »Sieht ziemlich einsam aus, was du hier treibst ... Was hältst du davon, wenn du mit zu uns kommst. Ich habe gerade eingekauft und wollte gleich für Amélie kochen. Du müsstest dich allerdings mit Kinderessen begnügen. Es gibt Spaghetti Carbonara.«

Lilly überlegte einen Moment. »Spaghetti sind eines meiner Leibgerichte.«

Sie standen auf und gingen zur Wohnungstür. Lilly streifte ihre Lederjacke über, zog die Tür hinter sich zu und schloss ab. In dem Moment klingelte ihr Handy. Sie blickte auf das Display. Der Anruf kam von Ben. Sie zögerte kurz, dann drückte sie den Anruf weg und folgte Juri nach unten zu seinem Auto.

Kapitel 45

»Glaubst du, wir haben mit Bosse Wolf am Ende doch den Richtigen drangekriegt?«

Tommy saß John gegenüber auf dem abgeschabten Ledersofa in seinem Friesenhaus auf Sylt. John selbst hatte auf einem der karamellfarbenen Sessel Platz genommen, die mit dem Sofa um den offenen Kamin herum gruppiert standen.

»Auf jeden Fall haben wir keinen Unschuldigen erwischt«, antwortete John und blies in den dampfenden Grog in der Glastasse, die er in der Hand hielt. »Ich hoffe, dass er für die Kinderpornos eine sehr lange Zeit hinter Gittern verschwindet.«

Tommy hatte sich einen Rotwein eingeschenkt. Er ließ ihn in einem bauchigen Burgunderglas kreisen. »Das hoffe ich auch. Was den Mord an Gunilla Dornieden betrifft, sehe ich aber immer noch viele Fragen. Meinst du nicht auch?«

Aus dem Stock über ihnen erklang ein lautes Knacken. Das Geräusch war John seit Kindertagen vertraut. Der Holzfußboden der oberen Diele knackte vernehmlich, wenn jemand auf eine bestimmte Stelle trat. Ben suchte dort oben gerade noch einige Sachen zusammen, die er mit in Viviennes Wohnung nehmen wollte.

»Das wird die Staatsanwaltschaft beurteilen müssen«, sagte John. Er hatte dieser Tage mit dem zuständigen Staatsanwalt gesprochen, der den Fall von Tyra übernommen hatte, ein junger Mann, dem man gute Karrierechancen nachsagte. Er legte derzeit den Fokus auf Bosses Handel mit Kinderpornografie und die Festnahme weiterer Beteiligter, die sich anbahnte. Ein Erfolg in dieser Sache würde ihm mediale Aufmerksamkeit garantieren. Da die Faktenlage im Fall Dornieden nicht hundertprozentig eindeutig war, betrachtete er den Fall und die Frage, ob die Anklage auf Mord oder eher Totschlag lauten würde, als Verhandlungsmasse, um Bosse zur Kooperation zu ermuntern.

»Außer einem vagen Motiv und der Mordwaffe haben wir der Staatsanwaltschaft nicht viel geliefert«, gab Tommy zu bedenken.

»Richtig. Daher ist es nicht ausgeschlossen, dass man in diesem Punkt am Ende gar keine Anklage erheben wird. Der Staatsanwalt wird das nur vor Gericht bringen, wenn er sich sicher sein kann, dass er Bosse die Tat am Ende auch zweifelsfrei beweisen kann.«

»Und falls er doch als Mörder verurteilt wird?« Tommy blickte ihn kritisch an.

John trank einen Schluck Grog. »Wie gesagt … da wandert kein Unschuldiger in den Knast.«

Auf der Treppe, die nach oben führte, hörten sie plötzlich Gepolter. John stand auf.

Sein Vater bugsierte einen Spiegel die Treppe hinunter, der beinahe so groß war wie er selbst. »Jungs, ich glaube, ich brauche mal eure Hilfe. Ist schwerer, als ich dachte, das gute Stück.«

John und Tommy gingen ihm zur Hand. Die Einfassung des Spiegels bestand aus Eichenholz, umrahmt von Messingverzierungen. Ben hatte das Stück vor langer Zeit in einer seiner ersten Ebay-Auktionen ersteigert.

»Wo willst du damit hin?«, fragte John.

»Ich glaube, er wird sich ausgezeichnet in der Diele machen. Vivienne liebt solche antiken Schätzchen. Kommt, bringen wir ihn ins Auto.«

Sie trugen den Spiegel zu dritt hinaus zu Bens Wagen, oder besser gesagt, Viviennes Wagen. Ben hatte sich ihren Kombi für den Transport ausgeliehen. Der Spiegel fand problemlos Platz im geräumigen Ladeabteil.

»Das wäre geschafft«, sagte Ben und schloss die Kofferraumklappe.

Tommys Handy klingelte. Er hielt es in die Höhe. »Das ist Jenny.« Er nahm den Anruf an und ging ins Haus zurück.

»Ich werde mich dann mal auf den Weg machen«, sagte Ben.

»Tu das.« John klopfte seinem Vater auf die Schulter. »Und … danke.«

Ben hatte in den vergangenen Tagen mit Akribie seine Sachen aus ihrer gemeinsamen Altbauwohnung zu Vivienne geschafft. Abgesehen vom Feuer der frischen Liebe bestand ein Teil seines Antriebs ohne Zweifel in der Aussicht, dass Lilly bald dort einziehen würde – gepaart mit der Hoffnung, dass die Verbindung ihm ein Enkelkind bescheren würde. John hatte es deshalb noch nicht übers Herz gebracht, seinem alten Herrn die Wahrheit zu sagen – nämlich, dass es zwischen ihm und Lilly nicht zum Besten stand und es völlig ungewiss war, ob sie wirklich zu ihm ziehen würde.

»Hör zu«, meinte Ben und setzte ein Lächeln auf. »Ich möchte nicht, dass du dir irgendwelche Vorwürfe machst.«

»Weshalb sollte ich …«

»John, ich hab deinen ersten Liebeskummer miterlebt. Glaub nicht, dass du mir etwas vormachen könntest.« Ben legte John den Arm um die Schultern. »Ich weiß, dass es zwischen dir und Lilly gerade knirscht.«

»Das wird sich schon wieder einrenken.«

»Vielleicht auch nicht, das weiß man in der Liebe nie so genau. Und es geht mich ja auch gar nichts an. Du solltest aber wissen, dass ich nicht allein deshalb ausziehe. Ob das mit Lilly und dir noch etwas wird ... es würde mich freuen, aber ich denke, es ist auch so der richtige Schritt. Ich liebe Vivienne. Ich liebe sie so sehr wie keine andere Frau seit ... seit deiner Mutter. Und ... ich habe dir viel zu lange auf der Pelle gehangen. Es wird Zeit, dass du dein eigener Herr bist und deine eigenen Wege gehst.«

John wusste nicht, was er erwidern sollte.

Ben nahm ihn in den Arm und drückte ihn. »Mach's gut, min Jung. Du kannst ja mal auf einen Kaffee vorbeikommen, wenn dir danach ist. Und sonst ... sehen wir uns bestimmt hier.«

Er deutete mit einem Nicken auf das Friesenhaus, das sie sich weiterhin teilen würden. Ohne ein weiteres Wort stieg Ben in den Kombi und fuhr davon.

John blickte den Rücklichtern nach, die langsam in der Dunkelheit verschwanden.

Wenig später saß er wieder mit Tommy vor dem offenen Kamin.

»Dann hast du jetzt eine Menge Platz«, meinte Tommy und schürzte die Lippen. Bens Auszug aus der Altbauwohnung war ihm nicht entgangen.

»Etwas mehr, als mir lieb ist«, entgegnete John.

»Was ist denn mit Lilly? Der Plan war doch, dass sie jetzt einzieht.«

»Ja. Wobei die Betonung wohl auf *war* liegt ...«

»John, ich kenne euch beide lange genug. Was ist los zwischen euch?«

»Ich fürchte, das ist kompliziert.«

»Hm.« Tommy lehnte sich im Sessel zurück und musterte John. »Ich hoffe, dir ist klar, was du an ihr hast. Lilly ist eine großartige Frau.«

»Ja, natürlich. Das ist mir bewusst.«

»Dann solltest du es vielleicht mal mit der Wahrheit versuchen.«

»Die Wahrheit?«

»Ja. Die Wahrheit über Frede.«

John richtete sich in seinem Stuhl auf. »Was meinst du damit?«

Tommy musterte ihn, und für einen Moment war nur das Knacken der Holzscheite im Kamin zu hören.

»Du bist mein bester Freund, John. Dass du ein Auge auf Frede geworfen hast, ist ziemlich offensichtlich. Es dürfte Lilly ebenso wenig entgangen sein.« Er beugte sich vor. »Ich meine allerdings noch etwas anderes. Warum sagst du Lilly nicht, was du herausgefunden hast?«

»Was soll ich denn herausgefunden haben?«

»Dass Frede die Mörderin von Gunilla Dornieden ist.«

John schwieg einen Moment. »Ist das eine neue Theorie von dir? Ich meine, dafür gibt es keine Indizien.«

»Sicher, offiziell gibt es die nicht. Aber was wäre, wenn es doch einen Beweis gäbe. Würde das etwas ändern?«

»Das käme darauf an, wie … stichhaltig dieser Beweis wäre. Er müsste vor Gericht verwertbar sein. Sonst können wir nichts damit anfangen.«

»Wie wäre es mit einem Geständnis?«

John sagte nichts. Er wusste nicht, worauf Tommy hinauswollte oder was genau er herausgefunden hatte.

Tommy griff in seine Hosentasche und förderte einen USB-Stick zutage. Er hielt ihn in die Höhe.

»Das ist eine Aufzeichnung von dem Gespräch, das du mit Frede auf ihrem Schiff geführt hast. Und zwar jenes Gespräch, das zwischen euch stattfand, bevor Lilly auftauchte.«

John betrachtete den Stick, dann musterte er das Gesicht seines Freundes, auf der Suche nach einem Zeichen dafür, ob er die Wahrheit sagte oder nur bluffte. Doch in Tommys Augen lag kein Zweifel.

John musste daran denken, wie er zum ersten Mal mit Frede auf ihr Schiff gegangen war, um gemeinsam zu kochen. Tommy war ihnen aus Richtung des Hafens entgegengekommen. Dann der fragliche Abend, als sie ihm den Mord gestanden hatte – sie hatten aus unerklärlichen Gründen unter Deck beide keinen Handyempfang mehr gehabt, irgendetwas hatte das Netz gestört.

»Du hast das Schiff abgehört ...«

»Ich habe ein Mikrophon platziert, mit einem ziemlich starken Sender. Die technischen Details erspare ich dir, du würdest sie wie immer nicht verstehen. Dass Frede ihr Schiff nie abschließt, hat die Sache ungemein erleichtert.«

»Aber ... warum?«

»Weil ich nachgedacht habe, mein lieber John.« Tommy legte den Stick zwischen sie auf den Wohnzimmertisch. »Die Tatwaffe war nicht in Bosses Haus, als ich es durchsucht habe, da bin ich mir ziemlich sicher. Das bedeutet, dass jemand sie dort platziert hat – und zwar, nachdem das Haus versiegelt wurde. Es muss also jemand getan haben, der freien Zugang hatte, was nicht allzu viele Leute sind. So weit bist du dabei?«

John nickte.

»Gut. Aus dem Team von Mikke Jessen und Leon Kessler kann es niemand gewesen sein, da keiner von ihnen mit unserem Fall in Verbindung stand. Das hätte einfach keinen Sinn gemacht. Also fragte ich mich, ob das jemand von uns gewesen sein könnte? Da weder Lilly noch Juri oder du als Täter in Frage kamt, blieb eigentlich nur noch Frede.«

»Und weshalb sollte sie das getan haben? Es gab für dich doch gar keinen Grund, sie zu verdächtigen.«

»Ja, das stimmt. Tatsächlich ist mir das mit der Tatwaffe auch erst zum Schluss eingefallen. Es waren zwei andere Aspekte, die mich zuerst argwöhnisch gemacht haben.«

»Und die wären?«

Tommy stand auf und zog sein Smartphone aus der Hosentasche. Er kam damit zu John hinüber. »Du erinnerst dich an die Familienfotos der Dorniedens?«

»Ja, Lilly und Juri hatten sie durchgesehen. Dabei fanden sie das Bild, auf dem Emma mit Mikkel und Lars zu sehen war.«

»Genau.« Tommy tippte ein paarmal auf den Bildschirm seines Handys. »Sagt dir Facemorphing etwas?«

»Nein.«

»Erinnerst du dich an das Michael-Jackson-Video zu ›Black or White‹, das wir in den Neunzigern immer auf MTV geguckt haben?«

»Ja, ich denke schon.« John hatte noch vage den damals populären Musikclip vor Augen, in dem die Gesichter verschiedener Menschen im Sekundentakt wechselten und dabei ineinander verschmolzen.

»Okay, das hier ist wesentlich weiterentwickelt, und du kannst es dir sogar gratis auf dein Handy laden …« Tommy öffnete eine App und hielt das Display so, dass John es sehen konnte. »Das ist ein Programm, in dem du die Portraits von zwei Personen verschmelzen lassen kannst. Eigentlich nur eine kleine Spielerei, aber …«

John dämmerte, was sein Freund getan hatte. »Du hast dir Fotos besorgt.«

»Gut mitgedacht«, lobte Tommy. »Ich bin noch einmal zu Nieke gegangen, hab ihr gesagt, dass wir für unsere Unterlagen noch zwei Fotos von Gunilla und Mikkel benötigen.«

»Und dann hast …«

»Dann habe ich die beiden Bilder in das Morphingprogramm geladen. Und nun sieh dir an, was dabei herauskommt …«

Tommy wiederholte den Prozess vor Johns Augen, und er konnte mitverfolgen, wie die Gesichter der jungen Gunilla und ihrem Mann Mikkel ineinander verschmolzen.

Es war bei weitem keine perfekte Fotobearbeitung. Das konnte man bei einer kostenlosen Handy-App wohl auch kaum erwarten. Dennoch genügte das Ergebnis, um die Ähnlichkeit zu erkennen.

Das Gesicht, das John von dem Handydisplay aus anblickte, ähnelte dem von Frede auf frappierende Weise.

»Mich interessierte einfach, wie Emma wohl heute aussehen würde.« Tommy lächelte. »Verblüffend, findest du nicht?«

»Durchaus.«

»Ich bin dann aus Spaß der These nachgegangen, dass Frede die verschwundene Emma Ahlert ist. Und plötzlich begann alles, einen Sinn zu machen …«

»Was ist mit zweitens?«, fragte John, und Tommy blickte ihn fragend an. »Du sagtest, es gäbe zwei Aspekte, die dich argwöhnisch gemacht haben.«

»Ach so, natürlich.« Tommy machte eine wegwerfende Handbewegung. »Wir kennen uns einfach schon zu lange, Johnny-Boy. Ich merke, wenn sich eine Frau an meinen Jugendfreund heranschmeißt. Und Frede hat nun wirklich Vollgas gegeben.«

»Das musste nichts bedeuten …«

»Nein, da hast du recht. Trotzdem war es auffällig, wie sehr sie sich plötzlich für dich und die Ermittlungen interessierte, nachdem sie anfangs gar nichts von der vermissten Gunilla wissen wollte.« Tommy machte eine kurze Pause. »Da waren noch ein paar andere Dinge. Zum Beispiel habe ich mir nochmal das Protokoll der Befragung durchgelesen, die Lilly mit Nieke durchgeführt hat. Frede traf Nieke am Tag vor ihrer Abreise an der Strandpromenade …«

»Ja, ja«, sagte John, »Frede wusste, dass die Dorniedens in Urlaub fuhren.«

»Also hatte sie die Gelegenheit zur Tat. Was das Mittel angeht, haben wir die Tatwaffe. Warte, ich hab mir das aufgeschrieben …« Tommy tippte erneut auf seinem Handy und las etwas vom Display ab. »Ich habe Mikke und Leon gefragt, ob Frede noch einmal im Haus von Bosse Wolf war. Und stell dir vor, das war sie tatsächlich. An dem Tag, als Mikke und Leon die Tatwaffe unter der Matratze von Bosses Mutter entdeckten, kam Frede morgens zu ihnen. Sie sagte, sie bräuchte noch einige Unterlagen von Bosses Mutter für ihre Unterbringung im Pflegeheim. Nun, normalerweise erledigt der Pflegedienst oder ein Vormund so etwas, aber wir sind auf einer kleinen Insel, und da übernimmt auch die Polizei schon mal einen solchen Job, also hat sich niemand etwas dabei gedacht.«

»Du glaubst, Frede hat die Waffe dort platziert.«

»Da bin ich mir ziemlich sicher. Vor allem nach dem, was sie in eurem Gespräch gesagt hat. Sie hat die Tat gestanden, John.«

Tommy ließ sich mit erschöpftem Blick auf das Sofa zurückfallen.

John trank die Tasse Grog in einem Schluck leer und stellte sie auf dem Wohnzimmertisch neben dem USB-Stick ab.

»Und was jetzt?«

»Das liegt an dir. Ich verstehe, was Frede getan hat, und kann es ihr nicht verübeln. Trotzdem wäre es Sache eines Richters, über sie zu urteilen.« Tommy legte den Kopf schief. »Aber ich weiß auch, was du für sie empfindest. Daher …«

Er stand auf, nahm den Stick und reichte ihn John.

»Du entscheidest, was du damit machst.«

John zögerte einen Moment, dann griff er nach dem Stick. Tommy ließ ihn aber nicht direkt los, sondern hielt ihn noch einen Moment fest zwischen den Fingern.

»Ich tue das, weil du mein Freund bist, John.« Tommy blickte ihm in die Augen. »Zwing mich nicht dazu, dir jemals wieder einen solchen Gefallen tun zu müssen.«

Dann ließ Tommy den Stick los. Im Gehen zog er seine Regenjacke über. Dann hörte John nur noch, wie er die Haustür hinter sich zuschlug.

Eine Weile saß John einfach da, drehte den Stick zwischen den Fingern und betrachtete die Flammen, die im Kamin züngelten.

Irgendwann ging er hinaus auf die Terrasse hinter dem Friesenhaus. Der Wind hatte aufgefrischt, fuhr in Böen über die Dünen und drückte den Strandhafer auf die Erde.

In der Ferne, weit am Horizont, zuckten über dem Meer die Blitze eines nahenden Unwetters.

Nachwort

von
Stefan Bauer
Programmleitung Belletristik

Wichtiger Hinweis: Der folgende Text enthält Hinweise zur Auflösung von TIEFER SAND. Wir empfehlen daher, zuerst das Buch und dann dieses Nachwort zu lesen.

Im Dezember 2020 erreichte uns im Verlag eine traurige Nachricht. Unsere Autorin Nina Ohlandt war kurz vor Weihnachten nach langer Krankheit verstorben. Sie wurde 68 Jahre alt.

Wir haben mit ihr einen wunderbaren Menschen verloren und eine hochgeschätzte Autorin, die mit viel Engagement, Herzblut und Liebe schrieb. Mit ihren Romanen um Hauptkommissar John Benthien von der Flensburger Kripo begeisterte sie ein großes Publikum, ihre Bücher standen regelmäßig auf den Bestsellerlisten. Bei uns sind von 2014 bis heute sieben Bände der Nordsee-Krimis sowie fünf Erzählungen erschienen.

Nina Ohlandt wurde in Wuppertal geboren, wuchs in Karlsruhe auf und machte in Paris eine Ausbildung zur Sprachlehrerin, daneben schrieb sie ihr erstes Kinderbuch. Später arbeitete sie als Übersetzerin, Sprachlehrerin und Marktforscherin, bis sie zu ihrer wahren Berufung zurückfand: dem Krimischreiben.

Schleswig-Holstein, das Land ihrer Vorfahren, das Land

zwischen den Meeren und seine Inseln, war ihre Herzensheimat und ihre Romane, die dort spielen, die Heimat ihrer Seele.

Nina Ohlandt hatte einen großen Wunsch: dass ihre Reihe um John Benthien und die Menschen am Meer weitergeführt wird.

Bei den Überlegungen, wie wir diesen Wunsch erfüllen, wer ihre Reihe fortführen, ihr Vermächtnis erfüllen könnte, fiel bald ein Name: Jan Wielpütz. Er redigiert seit vielen Jahren Nina Ohlandts Romane und ist durch die lange und enge Zusammenarbeit bestens mit der Reihe um John Benthien vertraut.

Jan Wielpütz hat als Lektor viele Jahre bei Bastei Lübbe Krimi- und Thrillerautoren betreut, bevor er sich als Schriftsteller selbstständig machte. Unter Pseudonym veröffentlichte er selbst eine Krimireihe und schrieb zahlreiche Sachbücher, die auf der Bestsellerliste standen.

Auf Wunsch von Nina Ohlandts Erbin, ihrer Agentin und des Verlags nahm er sich der Aufgabe an, aus einem vorliegenden Fragment den nächsten Roman um John Benthien zu schreiben. Wir haben mit ihm über diese besondere Herausforderung gesprochen, darüber, welche Ideen von Nina Ohlandt vorlagen und wie es mit John Benthien weitergeht.

Wie müssen wir uns die bisherige Zusammenarbeit zwischen Nina Ohlandt und dir vorstellen?

Als ihr Redakteur war es meine Aufgabe, die Entstehung eines jeden neuen Romans von der Konzeptionsphase bis zum fertigen Manuskript zu begleiten. Wir sprachen beispielsweise über die Entwicklungen, die die Protagonisten nehmen würden, diskutierten übergreifende Handlungsbögen und klopften die Kriminalfälle auf ihre Stringenz und Logik ab.

Ich habe Nina Ohlandt dabei als eine großartige Autorin kennengelernt, der es immer wieder gelang, knifflige Handlungsstränge und überraschende Wendungen mit emotionaler Tiefe in den Beziehungen ihrer Figuren zu verbinden. Was uns beide einte, war die Liebe zum Land zwischen den Meeren, stammen doch unser beider Vorfahren aus dem nördlichsten Bundesland. Ihr Tod war für mich ein Schock, und ich begreife es als eine besondere Ehre, die Reihe um John Benthien in ihrem Sinne fortführen zu dürfen.

Auch wenn du mit der Reihe bestens vertraut warst: Ist es nicht schwierig, die Arbeit einer anderen Autorin fortzusetzen?
Das ist in der Tat nicht ganz einfach. Es hat sicherlich geholfen, dass mir die Figuren vertraut waren und ich wusste, worauf Nina Ohlandt besonderen Wert legte. Dennoch kommt es am Ende auf Details und Kontinuität an. Ich habe alle bisherigen Bände noch einmal durchgearbeitet und eine umfangreiche Datenbank mit den Figuren und Orten der Reihe erstellt, auf die ich jederzeit zurückgreifen kann. Sie enthält nicht nur die Beschreibungen aller wichtigen Figuren, sondern auch die persönliche Entwicklung, die sie über den Verlauf der Reihe nehmen.

Welches Material lag vor, als du mit der Arbeit an TIEFER SAND begonnen hast?
Nina Ohlandt hatte ein Exposé für den neuen Fall von John Benthien verfasst, das die Hintergrundgeschichte – also die Auflösung – des Mordfalls sowie einen skizzenartigen Ablauf der Ermittlungen umfasste. Zudem gab es die ersten hundert Seiten eines Rohmanuskripts.

Was davon konntest du übernehmen?
Vieles. Natürlich zuallererst den Mordfall und seine Auflösung, aber auch die persönlichen Verwicklungen, die Nina Ohlandt sich für ihre Figuren ausgedacht hatte: dass es in der Beziehung zwischen John und Lilly kriselt und sie sich am Ende trennen, dass John sich in eine Mörderin verliebt, dass Ben eine neue Beziehung hat oder dass Lilly und Juri sich sehr nahekommen. Etwas schwieriger war der Umgang mit dem vorhandenen Manuskriptfragment. Davon sind Grundideen stehengeblieben, wie zum Beispiel Johns Auftritt in der Talkshow am Anfang und dass Nieke Dornieden daraufhin seine Hilfe sucht. Eine Schwierigkeit lag darin, dass Nina Ohlandt zwar einen Anfang und eine Auflösung beschrieben hatte. Es fehlte aber der Mittelteil, also die vielen falschen Fährten, die gelegt werden mussten. Damit sich diese nahtlos in den vorhandenen Plot einfügten, kam ich nicht drum herum, den Anfang umzugestalten.

Wie wird es mit John Benthien weitergehen?
Ich arbeite bereits am Folgeband. Am Ende von TIEFER SAND bleiben ja etliche Fragen offen, und John hat mit seinen Entscheidungen sich und seine Freunde in eine schwierige Lage gebracht. Wie wird er sich bezüglich Frede Junicke entscheiden, in die er sich verliebt hat, die aber auch eine Verbrecherin ist? Wie geht es mit Lilly weiter, die nun ein Kind von John erwartet? Wird sie sich Juri zuwenden? Nina Ohlandt hat nicht nur viele Ideen zurückgelassen, wie es mit den bestehenden Figuren weitergehen kann, sondern auch, welche neuen Charaktere hinzustoßen und John und seinem Team arge Probleme bereiten könnten, wenn sie herausfinden, welches falsche Spiel er in TIEFER SAND gespielt hat … Ich will nicht zu viel verraten, doch ich war selbst überrascht, welches Drama Nina Ohlandt für ihre Figuren noch vorgesehen hat.

Die kälteste Seite der Nordsee

Nina Ohlandt
NEBELTOD
Nordsee-Krimi

512 Seiten
ISBN 978-3-404-17318-1

Ein grauer Novembertag in Nordfriesland. Hauptkommissar John Benthien von der Flensburger Kripo bearbeitet einen bizarren Fall: Bei Niebüll wurde ein Mann auf die Gleise gefesselt und vom Zug überrollt. Wenig später erhält die Polizei ein Foto des Opfers mit der Aufschrift SCHULDIG. Ein Racheakt, vermutet Benthien. Die Ermittlungen führen ihn auf die Insel Föhr, in eine exzentrische Künstlerkommune. Dort schlägt der Mörder erneut zu. Wer steckt hinter den Morden? Ist es einer der Künstler? Privat hat Benthien ebenfalls Sorgen: In seinem Haus auf Sylt scheint ein Geist umzugehen ...

Lübbe

Ein geheimnisvoller Fall, der John Benthien tief in die Vergangenheit führt

Nina Ohlandt
SCHWEIGENDE SEE
Nordsee-Krimi

528 Seiten
ISBN 978-3-404-17936-7

Am Strand von Sylt wird die Leiche einer Frau gefunden, die erst seit Kurzem auf der Insel lebte. Wer könnte ihr nach dem Leben getrachtet haben, fragt sich Hauptkommissar John Benthien. Schon einmal wurde ein Anschlag auf sie verübt. Benthiens Ermittlungen gestalten sich schwieriger als gedacht, denn der Mord führt ihn zu einem bislang unbekannten Ereignis der deutsch-deutschen Vergangenheit, das manche Menschen gerne für immer verbergen würden. Und zu seinem Entsetzen spielt auch sein Vater dabei eine nicht unwesentliche Rolle...

Lübbe